GÜNTER HUTH
Posttraumata

Günter Huth wurde 1949 in Würzburg geboren und lebt seitdem in seiner Geburtsstadt. Er kann sich nicht vorstellen, in einer anderen Stadt zu leben.

Er war Rechtspfleger (Fachjurist), ist mittlerweile in Pension, verheiratet und hat drei Kinder.

Seit 1975 schreibt er in erster Linie Kinder- und Jugendbücher sowie Sachbücher aus dem Hunde- und Jagdbereich (ca. 60 Bücher). Außerdem veröffentlichte er bisher Hunderte Kurzerzählungen.

In den letzten Jahren hat er sich vermehrt dem Krimi-Genre zugewandt. 2003 kam ihm die Idee für einen Würzburger Regionalkrimi. „Der Schoppenfetzer" war geboren, der heute bereits mit dem zwanzigsten Band vorliegt.

2013 erschien sein Mainfrankenthriller „Blutiger Spessart", mit dem er die Simon-Kerner-Reihe eröffnete, die eine völlig neue Facette seines Schaffens als Kriminalautor zeigt. Durch den Erfolg des ersten Bandes ermutigt, brachte er in den darauffolgenden Jahren mit den Titeln „Das letzte Schwurgericht", „Todwald", „Die Spur des Wolfes", „Spessartblues" und „Jenseits des Spessarts" weitere Bände dieser Reihe auf den Markt. Parallel konzipierte er das Konzept für die neue Frankenthriller-Reihe „Adam Rumpel", die mit dem ersten Band hier vorgestellt wird.

Der Autor ist Mitglied der Kriminalschriftstellervereinigung „Das Syndikat".

GÜNTER HUTH

POST TRAU MATA

Ein Adam-Rumpel-Thriller

echter

Mainfranken Krimi

Für Thomas

Prolog

16. Juni des Schicksalsjahres

Der Scharfschütze betrat mit einem schwarzen Waffenkoffer in der Hand die Wohnung im ersten Stock des Wohnhauses. Die Mieter waren für die Dauer dieses Polizeieinsatzes im Warteraum des nahegelegenen Bahnhofs untergebracht. Den Wohnungsgrundriss hatte er vor ein paar Minuten vom Einsatzleiter auf dem Tablet gezeigt bekommen und ihn sich eingeprägt.

Mit einem Blick ins Wohnzimmer überzeugte er sich davon, dass das rechte Fenster für seine Zwecke geeignet war. Es wies auf ein gegenüberliegendes, knapp hundert Meter entferntes Fenster des Gerichtsgebäudes des unterfränkischen Amtsgerichts Kitzingen und gewährte freie Sicht auf den Tatort. Mit einer zügigen Bewegung zog er sich die Sturmhaube vom Kopf. Hier war er alleine, seine Anonymität blieb damit gewahrt. Das Sondereinsatzkommando, dem er als Scharfschütze angehörte, war vor wenigen Minuten mit dem Hubschrauber auf dem Bahnhofsvorplatz gelandet. Vom Polizeipräsidium Würzburg war es von seinem Standort in Nürnberg angefordert worden, da nach seiner Kenntnis aktuell in dem angepeilten Raum, einem Richterzimmer, eine Geiselnahme stattfand. Er wusste, dass das für derartige Lagen ausgebildete Verhandlungsteam mit dem Geiselnehmer in Verbindung stand und versuchte, die Situation zu deeskalieren. Über ein Headset war er ständig mit der Einsatzleitung verbunden. Mit wenigen kurzen Sätzen meldete er sich einsatzbereit.

Die Alarmierung des SEK war notwendig geworden, da ein bewaffneter Mann mittleren Alters seit dem Morgen in einem

Richterzimmer des Amtsgerichts eine Richterin, eine Proto-kollführerin und eine Mutter mit einem Kleinkind mit einer Schusswaffe bedrohte. Offenbar befand sich der Mann in ei-nem psychischen Ausnahmezustand und es bestand die akute Gefahr, dass er von der Schusswaffe Gebrauch machte, wenn seine Forderungen nicht erfüllt würden. Weitere Einzelheiten spielten für den Scharfschützen keine Rolle. Er war einzig und allein dafür zuständig, im Falle einer weiteren Eskalation der Geiselnahme den finalen Rettungsschuss auszuführen, wenn die Einsatzleitung ihn als Ultima Ratio anordnete. In solch ei-nem Fall kam es auf absolute Präzision an, so dass der Straftäter nicht mehr in der Lage war, einen Schuss abzugeben. Der Be-amte musste sich beeilen, durfte dabei aber keine Hektik auf-kommen lassen, die seinen Puls in die Höhe getrieben und wo-möglich eine sichere Schussabgabe beeinträchtigt hätte. Er legte den Hartschalenkoffer auf die Couch, öffnete ihn und entnahm der formgerechten Schaumgummipolsterung das Präzisions-gewehr, auf dem ein Hochleistungszielfernrohr montiert war. Dabei warf er einen Blick zu dem gegenüberliegenden Richter-zimmer, in dem sich die Geiselnahme abspielte. Das Fenster dort war geöffnet. Er nickte zufrieden. Seine Aufgabe würde dadurch wesentlich erleichtert, weil er nicht durch die Scheibe schießen musste. Bei derartigen Schüssen bestand immer die Gefahr, dass die Flugbahn des Geschosses beeinträchtigt wurde. Es herrschten draußen aktuell 38 Grad Celsius. Offenbar war es dem Geiselnehmer in dem Raum zu heiß. Sehr vorsichtig ent-riegelte er nun sein Fenster und öffnete es lautlos. Die Sonne stand günstig, so dass es keine Spiegelung gab. Auf keinen Fall durfte der Täter dort drüben auf ihn aufmerksam werden. Dann zog er den Tisch und einen Stuhl vor das Fensterbrett und legte ein auf der Couch liegendes Kissen darauf. Die beiden schlaff herabhängenden Gardinen verschob er ganz vorsichtig, bis er dahinter gut getarnt war. Jetzt hatte er perfekte Sicht auf den Geiselnehmer. Der aber, sollte er zufällig herübersehen, würde den Gewehrlauf nicht erkennen können. Er führte das geladene Magazin in sein Gewehr ein, lud durch und sicherte die Waffe. Mit einem Lasermessgerät überzeugte er sich davon, dass die Entfernung zum Ziel achtundneunzig Meter betrug. Für seine Fähigkeiten als Scharfschütze keine sehr anspruchsvolle Distanz. Alle diese Vorbereitungen liefen routiniert ab und nahmen nur wenige Minuten in Anspruch. Während der ganzen Zeit konnte er über den Kopfhörer die Verhandlungen des Polizeipsychologen mit dem Straftäter mitverfolgen. Er zog den Schaft der Waffe an die Schulter und sah durch das Okular des Zielfernrohrs. Die sechsfache Vergrößerung ermöglichte ihm einen genauen Blick auf das Geschehen am Tatort. Der Geiselnehmer hielt ein Telefon in der Hand und sprach hastig hinein, während er gut erkennbar mit einer Pistole wild herumgestikulierte. Sein Erregungszustand war ihm deutlich anzusehen. Er stand keine Sekunde still. Und ein weiterer Umstand konnte dem Scharfschützen Probleme bereiten. Der Mann hatte alle Geiseln dicht um sich geschart, was einen Schuss erheblich erschwerte, da er ja auf keinen Fall die Geiseln gefährden durfte. Sofort setzte er eine entsprechende Meldung ab.

„Freie Sicht auf den Täter, allerdings hält er die Geiseln dicht bei sich!"

„Machen Sie sich schussbereit! Die Situation eskaliert wahrscheinlich. Mit der Anordnung des finalen Rettungsschusses ist zu rechnen!", kam die Stimme aus dem Kopfhörer.

Der Einsatzleiter hatte seinen Satz kaum zu Ende gesprochen, als aus dem Richterzimmer gegenüber ein heiserer Wutschrei ertönte, dem der scharfe Knall eines Schusses folgte. Sofort kam aus dem Kopfhörer der hastige Befehl des Einsatzleiters: „Finaler Rettungsschuss frei, sobald freie Sicht besteht!"

Der Schütze konnte nicht erkennen, was sich drüben ereignet hatte. Das durfte ihn im Augenblick auch nicht ablenken. Er schaltete alle Nebengeräusche und Ablenkungen aus und konzentrierte sich allein darauf, das Fadenkreuz auf den Kopf des Geiselnehmers auszurichten, der bildfüllend im Okular zu erkennen war. Die Geiseln befanden sich in dieser Sekunde nicht in der Schussbahn. Gleichmäßig krümmte er den Zeigefinger, der Schuss brach. Noch während er den Abzug betätigte, ahnte er mehr, als dass er sie sah, eine Bewegung des Geiselnehmers! Der Schuss war aber nicht mehr umkehrbar. Durch das Zielfernrohr konnte er erkennen, dass er den Geiselnehmer nicht tödlich getroffen und damit auch nicht ausgeschaltet hatte. Er konnte nicht erkennen, wo sein Treffer saß. Der Mann schien aber im Bereich des Halses heftig zu bluten und taumelte. Daher verlor er ihn aus der Optik. Ein Nachschuss war nicht möglich. Drüben wurden in kaum messbaren Abständen mehrere Schüsse abgefeuert, die wohl aus der Waffe des Geiselnehmers stammten. Dann hörte er das laute Gebrüll der SEK-Kräfte, die den Tatort stürmten. Wieder knallten zwei Schüsse … dann war Stille … tödliche Stille!

Der Scharfschütze versuchte sich mit Hilfe des Fernglases, das zu seiner Ausrüstung gehörte, Klarheit zu verschaffen. Aber die Situation drüben war durch die vielen durcheinanderschreienden Menschen, die sich plötzlich im Raum befanden, völlig chaotisch. Selbst die Einsatzleitung konnte ihm im Moment keine Aufklärung verschaffen. Sie ordnete seinen Abzug an. Er packte die Utensilien zusammen und stellte den ursprünglichen Zustand des Wohnzimmers wieder her. Nachdem er seine Haube wieder übergezogen hatte, schnappte er sich den Waffenkoffer und verließ das Wohnhaus. Er konnte hier nichts mehr tun. Sein Einsatz war beendet, auch wenn das Ergebnis vermutlich katastrophal war. Er hatte versagt mit noch nicht absehbaren Folgen. Während er sich dem Transporthubschrauber näherte, gellten ihm die Sirenen der am Tatort zusammengezogenen Notarztwagen und der Rettungsfahrzeuge in den Ohren, die die Opfer seines Scheiterns versorgten. Wenig später saß er wieder im Helikopter und wartete auf seine Kameraden und den Rücktransport nach Nürnberg. Scharfschützen blieben nach dem Schuss niemals am Tatort. Er wusste, dass ihn und seine Kameraden eine genaue Untersuchung des Einsatzes erwartete. Dabei würden sein Schuss und die Folgen einer genauen und gnadenlos kritischen Bewertung unterliegen. Das war vorgeschriebene Routine.

*

Im Rahmen der nachfolgenden Einsatzbesprechung erfuhr der Scharfschütze, Polizeioberkommissar Adam Rumpel, dass die Kollegen des Sondereinsatzkommandos sofort nach seinem Fehlschuss das Büro der Richterin stürmten und den Täter erschossen. Trotzdem gelang es diesem noch, auf die Geiseln und einen SEK-Beamten mehrere Schüsse abzugeben.

Trauriges Ergebnis der Geiselnahme: Die Richterin verstarb durch einen Treffer in die Brust noch am Tatort, kurz nach Eintreffen der Rettungskräfte.

Die Protokollführerin wurde lebensgefährlich verletzt, genas zwar Monate später, war aber auf Dauer vom Becken abwärts querschnittgelähmt und an den Rollstuhl gefesselt.

Das Baby wurde von der Kugel getroffen, die der Geiselnehmer eigentlich seiner Mutter zugedacht hatte. Seine Wirbelsäule wurde dabei zertrümmert, es war auf der Stelle tot. Da das Projektil von seinem kleinen Körper zwar abgeschwächt wurde, ihn aber trotzdem durchschlug, erlitt die Mutter einen Lungensteckschuss. Sie konnte operativ wiederhergestellt werden.

Der Leichnam der Richterin und des Babys wurden noch am selben Tag in das Institut für Rechtsmedizin der Uni Würzburg überstellt. Die amtliche Leichenöffnung war angeordnet und sollte umgehend erfolgen.

Der 16. Juni grub sich unauslöschlich in die Gehirne der Beteiligten ein.

Der verantwortliche Scharfschütze Adam Rumpel brach kurz nach den Ereignissen unter der Last der Verantwortung zusammen. Die Ärzte stellten eine massive posttraumatische Belastungsstörung fest und schrieben ihn krank. In den folgenden Monaten unterzog er sich mehrerer Psychotherapien und einem längeren Kuraufenthalt in einer entsprechenden Klinik. Sein Arbeitgeber, der Freistaat Bayern, gewährte ihm nach Rückkehr aus der Therapie einen längeren Wiedereingliederungsprozess als Leiter einer neu gegründeten Abteilung für die digitale Erfassung von abgeschlossenen Polizeiakten. Nach vollständiger Gesundung sollte er entsprechend seinen Fähigkeiten wieder in einer Abteilung der Kriminalpolizei eingesetzt werden. Durch Zufall erfuhr Rumpel vom Leiter der Polizeihundestaffel, mit dem er befreundet war, dass Eva, eine junge Riesenschnauzer-Hündin, für den Polizeidienst als nicht tauglich befunden wurde, weil sie die erforderlichen Prüfungen nicht bestanden hatte. Rumpel empfand sofort so etwas wie eine Art Seelenverwandtschaft mit der Hündin: Adam und Eva, wenn das kein Zeichen war! Ohne zu zögern, nahm er sie bei sich auf. Ein langer, gemeinsamer Weg begann …

Eins

Am darauffolgenden Tag ...

Der Sektionsassistent hatte die tote Frau entkleidet und die teilweise durchbluteten Kleidungsstücke in einem großen Asservatensack sichergestellt. Die Leiche lag bereits auf dem Sektionstisch. Am Lichtkasten hingen Röntgenaufnahmen, die routinemäßig vor der Obduktion von der Leiche angefertigt worden waren. Dr. Kohlhepp, die zuständige Rechtsmedizinerin, die erst vor wenigen Wochen in das Team der Rechtsmedizin der Uni Würzburg eingetreten war, hatte sich bereits umgezogen. Sie trat an den Edelstahltisch heran und drückte den Fußschalter, der das Diktiergerät einschaltete. Bei der äußeren Begutachtung der Leiche, bei der die Tote auch abwechselnd auf die Seiten gedreht wurde, stellte sie für das Protokoll fest, dass es im Oberkörper der Leiche zwar eine Eintritts-, aber keine Austrittswunde gab. Das Projektil steckte also noch im Körper, wie auch die Röntgenaufnahmen belegten. Ihre Aufgabe war es, die Todesursache wissenschaftlich festzustellen und unter anderem das Projektil zu sichern, damit die Kriminaltechnik die tödliche Kugel einer Waffe zuordnen konnte. Nur so war eindeutig festzustellen, ob der Geiselnehmer die Frau tödlich getroffen hatte oder einer der SEK-Beamten einen Fehlschuss abgegeben hatte.

Dr. Kohlhepp konzentrierte sich und machte sich frei von dem Gedanken, dass diese zu Lebzeiten sicher gutaussehende Frau im besten Alter nun zu einem Studienobjekt der Rechtsmedizin wurde. Gekonnt setzte sie den Y-Schnitt und öffnete dadurch den Körper der Toten.

Beruflich war sie ein rational denkender Mensch. Zu Emotionen musste man auf ihrem Arbeitsgebiet eine gesunde Distanz wahren. Sie war sich dessen bewusst, dass sie oftmals die letzte Instanz war, die Verbrechensopfern durch die Aufdeckung von Fakten posthum Gerechtigkeit widerfahren lassen konnte. Sie durchtrennte das Brustbein und beiderseits die vorderen Rippen, dann klappte sie den Brustkorb auf, so dass die inneren Organe nun frei zugänglich vor ihr lagen. Ihr Assistent saugte das stehende Blut ab, damit sie gut sehen konnte. Vorsichtig schob sie die lange Pinzette in den gut sichtbaren Schusskanal, der Teile der Lunge durchschlagen und vermutlich auch das Herz getroffen hatte. Sie stieß schnell auf einen festen Widerstand. Mit Gefühl fasste sie mit der Pinzette zu, griff den Gegenstand und zog ihn langsam heraus. Klappernd fiel das Projektil in eine Petrischale. Kritisch begutachtete sie das blutige Vollmantelgeschoss, das das Leben der Frau vor ihr ausgelöscht hatte.

„Gut erhalten …", brummelte sie vor sich hin, laut diktierte sie in das vor ihr auf Kopfhöhe hängende Mikrofon: „Extraktion eines augenscheinlich kaum deformierten Vollmantelgeschosses, vermutlich Kaliber 9 mm."

Sie gab dem Sektionsassistenten einen Wink, woraufhin er das Beweisstück behutsam unter fließendem Wasser reinigte, es dann in eine Asservatentüte einlegte, verschloss und beschriftete. Es würde später der Kriminaltechnik übergeben werden, die weitere Untersuchungen zur Herkunft vornehmen würde. Sie war keine Expertin, konnte aber aufgrund ihrer Erfahrung sagen, dass es sich bei dem Geschoss nicht um ein Projektil handelte, das von Sondereinsatzkommandos eingesetzt wurde. Dieses wäre wesentlich stärker deformiert gewesen, da diese Munition stark aufpilzte, um im Ernstfall gefährliche Durchschüsse zu vermeiden. Dr. Kohlhepp fuhr mit der Untersuchung der inneren Organe fort.

Nach dem Einsatzplan des rechtsmedizinischen Instituts für diese Woche war sie zuständig für die Obduktion dieser weiblichen Leiche, die gestern Mittag zusammen mit dem Leichnam eines Kleinkindes, das bei derselben Geiselnahme getötet wurde, eingeliefert worden war. Die dramatischen Ereignisse im Amtsgericht Kitzingen hatten sich wie ein Lauffeuer in Würzburg und Umgebung verbreitet und waren selbstverständlich auch bis in die Gerichtsmedizin vorgedrungen. Dem Protokoll der Polizei und der Anordnung der Staatsanwaltschaft konnte sie entnehmen, dass es sich bei dem Leichnam um die Richterin am Amtsgericht Anna-Luise Michel-McCallum handelte, die bei einer Geiselnahme erschossen worden war. Nach ihren Informationen war es bei dem polizeilichen Einsatz zu einem heftigen Schusswechsel gekommen, bei dem die Richterin tödlich getroffen wurde.

Dr. Kohlhepp beendete die Sektion eine gute Stunde später. Der Sektionsassistent machte Fotos, um den Schusskanal zu dokumentieren, in den man zu diesem Zweck eine Sonde eingeführt hatte. Hierdurch konnte man Schlüsse auf den Winkel ziehen, aus dem der Schuss abgefeuert wurde, und damit auch auf den Standort des Schützen.

Der Assistent zog die Kopfhaut, die für die Öffnung des Schädels nach vorne gezogen worden war, wieder an Ort und Stelle. Hierdurch erlangte die Tote wieder ein halbwegs normales Aussehen, was später durch den Bestatter weiter optimiert werden würde. Anschließend wurde der Körper zugenäht. Dr. Kohlhepp beendete das Diktat, wusch die Gummihandschuhe ab und zog Schürze und Gummistiefel aus dem gleichen Material aus. Nachdem sie dem Assistenten noch einige Anweisungen gegeben hatte, verließ sie den Raum. Auf dem Weg zu ihrem Büro kam sie am Kühlraum vorbei, hinter dessen Türen sie die Leiche des kleinen Mädchens wusste, das wenig später von einem

Kollegen seziert werden würde. Die Obduktion eines Säuglings oder Kleinkindes stellte für sie eine rote Linie dar, die sie nur schwer überschreiten konnte. Diese Hemmung lag in traumatischen Erlebnissen ihrer Vergangenheit begründet. Sie war dem Leiter des Instituts sehr dankbar, dass er auf diese Einschränkung, wann immer es möglich war, Rücksicht nahm. Zum Glück kamen Obduktionen an Kindern relativ selten vor.

Sie betrat ihr Büro, griff zum Telefonhörer und rief den zuständigen Staatsanwalt an, um ihn über das vorläufige Ergebnis der Obduktion zu informieren.

Zwei Wochen danach ...

Der hochgewachsene graumelierte, schlanke Mann mittleren Alters im graublauen Anzug, der sich seinem Gegenüber als Roland Michael McCallum vorgestellt hatte, beugte sich über den ovalen Besprechungstisch und fixierte seinen Gesprächspartner mit durchdringendem Blick.

„Herr Staatssekretär, sie wollen mir wirklich allen Ernstes sagen, dass Sie mir die Identität des Scharfschützen nicht verraten können? Der Mann hat den Tod meiner Frau und eines Babys verschuldet, weil er nicht in der Lage war, seinen Job ordnungsgemäß zu erledigen! Von den anderen Verletzten, die für ihr Leben gezeichnet sind, gar nicht zu sprechen! So ein Versagen muss doch geahndet werden! Der Mann ist ein Straftäter und gehört vor ein Gericht gestellt! Sie wissen, ich habe neben der deutschen auch die amerikanische Staatsbürgerschaft und ich habe die US-Botschaft über das Vorgehen der deutschen Behörden instruiert."

Staatssekretär im bayerischen Justizministerium Anton Waggerl lehnte sich zurück und nickte verständnisvoll.

„Herr McCallum, Sie haben das volle Mitgefühl der bayerischen Staatsregierung, wie ich Ihnen schon mehrfach bekundet habe. Der tragische Tod Ihrer Frau hat uns alle sehr betroffen gemacht. Die Justiz des Freistaates verliert mit Ihrer Gattin eine fähige Juristin und erfahrene Richterin. Es ist uns natürlich klar, dass alles Mitgefühl Ihre Frau nicht wieder lebendig macht. Sie können aber sicher sein, der gesamte Polizeieinsatz in Kitzingen wurde im Rahmen einer internen Untersuchung in allen Details durchleuchtet. Wir sind zu dem Ergebnis gekommen, dass den gesamten Einsatzkräften vor Ort keinerlei Fehlverhalten vorzuwerfen ist. Der tragische Ausgang des Einsatzes ist die Folge einer Verkettung unkalkulierbarer Vorgänge, die bei derartigen Polizeiaktionen trotz aller Sorgfalt leider vorkommen können. Die Einsatzleitung musste als Ultima Ratio den finalen Rettungsschuss anordnen, da nur hierdurch die Wahrscheinlichkeit der Rettung der Geiseln gegeben war. Der eingesetzte Beamte war ein erfahrener Scharfschütze, der derartige Einsätze schon mehrmals gemeistert hat. Dass es im vorliegenden Fall zu einem Fehlschuss kam, mit den bekannten schwerwiegenden Folgen, ist bei derartigen Einsätzen leider nicht völlig auszuschließen …" Der Staatssekretär hob bedauernd die Hand.

„Ich werde mich mit dem Ergebnis der von Ihnen geschilderten internen Untersuchung nicht zufriedengeben! Das muss auf den Prüfstand eines ordentlichen Gerichts! Auf jeden Fall verlange ich eine Kopie des schriftlichen Untersuchungsergebnisses", erwiderte McCallum scharf. „Ich erwarte weiter von Ihnen die Aushändigung der Kontaktdaten des Scharfschützen, damit mein Anwalt ihn persönlich zur Rechenschaft ziehen kann!"

Waggerl schüttelte entschieden den Kopf. „Die Identität unserer Beamten in den Sondereinsatzkommandos wird absolut geheim gehalten, ebenso vertrauliche Untersuchungsprotokolle über deren Einsätze. Diese Männer – und vermehrt auch immer mehr Frauen –, sind in rechtlichen Grenzbereichen der Ausübung der Staatsgewalt unserer Demokratie tätig und unterliegen einer sorgfältigen Auslese. Interne Untersuchungsergebnisse sind immer als geheim eingestuft und bleiben unter Verschluss. So auch in diesem Fall. Es tut mir wirklich sehr leid, ich kann Ihnen aber hierzu bedauerlicherweise nichts anderes sagen. – Daran wird auch eine Intervention der amerikanischen Botschaft nichts ändern." Er sah seinem Gegenüber in die Augen. „Nach meiner Kenntnis wird das in den USA in vergleichbaren Fällen nicht anders gehandhabt."

Roland McCallum sah den Staatssekretär eine Zeit lang schweigend an, dann schob er entschlossen den Sessel zurück und stand auf.

„Herr Staatssekretär, ich danke Ihnen jedenfalls dafür, dass Sie mich angehört haben. Sie werden verstehen, mit dieser Antwort kann und will ich mich nicht zufriedengeben. Meinen beiden Söhnen wurde die Mutter genommen und mir meine Lebenspartnerin. Das kann nicht ungesühnt bleiben!"

Waggerl erhob sich ebenfalls, zum Zeichen, dass das Gespräch für ihn beendet war. „Es ist sicher kein Trost für Sie, aber Ihre Gattin war innerhalb des Ministeriums aufgrund ihrer herausragenden Leistungen als Richterin in nächster Zukunft für höhere Aufgaben vorgesehen. Sie genoss unser aller Wertschätzung und ihr Ableben trifft auf unser tiefstes Bedauern und Mitgefühl!"

Er reichte Roland McCallum die Hand und begleitete ihn zur Tür. Wortlos verließ der Mann das Büro. Waggerl blieb noch einen Moment stehen und betrachtete nachdenklich die Bronzestatue der Justitia, der Göttin der Gerechtigkeit, die in einer Ecke seines Büros auf einem Marmorsockel stand. Hätte er dem Mann sagen sollen, dass Adam Rumpel, der Unglücksschütze, kurz nach dem Vorfall das SEK verlassen musste, weil er psychisch völlig abgestürzt war? Er schüttelte den Kopf. Was hätte das McCallum nutzen sollen?

Roland McCallum trat vor dem Justizpalast, dem Sitz des Justizministeriums, auf die Straße. In ihm brodelte ein Vulkan. Er wollte Gerechtigkeit, aber auch Rache. Seine ursprünglich aus Schottland stammende Familie lebte seit Generationen in Texas auf einer Ranch, die einer seiner Vorfahren gegründet hatte. Die McCallums waren es gewohnt, derartige persönliche Angelegenheiten selbst in die Hand zu nehmen. Die Tatsache, dass er schon lange in Deutschland lebte, änderte nichts an dieser Einstellung. Er arbeitete hier in München seit vielen Jahren als Repräsentant eines weltweit agierenden amerikanischen Ölunternehmens. Seine Frau hatte er vor über zwanzig Jahren bei einer Buchvorstellung im Rahmen der Frankfurter Buchmesse kennengelernt. Sie hatte dort einen international anerkannten Roman präsentiert, den sie über die teilweise kriminellen Machenschaften multilateral agierender Großkonzerne veröffentlicht hatte. Einige Monate später waren sie verheiratet, zwei Söhne kamen in schneller Folge. Seine Frau hatte die Richterstelle in Kitzingen gerne angenommen, da sie hierdurch Gelegenheit hatte, ihrer schriftstellerischen Passion nachzugehen. Eine Versetzung an das Oberlandesgericht mit höherwertigen Aufgaben und besseren Fortkommensmöglichkeiten hatte sie bis jetzt immer ausgeschlagen. Der Wohnsitz der Familie war in Repperndorf, einem kleinen Weindorf bei Kitzingen. Dienstags bis freitags wohnte Roland McCallum in einem Appartement in München, die Wochenenden lebte er in Repperndorf. Aufgrund seiner Position war er zwar weitgehend Herr seiner Zeit, befand sich aber häufig auf Geschäftsreisen. Die beiden Söhne James und Michael Jr. befanden sich auf einem Elite-Internat in England, wo sie eine hervorragende Ausbildung genossen. Sie hatten den Tod ihrer Mutter mit großer Erschütterung aufgenommen und waren erst seit zwei Wochen wieder in England. Solange hatte er abgewartet, ehe er Nachforschungen nach dem Verursacher des Unglücks seiner Familie unternommen hatte. Dass seine Frau und er sich im Laufe der Jahre etwas auseinandergelebt hatten und in vielen privaten und beruflichen Bereichen immer häufiger ihre eigenen Wege gegangen waren, änderte absolut nichts an seiner Einstellung. Sie war seine Frau gewesen, die Mutter seiner Kinder. Der Schutz der Familie ging ihm, wie schon seinen Vorfahren, über alles. McCallum warf einen Blick zum Himmel. Vor das Weiß-Blau hatte sich eine bleierne Wolkenfront geschoben, aus der es in der Ferne bereits blitzte. Er beeilte sich über die viel befahrene Straße zu kommen, um am Stachus in ein Taxi zu steigen. Als er sich in den Sitz sinken ließ, hörte er leisen Donner. Er nannte dem Fahrer sein Ziel und der Wagen reihte sich ziemlich rücksichtslos in den fließenden Verkehr ein, was ein kurzes Hupkonzert auslöste. Eine Reaktion, die der Taxifahrer stoisch ignorierte. Schon nach wenigen Metern fielen die ersten schweren Tropfen auf die Windschutzscheibe. McCallum nahm es nur beiläufig zur Kenntnis. Er dachte daran, dass der Leichnam seiner ermordeten Frau mittlerweile auf dem Weg in die Vereinigten Staaten war. Ein renommiertes Bestattungsunternehmen hatte die Überführung übernommen, nachdem die Staatsanwaltschaft die Leiche freigegeben hatte. Sie sollte dort auf dem Gelände ihrer Ranch, auf dem kleinen Friedhof seiner Familie, ihre letzte Ruhestätte finden. Morgen würde er nach London fliegen, seine Söhne vom Internat abholen und mit ihnen den Flieger nach Texas besteigen, um der Bestattung beizuwohnen. Bei dieser Gelegenheit würde er in den Staaten auch Dinge klären, die seine berufliche Zukunft betrafen. Jetzt musste er aber einige Telefonate führen …

Mehrere Monate später …

Am Morgen, beim Verlassen seines Wohnhauses im Würzburger Stadtteil Zellerau, entging Adam Rumpel das Augenpaar, das ihn aus einem unauffälligen Kastenwagen heraus beobachtete. Erst seit einer guten Woche war er aus der Reha zurück. Seitdem hatte er seine Wohnung nur verlassen, um den Hund Gassi zu führen. Das Auto mit dem Aufdruck einer Elektrofirma war so geparkt, dass der Mann hinter dem Steuer das Wohnhaus von Rumpel gut im Blick hatte, einschließlich der Ausfahrt der Tiefgarage. Er saß hier schon geraume Zeit. Immer wieder verließen Menschen das Hochhaus, die meisten davon wohl auf dem Weg zur Arbeit. Ihm war bekannt, dass seine Zielperson erst seit kurzem wieder in Würzburg war. Früher oder später würde sie das Haus verlassen. Seine Geduld wurde allerdings auf eine harte Probe gestellt. Doch plötzlich ging ein Ruck durch seine Gestalt. Er richtete sich auf und kniff die Augen zusammen. Da war der Mann, von dem er ein Bild in der Tasche trug! Zusammen mit einem großen schwarzen Hund verließ er das Haus, überquerte die Straße und marschierte davon. Er beobachtete den Typen jetzt schon seit einigen Tagen und kannte dessen übliche Morgenroutine. Der heimliche Aufpasser überlegte einen Moment. Besser war, wenn er sich nochmals vergewisserte, dass der Mann heute nicht von seinem üblichen Verhalten abwich. Er wartete geduldig, bis seine Zielperson um die Ecke verschwunden war, dann startete er den Elektromotor seines Fahrzeugs und fuhr langsam mit gehörigem Abstand hinterher. Immer wenn er das

Gespann mit den Augen eine Strecke verfolgen konnte, setzte er den Blinker rechts und stoppte. Zufrieden brummte er, als er sah, dass beide in Richtung Main abbogen. Der Mann würde jetzt den Hund einige Zeit laufen lassen und dann nach Hause zurückkehren. Als es die Verkehrssituation zuließ, wendete der Beobachter seinen Wagen und fuhr zum Wohnhaus zurück. Jetzt musste er sich beeilen. Sein Stellplatz von vorhin war noch immer frei. Er parkte erneut, dann stieg er aus, nahm sich einen geräumigen Aktenkoffer vom Rücksitz und marschierte zielstrebig in Richtung Hochhaus. Auch der Aufdruck seines Arbeitsblousons und die dazugehörende Basecap sowie die Beschriftung des Wagens wiesen ihn als Mitarbeiter einer Elektrikerfirma aus. Die zahlreichen Namen auf dem Klingelschild zeigten, dass ein A. Rumpel im obersten Stockwerk wohnte. Als er gerade bei einem beliebigen Namen klingeln wollte, um ins Haus hineinzukommen, öffnete sich die Tür und ein älterer Junge trat heraus. Der vermeintliche Elektriker lächelte ihm freundlich zu und trat hinter ihm ein. Der Junge beachtete ihn nicht. Der Aufzug stand bereits im Erdgeschoss, so dass er ihn sofort betreten konnte. Ohne Unterbrechung fuhr der Lift mit singendem Motor ins oberste Stockwerk. Obwohl er sicher war, dass sich niemand in Rumpels Wohnung befand, drückte er auf die Klingel. Sollte tatsächlich noch jemand anderes als die Zielperson in der Wohnung sein, hatte er sich ganz einfach im Stockwerk geirrt. Aber wie erwartet blieb alles still. Zügig zog er sich Gummihandschuhe über. Nachdem er sich vergewissert hatte, dass niemand auf diesem Stock unterwegs war, zog er ein Hightechgerät aus der Beintasche seiner Arbeitshose, führte zwei herausragende Stifte in das Schloss ein und drückte einen Knopf. Das Gerät vibrierte leicht, dann, nach einigen Sekunden, gab es ein knackendes Geräusch, als sich das Schloss öffnete. Diese Technik war so ausgereift, dass am Schloss keinerlei

Beschädigungen zurückblieben. Der Mann schüttelte über die Nachlässigkeit des Bewohners den Kopf. Obwohl dieser Polizist war, war die Tür nur zugezogen gewesen, wodurch das Gerät sehr leichtes Spiel hatte. Mit einem Schritt überquerte der Eindringling die Schwelle und schloss leise die Tür. Er blieb stehen und lauschte. Kein Geräusch. Er rümpfte die Nase, als er die abgestandene Luft zur Kenntnis nahm. Es roch stark nach Hund! Zügig machte er sich jetzt an die Arbeit. Er war ein Fachmann seines illegalen Gewerbes. Ohne Gegenstände zu berühren oder ihren Standort zu verändern, kontrollierte er zunächst jeden Raum, dann öffnete er seinen Koffer. Es dauerte nur knappe fünfzehn Minuten, dann war sein Job erledigt. Mit einem letzten Rundblick vergewisserte er sich, dass er keine Hinweise auf seine Tätigkeit hinterlassen hatte, dann öffnete er die Wohnungstür und lauschte ins Treppenhaus. Von weiter unten hörte er die lauten Stimmen einer Unterhaltung, die dann aber in irgendeiner Wohnung verklangen. Der ungebetene Besucher huschte hinaus und zog die Tür hinter sich zu, dann rief er den Aufzug. Wenig später drückte er den Knopf für die Tiefgarage. Dort hatte er ebenfalls noch ein paar Kleinigkeiten zu erledigen.

Es bereitete ihm keine Probleme, das Auto seiner Zielperson zu finden, da er entsprechende Informationen hatte. Auch in der Tiefgarage war außer ihm keine Menschenseele. Das Fahrzeug war ein älteres Modell und das Schloss leicht zu knacken. Ein kurzer Moment, dann hatte er auch hier seinen Job erledigt. In einer Nische entdeckte er den beschilderten Eingang zum Keller. Dort musste er noch eine wichtige Komponente installieren. Er betätigte den Türgriff, es war nicht abgeschlossen. Ein Grinsen zog über sein Gesicht. Der Leichtsinn der Leute erleichterte ihm oft die Arbeit. Der Keller war menschenleer, die einzelnen Kellerabteile durch Maschendraht abgeteilt. Sein erfahrenes Auge fand schnell eine geeignete Stelle, wo er das Relais aufstellen konnte. Nachdem er sich vergewissert hatte, dass es niemandem auffallen würde, prüfte er kurz die Funktionsfähigkeit. Er brummte zufrieden. Alles war so, wie es sein sollte! Die interne Batterie würde es mehrere Wochen autark mit Strom versorgen und zuverlässig Bilder an eine Cloud im Darknet senden, die er kontrollierte. Wenig später saß er wieder hinter dem Steuer. Er nahm seinen Laptop vom Rücksitz und startete ein spezielles Spionagetool, mit dem er alle Geräte kontrollieren konnte, die er gerade installiert hatte. Die Kameras in den Räumen waren so angebracht, dass man die Räume im Weitwinkelmodus gut überblicken konnte und Rumpels Vierbeiner nicht aus Versehen die Geräte umstoßen konnte. Zufrieden schaltete er die Modi „Bewegungsmelder" und „Nachtsicht" ein, so dass die Geräte Tag und Nacht nur dann Bilder an seine Cloud sendeten, wenn sich jemand in der Wohnung aufhielt. So konnte sich sein Auftraggeber jederzeit über die Aktivitäten Rumpels informieren. Auch die Tracker, die er an Rumpels Wagen und dem im Wagen befindlichen Hundegeschirr sowie an einem Rucksack angebracht hatte, funktionierten einwandfrei. Die Motive seines Auftraggebers, der ihm persönlich natürlich nicht bekannt war, interessierten ihn nicht. Man hatte über das Darknet in anonymisierter Form mit ihm Kontakt aufgenommen und den Auftrag detailliert besprochen. Hauptsache, der Mensch konnte sich die nicht unbedeutenden Kosten dieser Überwachung leisten. Ein entsprechender Betrag in Bitcoins war ihm bereits gutgeschrieben worden. Er klappte den Laptop zu und legte ihn wieder auf die Rückbank. Nachdem er die Tracking-App auf dem Handy geschlossen hatte, schrieb er noch eine Nachricht an eine Nummer, die nicht zurückverfolgt werden konnte. Wenig später war er auf der Autobahn in Richtung Frankfurt am Main unterwegs.

Zwei

Das Fadenkreuz des Zielfernrohrs huschte haltlos vor seinem Zielauge hin und her. Er konnte sich anstrengen, wie er wollte, er bekam es einfach nicht in den Griff! In ständigem unregelmäßigem Wechsel, mal scharf, dann wieder unscharf, zeichnete sich im Objektiv stark vergrößert ein menschliches Gesicht ab, dessen übergroße Augen auf ihn zurückstarrten. Wie konnte das sein? Sie fokussierten ihn! Fraßen sich regelrecht in ihn hinein! Gleichzeitig dröhnte in seinem Kopf der über das Headset an sein Ohr dringende Befehl des Einsatzleiters: „Finaler Rettungsschuss nach eigenem Ermessen frei …! Finaler Rettungsschuss nach eigenem Ermessen frei …!

Verzweifelt versuchte er sich zu konzentrieren, um einen sicheren, tödlichen Schuss auf den Kopf hinter dem Fadenkreuz abzugeben. Dann erklang plötzlich eine Serie von überlauten Schüssen aus einer unbekannten Quelle. Das Gesicht im Zielfernrohr verzerrte sich zu einem lautlosen Lachen, dann spritzte eine Wolke Blut auf das Objektiv und machte ihm die Sicht unmöglich. Er stieß laute, heisere Schreie aus, war aber nicht in der Lage, das Bild zu schärfen. Verzweiflung zog ihn in einen lähmenden Sog.

Von irgendwoher fühlte er plötzlich den klammernden Griff einer Hand, die an ihm rüttelte. Heftig schlug er um sich, um diese Kraft abzuschütteln. Er musste sich doch auf den rettenden Schuss konzentrieren! Ein wütender Schrei quälte sich aus seiner Kehle und mischte sich mit einer anderen lauten Stimme, die langsam immer dominanter zu ihm durchdrang. Nur mühsam lichtete sich der dichte Nebel, der ihn in diesem schrecklichen Traumbild gefangen hielt.

„Rumpel …! Rumpel, wach auf!"

Es war eine weibliche Stimme, die nahe seinem Ohr auf ihn einsprach. Die Erkenntnis, dass er diese Stimme irgendwoher kannte, kämpfte sich mühsam in seine langsam realer werdende Wahrnehmung. Er hörte sein eigenes Keuchen, das ihn aus dem Traum herausbegleitete. Mühsam überwand er den Widerstand der Lider und öffnete die Augen. Mit der Handfläche seiner Rechten wischte er über sein Gesicht, um auch die letzten imaginären Schleier zu beseitigen, die seinen Verstand umwoben hatten. In der Dämmerung des Schlafzimmers blickte er direkt in die intensiv blauen Augen einer Frau, die neben ihm im Bett lag und sich über ihn beugte. Er roch sie intensiv und klar. Eine Mischung aus Flieder und Schweiß. Lena, fiel ihm übergangslos ein, sie hieß Lena. Es dauerte einen weiteren Moment, ehe zaghaft die Erinnerung aufschien, die ihn in abgerissenen Szenen ahnen ließ, wie sie in sein Bett gekommen war. In seinem Kopf herrschte ein fürchterliches Durcheinander, dessen Bruchstücke sich erst ganz langsam zu einem Mosaik zusammenfanden.

Die Jalousien des Fensters waren nur zu drei Viertel heruntergelassen und die Lamellen ließen den Schimmer des erwachenden Tages herein. Er hob den Kopf und registrierte, dass er nackt war, ebenso wie die Frau neben ihm. Es war warm im Zimmer, warm und stickig.

„Was war das?", flüsterte sie leise, während sie ihm eine feuchte Haarsträhne aus der Stirn strich. „Geht es dir gut?" Ihre Stimme klang etwas kratzig, aber es war ihr eine gewisse Besorgnis anzumerken.

Er hob mühsam den Arm und warf einen Blick auf seine Armbanduhr. Kurz vor fünf. Sein Schädel fühlte sich an, als würde in seinem Kopf ein Schmiedehammer glühendes Eisen bearbeiten. Wahrhaftig kein Moment für tiefschürfende Erklärungen!

„Mach dir keinen Kopf, nur ein beschissener Albtraum!", gab er krächzend zurück. Er setzte sich auf und stellte die Füße auf den Bettvorleger. Sofort befiel ihn heftiger Schwindel. Nur langsam kam das Karussell in seinem Gehirn zum Stillstand.

„Wahrscheinlich war einer der verdammten Whiskys gestern schlecht", knurrte er gereizt. Wieder ein Stück Erinnerung, das zurückkam. Mühsam erhob er sich.

„Komme gleich wieder", erklärte er und kratzte sich geräuschvoll am nackten Hintern, während er in Richtung Badezimmer schlurfte. Sein Blick streifte dabei die unbekleidete, schlanke Frauengestalt, die sich mit zurückgeschlagener Zudecke ungeniert auf dem Laken präsentierte. Schnell musste er sich am Türrahmen festhalten, weil erneut ein heftiger Schwindelanfall nach ihm griff. Dieser verdammte Traum hatte diesmal seine zerstörerische Wucht besonders brutal entfaltet. Immer wieder quälte er ihn, in unregelmäßigen Abständen, mit wechselnder Intensität. Besonders wenn Alkohol im Spiel war … und das war bei ihm häufig der Fall. Er musste unbedingt mit dem Saufen aufhören! Whisky war ein gnadenloser Beschleuniger. Das hatte man ihm in der Reha immer wieder eindringlich nahegelegt. Nicht dass ihn das besonders interessiert hätte.

Er trat ins Bad. Im Vorübergehen warf er einen Blick in die Türspiegel des Badezimmerschrankes. Das Gesicht, das ihm da, von den LED-Lampen grell beleuchtet, entgegenblickte, war absolut nicht dazu geeignet, seine Stimmung zu heben.

So sah er aus, Adam Rumpel, Polizeioberkommissar, zweiundvierzig Jahre alt, hagere Gesichtszüge, die von einem dunklen Bartschatten betont wurden. Seine brünetten Haare waren verschwitzt und standen in alle Himmelsrichtungen ab. Die tief in den Höhlen liegenden blauen Augen waren von einem rötlichen Aderngeflecht durchzogen. Wenn er sich in diesem

Zustand hätte schätzen lassen, wäre er wahrscheinlich sofort pensioniert worden. Von sich selbst angewidert, wandte er sich ab und hob den Klodeckel hoch. Während er urinierte, starrte er geistesabwesend auf das Etikett eines Reinigungsmittels, das auf dem Spülkasten stand, ohne die darauf enthaltenen Informationen zur Kenntnis zu nehmen. In Wirklichkeit sinnierte er darüber nach, wie sein erstes Zusammentreffen mit der Frau in seinem Bett zustande gekommen war.

Drei

Die Geschichte begann ungefähr vier Wochen zuvor. Die Reha, in der seine posttraumatische Belastungsstörung therapiert werden sollte, hatte er bereits vor einiger Zeit auf eigenen Wunsch und gegen den Rat der Ärzte abgebrochen. An dem fraglichen Tag hatte er seine Wohnung im Würzburger Stadtteil Zellerau kurz nach sechzehn Uhr verlassen, um Eva etwas Auslauf zu ermöglichen. Seine Laune war auf einem Tagestiefstand. Der Polizeipräsident hatte ihm zwei Stunden davor über die Personalabteilung mitteilen lassen, dass er morgen um vierzehn Uhr erneut bei ihm zu einem Personalgespräch eingeladen sei. Er hatte wirklich keinen Bock auf dieses Gelaber, dessen Inhalt er sich schon lebhaft ausmalen konnte. Sicher würde er ihm wieder Vorhaltungen machen, weil er die Therapie abgebrochen hatte. Eva, seine schwarze, vierjährige Riesenschnauzerhündin, die nun schon seit einiger Zeit bei ihm lebte und ihn auch während der Reha begleitet hatte, war ein Stück vor ihm den Gehsteig entlanggetrabt. Als Herr und Hündin das „BULLEN-PUB", eine gemütliche Eckkneipe, die auf dem Weg zu seiner Wohnung lag, passierten, pfiff er hinter Eva her, die daraufhin stehen blieb und ihn fragend ansah. Nach dem tragischen Vorfall in Kitzingen war er während der internen Ermittlungen zu diesen Ereignissen relativ regelmäßig hierhergekommen und hatte versucht seine Schuldgefühle im Alkohol zu ertränken. Nach seiner Rückkehr aus der Reha war es aktuell das erste Mal gewesen, dass er wieder das Pub betrat. Eva hatte sich aber gemerkt, dass dies ein Ort war, den ihr Mensch gerne aufsuchte. Ursprünglich hatte Rumpel den Plan gehabt, sich mit einer Flasche Whisky zuhause zu begraben. Kurzentschlossen entschied er sich um, drückte die Klinke und betrat die Kneipe. Plötzlich verspürte er Durst auf ein gepflegtes Guinness. Obwohl draußen noch das volle Tageslicht eines sonnigen Julimittwochs herrschte, tauchte er in das gedämpfte Halbdunkel des Gastraumes ein. Nur durch eine längliche Leuchte mit Werbeaufdruck einer Brauerei, die über dem langen Tresen hing, und ein paar Lampen über einzelnen Tischen wurde der Raum halbwegs erhellt. Die Kneipe war wie ein original irisches Pub eingerichtet, aus dessen Zapfanlage Guinness und Ale flossen. Wer darauf bestand, konnte aber auch aus einem dritten Hahn ein Pils vom Fass bekommen. Außerdem schenkte Richi, der Wirt, hervorragenden irischen und schottischen Whisky aus. Irgendwie fühlte sich Rumpel in dieser Atmosphäre immer entspannter. Die meisten der wenigen Tische waren belegt, im Hintergrund des schlauchartigen Raums saßen vier weitere Gäste und spielten lautstark Karten. Richi, ein vollbärtiger Endfünfziger mit fettigen, zu einem Pferdeschwanz zusammengefassten Haaren, stand am Spülbecken und wusch Gläser.

„Grüß dich, Rumpel", begrüßte er den neuen Gast, „auch wieder im Land ..." Dass zwischen Rumpels letztem Besuch und heute eine längere Zeitspanne lag, thematisierte er nicht. Eva war sofort hinter den Tresen gehuscht und begrüßte Richi freudig. Der Wirt lachte und streichelte sie dabei ausgiebig. Sie hatte sich auf die Hinterläufe aufgerichtet und stützte ihre massiven Vorderpfoten auf der Brust des Mannes ab. Dabei schleckte sie ihm mit Begeisterung quer über den wuchernden Vollbart. Wusste der Himmel, was die feine Hundenase aus dem wilden Gestrüpp für Gerüche herausfilterte.

„Mein Gott, Eva, ich habe mich heute schon gewaschen", wehrte Richi lachend die Hündin halbherzig ab. Mit einer Hand öffnete er eine Schublande und fischte eine Knabberstange für Hunde heraus, die er hier für Evas frühere Besuche noch vorrätig hatte. Die Hündin schnappte sich die Stange, dann ließ sie von Richi ab und verzog sich damit unter den nächsten Tisch neben dem Tresen, an dem sich ihr Mensch vor der Reha für gewöhnlich niedergelassen hatte.

„Du hast sie immer verwöhnt", stellte Rumpel ungerührt fest. „Da darfst du dich nicht wundern, wenn sie zum Wegelagerer wird. Diesbezüglich hat sie ein langes Gedächtnis …"

Richi zuckte mit den Schultern. „Wie immer?", wollte er wissen, hatte aber schon ein Glas in der Hand und griff zum Zapfhahn für Guinness.

„Blöde Frage", stellte Rumpel schlecht gelaunt fest und stützte sich mit den Ellbogen auf dem Tresen ab. Richi nahm das ungerührt zur Kenntnis und ließ das frische Guinness ins Glas laufen. Sofort bildete sich eine cremige Schaumkrone. Rumpel war ein ausgesprochener Fan dieses Bieres. Ein weiterer Vorzug des BULLEN-PUBs bestand darin, dass Richi die Meinung vertrat, dass jeder, der hier sein Bier trank, unausgesprochen das Recht erwarb, sich stimmungsmäßig treiben lassen zu können – solange er anderen Gästen damit nicht auf die Nerven ging. Ein Umstand, den Rumpel gerne in Anspruch nahm. Die Kneipe verdiente ihren Namen zu Recht, war sie doch durch ihre Nähe zum Polizeipräsidium für viele Uniformierte Anlaufstelle nach der Schicht.

Rumpel war einer jener Gäste, die Richi eigentlich noch nie gut gelaunt erlebt hatte. Unter den anderen Polizisten hatte er das Image eines notorischen Grantlers. Aber das war ihm egal. Rumpel hatte sicher seinen Grund, wie er gerüchtemäßig mitbekommen hatte. Aber das ging ihn nichts an. Rumpel schnappte sich sein Guinness und setzte sich an seinen alten Stammplatz.

In seiner Erinnerung waren um diese Uhrzeit die meisten Plätze an den Tischen mit Polizisten besetzt. Viele waren in

Uniform, da sie von der Schicht kamen oder diese bald antreten mussten. Die Kollegen, die Rumpel kannten, nickten ihm zwar zurückhaltend zu, er blieb aber an seinem Tisch alleine. Irgendwie umgab ihn die Aura des Unberührbaren, mit dem man nicht umzugehen wusste. Schweigend starrte er vor sich hin und musterte den Pegel in seinem Glas, der sich nun auch beim mittlerweile vierten Bier kontinuierlich dem Glasboden näherte. Eva hatte es sich unter dem Tisch auf der Seite liegend bequem gemacht und schnarchte. Die vielen durcheinanderschwirrenden Stimmen in ihrem Umfeld störten sie nicht.

Irgendwann ging die Tür der Kneipe auf und eine blonde, kurzhaarige Frau betrat das Lokal. Rumpel konnte sich an diesen Moment genau erinnern. Das war der Moment, in dem sich sein Leben ändern sollte. Die Frau trat nicht ein, sie trat auf! Schlank und hochgewachsen, trug sie einen leichten dunkelblauen Trenchcoat, der sich locker um ihre Figur legte. Darunter trug sie Jeans und eine Lederjacke. Ihr Alter war schwer schätzbar, sie wirkte aber ausgesprochen jugendlich.

„Grüß dich, Doc", begrüßte der Wirt den neuen Gast. Rumpel erinnerte sich nicht, die Frau schon einmal hier gesehen zu haben. Für einen Augenblick riss ihn ihr Anblick aus seiner Lethargie. Als er bemerkte, dass er sie regelrecht fixierte, widmete er sich schnell wieder seinem Bier.

„Servus Richi", erwiderte sie und bekundete damit, dass sie mit den hiesigen Gepflogenheiten vertraut war. Jeder, der mehr als einmal hier Gast war, nannte den Wirt nur Richi. Seinen bürgerlichen Namen, Richard Salender, kannten die wenigsten. Sie verharrte einen Augenblick vor dem Tresen, dabei ließ sie den Blick ihrer hellblauen Augen durch den Gastraum schweifen.

„Schenk mir bitte einen Silvaner ein", bat sie dann, „ich muss einen schalen Geschmack runterspülen."

„Geht klar, Doc", gab der Wirt zurück, stellte aber keine weiteren Fragen.

Offenbar war die Blonde Ärztin, dachte Rumpel. Wie sonst war die Anrede Doc zu begründen? Rumpel hatte keine Ahnung, woher Richi immer seine Informationen hatte, aber er kannte die meisten seiner Gäste, zumindest die, die im Polizeidienst tätig waren, besser als die Personalabteilung im Präsidium.

Richi holte einen Bocksbeutel aus dem Kühlschrank, öffnete ihn und goss ihr ein Glas ein. Rumpel wunderte sich, dass der Wirt Wein im Angebot hatte. Nur wenige Gäste verlangten hier nach diesem Getränk, fast alle tranken Bier. Sie griff sich das Weinglas und nippte daran. Dabei wandte sie sich vom Tresen ab und sah sich um. Sie überlegte offenbar, wo sie sich hinsetzen sollte. Ihr war offenbar nicht nach Gesellschaft. Der Tisch neben dem Tresen, an dem ein einzelner Mann saß und an dem noch reichlich Platz war, erschien ihr annehmbar. Er starrte irgendwie geistesabwesend vor sich hin und sein Interesse schien offenbar alleine seinem Bierglas zu gelten.

„Hallo … was dagegen, wenn ich mich setze?", erinnerte sich Rumpel an ihre Frage und an ihre angenehme Stimme. Sie stand neben seinem Tisch und sah ihn fragend an. Er war über diese Störung nicht gerade begeistert. Den Wunsch abzulehnen wäre schon sehr unhöflich gewesen. Er gab ein schwer definierbares Geräusch von sich, welches sowohl Zustimmung wie Ablehnung bedeuten konnte. Sie unterstellte offenbar Ersteres, denn sie ließ sich diagonal von ihm auf den freien Stuhl gegenüber nieder. Sofort entfuhr ihr ein halb erstickter Aufschrei, als sich unvermittelt zwischen ihren Beinen ein dicker schwarzer Hundekopf nach oben schob und ihr über die Hand leckte. Erschrocken fuhr sie hoch. Ein Teil des Weins schwappte über und bildete eine Lache auf dem Tisch.

„Verflixt! Können Sie mich nicht warnen!", schimpfte sie. Eva war offenbar ebenfalls hochgeschreckt und beschnupperte nun interessiert die Frau. Dabei stellte sie ihre Knickohren auf und fiepte freundlich.

„Mann, stell dich nicht so an!", brauste Rumpel auf. „Es hat keiner gesagt, dass du dich hierhersetzen sollst! Eva tut keiner Seele was zuleide und irgendwelchen zickigen Weibern schon gar nicht!"

So schnell, wie die Frau handelte, konnte Rumpel, der aufgrund des vorausgegangenen Alkoholkonsums schon ziemlich angezählt war, nicht reagieren. Sie griff sich blitzschnell sein Bierglas und schüttete ihm den restlichen Inhalt mitten ins Gesicht. „Damit du von der Zicke auch etwas hast!", schleuderte sie ihm wütend entgegen, dann packte sie ihr Weinglas, stand auf und setzte sich damit auf einen Barhocker am Tresen. Der Vorfall löste unter den anderen männlichen Gästen ärgerliches Gemurmel aus. Langsam wischte sich Rumpel mit dem Ärmel das Bier aus dem Gesicht. Urplötzlich spürte er einen irrationalen, unwiderstehlichen Drang zu lachen, den er nicht unterdrücken konnte. Lauthals kicherte er los. Richi kam mit einem Lappen hinter dem Tresen hervor und begann die Wein- und Bierpfützen aufzuwischen. Dabei beugte er sich zu ihm hinab und zischte mit gedämpfter Stimme: „Rumpel, du Trampel, kannst du dich nicht ein bisschen zusammenreißen? Das ist eine sehr nette Frau, die seit kurzem in Würzburg als Rechtsmedizinerin arbeitet und das BULLEN-PUB gerne besucht. Ich denke, du solltest dich bei ihr entschuldigen und dann deinen Hund schnappen und heimgehen. Du hast für heute genug. Wenn du nüchtern bist, kannst du gerne wiederkommen. Ich schreib die Zeche und die der Frau auf deinen Deckel."

Wenn Richi eine solche Empfehlung aussprach, war es besser, ihr nachzukommen. Deshalb erhob er sich und wankte mit

Eva im Gefolge in Richtung Ausgang. Dabei kam er an der Frau am Tresen vorbei, die ihm den Rücken zukehrte und ihn völlig ignorierte. Eva hingegen blieb neben ihr stehen und sah sie schwanzwedelnd an.

„Tut mir leid", brummelte Rumpel kaum verständlich im Vorübergehen und tappte in Richtung Tür. So konnte er nicht sehen, dass die Frau Eva kurz über den Kopf strich, was sich die Hündin gerne gefallen ließ.

In der folgenden Nacht war der Traum besonders brutal gewesen. Zitternd lag er stundenlang wach.

Es vergingen mehrere Tage, ehe er das BULLEN-PUB an einem späten Nachmittag wieder betrat. Es war noch nicht viel los. Mit keinem Wort erwähnte Richi seinen Fehltritt. Er zapfte Rumpel sein Guinness und gab Eva ihren Keks, den sie mit einem Happs hinunterschlang. Rumpel setzte sich an seinen Stammplatz, griff nach einer Tageszeitung und blätterte darin herum. Eva bezog ihren Platz unter dem Tisch und legte den Kopf auf den Schuh ihres Menschen. Wenig später öffnete sich die Kneipentür und die Rechtsmedizinerin betrat die Kneipe. Rumpel registrierte sie sofort. Mit Erstaunen bemerkte er, dass sich sein Puls beschleunigte. Sie begrüßte Richi, dann bestellte sie einen Schoppen Silvaner. Als sie sich nach einem Tisch umsah, erhob sich Rumpel etwas linkisch und bot ihr bei sich einen Platz an.

„Mein Verhalten von vor ein paar Tagen … tut mir leid", erklärte er etwas hölzern, während sie stehen blieb und ihn musterte. „Ich hatte einen schlechten Tag. – Vielleicht darf ich … Sie … also … dich, wenn's recht ist, … als kleine Entschuldigung zu einem Schoppen einladen …?"

Eva hatte sie natürlich ebenfalls entdeckt und kam schwanzwedelnd unter dem Tisch hervor, um sie zu begrüßen. Während sie der Hündin, die ihr fast bis zur Hüfte reichte, den Hals kraulte, erwiderte sie: „Lena …, wir können gerne beim Du bleiben. Wenn du mich schon so freundlich einlädst, kann ich ja fast nicht nein sagen." Langsam ließ sie sich am Tisch nieder, während sich Eva auf ihren Platz verzog. Aufmerksam betrachtete die Frau ihr Gegenüber. Rumpel erinnerte sich, sich schon lange nicht mehr so beklommen gefühlt zu haben.

„Wollte mich einfach entschuldigen", begann er nervös. „Neulich … Ich hatte beruflichen Ärger …"

Sie machte eine wegwerfende Handbewegung. „Ich war an diesem Tag auch ziemlich schlecht drauf. Vergessen wir's …" Sie hob ihr Glas und prostete ihm zu.

Erleichtert prostete Rumpel zurück. „Ich bin übrigens Rumpel. Jeder nennt mich nur Rumpel …" Sie nickte.

„Ziemlich großer Hund." Offensichtlich suchte sie ein neutrales Gesprächsthema.

„Stimmt", bestätigte Rumpel. „Sie ist aber ausgesprochen friedlich und freundlich. Man hatte sie für den Polizeidienst ausgewählt. Es stellte sich aber schnell heraus, dass sie nicht die nötige Schärfe besitzt. Sie wollte einfach nicht auf Kommando zubeißen. Man hat sie dann sehr schnell ausgemustert. Ich kenne den Leiter der Polizeihundeschule. Er wusste, dass ich mich in einer …" Er zögerte kurz, dann fuhr er fort: „… speziellen … Lebenssituation befand und etwas Gesellschaft brauchen konnte. Er hat mich dann gefragt, ob ich sie nicht zu mir nehmen will. Seitdem lebt sie bei mir und ich habe es nicht bereut. Sie ist sehr anhänglich, verspielt und ausgesprochen klug."

Rumpel erinnerte sich, dass er richtig ins Reden gekommen war. Wann hatte er zum letzten Mal so viele Informationen über sich geäußert? Lena hörte ihm aufmerksam zu, ohne ihn zu unterbrechen. Es hatte ihm, dem alten Schweiger, der die Dinge gerne in sich begrub, zu seiner eigenen Verwunderung gutgetan, mit ihr zu reden.

„Ich habe den Eindruck, der Wirt kennt dich schon lange", änderte sie die Gesprächsrichtung, „ich habe dich aber noch nie hier gesehen …"

„Ich dich auch nicht. Allerdings war ich mehrere Wochen nicht mehr hier gewesen … aus … persönlichen Gründen."

Sie erzählte ihm, dass sie erst seit einigen Wochen eine neue Stelle im rechtsmedizinischen Institut angenommen hatte und in der Nähe des BULLEN-PUBs eine Wohnung bezogen hatte. Da sie in Würzburg noch keine privaten Kontakte hatte, war sie auf diese Kneipe gestoßen, wo sie nach der Arbeit etwas herunterkommen konnte. Sie unterhielten sich noch einige Zeit, bis Lena aufbrach, da sie am nächsten Tag mehrere Obduktionen durchführen musste.

An diesem Abend blieb Rumpel einigermaßen nüchtern. Während er vor dem Fernseher saß, tauchte vor seinem geistigen Auge immer wieder das Gesicht von Lena auf. Einer Frau, die bei ihm nachhaltigen Eindruck hinterlassen hatte. Die Erinnerung an sie war in der Lage, einige Zeit seine schwermütigen Gedanken zu überwinden.

Vier

Er riss sich von seinen Erinnerungen los und kehrte in das Hier und Heute seines Badezimmers zurück. Nachdem er die Spülung betätigt hatte, wusch er sich die Hände, ohne sich allerdings erneut dem unerfreulichen Anblick seines Spiegelbildes auszusetzen. Anschließend putzte er sich die Zähne, um den pelzigen Geschmack im Mund loszuwerden. Danach trat er unter die Dusche und drehte das Wasser voll auf. Irgendwie befand er sich gedanklich in einer Blase, die ihn gefangen hielt. Die heißen Wasserstrahlen prasselten auf seinen Körper und wuschen den klebrigen Film der vergangenen Liebesnacht von ihm ab. Plötzlich verzog er das Gesicht. Er spürte auf dem Rücken ein unangenehmes Brennen. Wenn er den Kopf drehte, konnte er seine Rückseite im Glas der Duschkabine erkennen. Dort waren mehrere rote Striemen. Unschwer waren sie den Fingernägeln der Frau in seinem Bett zuzuordnen, Zeugnisse ihrer ungezügelten Wildheit! Plötzlich erwachte in ihm eine gewisse Scheu, Lena wieder gegenüberzutreten. Er ließ das Wasser weiter auf sich herunterpeitschen. Irgendwie mangelte es ihm an Entschlusskraft, sich Lenas körperlicher Gegenwart zu stellen. Was sollte er sagen? Wie geht's dir? Möchtest du einen Kaffee? Irgendwelche sinnlose Floskeln? Am Morgen nach einer normalen Liebesnacht hätte man wahrscheinlich ein paar tiefergehende, freundliche Gedanken ausgetauscht. Unter Umständen nochmals gekuschelt und vielleicht sogar Empfindungen des gemeinsam Erlebten ausgetauscht. Hier war das ganz anders. Das gestrige Erlebnis hatte sich einfach so ereignet, ihn überrannt.

Rumpel war mit der Situation emotional ziemlich überfordert. Diese Nacht war nicht das Ergebnis der natürlichen Steigerung eines Flirts, einer liebevollen Entwicklung einer tiefergehenden Bekanntschaft … Es war das unvorhersehbare Ende eines gemeinsamen Alkoholexzesses, dem ein spontaner, wilder, aber einvernehmlicher One-Night-Stand gefolgt war! Begleitet von Sympathie, aber geprägt von der unausgesprochenen Hoffnung, im anderen ein Mittel zu finden, die eigene Verzweiflung abzureagieren. Sie hatten sich beide im stillschweigenden Einvernehmen mit Whisky abgeschossen, geleitet von unterschiedlichen unausgesprochenen Motiven, mündend aber letztlich in einer gemeinsamen sexuellen Ausschweifung.

Seine Erinnerung endete an dem Punkt, an dem Lena und er das BULLEN-PUB verließen. Der Heimweg tauchte nur noch als verschwommene Schemen auf. Wer wen abgeschleppt und die Entscheidung getroffen hatte, Rumpels Bett anzusteuern, war im Rausch vernebelt. Irgendwo darin Fetzen von euphorischen Szenen, ungehemmte Schreie, wilde Ekstase, Lust bis an die Grenze des Schmerzes. Am Ende waren da nur noch totale Erschöpfung und Dunkelheit bis zu dem Moment, als er von ihr aus dem quälenden Traum herausgerissen worden war. Plötzlich verspürte er so etwas wie Scham. Seine körperliche Nacktheit störte ihn nicht, ganz anders verhielt es sich mit seiner seelischen Entblößung, die ihr Einblick in seine intimsten Geheimnisse gewährte.

Das heiße Wasser entfaltete langsam eine entspannende Wirkung. Rumpel ließ seine Gedanken kreisen und zwang sich zu einer Art Analyse in der Hoffnung, eine gewisse Sicherheit wiederzufinden.

Sie hatten sich in der letzten Zeit immer wieder mal im BULLEN-PUB getroffen, zufällig, aber immer am gemeinsamen Tisch. Mal gesprächig, mal schweigsam. Mal mit mehr, mal mit wenig Alkohol. Eva war immer gleichermaßen erfreut, dass sie sich sahen, und brachte dies auch nachdrücklich zum Ausdruck.

Welche Konstellation des gestrigen, wieder zufälligen Treffens war der Trigger gewesen, der Auslöser dafür, dass sie beide heute Nacht in seinem Bett gelandet waren? Rumpel war seit langer Zeit mit keiner Frau mehr zusammen gewesen. Seine derzeitige psychische Situation stand Gedanken in dieser Richtung völlig entgegen. Keinen Augenblick hatte er irgendwelche Fantasien gehabt, in denen Lena eine erotische Rolle gespielt hätte. Und trotzdem gab es diese Nacht!

Was war dem vorausgegangen? Die frustauslösende Vorladung zum erneuten Gespräch mit dem Polizeipräsidenten? Er wusste, was ihn da erwartete. Diskussionen zu seiner beruflichen Zukunft, die ihm gewaltig auf den Geist gingen!

Als Lena gestern am späten Nachmittag das Pub betrat, hatte er schon einige Whiskys und ein paar Guinness intus. Wortlos hatte sie sich zu ihm gesetzt und die stürmische Begrüßung von Eva über sich ergehen lassen. Rumpel nickte ihr knapp zu. Ein prüfender Blick genügte ihr, um seinen Zustand zu erkennen. Sie überlegte kurz, dann gab sie Richi ein Zeichen und deutete auf Rumpels Gläser. Richi zögerte kurz, dann hielt er fragend die Whiskyflasche in die Höhe, aus der er kurz zuvor Rumpel bedient hatte. Nachdem sie bestätigend nickte, schenkte er ihr daumenbreit ein. Als das Glas vor ihr stand, ergriff sie es und stieß es gegen Rumpels Whiskyglas. Der warf ihr einen kurzen Blick zu. Wegen des bereits genossenen Alkohols erkannte er nicht, dass sie heute sehr ernst und blass war. Ihm entging auch das leichte Zittern ihrer Hände. Wie so oft kreisten seine Gedanken in erster Linie um ihn selbst.

„Prost!", sagte sie knapp, dann setzte sie an und stürzte den Whisky mit einem Schluck hinunter. Genuss sah eindeutig anders aus. Sie schüttelte sich kurz und beobachtete Rumpel, der nun seinerseits sein Glas leerte.

„Stressigen Tag gehabt?", fragte sie knapp, während sie Richi ein Zeichen gab, beide Gläser nachzufüllen. Bei ihren bisherigen Treffen drehte sich der Inhalt ihrer knappen Unterhaltung immer um Allgemeinplätze, so gut wie nie um die beruflichen Dinge.

Rumpel zuckte mit den Schultern. „Scheiße as usual …", gab er knapp zurück.

„Ärger?"

„Ein Dauerthema mit Variationen", gab er knapp zurück, ohne konkret zu werden. Sie merkte, dass er keine weiteren Erläuterungen abgeben wollte. Stattdessen wies er mit der Hand auf ihren Whisky.

„Warum heute kein Silvaner?"

Sie zuckte mit den Schultern, während sie mit dem Daumen am Glas entlangrieb. Dabei mied sie seinen Blick. Nach einer kurzen Überlegung wurde sie konkret.

„Heute hatte ich die Leiche eines dreijährigen Kindes auf dem Tisch. Die Mutter hat es mittels eines laufenden Haarföhns, den sie ins Badewasser warf, getötet. Es ist sehr schwer, da die berufliche Distanz aufrechtzuerhalten." Sie verstummte. Ihre Miene verdüsterte sich noch mehr.

„Stell ich mir schrecklich vor", erklärte Rumpel nach kurzem Schweigen. „Das macht einen doch fertig, wenn man mit dem Skalpell …" Er verschluckte den Rest des Satzes, weil er trotz seiner Alkoholisierung merkte, dass er womöglich Salz in eine offene Wunde streute.

Lena fasste ihr Glas und trank es erneut hastig aus. Rumpel schloss sich an, weil er hoffte, damit den peinlichen Moment überbrücken zu können. Ohne darauf einzugehen, winkte Lena Richi zu, der erneut zum Tisch kam und beide Gläser füllte. Er war ein erfahrener Wirt und merkte, dass sich zwischen den beiden von einem Moment auf den anderen ein zwischenmenschliches Spannungsfeld aufgebaut hatte, das auch für ihn fast körperlich spürbar war. Nach einer längeren Pause erklärte Lena leise: „… Obduktionen von Kindern sind für mich extrem schlimm … Eigentlich weigere ich mich, sie durchzuführen … Da fällt es mir extrem schwer, die professionelle Distanz zu wahren." Sie schwenkte ihr Glas und ließ den Whisky sachte kreisen. „Heute war ich die einzige Rechtsmedizinerin im Haus. Die Angelegenheit war eilig … da musste ich ran …"

Rumpel hörte schweigend zu, weil er ihre Gedanken nicht stören wollte. Er stellte auch keine Fragen. Stattdessen nahm er einen kräftigen Schluck seines Bieres. Wenn sie ihm etwas sagen wollte, musste sie es von sich aus tun.

Nach kurzer Pause gab sie sich sichtlich einen Ruck, sah ihm in die Augen und erklärte mit gesenkter Stimme: „Lass uns bitte das Thema wechseln, sonst …" Sie machte eine wegwerfende Handbewegung und fragte dann mit deutlich forscherer Stimmlage: „Was machst du eigentlich bei der Polizei? Du scheinst ziemlich frei in deiner Zeiteinteilung zu sein …"

Rumpel machte eine vage Handbewegung, dabei zog er eine Grimasse. Sie merkte ihm an, dass dieser Themenwechsel für ihn offenbar ebenfalls unangenehm war.

„Schwer zu beantworten …", erklärte er zögernd, „genau weiß ich das selbst nicht … Vor einiger Zeit ist da … etwas vorgefallen … Seitdem bin ich freigestellt … irgendwie im Wartestand." Er nahm einen Schluck Whisky. „Ich passe zurzeit irgendwie nicht mehr so recht ins System."

Sie merkte, dass er nichts mehr dazu sagen wollte. Schließlich ergänzte er: „… Demnächst muss ich zum Polizeipräsidenten. Der quatscht mich dann voll, ändern wird sich aber nichts. – Irgendwie meint er es ja gut, aber ich …" Er verstummte mit einem Achselzucken, dann hob er die Hand, suchte Blickkontakt zu Richi und deutete auf sein leeres Bierglas. Der Wirt warf ihm einen prüfenden Blick zu. Er kannte die kritische

Grenze seines Stammgastes. Langsam war der Höchststand seiner Nehmerqualitäten erreicht. Nachdem sich Rumpel aber offenbar mal mit jemandem unterhielt und nicht nur stur vor sich hinstarrte, zapfte er noch ein Guinness. Das letzte, wie er sich vornahm. Rumpel kippte seinen Whisky hinunter, dann nahm er einen kräftigen Schluck Bier. „Schmeckt nicht, wenn man den Whisky so trocken runterwürgen muss." Er stieß ein freudloses Lachen aus.

„Gib mir bitte auch noch einen", erklärte Lena daraufhin in Richtung Tresen und hielt ihr Whiskyglas in die Höhe.

„Komm, Rumpel, einen verträgst du sicher auch noch. Du willst doch nicht, dass ich mir hier alleine die Kante gebe. Ich habe heute ganz einfach Lust, mich abzuschießen! Ich lade dich auch ein!"

Rumpel zuckte mit den Schultern und schob sein leeres Glas an den Tischrand. Richi kam herbei, goss nach und verkniff sich eine Bemerkung. Das waren zwei erwachsene Menschen, die sicher auch das Recht besaßen, sich mal zu betrinken. Nach diesem Whisky war aber Schluss … für beide, entschied er.

Die Wirkung des Alkohols machte sich jetzt massiv bemerkbar und das Gespräch zwischen den beiden schlief langsam ein. Jeder brabbelte irgendetwas Unzusammenhängendes vor sich hin, dem der andere nicht mehr folgen konnte. Plötzlich stellte Lena mit schwerem Zungenschlag fest: „Ich … ich muss mal … für kleine Mädchen …!"

„Eva … müsste auch mal …", gab Rumpel zurück und trank sein Bierglas hastig leer. Ein Teil des Inhalts lief ihm über das Kinn und versickerte in seinem Hemdkragen.

Lena hatte sich schon etwas schwerfällig aufgerichtet. Sie stand einen Augenblick still, offenbar musste sie ihr Gleichgewicht ausbalancieren, dann fixierte sie Eva, die unter dem Tisch hervorspitzte, und stellte fest: „Mädchen gehen zwar oft … zu mehreren aufs Klo, aber dieses … Geschäft musst du schon alleine erledigen … am besten draußen …" Dann stelzte sie in Richtung Toiletten davon. Eva musterte fragend ihren Menschen. Bedeutete das jetzt Aufbruch?

„Richi … schreib alles … auf meinen Deckel", nuschelte Rumpel in Richtung des Wirtes, der ihm zustimmend zuwinkte, dann konzentrierte er sich, um schon mal den Ausgang anzusteuern.

„Viel Glück, Rumpel", murmelte Richi vor sich hin, so dass Rumpel es nicht verstehen konnte, „tu nichts, was ich in der Situation nicht auch täte."

Kurz darauf kam Lena aus der Toilette und warf ihren Geldbeutel auf den Tresen. Fragend sah sie den Wirt an.

„Alles schon erledigt", erklärte Richi und schob ihr das Portemonnaie wieder hin. „Soll ich dir ein Taxi bestellen?" Sie schüttelte den Kopf, dann steckte sie den Geldbeutel in die Gesäßtasche ihrer Jeans, winkte ihm etwas fahrig zu und stiefelte in Richtung Ausgang, wo Rumpel sich schwankend am Türrahmen festhielt. Lena drückte sich an ihm vorbei und stieß die Tür mit Schwung nach außen auf. Dabei wäre sie fast über die niedrige Schwelle gestolpert. Eine schwülwarme Brise empfing die beiden und strich ihnen über das Gesicht. Die Gasse wurde von einer einsamen Straßenlaterne spärlich beleuchtet. Eva stürmte an den beiden vorbei und kaperte ein schmales Rasenstück in der Nähe. Mit ihrem schwarzen Fell wurde sie fast völlig von der Nacht verschluckt.

Rumpel nahm die Handbrause uns wusch sich den Schaum des Duschmittels ab. Die Szene vor der Kneipe haftete ihm noch im Gedächtnis. Überhaupt kamen immer mehr Erinnerungen zurück …

… Lena und er standen irgendwie verloren vor dem

BULLEN-PUB herum. Eva stupste Lena an, weil sie gestreichelt werden wollte.

„Ist ja gut", murmelte Lena und kraulte ihr den Hals. Sie fixierte Rumpel, der ihr gegenüberstand und sie wortlos ansah. „Ich … ich möchte heute Nacht … nicht alleine sein", stellte sie plötzlich mit rauer Stimme fest.

Es dauerte einen Moment, bis die Botschaft in sein Gehirn eingesickert war. „Geht … mir genauso …"

„Wohin …? Zu dir oder zu mir?" Das Vorhaben als solches stand in stillschweigendem Einvernehmen gar nicht zur Debatte.

„Ich wohne … nur ein paar Blocks von hier …", erklärte Rumpel zögernd, „… wenn du willst …?"

„Okay", erwiderte sie, dann hakte sie sich bei ihm unter und schmiegte sich eng an seine Seite. Langsam schlugen sie schlingernd die Richtung ein, die er vorgab. Wobei schon nach wenigen Metern nicht mehr genau feststellbar war, wer wessen Stütze war. Eva trabte ein Stück vorweg und versicherte sich immer wieder rückwärts schauend, ob die beiden Menschen ihr auch folgten. Sie kannte den Weg und das Ziel. Durch den kurzen Spaziergang an der frischen Luft kam der Alkohol in ihrer beider Blut so richtig zur Wirkung. Als sie das Hochhaus, in dessen oberstem Stock Rumpel wohnte, erreichten, hatten beide Mühe, den Rufknopf für den Aufzug zu betätigen. Es dauerte einen Moment, bis die Kabine das Erdgeschoss erreichte. Während sie beide hineinwankten, stolperten sie, weil Eva ihnen zwischen die Füße geriet. Rumpel konnte gerade noch den obersten Knopf betätigen, als Lena ihm nach Halt suchend um den Hals fiel. Plötzlich fasste sie sein Gesicht mit beiden Händen und begann wie wild zu knutschen. Er küsste sie nach kurzer Schrecksekunde heftig zurück. Von einem Moment auf den anderen befanden sie sich in einem heftigen Clinch, der eher einem Nahkampf als einer liebevollen Umarmung glich.

Eva saß etwas verwirrt in der Ecke des Aufzugs und wusste nicht, wie sie die Situation einordnen sollte. Sie fiepte leise. Sich heftig umarmend, mit den Händen in die Kleidung des anderen verstrickt, taumelten sie im obersten Stockwerk aus dem Lift. Seine Wohnung befand sich direkt gegenüber. Während Lena an seiner Jacke zerrte, versuchte er den Schlüssel aus der Hosentasche zu fischen. Weil Lena ihn so bedrängte, landete der Schlüssel erst einmal klirrend auf dem Boden. Als er sich nach ihm bückte, wären beide fast auf dem Fußabstreifer gelandet, weil Lena ihn nicht aus ihrer Umklammerung ließ. Beide gaben ein infantiles Kichern von sich.

„Warte!", krächzte er, nachdem sie sich wieder gefangen hatten, und versuchte aufzuschließen.

„Mach … schon, verdammt!", forderte sie heiser.

Mit den Füßen schaffte er es, die Tür von innen zuzutreten … dann brachen alle Dämme. Während Eva irritiert ihren Schlafplatz in der Küche aufsuchte, rissen sie sich die Kleider vom Leib, wobei er Lena mehr oder weniger sanft in Richtung Schlafzimmer zerrte. Auf dem Weg dorthin hinterließen sie eine Spur wild abgeworfener Kleidungsstücke. Unter der Tür zum Schlafzimmer versuchte sich Rumpel, auf einem Bein hüpfend, seiner Jeans zu entledigen. Dabei verlor er das Gleichgewicht und krachte gegen den Schlafzimmerschrank, der ins Wanken geriet. Ungeachtet der Tatsache, dass Bettdecke und Laken noch von der letzten Nacht zerwühlt herumlagen, ließen sich beide keuchend auf die Matratze fallen. Das Bettgestell stöhnte auf, hielt aber stand. Sie trieben es, schamlos, mit allen körperlichen Möglichkeiten. Da war keine Zärtlichkeit, nur animalische Lust, die sich ungebremst Bahn brach. Ein Dammbruch, der den ursprünglich vorhandenen, unterschwelligen Wunsch nach tröstender Nähe hinwegschwemmte. Vergessen waren Zeit und Raum, Scham und Beherrschung. Es gab keinen Polizeibeamten Rumpel und keine Rechtsmedizinerin Lena, nur zwei Menschen, die das Schicksal zusammengeführt hatte und die, bedingt durch den Alkohol, eine grenzenlose Enthemmung durchlebten.

Fünf

Rumpel stellte das Wasser ab, trat aus der Dusche und schnappte sich ein Badetuch. Er war noch völlig in der Erinnerung gefangen. Plötzlich hob er den Kopf und lauschte. Was war das für ein Geräusch? Sollte …? Er schlang sich das Handtuch um den Bauch und verließ eilig das Bad. Mit wenigen Schritten war er im Schlafzimmer. Schon auf dem Weg dorthin registrierte er das Fehlen aller weiblichen Kleidungsstücke, die auf dem Boden verstreut gewesen waren. Das leere Bett gab ihm Gewissheit: Lena war gegangen! Die Laken zerwühlt, die Bettdecke zusammengeschoben, formten sie noch eine Ahnung ihrer körperlichen Konturen nach.

Eva stand hinter ihm und fiepte leise.

„Warum hast du sie gehen lassen?", murmelte Rumpel leise, dabei streichelte er den Kopf der Hündin. Sie war es gewohnt, dass er sich mit ihr unterhielt, und freute sich über jede Beachtung. Sein Blick huschte durch den Raum. Ohne sich den Gedanken selbst zuzugestehen, suchte er nach einer Nachricht, einem Hinweis, einem Zeichen des Abschieds. Eine Botschaft, dass ihr die vergangenen Stunden in irgendeiner Form etwas bedeuteten. – Nichts. Ihn berührte eine Empfindung, die er nicht recht einordnen konnte. War da so etwas wie Enttäuschung? Oder gar eine Leere? Er rief sich zur Ordnung. Was stellte er sich vor? Alles, was heute Nacht geschehen war, war unverbindlich, ohne jegliche Verpflichtung. Er schüttelte den Kopf, worauf ihn sein Gehirn daran erinnerte, dass er im Augenblick jedwede Art von Erschütterungen besser unterlassen sollte. Rumpel öffnete im Bad den Spiegelschrank und holte sich eine Kopfschmerztablette heraus. Er beugte sich über den Wasserhahn und schluckte sie mit einer Handvoll Wasser hinunter. Anschließend ging er zurück, riss die Überzüge von den Betten und warf die nassgeschwitzten Laken auf den Boden. Plötzlich sehnte er sich nach frischer Luft. Er öffnete das Fenster und ließ die morgendliche Kühle herein. Da er aber nur mit dem Handtuch bekleidet war, fröstelte ihn schnell. Er knüllte die Bettwäsche zu einem Klumpen zusammen, trug sie ins Bad und steckte sie in die Waschmaschine. Zwischen Lena und ihm war nichts geschehen, was man nicht mit einem normalen Waschgang von 60 Grad bereinigen konnte. Danach griff er nach einem Kamm, feuchtete ihn am Wasserhahn an und bändigte seine Haare. Den Gedanken an eine Rasur verwarf er gleich wieder. Keine Lust!

Zurück im Schlafzimmer hob er seine Klamotten auf. Der Geruch von Bier und Whisky stieg ihm in die Nase. Das Geruchskaleidoskop des BULLEN-PUBs reizte seine Nasenschleimhäute. Er verzog das Gesicht. Rumpel hielt nicht viel von Kleiderordnung, aber mit dieser Ausdünstung konnte er nicht beim Polizeipräsidenten auftauchen. Er öffnete den Kleiderschrank. Jeans, ein schwarzes Poloshirt ohne Aufdruck und seine relativ neue Lederjacke würden es wohl tun. Präsident Rheinländer würde zwar auch über diese Kleiderwahl die Nase rümpfen, da er bei derartigen Besprechungen seine Mitarbeiter gerne in Uniform sah, aber das war Rumpel egal.

Einige Minuten später blubberte die Kaffeemaschine. Ohne seine Startdroge war er heute verloren. Während er auf den Kaffee wartete, füllte er Evas Futternapf. Gierig und sehr geräuschvoll machte sich die Hündin darüber her.

„Mein Gott, ich fresse dir schon nichts weg!", brummelte er. Es war schon erstaunlich, welche Mengen diese Hündin in kürzester Zeit verschlingen konnte.

Rumpel musste spontan aufstoßen. Angeekelt verzog er das Gesicht, weil ihm die Magensäure brennend die Speiseröhre hochstieg. Er zog eine Schublade des Küchenschrankes auf und holte einen Blister mit Lutschtabletten heraus, welche die Säure kompensieren würden. Mit einem Blick überzeugte er sich davon, dass der Kaffee durchgelaufen war, goss sich eine große Tasse ein und gab zwei Löffel Zucker dazu. Stark, schwarz, süß und heiß musste er sein. Rumpel nippte. „Verdammt!", fluchte er. Heiß war er definitiv!

Bis zu seinem Termin hatte er noch über eine Stunde Zeit. Schluck für Schluck trank er das starke Gebräu, bis die Tasse leer war. Er stellte sie in den Ausguss, dann griff er sich die Hundeleine vom Garderobenhaken. Eva stand schon schwanzwedelnd parat.

„Also los!", kommandierte er, steckte sich den Hausschlüssel in die Hosentasche und verließ die Wohnung. Während sie auf dem Weg ins Parterre waren, musste Rumpel plötzlich leicht grinsen. Sie hatten heute Nacht die Aufhängung der Liftkabine ganz schön in Schwingungen versetzt. Währenddessen schnüffelte Eva interessiert in einem Winkel des Lifts herum. Plötzlich drehte sie sich um und hatte ein dunkelblaues Halstuch im Maul. Stolz präsentierte sie es ihrem Menschen.

„Zeig mal her." Rumpel nahm es ihr ab und betrachtete es. Vorsichtig roch er daran. Es trug eindeutig die Duftnote von Lenas Eau de Toilette, das noch sehr aktuell an seinen Nasenschleimhäuten haftete. Langsam steckte er es in die Hosentasche. Er wusste noch nicht, was er damit machen würde.

Wenig später waren sie unterwegs in Richtung Main. So sehr er sich auch Mühe gab, hatte er doch erhebliche Probleme, sich auf seine Umgebung zu konzentrieren. Wie Blitzeinschläge drängten sich immer wieder Erinnerungsfetzen an die vergangene Nacht in seinen Verstand. Bilder einer wunderschönen Frau, die mit ihrer animalischen Wildheit seine Tagträume beherrschte.

Sechs

Lena beobachtete mit halb geöffneten Augen die hagere, nackte Gestalt, die in der Dämmerung des beginnenden Tages das Bett verließ und sich in Richtung Badezimmer bewegte. Vor kurzem lag der Mann noch neben ihr und schrie ihm Traum. Sie rieb sich mit der Hand über die Stirn. In ihrem Schädel pochte das Blut und trieb Schmerzwellen durch ihr Hirn. Vorsichtig ließ sie sich auf das Kissen zurücksinken. Ihre Hand ertastete feuchte Laken. Es war einfach unfassbar! Sie lag eindeutig in einem fremden Bett! Dem Bett von Rumpel, ihrer Bekanntschaft aus dem BULLEN-PUB. Das beginnende Tageslicht zauberte durch die halb geschlossenen Jalousien skurrile Muster auf den Boden. Sie hörte das Geräusch der Toilettenspülung. Szenen der Nacht schossen ihr wie Filmschnipsel ins Gedächtnis. Bildsequenzen, die sie bestürzten! Was hatte sie dazu getrieben, mit diesem ihr eigentlich fremden Mann eine solche Nacht zu verbringen? Eine Kneipenbekanntschaft, die ihr zwar nicht unsympathisch war, die aber auch keine spontanen, tiefergehenden Gefühle bei ihr auslöste. Wenn sie genauer in sich hineinhorchte, war da vielleicht doch so etwas wie eine Art Seelenverwandtschaft?

Das Rauschen der Dusche drängte sich in ihre Gedanken. Plötzlich spürte sie so etwas wie Entsetzen über sich selbst. Sie hatte sich wie eine Schlampe aufgeführt! Sie musste hier weg! Mit einem Satz sprang sie aus dem Bett und begann ihre Unterwäsche zusammenzusuchen. Sie war gewiss nicht prüde, aber die Bilder, die sie plötzlich ansprangen, waren heftig! Das, was sie jetzt tat, war sicher feige, aber die Umstände der vergangenen Nacht lösten in ihr nicht den Wunsch aus, diesem Erlebnis ein Nachspiel in Form eines gemeinsamen Frühstücks oder eines persönlichen Gesprächs folgen zu lassen. Nicht jetzt! Nicht heute! Vielleicht gar nicht.

Nachdem sie Eva, die sich sofort zur Begrüßung an sie drängte, flüchtig gestreichelt hatte, kleidete sie sich im Flur hastig an. Die Dusche rauschte noch immer. Sie überzeugte sich mit schnellen Blicken davon, dass sie nichts liegen gelassen hatte, dann zog sie die Wohnungstür mit einem Ruck hinter sich zu. Sie nahm die Treppe und nicht den Aufzug. Eilig verließ sie das Haus und hastete die Straße hinunter. Denselben Weg, den sie gestern gemeinsam mit Rumpel hierher zurückgelegt haben musste. Gestern war sie mit dem Fahrrad zum BULLEN-PUB gekommen. Aus ökologischen Gründen benutzte sie meist das Zweirad. Das war nicht nur gut für die Umwelt, sondern sie legte die Strecke zwischen ihrer Arbeitsstelle und ihrer Wohnung damit auch schneller zurück als mit dem Auto. Die Verkehrssituation in Würzburg war zu Stoßzeiten grenzwertig. Sie hatte ihr Fahrrad an einem Verkehrszeichen vor dem Pub angebunden. Schon als sie noch ein ganzes Stück entfernt war, konnte sie es sehen. In anderen Städten, die sie kannte, wäre es wahrscheinlich gestohlen worden. Sie löste das Nummernschloss der Kette und schwang sich in den Sattel. Dabei musste sie zum wiederholten Mal feststellen, dass die Folgen der Nacht unangenehm spürbar waren. Knapp acht Minuten später erreichte sie das zweistöckige Apartmenthaus in einer ruhigen Seitenstraße. Sie stellte ihr Fahrrad vor dem Eingang ab, dann eilte sie die Treppe in den ersten Stock hinauf. Nachdem sie ihre Wohnung betreten hatte, blieb sie in dem kurzen Flur stehen und schnaufte kurz durch. Für einen Moment kam ihr das irrationale Gefühl, geflüchtet zu sein, sich irgendwie in Sicherheit gebracht zu haben. Vielleicht vor sich selbst? Da schlich auch schon Mikesch, ihr Siamkater, heran und rieb sich schnurrend an ihrem Bein. Sie bückte sich und streichelte ihn.

„Na, mein Guter, habe ich dich heute ein bisschen vernachlässigt? Tut mir leid! Dafür gibt es jetzt eine extraleckere Portion Futter."

Sie richtete sich wieder auf. Dabei stieg ihr die eindeutige geruchliche Ausdünstung ihres Körpers in die Nase. Sie verzog das Gesicht. Zuerst eine Kopfschmerztablette, um den Specht in ihrem Kopf zu beruhigen, dann eine heiße Dusche! Klirrend warf sie den Schlüsselbund in eine Tonschale auf der Flurkommode. Sie streifte die Schuhe von den Füßen. Im Vorübergehen warf sie einen Blick in den großen Spiegel, der im Flur angebracht war. Das hätte sie besser gelassen!

„O mein Gott", ächzte sie, als sie ihr Spiegelbild musterte. Ihre kurzen blonden Haare standen wirr vom Kopf ab. Nachdem sie sich gestern nicht abgeschminkt hatte, zeigte sich um ihre Augen eine dunkle Maske, die problemlos mit der eines Waschbären hätte konkurrieren können. Sie öffnete die Kühlschranktür, hob den Futternapf ihres Katers auf die Arbeitsfläche und löffelte eine ordentliche Portion hinein. Miauend kreiste Mikesch um sie herum. Sie gab etwas heißes Wasser in den Napf und rührte um, damit das Futter nicht so kalt war. Sie beobachtete den Kater einen Moment, wie er sich auf den Napf stürzte. Mit dem Anmieten dieser Wohnung war auch Mikesch bei ihr eingezogen beziehungsweise geblieben, denn er lebte schon bei der Vormieterin. Er war ein kastrierter Wohnungskater, der gerne auch mal ein paar Stunden allein sein konnte, wie ihr die Vorbesitzerin versicherte. Die junge Frau wollte aus beruflichen Gründen für unbestimmte Zeit nach Afrika, da konnte sie Mikesch nicht mitnehmen. Da der Besitzerwechsel für den Kater keinen Wohnungswechsel bedeutete, gewöhnte er sich sehr schnell an Lena. Ihr war es durchaus recht, abends nicht immer alleine zu sein. Mikesch bevorzugte den Platz neben ihr auf der Couch, den ihm ja niemand streitig machte.

Im Bad holte sie sich eine Schmerztablette aus dem Medizinschrank und warf sie in den Zahnputzbecher, um sie aufzulösen. Mit zwei Schlucken schüttete sie die eklig schmeckende Flüssigkeit hinunter. Sie schüttelte sich, dann streifte sie ihre Kleidung ab und steckte einen Teil in die Waschmaschine. Sofort drehte sie die Dusche auf und stellte sich darunter. Sie wusch sich die Haare und sparte nicht mit einem wohlduftenden Duschgel. Während der Schaum von ihr abfloss, fühlte sie einen Moment lang fast so etwas wie Bedauern, da sie nun die gesamte Nacht mit Rumpel quasi von sich abgewaschen hatte. Ganz anders war es mit ihrer Erinnerung. Sie wurde von Gedanken beherrscht, die sich nicht so einfach wegspülen ließen. Schließlich verließ sie die Kabine, trocknete sich ab und schlüpfte in einen Bademantel. Während sie ihre Haare föhnte, sah sie ihrem Spiegelbild prüfend in die Augen. „Lena, was in aller Welt hat dich da gestern geritten?", flüsterte sie selbstkritisch vor sich hin. Wobei sie spontan eine schiefe Grimasse zog, als sie sich der Doppeldeutigkeit ihrer Äußerung bewusst wurde. Ihre Kurzhaarfrisur trocknete schnell. Sie holte ihre Schminksachen heraus.

„Heute musst du unbedingt etwas stärkere Kriegsbemalung auflegen", stellte sie fest und musterte sich nachdenklich. „Wer bist du, Dr. Lena Elisa Kohlhepp?" Eine Frage, die sie sich in ihrem Leben schon mehrfach gestellt hatte, die aufzuwerfen nach der gestrigen Nacht aber nochmals besonders angebracht war. Achtunddreißig Jahre alt, sportlich, Single, seit kurzer Zeit angestellte Rechtsmedizinerin am Institut für Rechtsmedizin der Universität Würzburg. Über ihrer Geburt schwebte ein Geheimnis. Vermutlich wurde sie in Bamberg geboren. Heimlich, irgendwo in der Abgeschiedenheit. Ihrer Mutter, die sie nicht haben konnte oder durfte, hatte sie verziehen. Man fand sie in einer Babyklappe, ohne Hinweis auf ihre

Herkunft. Adoptiert wurde sie von dem Lehrerehepaar Dorothee und Janosch Dechant, die sie liebten, als wäre sie ihr eigen Fleisch und Blut. Sie erhielt alle Zuneigung und Förderung, die Eltern einem Kind nur geben konnten. Sie erbrachte während des Studiums und auch später erstklassige Leistungen, daher ermöglichten ihr die Eltern das Medizinstudium. Schon bald war klar, dass sie sich der Wissenschaft verschreiben würde. Nach mehr als elf Jahren Ausbildung als Medizinerin und verschiedenen Facharztdisziplinen spezialisierte sie sich auf das Fachgebiet der Rechtsmedizin. Sie wollte Menschen, die durch ein Verbrechen ums Leben gekommen waren, posthum Gerechtigkeit widerfahren lassen. Ihre Profession war gewissermaßen die letzte Instanz vor dem Grab oder dem Krematorium, danach kam nur noch das große Vergessen.

Sie nahm den Schminkpinsel und trug etwas Rouge auf, um die Blässe, die die Nacht hinterlassen hatte, zu korrigieren.

Ab einem bestimmten Ereignis verlief ihr Leben in einer rasanten Achterbahnfahrt, die sie über verschiedene Stationen schließlich nach Würzburg getragen hatte. Starke psychische Eindrücke, die ihr Beruf mit sich brachte, konnte sie gut verkraften. Immer wahrte sie die professionelle Distanz. Selten nahm sie im übertragenen Sinne einen Fall gedanklich mit nach Hause. Sie hatte nur eine gravierende Achillesferse, und die war auch der Grund dafür gewesen, dass sie gestern so massiv abgestürzt war.

Sie zog sich im Schlafzimmer an, dann betrat sie die Küche und schaltete den exquisiten Kaffeeautomaten ein. Ein Gerät, das sie sich kurz nach ihrem Einzug in diese Wohnung geleistet hatte, weil sie einfach gerne guten Kaffee genoss. Während der Crema in die Tasse floss, prüfte sie den Inhalt ihres Kühlschranks. Bevor sie ins Institut fuhr, musste sie dringend einen

Bissen frühstücken, um das flaue Gefühl im Magen einzudämmen. Aber hier wie dort herrschte gähnende Leere.

Mist!, dachte sie und schloss die Tür gleich wieder. In einer Schublade des Küchenschranks entdeckte sie zwei ältere Müsliriegel, die wohl fürs Erste reichen mussten. Sie setzte sich mit der Tasse an den kleinen Küchentisch und packte die Riegel aus. Nach dem ersten Bissen verzog sie das Gesicht. Die Dinger waren womöglich gesund, erinnerten sie aber geschmacklich an Stroh. Sie warf einen Blick auf die Verpackungen, bei beiden war die Mindesthaltbarkeit längst abgelaufen. Egal, zusammen mit dem Kaffee ging es einigermaßen.

Wenig später füllte sie den Futternapf ihres Katers, dann verließ sie die Wohnung, schwang sich wieder auf ihr Rad und machte sich auf den Weg zur Gerichtsmedizin.

Sieben

Kurz vor neun Uhr betrat Rumpel das Polizeipräsidium. Er zog seine Ausweiskarte, die ihm die Hausverwaltung bereits bei seinem ersten Besuch ausgehändigt hatte, durch den Schlitz des Zeiterfassungsgeräts, das neben der Pforte angebracht war.

„Guten Morgen, Rumpel", kam die Stimme des Pförtners hinter der schusssicheren Scheibe hervor. Ein älterer Polizeihauptmeister, der in wenigen Monaten in den Ruhestand treten würde und hier in der Pforte seinen letzten verantwortungsvollen Job erledigte.

„Morgen", nötigte Rumpel sich einen knappen Gruß ab.

Der Beamte in dem Glaskasten erhob sich halb von seinem Sitz und musterte Eva, die sich brav neben ihrem Menschen niedersetzte. Normalerweise waren Hunde im Haus nicht gestattet, mit Ausnahme von Diensthunden. Eva war als ein solcher einzuordnen und gehörte damit gewissermaßen zum Personalkörper.

„Hat dieser Hund seinen Dienstausweis dabei?", fragte der Polizist mit gespieltem Ernst.

„Mach sie nicht an!", knurrte Rumpel mit gerunzelter Stirn. „Sie hat genau wie ich ein empfindsames Gemüt und ist genau wie ich heute nicht sonderlich gut drauf und genau wie ich nicht zu Scherzen aufgelegt …!"

„Ja, ja, ist ja schon gut", erwiderte der Beamte gelassen. Wann war dieser Mann schon mal zu Scherzen aufgelegt?, fragte er sich. Er kannte ihn ja noch nicht lange, aber er hatte ihn schon bei seinem ersten Besuch als Grantler eingestuft. Er erhob sich, dabei griff er in eine Tüte unter seinem Schreibtisch, die man von außen nicht sehen konnte, und öffnete die Tür seiner Loge.

Nachdem hier des Öfteren Diensthunde vorbeikamen und er Hunde liebte, verfügte er stets über einen entsprechenden Vorrat an Leckerli.

„Du hast sicher nichts dagegen …" Er hielt einen Hundekeks in die Höhe. Eva stand mit aufgestellten Ohren in Bereitschaft.

„Verwöhn sie nur alle …", brummelte Rumpel, gab ihr aber ein Zeichen, dass sie den Keks nehmen durfte. Ganz sanft nahm sie das Leckerli aus der Hand des Polizisten entgegen. Zweimal die Kiefer bewegt und der Keks war Vergangenheit. Rumpel war mittlerweile schon weitermarschiert und die Hündin beeilte sich, hinterherzukommen.

Rumpel verließ den Aufzug und lief einige Meter den Flur hinunter. Er klopfte an die Vorzimmertür des Polizeipräsidenten Sigmar Rheinländer und trat, ohne eine Aufforderung abzuwarten, ein. Else Wächter, die Chefsekretärin, hob mit gerunzelter Stirn den Kopf und musterte den Besucher ob dieser Anmaßung ziemlich ungehalten über die Ränder ihrer Lesebrille hinweg. Es gab kaum Mitarbeiterinnen und Mitarbeiter der unterfränkischen Polizei, die vor diesem durchdringenden Röntgenblick nicht Respekt hatten. Hinter vorgehaltener Hand wurde sie in Personalkreisen auch „Die Wacht am Rhein" genannt, weil sie dem Präsidenten sehr nachhaltig unliebsame Besucher vom Leib hielt. Sie musterte den unhöflichen Besucher mit hochgezogenen Augenbrauen. Als sie dann aber Rumpel erkannte, stieß sie einen kaum unterdrückten Seufzer aus. Adam Rumpel war einer der wenigen Angehörigen des unterfränkischen Polizeidienstes, der vor Else Wächter keinen Respekt hatte, und eines der raren Exemplare, welches die Chefsekretärin duzte. Wobei dem keineswegs ein höfliches Angebot Rumpels vorausgegangen war. Wächter und er waren in der Zeit, als er noch Streife ging, in derselben Polizeiinspektion tätig gewesen. Er als Streifenbeamter, sie als Schreibkraft. Dort war es üblich, sich zu duzen. Er sah keinen Grund, dies nach seiner Versetzung an das Polizeipräsidium zu ändern, nur weil Else jetzt ein paar Stockwerke höher tätig war. Anfänglich versuchte sie sich diese Vertraulichkeit zu verbitten, was Rumpel aber einfach ignorierte.

„Grüß dich, Else", rang er sich zu so etwas wie einer halbwegs freundlichen Begrüßung ab und steuerte, ohne sich aufhalten zu lassen, die Verbindungstür zum Präsidenten an. „Ich kenn ja den Weg", erklärte er, „du musst dich nicht bemühen."

Das ging ihr aber entschieden zu weit. Mit einem Satz war sie auf den Beinen und stellte sich ihm in den Weg.

„Halt! Rumpel, was fällt dir ein? Du wartest gefälligst hier, bis ich dich beim Präsidenten angemeldet habe. Du kannst doch da nicht so einfach reinplatzen!" Sie warf dabei einen Blick auf das Display ihres Telefons. „Außerdem telefoniert er gerade … und dieser Hund kann natürlich auch nicht mit hinein!"

„Mein Gott, er hat mich doch für jetzt vorgeladen. Da hab ich doch Vorfahrt, oder?!" Verärgert tippte er auf seine Armbanduhr. „Von einer Hundephobie ist mir auch nichts bekannt!" Er musste grinsen, als sie sich schnellstens wieder hinter ihren Schreibtisch flüchtete, als Eva sie neugierig beschnüffeln wollte.

„Rumpel, du setzt dich jetzt dahin …", erklärte sie scharf und wies auf einen Besucherstuhl in der Ecke, „… und wartest, bis du dran bist! Ich muss den Herrn Präsidenten fragen, ob er dich auch mit Hund empfängt."

Rumpel verdrehte die Augen und fläzte sich in den Stuhl. Eva ließ sich neben ihm nieder. Die Sekretärin behielt die Konsole ihres Telefons und Rumpel nebst Eva im Auge. Es dauerte nur knappe zwei Minuten, dann erklärte sie: „So, jetzt hat er aufgelegt. Du wartest hier bitte, ich gehe rein und melde dich und deine … Begleitung … an." Rumpel zuckte mit den Schultern. Dieses förmliche Getue ging ihm gehörig auf die Nerven.

Else Wächter öffnete die Doppeltür, trat ein und schloss sie hinter sich. Polizeipräsident Rheinländer saß hinter seinem ausladenden Schreibtisch und sah ihr aufmerksam entgegen. Der Endfünfziger war hochgewachsen und schlank und trug einen hellgrauen Trachtenjanker zur schwarzen Jeans, eine Krawatte hatte er sich heute geschenkt. Seine asketischen Züge wirkten streng, wobei allerdings eine Reihe von Lachfalten um die Augen von Humor zeugte.

„Herr Präsident, Herr Rumpel wartet draußen", erklärte sie mit einer bedeutungsvollen Betonung, dabei schob sie die Augenbrauen in die Höhe. „… und er hat seine Hündin dabei! Soll ich ihm einen anderen Termin geben?"

Der Polizeipräsident klappte einen Aktendeckel zu und sah seine Sekretärin fragend an.

„Frau Wächter, bitte sagen Sie mir, dass er heute besser gelaunt ist als beim letzten Mal. Vielleicht trägt ja seine … Begleitung … dazu bei. – Holen Sie die beiden rein."

Beim letzten Gespräch, das noch nicht lange zurücklag, hatte sich Rumpel ziemlich aggressiv gezeigt. Er konnte damals kaum zu ihm durchdringen. Üblicherweise erledigte solche Termine Polizeidirektor Schlüter, sein Personalreferent. Wegen des Schicksals, das Adam Rumpel erlitten hatte, hatte er die Gespräche mit ihm vorerst an sich gezogen. Sehr schnell merkte er aber, dass sie ihm ein erhebliches Maß an Toleranz abverlangten. Ziel dieser Besprechungen war es, diesen im Grunde sehr fähigen Polizeibeamten, der durch die Belastungen, die er im Dienst erfahren hatte, aus der Spur gekommen war, die Wiedereingliederung in den normalen Dienst zu ermöglichen. Die Informationen, die er vom psychologischen

Dienst angefordert hatte, schlossen eine erfolgreiche Entwicklung perspektivisch nicht aus. Die Vorstellung, Rumpel in den einstweiligen Ruhestand versetzen zu müssen, war für ihn daher vorerst keine Option.

Er überlegte eine Sekunde, dann fuhr er fort: „Bringen Sie uns doch bitte eine Tasse Kaffee. Das lockert vielleicht ein bisschen auf …"

„Gerne." Sie öffnete die Tür. Wenn man den Gerüchten im Haus glauben durfte, wäre für Rumpel wohl Whisky das geeignetere Getränk gewesen. Sie verkniff sich selbstverständlich jede diesbezügliche Bemerkung.

„Der Herr Präsident hat jetzt Zeit", erklärte sie Rumpel, der sich etwas träge aus dem Stuhl hochstemmte und an ihr vorbei das Zimmer betrat. Eva folgte ihm dicht auf dem Fuß.

„Herr Rumpel, kommen Sie herein", begrüßte der Behördenleiter den Eintretenden freundlich und gab ihm die Hand. „Nehmen Sie bitte Platz." Er wies auf einen Stuhl am Besprechungstisch. Eva schnüffelte neugierig am Hosenbein des Präsidenten, was dieser mit einem Lächeln quittierte. Rumpel ließ sie kurz gewähren, dann legte sie sich auf sein Kommando neben seinem Stuhl nieder. Rheinländer selbst setzte sich ihm gegenüber. Auf dem Tisch lag, für Rumpel erkennbar, seine Personalakte, die in den letzten Jahren zu einem dicken Bündel angewachsen war. Er wollte gar nicht wissen, was sich alles für Gutachten und Stellungnahmen dort angesammelt hatten. Natürlich hätte er das Recht gehabt, sie einzusehen, aber für ihn war sie so etwas wie seine Büchse der Pandora. Rumpel setzte im Augenblick auf Verdrängung. Die Stimme des Präsidenten zwang ihn, sich zu konzentrieren.

„Herr Rumpel, seit Ihrem Ausscheiden aus dem Sondereinsatzkommando und den Rehabilitierungsmaßnahmen nach dem … Vorfall … ist das jetzt unser zweites Treffen. Können

Sie mir sagen, wie es Ihnen heute geht?" Rheinländer ließ ihn nicht aus den Augen.

Rumpel starrte einen Moment vor sich hin, dann zuckte er mit den Schultern. „Wie solls mir schon gehen …?" Nach kurzer Pause erklärte er: „Es geht schon … irgendwie."

„Sie stehen jetzt, nachdem Sie den Reha-Aufenthalt beendet haben, vor einer Wiedereingliederungsmaßnahme, die wir für Sie vorgesehen haben. Dies im Benehmen mit Frau Dr. Kanzler von unserem psychologischen Dienst, die ja ihre weitere Betreuung übernommen hat. Sie hat viel Erfahrung mit der Behandlung von Kolleginnen und Kollegen, die im Dienst ähnliche traumatische Erlebnisse hatten wie Sie. Besuchen Sie weiterhin diese Sitzungen regelmäßig? Tun sie Ihnen gut?"

Ehe Rumpel antworten konnte, klopfte es leise an der Tür und Frau Wächter trat mit dem Kaffeetablett ein.

„Frau Wächter, vielen Dank. Bitte in der nächsten Zeit keine Störungen."

„Natürlich", gab sie zurück und stellte die Tassen und die Zutaten auf den Tisch zwischen den beiden Männern ab, bevor sie den Raum wieder verließ.

„Bedienen Sie sich bitte", erklärte der Präsident und nahm selbst einen Löffel Zucker.

Rumpel richtete sich auf und zog die Tasse ein Stück zu sich heran. „Danke, ich trinke ihn schwarz", erklärte er knapp.

Nachdem der Präsident einen Schluck genommen hatte, griff er den Gesprächsfaden wieder auf: „… meine Frage war, ob Sie weiterhin regelmäßig Frau Dr. Kanzler besuchen."

„Ja … prinzipiell schon …", erwiderte Rumpel etwas zögernd, „… im Augenblick allerdings eher etwas … unregelmäßig." Er schnaufte durch. „Wenn ich ehrlich bin, bringt mir der Psychokram nicht allzu viel … seelischer Striptease ist nicht so mein Ding."

Der Präsident kommentierte das nicht und fuhr fort: „Bleiben Sie auf jeden Fall dran! Das ist wichtig! Wir hatten ja bei unserem ersten Gespräch vereinbart, dass Sie für eine gewisse Übergangszeit von mir eine Teilzeitaufgabe zugewiesen bekommen, die eher dem organisatorischen Verwaltungsbereich meiner Behörde zuzuordnen ist. Dort werden Sie keinen direkten Kontakt mit Straftätern haben und auch nicht ermitteln müssen. Außerdem können Sie sich dort Ihre Arbeitszeit variabel einrichten. Die Neuordnung und Digitalisierung unserer Altakten aus dem gesamten Präsidiumsbereich war schon lange überfällig und dümpelt ziemlich träge vor sich hin. Eine sehr wichtige Aufgabe, die Sie als Leiter sicher hervorragend meistern werden." Er musterte Rumpel einen Moment. Als der jedoch keine erkennbare Reaktion zeigte, fuhr er fort: „Wir haben Ihnen zwei sehr gute Mitarbeiter zugeteilt. Erfahrene EDVler, die Sie hervorragend unterstützen werden. Wir haben Ihrer Abteilung entsprechende Räumlichkeiten im Tiefparterre in der Nähe der Altregistratur zugewiesen. Wenn Sie etwas benötigen, lassen Sie es mich wissen!" Er pausierte kurz, dann wollte er wissen: „Wie geht es Ihnen denn damit?"

Rumpel rutschte etwas unruhig auf seinem Stuhl herum. „Eine Mitarbeiterin der Verwaltungsabteilung hat mir schon so etwas angedeutet, als sie mich zu dem heutigen Termin einbestellt hat." Kurz pausierte er, dann fuhr er fort: „Wenn ich ehrlich bin, weiß ich gar nicht, was ich eigentlich dort soll. Im Grunde brauchen diese Kollegen mich gar nicht. Eigentlich habe ich mit diesem ganzen EDV-Kram nicht viel am Hut ..." Es war ihm deutlich anzumerken, dass ihn das Gespräch mittlerweile ziemlich nervte. Der Präsident runzelte die Stirn und ließ eine Hand auf die Tischfläche fallen.

„Mein Gott, Rumpel, was soll ich nur mit Ihnen machen?! Wenn es nach mir ginge, hätte ich Ihnen schon lange eine Aufgabe zugewiesen, in der Sie entsprechend Ihren Fähigkeiten eingesetzt wären. Ich dachte dabei beispielsweise an einen Einsatz als Personenschützer. Sie sind entsprechend ausgebildet und könnten eine solche Aufgabe hervorragend ausfüllen." Er legte eine Hand auf die Personalakte. „Allerdings sagen mir die Bewertungsbögen von Frau Dr. Kanzler etwas anderes. Sie ist der Auffassung, dass Sie noch nicht stabil genug sind, um einen derartigen Job auszuüben. Sie hat insbesondere sehr nachdrücklich auf Ihre augenblickliche Schusswaffenphobie hingewiesen."

Er nahm einen Schluck Kaffee, dann fuhr er fort: „Herr Rumpel, in eineinhalb Jahren stehen wieder die periodischen Beurteilungen des gehobenen Polizeidienstes an. Es würde mir sehr helfen, wenn mir dann Aspekte zur Verfügung stünden, die ich entsprechend positiv bewerten könnte. Sie sind jetzt Oberkommissar und haben noch eine ganze Reihe von Dienstjahren vor sich. Sie haben jetzt tragischerweise ein sehr belastendes Erlebnis verarbeiten müssen, das muss aber aus meiner Sicht nicht das Ende Ihrer Karriere sein! Arbeiten Sie an sich und bewähren Sie sich! Die Geschichte in Kitzingen war ein schreckliches Missgeschick, ein tragischer Unfall, ein schlimmes Unglück, das man Ihnen aber bei objektiver Betrachtungsweise in keiner Weise anlasten kann! Das ist das Risiko, das Sie und Ihre Kollegen und letztlich natürlich auch wir tragen, wenn wir Leute wie Sie in diese Einsätze schicken. Wir alle müssen das verantworten und ertragen, wenn wir einen finalen Rettungsschuss anordnen ..." Bei den letzten Sätzen war Rheinländer richtig emotional geworden.

Rumpel hing mehr, als er saß, mit gesenktem Kopf auf seinem Stuhl. Schließlich gab er sich einen Ruck. „Herr Präsident, glauben Sie mir, ich habe mir geschworen, dass ich keine Schusswaffe mehr anfassen werde! Dann gehe ich halt da run-

ter in den Keller, da kann ich niemandem schaden … und …
was meine Karriere betrifft …" Er zuckte mit den Schultern.
„Die ist mir ehrlich gesagt ziemlich …" Rumpel sprach nicht
weiter, aber Rheinländer konnte sich unschwer ausmalen, was
er sagen wollte.

Der Präsident erhob sich und stellte sich vor das Fenster.
Rumpel, der das als Zeichen wertete, dass das Gespräch damit
beendet war, rutschte auf seinem Stuhl nach vorne. Eva, die ihn
nicht aus den Augen gelassen hatte, erhob sich ebenfalls. Doch
Rheinländer war noch nicht am Ende.

„Herr Rumpel, passen Sie auf. Wir machen einen Deal. Sie
fangen morgen in der EDV-Abteilung an. Sie haben jetzt ein
weiteres halbes Jahr Zeit, ihre Therapie fortzuführen. Sagen
Sie Ihrer Psychotherapeutin, dass Sie mit Ihnen daran weiter-
arbeiten soll, Sie in die Lage zu versetzen, richtigen Polizeidienst zu leisten. – Dazu gehört natürlich auch der Umgang
mit Schusswaffen." Nachdem er tief Atem geholt hatte, fuhr
er fort: „Denken Sie nicht, dass ich Ihnen drohen will. Sie haben wirklich mein ganzes Wohlwollen! Aber auch mir sind
die Hände gebunden. Wenn Sie in einem überschaubaren Zeit-
raum keine positive Entwicklung zeigen, muss ich Sie in den
einstweiligen Ruhestand versetzen." Er drehte sich um und sah
Rumpel durchdringend an. „Wir verstehen uns? Ich muss …!"
Er streckte Rumpel, der sich nun erhob, die Hand hin. „Ich
baue auf Sie! Sehen Sie zu, dass Sie wieder auf die Füße kommen." Da fiel Präsident Rheinfelder noch etwas ein. „Sagen Sie
mal, wie ich von Dr. Kanzler hörte, wollen Sie diese Hündin
hier, die für den harten Polizeidienst ungeeignet sein soll, an-
derweitig ausbilden?"

Rumpel nickte. „Ja, das stimmt. Eva hat eine ausgezeichnete
Nase. Sie könnte als Mantrailer geeignet sein."

„Gut, dann machen Sie das! Wir können immer gute Hunde

brauchen. Vielleicht wäre auch das für Sie ein Weg …" Er öffnete die Tür zu seinem Vorzimmer und geleitete seinen Besucher hinaus. „Frau Wächter wird Ihnen den Zugangscode für die Registratur aushändigen. Ich nehme an, Sie werden sich gleich mal dort unten umsehen." Er winkte knapp, damit war er entlassen.

Wortlos überreichte ihm die Chefsekretärin einen Zettel, auf dem eine Ziffernfolge notiert war. „Auswendig lernen und dann den Zettel wegwerfen", merkte sie knapp an, dann setzte sie sich wieder hinter ihren Bildschirm.

Rumpel verließ grußlos mit Eva das Sekretariat. Frau Wächter sah ihm hinterher und schüttelte den Kopf. Sie kannte natürlich den Inhalt der Personalakten. Irgendwie tat ihr dieser Mann leid.

Acht

Auf dem Flur blieb Rumpel stehen und sah nachdenklich zu einem der Fenster hinaus. Eva fiepte leise.

„Was solls", stellte er fest und zuckte mit den Schultern, „da werden wir wohl in den sauren Apfel beißen müssen." Er tätschelte ihr den Kopf, dann eilte er mit ihr die Treppen hinunter. Am Ende des Flures im Erdgeschoss wies ein Schild auf die Registratur hin, eine Treppe führte ins Untergeschoss hinunter. Rumpel öffnete die massive Brandschutztür mit Hilfe des Zifferncodes, den er in ein Tastenfeld eintippte, dann betrat er sein zukünftiges „Reich".

Vor ihm erstreckte sich eine Art Großraumbüro mit drei Schreibtischen, die mit umfangreichem Computerequipment bestückt waren. Eva entdeckte den jungen Mann sofort, der hinter einem großen Bildschirm fast verschwand. Jetzt erhob er sich.

„Christian Schubert", stellte er sich vor, trat hinter seinem Schreibtisch hervor und gab Rumpel die Hand. Eva hielt grundsätzlich nicht viel von Etikette und näherte sich ihm sofort schwanzwedelnd, um ihn zu beschnuppern.

„Ich bin Rumpel", erklärte der frischgebackene Abteilungsleiter. „Diese neugierige Lady ist Eva, mein Schatten. Eine ganz Freundliche, also keine Sorge!" Zu seiner Hündin gewandt: „Eva, benimm dich!" Sie zog sich einen Schritt zurück.

„Lassen Sie sie doch", gab Schubert zurück, „ich bin mit Hunden aufgewachsen."

„Das ist gut", erklärte Rumpel, „denn sie wird mich täglich zum Dienst begleiten. Genehmigung von ganz oben!" Er wies mit dem Finger zur Decke.

„Hallo, Eva", begrüßte Schubert die Hündin und zauste ihr

das Fell, was sie sich sehr gerne gefallen ließ. Ehe sich die beiden Männer versahen, sprang sie hoch, legte ihm die Vorderpfoten gegen die Brust und fuhr ihm einmal mit der Zunge quer übers Gesicht.

„Mann, Mädchen, deine Zungenküsse sind einfach umwerfend“, rief Schubert und verzog das Gesicht, dabei ließ er sich zurück auf den Bürostuhl fallen. Rumpel trat schnell vor und fasste Eva beim Halsband.

„Entschuldigung, ich weiß auch nicht, was in sie gefahren ist!“

„Kein Problem!“, erwiderte der so Begrüßte und wischte sich über das Gesicht. Polizeikommissar Christian Schubert war dieser Abteilung ebenfalls neu zugeteilt worden. Schubert war achtundzwanzig Jahre alt. Ursprünglich der Abteilung für Cyber-Kriminalität zugeteilt, hatte man ihn, knapp dreißigjährig, hierherversetzt, nachdem er bei einer Razzia von Angehörigen eines Kinderpornorings angeschossen worden war.

„Das ist Ihr Schreibtisch, Chef“, erklärte er und wies auf den Platz in der Nähe der Tür. Rumpel trat näher und ließ sich in den bequem aussehenden Bürostuhl fallen. Ein kurzes zufriedenes Brummen war seine Reaktion.

Im hinteren Bereich des Büros ging eine Tür auf und eine Frau betrat den Raum. Veronika Siebenlist, seit siebenundzwanzig Jahren Angestellte im Polizeidienst, war offenbar in den hinteren Räumen der Zentralregistratur beschäftigt gewesen und hatte daher die Ankunft von Rumpel noch gar nicht mitbekommen. Veronika Siebenlist war im Polizeipräsidium ein Unikum, mit ihrer ungezwungenen, nassforschen Art im Hause ein Spezialfall. Im Personalbüro war man der Meinung, dass sie durchaus zu Rumpel passte. Sie war schon in vielen Abteilungen eingesetzt worden und wurde im Amt als „Mehrzweckwaffe“ betrachtet. Sie war rau, aber herzlich, wobei Diplomatie nicht zu ihren stärksten Eigenschaften zählte – eine typische Unterfränkin halt. Jetzt war sie bei den „Keller-Asseln" gelandet, wie sie diese Abteilung insgeheim nannte. Sie ging schnurstracks auf Rumpel zu und hielt ihm die Hand hin.

„Herzlich willkommen, Chef, bei den Keller-Asseln. Ich bin die Siebenlist Vroni!" Sie quetschte Rumpel, der sich erhob, die Hand und schüttelte sie kräftig. Bevor er etwas sagen konnte, rief sie verwundert: „Ja wen haben wir denn da?" Sie betrachtete Eva, die sich von der Seite an sie herangepirscht hatte und sie freundlich beschnüffelte. „Eine weitere Hilfskraft?"

„Das ist Eva, die gehört zu mir", erklärte Rumpel knapp. Er warf einen Blick in die Runde. „Ich denke, wir sind jetzt vollzählig." Er atmete kurz durch. „Es ist euch sicher bekannt, dass ich hier die Abteilung zugewiesen bekommen habe. Das ist irgendwie … wie mit der Jungfrau und dem Kind. Will sagen, dass ich von der Materie ziemlich wenig verstehe. Für den Präsidenten bin ich hier gewissermaßen geparkt. Das heißt, dass ich bestimmt nicht den Chef spielen werde. Daher schlage ich vor, dass wir Du sagen. Ich halte nicht viel von diesen Förmlichkeiten. Also ich bin Rumpel, einfach Rumpel. Wenn ich irgendwie etwas Produktives leisten kann, dann sagt es mir. Im Übrigen werde ich versuchen, euch nicht im Weg zu stehen. In diesem Sinne auf gute Zusammenarbeit!" Er hob ein imaginäres Glas in die Luft und grinste schief.

„Von uns aus auch gerne", erwiderte Vroni Siebenlist. „Im Übrigen haben wir auch nichts dagegen, mal mit einem richtigen Glas mit Inhalt anzustoßen." Schubert nickte beipflichtend.

„Botschaft angekommen!", erklärte Rumpel knapp und setzte sich wieder an seinen Schreibtisch. „Könnte mir viel-

leicht mal jemand zeigen, wie ich in diese Kiste reinkomme?"
Er wies auf den Bildschirm.

„Das ist die Aufgabe vom Kollegen Schubert", erklärte Vroni
und ging in das Archiv zurück.

„Mach ich", erklärte Schubert und schaltete den Rechner ein,
der unter dem Schreibtisch stand. Er gab Rumpel eine kurze
Einweisung, dann nahm er einen Umschlag von einem Abla-
gekorb und gab ihn Rumpel. „Ehe ichs vergesse, der lag heute
früh in der Hauspost."

Rumpel musterte verwundert das Kuvert. Es handelte sich
um einen verschlossenen DIN-A5-Umschlag. Darauf klebte
ein Etikett mit der Aufschrift „Polizeioberkommissar Adam
Rumpel". Rumpel drehte das Kuvert herum. Kein Absender
ersichtlich. Es war sehr dünn, kein Inhalt tastbar. Rumpel hielt
es hoch und sah seinen Mitarbeiter fragend an.

„Keine Ahnung, woher er kam", gab der zurück. „Ich ver-
schwinde jetzt auch mal nach hinten." Er stand auf und folgte
seiner Kollegin in die hinteren Räume.

Rumpel schnappte sich einen Brieföffner vom Schreibtisch
und schlitzte den Umschlag auf. Vorsichtig sah er hinein. Er
enthielt ein weißes Blatt. Rumpel überlegte eine Sekunde,
dann drehte er den Umschlag um und schüttete den Inhalt
auf die Schreibtischunterlage. Das Blatt fiel auf die Vorder-
seite, so dass man dunkle Schriftzeichen durchs Papier schim-
mern sah. Rumpel folgte einer inneren Stimme, nahm den
Brieföffner und drehte das Blatt damit um. In Großschrift
prangten dort drei Worte: LEBEN UM LEBEN. Für den
Moment war er völlig perplex. Wo kam die Nachricht her?
Was sollte sie um Gottes willen bedeuten? Es dauerte einen
Moment, ehe er sich wieder gefangen hatte. Dann kam der
Polizist in ihm durch. Auf einem Tisch in der Ecke sah er ei-
nen Packen Beweismitteltüten, die offenbar dafür bestimmt

waren, den Akten beigeheftete Beweismittel sicher zu verwahren. Mit dem Brieföffner und einem Kugelschreiber beförderte er die Nachricht in den Umschlag zurück und schob diesen, ohne ihn weiter zu berühren, in einen der Plastikbeutel. Er hatte keine Ahnung, ob das Sinn machte, aber falls man die Nachricht irgendwann auf Spuren untersuchen wollte, sollte sie so wenig wie möglich verunreinigt sein. Er hatte die Tüte gerade in die Innentasche seiner Jacke geschoben, als die Tür zum Archiv aufging und Vroni Siebenlist mit einem Bündel Akten hereinkam. Sie legte sie auf ihren Schreibtisch. Dabei warf sie ihrem neuen Chef einen prüfenden Blick zu. So wie er sie im Augenblick ignorierte, war sie sich sicher, dass Rumpel nicht an einem Gespräch interessiert war. Auch recht! Sie setzte sich an ihren Bildschirm und rief in der Datenbank einen bestimmten Datensatz auf, bei dessen Bearbeitung sie gestern stehengeblieben war. Sie kämpfte mit der Erfassungssoftware, ihrem Handwerkszeug, die sich aber wieder einmal „aufgehängt" hatte. Wütend hämmerte sie auf die Tasten. Eva warf ihr einen verwunderten Blick zu. Rumpel wurde durch den Lärm aus seinen Gedanken gerissen. Im Augenblick konnte er sich zur Quelle der Botschaft keine Vorstellungen machen. Das Motiv begann er zu erahnen. Schlagartig erfüllte ihn das unbestimmte Gefühl von Bedrohung, die Empfindung einer über ihm schwebenden Gefahr. Es hielt ihn nichts mehr auf seinem Platz, er schob den Stuhl zurück und sprang auf. Eva war sofort schwanzwedelnd zur Stelle.

„Ich muss jetzt mal an die frische Luft", erklärte er in den Raum hinein und eilte davon. Laut knallte die Tür ins Schloss. Siebenlist nickte. Die Verwaltungsabteilung hatte Schubert und sie, soweit erforderlich, über Rumpels momentanen dienstlichen Status aufgeklärt. Es war beiden klar, dass sich ihr neuer

Chef in einem Wiedereingliederungsprozess befand und von ihm keine großen Leistungen zu erwarten waren. Sie kannten natürlich die Gerüchte, welche die Buschtrommeln innerhalb des Präsidiums über Adam Rumpel verbreiteten, aber keine faktischen Einzelheiten.

Neun

Rumpel stiefelte mit Eva im Gefolge am Pförtner vorbei. Ihm fiel gar nicht auf, dass die Besetzung dort gewechselt hatte, so völlig war er in Gedanken versunken. Einem Impuls folgend, wollte die Hündin stehenbleiben, es wäre ja möglich, dass hier wieder ein Gutti abfiel, aber Rumpel zog sie harsch weiter und meldete sich mit seiner Stechkarte ab.

Er ging die Mainaustraße hinunter. Es war dringend erforderlich, dass er in Ruhe über verschiedene Dinge nachdachte. Er suchte den nahen Durchgang zum Mainufer. Die Äußerungen des Präsidenten gingen ihm durch den Kopf. Er bezweifelte ja nicht, dass Rheinländer es gut mit ihm meinte. Aber das ständige Wohlwollen und Gutmeinen aus allen möglichen Richtungen ging ihm langsam ziemlich auf den Zeiger. Alle glaubten zu wissen, wie es in ihm aussah und was ihm guttat! Das Problem war, er wusste es ja selbst nicht. In der Nähe des Klosters Himmelspforten führte eine schmale Straße hinunter zu den Mainwiesen, die sich von hier den Main entlangzogen. Eva musste dringend mal Dampf ablassen. Sie war zwar zuhause sehr ruhig, aber sie war noch jung und brauchte dringend ausreichend Bewegung. Vielleicht trafen sie hier auf einen vierläufigen Spielkameraden, der ihrem Temperament gewachsen war. Rumpel suchte sich eine Bank am Ufer des Mains in der Nähe einer für Hunde freigegebenen Wiesenfläche, dann ließ er Eva laufen. Sie nahm sofort die Nase herunter und begann im Galopp das Gesträuch am Rande des Mains abzusuchen. Hoffentlich brachte sie ihm nicht wieder irgendeinen stinkenden Gegenstand, den sie ihm dann voller Stolz präsentierte. Eva war ein ausgesprochen apportierfreudiger Hund. Sie scheute auch nicht davor zurück, ihm halbverweste Rattenkadaver anzuschleppen. Rumpel legte die Leine neben sich auf die Parkbank und sah versonnen seiner Hündin zu, die immer mal im Uferbewuchs verschwand und dann mit bis zum Bauch nassem Fell wieder auftauchte. Nachdem sie die nähere Umgebung erforscht hatte, kam sie zu Rumpel zurück und sah ihn auffordernd an.

„Mädchen, jetzt gib mal Ruhe, da kommt sicher bald jemand mit Hund vorbei, mit dem du spielen kannst", erklärte er leise und machte ihr ein Handzeichen, dass sie sich neben ihm hinlegen sollte. Hechelnd rollte sie sich auf die Seite und ließ sich von der Sonne das Fell trocknen. Sie war sichtlich mit sich und ihrer Welt im Einklang. Rumpel war klar, dass er sie im Augenblick ein wenig vernachlässigte. Evas Energie brauchte Ventile. Er würde demnächst wieder mit ihr einen Trainingskurs absolvieren müssen. Rumpel war im Moment weit von dieser inneren Ausgeglichenheit entfernt. Unwillkürlich legte er die Hand auf seine Jacke, wo er die bedrohliche Nachricht verwahrte. Er sah einem Maindampfer nach, der mit Touristen an Bord in Richtung Veitshöchheim tuckerte. Lauter fröhliche Menschen, die ihr Leben genossen. Ein beneidenswerter Zustand. Er konnte sich nicht mehr erinnern, wann er das letzte Mal so empfunden hatte. Er korrigierte sich. Irgendwann in der vergangenen Nacht hatte er sich für einige ekstatische Momente fallenlassen können. Bis zu jenem schicksalhaften Tag war seine Karriere im Polizeidienst völlig störungsfrei verlaufen. Noch während seiner Grundausbildung für den Polizeidienst war er seinen Vorgesetzten durch ungewöhnliche Leistungen auf dem Schießstand und in den waffenlosen Kampftechniken aufgefallen. Er hatte die Einstellungsprüfung mit Bravour bestanden. Nachdem er vier Jahre im regulären Streifendienst abgeleistet hatte, trat der Polizeidirektor, dessen Zuständigkeitsbereich er damals zugeteilt war, an ihn heran und schlug ihm vor, doch die Spezialausbildung zum SEK-Beamten zu absolvieren. Rumpel kam das Angebot seines Chefs entgegen. Er war bereit, sich einer neuen Herausforderung zu stellen. Am nächsten Tag sagte er zu. Während dieser harten Zusatzausbildung kristallisierte sich immer mehr Rumpels Talent als Scharfschütze heraus. Nach erfolgreichem Abschluss der Ausbildung wurde er in eine SEK-Einheit als Scharfschütze integriert. In den nächsten drei Jahren kam er häufiger zum Einsatz, ohne von der Schusswaffe Gebrauch machen zu müssen. Bei einer Entführung mit Geiselnahme wurde er dann eines Tages in Fürth als Scharfschütze eingesetzt. Da der Geiselnehmer bereits eine Geisel erschossen hatte und damit zu rechnen war, dass er weitere Menschen töten würde, wurde von der Einsatzleitung der finale Rettungsschuss angeordnet. Rumpel schaltete den Täter mit einem gezielten Schuss ins Stammhirn schlagartig aus. Die übrigen Geiseln blieben daher unversehrt.

Im Anschluss daran erhielt Rumpel die in diesen Fällen routinemäßig durchzuführende Betreuung durch den psychologischen Dienst und konnte die Angelegenheit gut verarbeiten. Anschließend war er wieder voll einsatzfähig.

Zwei Jahre später kam dann diese Geiselnahme in Kitzingen, die für ihn und sein Leben eine brutale Wende brachte. Er hatte den Zwang entwickelt, die Vorgänge immer wieder vor seinem geistigen Auge ablaufen zu lassen. Irgendwann tauchte dann der quälende Traum auf, in dem die finale Szene ihre surreale Fortsetzung fand.

Rumpel griff in die Innentasche seiner Lederjacke und holte den Briefumschlag heraus. Er überlegte kurz, ob er sich nicht kurzfristig einen neuen Termin beim Polizeipräsidenten geben lassen sollte. Entschied sich dann aber schnell dagegen. Rheinländer würde, da war er sicher, sofort alle Hebel in Bewegung setzen, um die Angelegenheit zu verfolgen. Das hätte einen riesigen Wirbel gegeben. Wahrscheinlich wäre dann auch nicht zu verhindern gewesen, dass die Presse davon Wind bekam. Rumpels Instinkt sagte ihm, dass das wahrscheinlich ein Fehler gewesen wäre. Er wollte erst einmal für sich herausfinden, was hinter der Sache steckte. Die Worte auf dem Briefpapier waren ihm schon einmal begegnet. Er zog sein Handy aus der Tasche und rief die Google-Suchmaschine auf. Schnell gab er als Suchbegriff LEBEN UM LEBEN ein. Binnen Sekundenbruchteilen wurde ihm der Link zu einer Fundstelle angezeigt: „2. Buch Moses, Exodus 21,22–25", hieß es da. Es handelte sich also um ein Zitat aus der Bibel. Ein Bereich, der ihm kaum vertraut war. Religion war absolut nicht sein Ding. Er öffnete den Link. Er befasste sich ausgiebig mit den verschiedensten Bibeltexten. Im Prinzip war die Fundstelle eine Sammlung von biblischen Gesetzestexten. Ein Verzeichnis von Straftaten und deren Bestrafung, wie sie Moses den Juden beim Auszug aus Ägypten aufgeschrieben hatte. An einer Stelle hieß es im Zusammenhang mit der Tötung oder Verletzung einer schwangeren Frau, an den Täter adressiert: „… so sollst du geben Leben um Leben, Auge um Auge, Zahn um Zahn, Hand um Hand, Fuß um Fuß, Brandmal um Brandmal, Wunde um Wunde, Strieme um Strieme." Rumpel ließ das Handy sinken und starrte geistesabwesend auf den Main. Jetzt war ihm klar, worauf diese Botschaft anspielte. Der Absender stellte eindeutig auf die Ereignisse bei der Geiselnahme in Kitzingen ab und gab ihm die Schuld und Verantwortung an den Toten, insbesondere an dem Mord an dem kleinen Mädchen. Es war die Androhung von Rache! Rumpel steckte die Nachricht langsam wieder in die Jacke zurück. Er rieb sich mit der Hand über die Stirn. Mit Wucht kam die Last der Schuld wieder zurück. Er spürte, dass das fragile seelische Gleichgewicht, das er sich in zahlreichen Sitzungen mit Dr. Kanzler mühsam erarbeitet hatte, wieder ins Wanken geriet.

Eva musste mit dem Hunden eigenen Feingefühl die plötzlich aufgetretene Stimmung ihres Menschen gespürt haben. Sie erhob sich spontan, stellte sich vor Rumpel hin und sah ihn aufmerksam an, dabei stieß sie ein leises Fiepen aus und legte ihm eine Pfote aufs Knie. Rumpel wurde aus seinen Gedanken gerissen und legte ihr die Hand auf den Kopf.

„Ist ja gut, mein Mädchen …" Er sah sich um. „… anscheinend finden wir heute niemand, der mal ordentlich mit dir herumtoben könnte." Er erhob sich. „Was hältst du davon, wenn wir nach Hause gehen und dir ein Fressi machen? Mir knurrt, ehrlich gesagt, auch der Magen." Eva hüpfte freudig um ihn herum. Fressi war ein Wort, das sie sofort verstand. Es lag auf ihrer persönlichen Beliebtheitsskala auf der gleichen Ebene wie „Gutti".

Zuhause angekommen, versorgte er zuerst die Hündin, die heißhungrig über ihren gefüllten Napf herfiel. Mit einem Blick in das Gefrierfach seines Kühlschranks stellte er fest, dass er die Auswahl zwischen Fertigpizza Capricciosa tiefgefroren und Fertigpizza Mary tiefgefroren hatte. Schließlich löste er die Pizza Mary aus ihrer Verpackung und schob sie in die Mikrowelle. Da das Gerät eine eigene Pizzastufe hatte, würde er nicht lange warten müssen. Er ging ins Wohnzimmer, um sich aus seiner Hausbar einen kleinen Schluck Johnnie Walker einzugießen. Die Flasche mit dem goldenen Etikett war noch zu drei Viertel gefüllt, weil er sich von dem edlen Scotch nur zu besonderen Anlässen einen Drink gönnte. Heute wäre nach den aufregenden positiven Erlebnissen der Nacht mit Lena eigentlich so ein Anlass gewesen. Im Laufe des Tages hatte diese Bewertung allerdings einen unerfreulichen Wandel erfahren. Geblieben war das Bedürfnis, den bitteren Nachgeschmack, der ihm nach der unheilvollen Botschaft geblieben war, hinunterzuspülen. Langsam ließ er den hochprozentigen Alkohol auf der Zunge zergehen und schickte ihn in den Abgang, wo das Feuer bis tief in seine Eingeweide zu spüren war. Er atmete durch, jetzt fühlte er sich etwas besser. In diesem Augenblick ertönte die Glocke der Mikrowelle. Die Pizza war fertig. Während er aß, musste er an Lena denken. Wie es ihr wohl nach der vergangenen Nacht ging? Die Tatsache, dass sie am Morgen grußlos gegangen war, gab ihm zu denken. War sie durch sein Verhalten, das er gar nicht mehr genau rekonstruieren konnte, womöglich sauer oder gar verletzt? Seine Sensibilität im zwischenmenschlichen Bereich war ziemlich dürftig geworden, das wusste er. Die Pizza schmeckte ziemlich fad, daher ging er an den Gewürzschrank und streute reichlich Chilipulver darauf. Wie sollte er sich ihr gegenüber jetzt verhalten? Sollte er von sich aus Kontakt zu ihr aufnehmen? Was wusste er eigentlich von ihr? Von ihrer gegenwärtigen Lebenssituation? Gut, sie war Rechtsmedizinerin und arbeitete an einem Institut der Uni – und sie hatte auf der rechten Gesäßhälfte ein kleines herzförmiges Tattoo. Bei diesem Bild in seiner Erinnerung musste er leicht grinsen. Er hatte von ihr weder eine Handynummer noch wusste er genau, wo sie wohnte. Er konnte ja schlecht in das Institut reinmarschieren und sagen: „Hi Lena, wie geht's? Hast du unsere Nacht gut überstanden?"

Rumpel schüttelte den Kopf. Ihre Verbindung war im Augenblick das BULLEN-PUB. Tief in sich verspürte er das Bedürfnis, ihr wieder zu begegnen. Er würde also wieder in die Kneipe gehen und den Rest dem Zufall überlassen. Wenn es ihr genauso erging, würde sie auch wieder dorthin kommen. Insgesamt schon eine skurrile Situation! Er stand auf und räumte die Reste seiner Mahlzeit in den Müll und den Teller in die Spülmaschine. Im Bad stellte er fest, dass in der Waschmaschine noch immer die Bettwäsche lag. Fertig gewaschen. Fast trockengeschleudert. Er räumte sie heraus, brachte sie zu seinem Balkon und hängte sie über einen klappbaren Wäscheständer. Er sah auf die Uhr. In knapp zwei Stunden hatte er einen Termin bei Dr. Kanzler. Mit ihr würde er über die Nachricht in seiner Jacke sprechen können. Es ärgerte ihn mittlerweile, dass diese ihn mehr beschäftigte, als er zugeben wollte. Er nahm sich aus der Schublade ein Eukalyptusbonbon, seine Allzweckwaffe gegen Mundgerüche jeder Art, dann pfiff er nach Eva und verließ das Haus. Er würde vor dem Termin noch einmal bei seiner Dienststelle vorbeisehen. Da er sich in einer gesundheitlichen Reha-Phase befand, hatte er zwar großen Spielraum, was seine Anwesenheitspflicht im Büro betraf, aber er wollte es nicht übertreiben. Es gab schon so genug Gerede unter den Kollegen. Nachdem sich die Aufzugtüren geschlossen hatten, lehnte er sich an die Wand und betrachtete Eva, die nervös hechelnd vor ihm stand.

„Alles gut", beruhigte er sie und streichelte ihr den Kopf. Die Hündin fuhr nicht gerne Aufzug, das wusste er, trotzdem nahm er sie immer wieder mal mit in den Lift, damit sie sich daran gewöhnte. Auf Höhe des nächsten Stockwerks spürte er in der Jackentasche das Vibrieren seines Mobiltelefons. Auf dem Display erschien der Hinweis: *Anonymus*. Die Nummer war vom Anrufer offenbar gesperrt. Derartige Anrufe nahm er normalerweise nicht entgegen. Mit einem Wischer lehnte er die Annahme des Telefonats ab. Kurz darauf betrat er die Straße. Ihm war jetzt nicht nach Telefonieren. Es dauerte keine fünf Minuten, dann meldete sich sein Handy erneut. Verärgert blickte er auf das Display. Wieder *Anonymus*. Energisch drückte er das Gespräch weg. Das Handy vibrierte erneut. Da war jemand besonders penetrant! Widerwillig nahm er das Gespräch an. Dabei dachte er an den anonymen Absender der Drohnachricht. Hatte der Anruf vielleicht damit zu tun?

„Ja."

„Spreche ich mit Polizeioberkommissar Rumpel …?“, meldete sich eine weibliche Stimme, die ihm völlig unbekannt war.

„Wer will das wissen?“

„Entschuldigung. Hier ist Anja Herold von der Zeitschrift *Spotlight*, ich arbeite an einem Artikel über die Tätigkeit von Sondereinsatzkommandos und würde …“

Rumpel beendete abrupt das Gespräch. Der Schock war ihm in alle Glieder gefahren! Was wollte diese Pressetante von ihm? Hatte das mit der Drohnachricht zu tun? Vor allen Dingen, wie war sie an seine Handynummer gekommen? Hastig überlegte er. Bekanntermaßen war *Spotlight* ein Revolverblatt, das an jedem Kiosk hing und mit fetten Lettern alle möglichen Nachrichten zu Skandalen aufbauschte. Natürlich war der Vorfall in Kitzingen damals durch die Presse gegangen, aber er konnte sich nicht vorstellen, dass jemand aus der Polizeiverwaltung seine Identität preisgegeben hatte. Der Anruf war aber Fakt! Anscheinend wollte diese Pressetante die Sache wieder an die Öffentlichkeit zerren! Das konnte natürlich Zufall sein, aber an solche Zufälle glaubte er nicht. Er schaltete das Handy vollständig aus und ließ es in seiner Tasche verschwinden. Kurz entschlossen änderte er seine Richtung. Fast wäre er dabei Eva auf die Pfoten getreten. Mit einem schnellen Satz zur Seite konnte sie das vermeiden.

Zwanzig Minuten später betrat er das BULLEN-PUB. Richi warf ihm einen erstaunten Blick zu, sagte aber nichts. Es war nicht zu übersehen, dass Rumpel in angespannter Stimmung war. Eva hingegen freute sich wie üblich und staubte ein Gutti ab. Währenddessen klemmte sich Rumpel auf einen der Barhocker am Tresen und bat brummend um ein Pint. Einen Moment später stellte der Wirt das gefüllte Glas vor ihm auf die Platte.

„Ein Whisky dazu?“ Er deutete auf die Flasche, die neben ihm, zusammen mit einer Batterie anderer hochprozentiger

Getränke, stand. Rumpel winkte ab und trank das Bier zügig, dabei starrte er sinnierend vor sich hin. Richi ließ ihn in Ruhe.

„Schreibs auf meinen Deckel", erklärte Rumpel, nachdem er ausgetrunken hatte, erhob er sich wieder und verließ grußlos mit Eva das Pub. Richi sah ihm nachdenklich hinterher. Es war wirklich erstaunlich, dass Rumpel nach dem gestrigen Alkoholexzess schon wieder nach Alkohol verlangte. Wie es aussah, stand er ziemlich unter Strom. Seine Erfahrung als Wirt sagte ihm, dass sich in dem Mann etwas zusammenbraute. Er nahm einen Lappen und wischte über die Edelstahlfläche des Tresens. Wenn das explodierte, war es sicher nicht geraten, in der Nähe zu sein.

Rumpel schlenderte mit Eva durch die Straßen, bis es Zeit war, die Praxis von Dr. Kanzler aufzusuchen.

Zehn

Es war später Nachmittag. Lena hatte ihr Arbeitspensum an Obduktionen abgearbeitet und beschäftigte sich nun mit der erforderlichen Verwaltungsarbeit. Vor ihr lagen mehrere Akten mit Protokollen, die die Schreibkanzlei gefertigt hatte. Sie war ziemlich müde und nahm sich vor, heute früher zu gehen. Da klingelte das Telefon auf ihrem Schreibtisch.

„Kohlhepp!", meldete sie sich.

Es war die Pforte, die ihr mitteilte, dass eine Polizeistreife eingetroffen war, die eine Frau zur Blutabnahme vorführen wollte. Anscheinend lag dem eine Alkoholstraftat zu Grunde und die Rechtsmedizin war für derartige Blutuntersuchungen zuständig. Sie atmete kurz durch, dann erklärte sie:

„Sie sollen die Frau ins Untersuchungszimmer bringen. Ich komme gleich." Sie stand auf und zog sich ihren Arztkittel über. Lange würde die Blutentnahme nicht dauern. Normalerweise, wenn alles glattging! Wie fast immer, wenn sie einem Autofahrer Blut entnehmen musste, gingen ihre Gedanken unwillkürlich in die Vergangenheit zurück …

… Ihr Trauma erlebte sie vor sechs Jahren. Sie war damals im Institut für Rechtsmedizin der Landeshauptstadt München beschäftigt. Ihre Adoptiveltern waren mittlerweile verstorben, so dass sie nichts mehr in Bamberg gehalten hatte. Bei einem mehrtägigen Ausflug mit Freunden in den Spessart lernte sie Dr. Thomas Kohlhepp, einen niedergelassenen Landarzt aus Burgthann in Mittelfranken, kennen. Sie fanden sich auf Anhieb sympathisch. Kohlhepp besuchte sie dann an einem der nächsten freien Wochenenden in München. Sie verliebten sich und wurden schnell ein Paar. Eine Zeitlang pflegten sie diese

Fernbeziehung und pendelten zwischen München und Burgthann, bis Thomas sie fragte, ob sie sich vorstellen könne, mit ihm zusammen eine gemeinsame Zukunft als Ehepaar zu wagen. Sie nahm den Antrag an und vier Wochen später standen sie vor dem Standesbeamten. Thomas' Eltern schenkten ihnen das Haus, in dem Thomas seine Praxis unterhielt. Sie ließ sich an das Institut für Rechtsmedizin in Nürnberg versetzen, da dort gerade eine entsprechende Stelle frei geworden war. Die halbe Stunde Fahrt zwischen Wohnung und Institut nahm sie gerne auf sich. Einige Monate später stellte Lena fest, dass sie schwanger war. Die Freude war gigantisch. Das Haus und das Anwesen waren groß und boten einer Familie mit mehreren Kindern reichlich Platz. Es stand für das Paar außer Frage, dass es nicht bei dem einen Kind bleiben sollte.

Sie befand sich im sechsten Monat ihrer Schwangerschaft. Schon seit einiger Zeit unterlag sie einem gesetzlichen Beschäftigungsverbot und durfte nicht mehr im Sektionssaal arbeiten. Sie erstellte jetzt in erster Linie Gutachten. Eine Tätigkeit, die sie schon bald ziemlich langweilte. An einem Freitag spätnachmittags, die Mitarbeiter des Instituts waren bereits nach Hause gegangen, kam sie auf dem Weg zu ihrem Auto an der Pforte vorbei. Der Pförtner telefonierte gerade. Als er sie entdeckte, winkte er ihr zu.

„Frau Doktor Kohlhepp, die Polizei ist an der Strippe. Sie haben bei einer Verkehrskontrolle einen Autofahrer festgenommen, der offenbar unter Drogen steht. Sie haben die Entnahme einer Blutprobe angeordnet. – Wären Sie dazu noch bereit … oder soll ich den Wochenenddienst anrufen? Die Streife muss jeden Moment hier sein …"

Sie winkte ab. „Das kann ich schon noch machen. Da müssen wir jetzt nicht eigens den Kollegen herholen. Die Polizei soll den Mann gleich ins Labor bringen."

Sie drehte sich wieder um und eilte den Flur hinunter ins Labor, hängte ihre Handtasche an die Garderobe und zog einen weißen Arztkittel an, der aufgrund ihres Babybauches vorne etwas aufstand. Zügig bereitete sie die Gerätschaften für die Blutentnahme vor. Hoffentlich, dachte sie, wehrt sich der Typ nicht so sehr, das würde die Entnahme erheblich erschweren. Menschen unter Drogen waren oft unberechenbar.

Es dauerte nicht lange, dann hörte sie auf dem Flur die rauen Stimmen mehrerer Männer, wobei einer, offensichtlich der Festgenommene, immer wieder unverständliche Wutschreie ausstieß. Lena seufzte. Das sah nicht nach einer schnellen, reibungslosen Blutentnahme aus. Wäre ja auch zu schön gewesen! Sie zog sich gerade Gummihandschuhe an, als die Tür aufgerissen wurde und zwei Streifenbeamte einen jüngeren Mann über die Schwelle zerrten. Sie hielten ihn ziemlich hart im Polizeigriff, so dass er nur vornübergebeugt vorwärtsstolpern konnte. Seine Hände waren zusätzlich auf dem Rücken mit Handschellen gefesselt. Die Beamten trugen Gummihandschuhe.

„Norman Dresbach", erklärte einer der Beamten. „… Sorry, aber der Knabe hat ausgesprochen schlechte Manieren."

Lena machte sich eine Notiz auf einem Zettel, da sie später ein Protokoll ausfüllen musste. Als der wütende Mann die Ärztin sah, begann er erneut zu toben. „Du blöde Schlampe, rühr mich bloß nicht an!", brüllte er und versuchte sich aufzubäumen, was die Beamten aber gnadenlos unterbanden.

„Ahhh, ihr verdammten Scheißbullen, ihr kugelt mir den Arm aus!", schrie er. Die beiden drückten ihn nicht gerade sanft auf einen Stuhl und hielten ihn dort fest.

„Pass auf, Junge", erklärte der ältere der beiden Polizisten, „dir wird jetzt eine Blutprobe entnommen und wenn du dich noch so wehrst! Wenn es sein muss, werden wir dich wie ein Paket zusammenschnüren, dass du keinen Finger mehr rühren kannst! Wir werden dir jetzt die Hände nach vorne fesseln. Reiß dich am Riemen!" Der Gefangene spuckte wütend in seine Richtung, traf aber nicht. Sie lösten die Fesseln auf dem Rücken und schlossen sie vorne wieder zusammen.

Lena schüttelte den Kopf. „So wird das nichts", stellte sie fest. „Sie müssen ihn stärker fixieren."

Sie zog sich eine OP-Maske über und setzte eine Schutzbrille auf. Seit es HIV gab, musste man sich immer prophylaktisch gegen Körperflüssigkeiten von Probanden schützen. Anspucken gehörte dazu. Sie blieb vor dem Festgenommenen stehen und warf noch einmal einen Blick auf das Einweisungspapier, das einer der Beamten auf den Schreibtisch gelegt hatte.

Sie versuchte es mit Ruhe und Vernunft. „Herr Dresbach, hören Sie, je ruhiger Sie sich verhalten, desto schneller ist die Prozedur erledigt. Es führt doch kein Weg daran vorbei …"

„Halt die Fresse, du blöde Kuh", presste der Festgenommene zwischen den Zähnen hervor und funkelte sie an.

„Probieren wir es", entschied sie, nickte den Beamten zu und wickelte den Ärmel seines Hemdes hoch. Schnell schob sie ihm einen Stauriemen oberhalb des Ellbogens über den Arm und zog zu. Einer der Beamten ergriff den Arm und drückte ihn auf die Lehne des Stuhls. Der andere Polizist fixierte den Oberkörper des Gefangenen, weshalb er sich kaum noch bewegen konnte.

Lena besprühte die Armbeuge mit Desinfektionsmittel und wischte sie mit einer Mullkompresse sauber, dann griff sie nach der Schmetterlingsnadel und setzte an. Die Vene trat deutlich hervor. Alle waren voll auf den Vorgang konzentriert. In diesem Augenblick stieß der Mann einen tierischen Schrei aus und bäumte sich unter Aufbietung aller Kräfte gegen die Griffe der Polizisten auf, die überrascht zur Seite taumelten. Lena torkelte nach hinten gegen den Schreibtisch und strauchelte. Der Typ sprang auf. Sein irrer Blick huschte durch das Behandlungszimmer. Ehe die Beamten sich wieder gefangen hatten, warf er sich nach vorne, griff sich einen spitzen, dolchartigen Brieföffner, der auf der Schreibtischplatte lag, und stach damit Lena schreiend zweimal in den Unterbauch. Dann warf er sich herum und ging mit wildem Gebrüll, das nichts Menschliches mehr an sich hatte, auf den älteren der Polizeibeamten los. Es gelang ihm, dem Mann den Dolch in den Arm zu rammen. Der andere Beamte zog seine Dienstwaffe und schoss dem Tobenden aus kurzer Entfernung in die Schulter. Durch den Schuss wurde dieser nach hinten geschleudert und landete vor Schmerz brüllend auf dem Boden. Es waren die eingenommenen Drogen, die ihm enorme Kräfte verliehen und ihn den Schmerz überwinden ließen. Erst als ihm der Polizist, der geschossen hatte, zusätzlich die Dienstwaffe gegen den Kopf schlug, brach er wie vom Blitz getroffen ohnmächtig zusammen.

Lena stand bei dem ganzen Geschehen wie betäubt im Raum und blickte wie paralysiert auf den sich ständig vergrößernden Blutfleck vorne auf dem Arztmantel. Das Rot ihres Blutes bildete zu dem Weiß des Stoffes einen erschreckenden Kontrast.

„Er hat mir in den Bauch gestochen", stammelte sie. „Mein Baby …! Bitte … bitte, ich brauche dringend einen Arzt!"

Der unverletzte Polizeibeamte erfasste die Lage sofort. Er griff zu seinem Funkgerät und forderte hektisch einen Notarzt und zwei Rettungswagen an, außerdem Verstärkung.

Der Gefangene kam schnell wieder zu sich. Kaum war er halbwegs bei Bewusstsein, begann er wieder völlig enthemmt zu toben. Schnell fesselte der verletzte Beamte, seinen eigenen Schmerz unterdrückend, den ausgerasteten Gefangenen mit Kabelbindern, so dass er keinen Schaden mehr anrichten konnte. Sein Kollege führte Lena unterdessen vorsichtig zu einer an der Wand stehenden Untersuchungsliege.

„Der Notarzt ist gleich da", erklärte er beruhigend. „Können Sie sich setzen?" Er legte ihr den Arm um die Schulter und stützte sie.

„Mein Baby … mein Baby …", jammerte sie immer wieder und legte schützend die Hand auf den Bauch, wo sich der Blutfleck rasch vergrößerte.

Der Notarzt und die RTWs waren in Rekordzeit vor Ort. Der Arzt erfasste die Lage der Mutter sofort. Sie musste unverzüglich in die Notfallaufnahme. Wahrscheinlich musste sie notoperiert werden. Er stellte die Rückenlehne der Liege höher, so dass sie sich anlehnen konnte. Es war keine Zeit zu verlieren! Zwei Rettungsassistenten waren bereits im Laufschritt unterwegs, um die Rolltrage aus dem RTW zu holen. Ein anderer kümmerte sich um die Stichverletzung des Polizeibeamten.

„Wie ist die Verletzung bei der Kollegin entstanden?", wollte der Arzt mit gesenkter Stimme von dem unverletzten Polizeibeamten wissen. Der deutete auf den blutigen Brieföffner, der auf dem Boden lag.

„Einpacken, das Teil", befahl der Arzt knapp, „damit die Kollegen im Krankenhaus die Verletzung besser einschätzen können." Besorgt betrachtete er die lange spitze Klinge des Brieföffners.

Nun beugte er sich über die Schusswunde des Gefangenen. Sie blutete stark, erschien ihm aber nicht lebensbedrohlich. Der Gefangene jammerte und fluchte. Der Notarzt bat einen Rettungsassistenten, die Wunde steril zu versorgen, der Rest musste im Krankenhaus erledigt werden.

Draußen auf dem Flur waren schnelle Schritte zu hören. Die Verstärkung für die Polizisten war eingetroffen. Dazwischen drängten sich die Sanitäter mit der Rollbahre in den Raum und stellten sie neben der Krankenliege auf. Kurz darauf wurde der gefesselte Gefangene hinten und der verwundete Polizeibeamte vorne in einem der RTWs abtransportiert.

Der Notarzt schickte die verbliebenen Polizisten aus dem Raum, dann beugte er sich über Lena, die sich mittlerweile auf die Rollbahre gelegt hatte, da ihr der Kreislauf Probleme machte.

„In welchem Monat sind Sie, Frau Kollegin", fragte er ruhig, während er vorsichtig ihren Bauch freilegte. Es waren zwei Einstiche ein Stück unterhalb des Nabels erkennbar. Sie waren so breit wie die Klinge, bluteten aber nicht besonders stark. Was aber keine Entwarnung bedeutete, da sie vermutlich nach innen blutete.

„Im sechsten."

„Wir fahren Sie sofort in die Frauenklinik!", erklärte er bestimmt.

„Hat er mein Baby getroffen?", fragte sie mit vor Angst weit geöffneten Augen.

„Das kann ich so leider nicht sagen …" Er gab seinem Assistenten einen Wink. Sie legten Lena auf die fahrbare Trage und schnallten sie fest. Während sie über den Flur in Richtung Ausgang hasteten, rief der Notarzt in der Geburtshilfeabteilung der Uniklinik an, schilderte den Fall und kündigte ihre Ankunft an. Dort lief sofort der gesamte Apparat an und es wurde alles für den Noteingriff vorbereitet. Zum Glück war es vom Institut für Rechtsmedizin bis zur Klinik nicht weit. Sie konnten die gesamte Strecke auf dem Universitätsgelände zurücklegen, ohne öffentliche Straßen befahren zu müssen. Zehn Minuten später lag Lena bereits im Schockraum und mehrere Ärzte kümmerten sich um sie. Der hinzugezogene Kinderarzt und der Leiter der Gynäkologie zeigten sich sehr besorgt. Nach weiteren Untersuchungen entschieden sich die Ärzte zu einem Notkaiserschnitt. Die Herztöne des

Babys waren sehr schwach. Dem Ungeborenen ging es immer schlechter.

Nachdem diese Entscheidung gefallen war, ging alles rasend schnell. Sie wurde in den OP gefahren und erhielt eine Narkose. Während der Vorbereitungen schnitten sie ihr die Kleidung vom Körper, dann setzte der Operateur das Skalpell an. Sekunden später zog er das Kind durch den Schnitt heraus. Sofort kümmerten sich ein bereitstehender Kinderarzt und ein Chirurg um den Säugling, der umgehend in einen danebenliegenden OP gebracht wurde. Die Chirurgen nutzten die Narkose, um bei Lena neben der Wunde des Kaiserschnitts auch die beiden Stichverletzungen zu versorgen.

Sie erreichte das Labor, wo die Blutentnahmen üblicherweise stattfanden. Schon auf dem Flur hörte sie männliche Stimmen und die einer Frau. Sie betrat den Raum. Zwei uniformierte Polizisten, eine Beamtin und ein Beamter, standen neben einer jungen Frau, die sich bereits auf einem Stuhl niedergelassen hatte. Es war ihr deutlich anzusehen, dass sie alkoholisiert war.

„Hallo, Frau Doktor", grüßte einer der Streifenbeamten, „Polizeihauptmeister Rottenbach und Polizeimeisterin Abramovich", stellte er sie vor. „Frau Petra Nüsslein, 32 Jahre, wurde bei einer Verkehrskontrolle in offenbar angetrunkenem Zustand angetroffen. Eine Kontrolle mit dem Alkotester hat eindeutig erhöhte Werte ergeben."

„Leute", begann die Probandin zu nuscheln, „jetzt macht euch mal nicht nass. Ich hab doch gerade mal einen klitzekleinen Cocktail getrunken. Das stecke ich locker weg!"

„Alles klar, Frau Nüsslein", erklärte PHM Rottenbach, „die Frau Doktor nimmt Ihnen jetzt ein bisschen Blut ab. Dann fahren wir auf die Wache und nehmen eine Anzeige auf. Sie müssen uns dann noch jemand nennen, der Ihren Wagen abholen kann. Der steht ja noch auf der Mergentheimer Straße."

Lena rollte der Frau die Bluse am Arm hoch und zog ein Stauband über den Arm.

„Hallo, Frau Nüsslein, ich bin Dr. Kohlhepp. Legen Sie Ihren Arm bitte hier auf den Tisch und ballen Sie eine Faust. Das haben wir gleich und tut auch nicht weh …"

Willig folgte die Frau Lenas Anweisungen. Sie desinfizierte die Armbeuge, eine Minute später waren zwei Ampullen mit Blut gefüllt und die Nadel wieder entfernt. Ein Pflaster bedeckte den Einstich.

„So, das wars!", erklärte Lena und begann damit, die Röhrchen zu beschriften. „Das Ergebnis geht in den nächsten Tagen zu den Akten."

Frau Nüsslein erhob sich, richtete ihre Bluse, dann winkte sie Lena zu, während die beiden Polizisten sich verabschiedeten und sie hinausführten. Lena erledigte noch die schriftlichen Arbeiten, dann legte sie die Röhrchen mit dem Blut in eine Petrischale und stellte sie in den Kühlschrank des Labors. Morgen früh würden sich die Laborantinnen mit der Auswertung beschäftigen. Lena ging zurück in ihr Büro. Sie goss sich den Rest Kaffee aus einer Thermoskanne in ihre Tasse und setzte sich an den Schreibtisch. Sie konnte sich nicht dagegen wehren, dass erneut die Erinnerung an damals in ihr hochkam.

Elf

Als sie langsam aus der Narkose erwachte, registrierte sie langsam, dass sie sich auf der Intensivstation eines Krankenhauses befand. Schlagartig kam die Erinnerung an den Angriff zurück. Ehe sie noch nach einer Schwester rufen konnte, öffnete sich die Tür und Thomas, ihr Mann, trat an ihr Bett. Er griff nach ihrer Hand. Die Augen über der OP-Maske sahen sie ernst an.

„Wie geht es meinem Kind …?", kam es leise über ihre Lippen. Ehe er etwas sagen konnte, kam aus dem Hintergrund ein Arzt. Er stellte sich ebenfalls ans Bett, dabei warf er einen kurzen Blick auf die piependen Geräte und nahm eine Einstellung am Tropf vor, dann erklärte er: „Frau Kollegin, ich bin Dr. Meißner. Ich habe bei Ihnen einen Notkaiserschnitt durchgeführt. Wir mussten den kleinen Jungen holen, weil es ihm minütlich schlechter ging."

„Bitte … sagen Sie mir, wie es ihm geht …", wiederholte sie und sah ihn mit großen Augen an.

„*Wir haben ihn umgehend der Kinderchirurgie übergeben, da er operiert werden musste. Dort ist er in sehr guten Händen, glauben Sie mir. Die Kollegen aus der Kinderklinik werden uns sofort unterrichten, wenn die Operation abgeschlossen ist.*" Er warf dem Ehemann einen ernsten Blick zu, der ihre Schulter streichelte. „*Frau Kollegin, Sie müssen sich jetzt unbedingt ausruhen*", fuhr er fort. „*Wir haben im Rahmen des Kaiserschnitts auch die Stichverletzungen versorgt. Sie waren nicht lebensgefährlich … und es waren keine wichtigen Organe verletzt, trotzdem gab es innere Blutungen, die wir aber stillen konnten.*"

Soweit die Ausführungen des Arztes sie selbst betrafen,

hörte sie nur mit halbem Ohr zu. Das war alles nicht wichtig. Ihr Baby war das Einzige, was sie interessierte. Ehe sie eine neuerliche Frage formulieren konnte, überwältigte sie bleierne Müdigkeit. Das Medikament in der Infusion wirkte. Ihr Denken wurde ausgeschaltet und sie fiel in einen tiefen, traumlosen Schlaf.

Irgendwann erwachte sie. Sie hörte das Piepsen der Apparate. Offenbar lag sie noch immer auf der Intensivstation. Schmerzen hatte sie keine.

Der Kaiserschnitt!, schoss es ihr durch den Kopf. Mein Kind, was ist mit meinem Kind! Adrenalin beschleunigte ihr Erwachen. Die Operation ihres Kindes! Wie viel Zeit war seitdem vergangen?

„Hallo, Frau Dr. Kohlhepp, schön, dass Sie wieder wach sind. Sie liegen noch immer auf der Intensivstation der Universitätsfrauenklinik Nürnberg."

Eine etwas rundliche Schwester mit einer OP-Maske schob sich in ihr Blickfeld, beugte sich über sie und richtete ihr Kissen.

„Wie ... wie geht es ... meinem Kind?" Die Zunge war ihr noch schwer.

„*Der Arzt wird gleich nach Ihnen sehen*", erklärte sie freundlich, aber ausweichend. „*Ihr Mann ist draußen, ich sag ihm Bescheid.*" Sie wandte sich ab. Einen Augenblick später trat Thomas an ihr Bett. Er trug sterile Schutzkleidung.

„Thomas ... bitte sag mir ... wie es unserem Kind geht", stieß sie hervor. „Hier wird mir doch etwas verschwiegen!"

„Mein Schatz, beruhige dich ..." Er stockte, weil ihm die Stimme versagte. Wortlos packte er einen Stuhl und setzte sich neben das Bett. Er nahm ihre Hand und suchte nach Worten. Da wurde die Schiebetür geöffnet und ein Arzt, ebenfalls in Schutzkleidung, betrat den Raum.

„Ich bin Dr. Liebermann, der Kinderchirurg", stellte er

sich knapp vor. Plötzlich wurde sie von Angst regelrecht überschwemmt. Eines der Geräte, das ihre Vitalfunktionen überwachte, begann hektisch zu piepsen. Sie sah den Kollegen mit großen Augen an. Obwohl er ebenfalls eine Maske trug, spürte sie instinktiv, dass er keine guten Nachrichten überbringen würde. Er zog einen zweiten Stuhl heran und setzte sich zu ihnen. Nachdem er sich geräuspert hatte, erklärte er mit belegter Stimme: „Frau Dr. Kohlhepp, liebe Kollegin, ich … ich habe leider eine sehr traurige Nachricht …"

Lena hob die Hand und presste die Faust gegen den Mund, um ein Stöhnen zu unterdrücken. Sie quetschte die Hand ihres Mannes mit panischer Kraft.

„… Wir mussten ihr Kind sofort operieren. Die beiden Stiche haben die Gebärmutter durchdrungen … Alle beide haben leider den Embryo getroffen." Er atmete tief durch. Die Aufgabe, diese Nachricht den Eltern zu überbringen, fiel ihm enorm schwer. „Wir konnten … leider nichts mehr tun. … Einer der Stiche hat das Herz des Kindes verletzt. Wir haben es sofort nach dem Kaiserschnitt operiert … aber es war nicht mehr zu retten … Es tut mir wirklich schrecklich leid …" Ihm versagte die Stimme. Er warf Thomas einen hilflosen Blick zu. Der Schrei, der Lena entfuhr, war Ausdruck der Verzweiflung einer Mutter, der man das Kind aus dem Herzen gerissen hatte. Er durchdrang alle Wände der Intensivstation und ließ die dort tätigen Krankenschwestern betroffen in ihrer Arbeit innehalten. Es dauerte Wochen, ehe ihr Frauenarzt ihr mitteilte, dass sie mit hoher Wahrscheinlichkeit keine Kinder mehr bekommen konnte. Ein weiterer Schock, der sie damals ernsthaft darüber nachdenken ließ, aus dem Leben zu scheiden. In der Folgezeit ging sie durch die Hölle.

Mit einem Schluck trank sie die Kaffeetasse leer. Immer wenn sie die Erinnerung so stark überfiel wie jetzt, durchlebte sie den Schmerz aufs Neue. Normalerweise hatte sie die Gedanken einigermaßen im Griff, aber die Erlebnisse des letzten Tages hatten sie wieder anfällig gemacht.

Zwölf

Tagelang hatte man sie damals mit Beruhigungsmitteln sediert, damit sich ihre Psyche etwas erholen konnte. Trotzdem war sie nach ihrer Entlassung ein anderer Mensch gewesen. Jede Freude war aus ihrem Leben verschwunden. Sie nannten den Jungen im Nachhinein Chris. Seine Beisetzung fand in aller Stille auf dem kleinen Friedhof von Burgthann statt. Nur mit starken Medikamenten überstand sie die Beerdigung. Sie trat dann eine ambulante Therapie an, die sie aber nicht wesentlich weiterbrachte. In diesem Zustand war sie selbstverständlich nicht fähig ihren Beruf auszuüben. Sie wurde beurlaubt. Eine spätere Reha-Maßnahme brach sie, entgegen ärztlichem Rat, nach einer Woche ab. Thomas drang trotz aller Geduld und Mühe nicht mehr zu ihr durch. Stück für Stück lebten sie sich auseinander. Letztlich verließ sie ihn und zog in eine Wohnung in Nürnberg. Sie wollte nur noch, dass der Mörder ihres Kindes die höchstmögliche Strafe erhielt. Der Prozess, dem sie als Nebenklägerin beigetreten war, zog sich hin, da der Anwalt des Angeklagten, der aus einer vermögenden Nürnberger Kaufmannsfamilie stammte, alle Register zog, die die Strafprozessordnung bot. Mittels eines Gutachtens wollte er beweisen, dass sein Mandant zum Zeitpunkt der Tat durch die genossenen Drogen nicht voll schuldfähig gewesen war. Schließlich wurde er gegen Kaution auf freien Fuß gesetzt, musste sich aber zweimal in der Woche auf einer Polizeiwache melden.

Obwohl der Verstand ihr sagte, es nicht zu tun, betrat sie eines Nachts die Räume der Rechtsmedizin. Erstaunlicherweise hatte man ihre Zugangsberechtigungen für das Zahlenschloss am Haupteingang und zur Datenbank nicht geändert. Sie war noch immer als User eingetragen. Es fiel ihr nicht schwer, das

Obduktionsprotokoll ihres Kindes zu finden. Mit Tränen in den Augen las sie, was der Obduzent mit nüchternen Worten festgestellt hatte. Die darin enthaltenen Bilder zerrissen ihr endgültig das Herz. Aus Dr. Lena Kohlhepp wurde ein anderer Mensch. Sie hatte nur noch ein Ziel: Vergeltung!

Eine Woche vor dem neuerlichen Strafprozess verschwand der Täter von der Bildfläche. Er meldete sich nicht mehr bei der Polizei. Es wurde ein Haftbefehl ausgestellt, der konnte aber nicht vollzogen werden. Er war nicht mehr auffindbar. Die Vermutung, dass die Familie dafür gesorgt hatte, dass er sich der Gerichtsbarkeit entziehen konnte, war nicht beweisbar. Lena beauftragte einen fähigen Detektiv, der aber auch keine Hinweise auf seinen Aufenthalt ermitteln konnte. Trotzdem bat sie ihn, weiter nachzuforschen. Halbjährlich erstattete er ihr Bericht. Bisher ergebnislos.

Lena erhob sich und stellte die Kaffeetasse in die kleine Büroküche. Das Geschehen um den ungesühnten Mord an ihrem Kind stak wie ein Messer in ihrer Seele.

… Zwei Monate später trat sie den Dienst in der Rechtsmedizin wieder an. Ihrer Bitte, keine Kinder mehr obduzieren zu müssen, kam man selbstverständlich nach. Ihre Hoffnung, dass die Zeit ihre Seele heilen würde, ging leider nicht auf. Als eine entsprechende Stelle in Würzburg ausgeschrieben wurde, ergriff sie die Gelegenheit eines weiteren Ortswechsels. Ihr war klar, dass diese ständige Flucht vor sich selbst irgendwann einmal ein Ende haben musste. Da half nur, sich mit ihren Dämonen und ihren Ängsten zu konfrontieren!

Als gestern das durch seine Mutter getötete Kind zur Obduktion anstand, war außer ihr kein Obduzent greifbar. Alle waren verhindert. Die Obduktion war eilig, also blieb nur sie. Mit eiserner Disziplin brachte sie schließlich diese Aufgabe hinter sich. Dabei schrammte sie haarscharf an der Grenze des für sie Erträglichen entlang. In dieser fragilen seelischen Verfassung war sie gestern auf Rumpel getroffen, der zweifellos ebenfalls irgendetwas mit sich herumschleppte. Die Folge war der schlimme Absturz zweier verwundeter Seelen in einem alkoholischen Exzess.

Sie fuhr ihren Computer herunter und machte sich auf den Heimweg. Sie wollte sich einen ruhigen Abend gönnen. Einen klaren Kopf bekommen. Morgen früh stand die Obduktion einer Wasserleiche an. Ein Mann, der vor einer Woche mit Freunden gefeiert hatte und zu später Stunde zum Schwimmen in den Fluss gegangen war. Wenig später meldeten ihn seine Freunde als vermisst. Die Suche blieb ergebnislos. Mehrere Tage später war er dann im Rechen der Würzburger Schleuse hängen geblieben. Eine Sektion, die sie ohne Zweifel mit entsprechender Kompetenz und Distanz meistern würde.

Nachdem sie zuhause ihren Kater versorgt hatte, bereitete sie sich einen Tee zu und holte sich einen Joghurt aus dem Kühlschrank. Großen Appetit hatte sie nicht. Auf dem Weg zur Couch kam sie an ihrem Wohnzimmerschrank vorbei. Sie blieb kurz stehen und griff nach kurzem Zögern in ein Fach, in dem mehrere Bücher aufgereiht waren. Sie zog einen dünnen Bilderrahmen zwischen ihnen hervor. Hinter dem Glas war das Porträt eines Säuglings erkennbar. Es schien, als würde das Kind friedlich schlafen. Sie strich mit den Fingern über das Gesicht ihres Jungen. Diese Schwarz-Weiß-Aufnahme hatte der verständnisvolle Obduzent, der seinerzeit für die Untersuchung ihres Kindes zuständig war, vor der Sektion des Säuglings angefertigt und es ihr später als Erinnerung angeboten. Sie hatte es angenommen, konnte es aber lange Zeit nicht ansehen. Zwischenzeitlich fühlte sie sich stark genug, es sich immer wieder mal anzusehen. Damit hielt die Trauer um ihr Kind und die

Wut auf den Mörder ihres Jungen wach. Lena schob das Bild an seinen Platz zwischen den Büchern zurück. Sie setzte sich auf die Couch und schaltete den Fernseher ein. Es lief eine Quizsendung, von der sie sich berieseln ließ. Tatsächlich nahm sie das Gerede aber nur beiläufig wahr. Immer wieder huschten Bilder aus der Nacht mit Rumpel durch ihre Erinnerung. Seltsamerweise wirkten diese beruhigend auf sie.

Dreizehn

Die Psychiaterin Dr. Carolin Kanzler gehörte zwar zum psychologischen Dienst des Polizeipräsidiums Unterfranken, hatte ihre Räumlichkeiten aber nicht innerhalb der Behörde. Sie residierte in einem Wohnhaus in der Zellerau und hatte dort im Parterre eine kleine Wohnung angemietet, die ihr als Praxisräume dienten. Der Grund war klar, es sollte ihren Patienten möglich sein, sie auch anonym aufzusuchen, ohne dass dies im Präsidium gleich bekannt wurde. Daher legte sie ihre Termine auch immer so, dass ihre Patienten nicht aufeinanderstießen. Das war auch der Grund, weswegen sie kein Wartezimmer besaß. Die Basis des Erfolgs ihrer Tätigkeit war Vertraulichkeit und, daraus resultierend, das Vertrauen ihrer Patienten. Die Psychiaterin trug ihre vollständig ergrauten Haare lang, auf dem Rücken zu einem Zopf gebunden. In ihrem Erscheinungsbild stellte sie eher eine Vertreterin eines herben Frauentypus dar. Sie war schlank und bevorzugte Jeans und Rollkragenpullover. Ihre Stimme neigte eher zum rauen Alt, was vielleicht ihrer Neigung geschuldet war, regelmäßig arabische Zigarillos zu konsumieren.

Als es läutete, warf sie einen Blick auf die Uhr. Erstaunlich, Rumpel war heute pünktlich, was sie nicht bei jedem Termin von ihm sagen konnte. Ihre Mokassins schlurften etwas über das Parkett, als sie zur Tür eilte und öffnete.

„Kommen Sie rein", erklärte sie und strich Eva über den Kopf, die sich natürlich wie immer in den Vordergrund drängte. Die Hündin kannte diese Termine und freute sich darauf, weil die Psychologin immer einen Kauknochen für sie bereithielt, den die Hündin mit Hingabe zerkleinerte. Der gewünschte Nebeneffekt bestand darin, dass Eva während der Sitzung ruhig auf dem Teppich lag und nicht in der Praxis herumtigerte.

Rumpel ließ sich in einen Sessel fallen, der an einem runden Besprechungstisch stand. Dr. Kanzler nahm gegenüber ihrem Patienten Platz. Auf dem Schoß hatte sie einen Block, auf dem sie sich bei Bedarf Notizen machte.

Schon beim Eintreten fiel ihr Rumpels Unruhe auf. Ein Zustand, den sie vom Beginn ihrer Therapie her kannte, der aber in der letzten Zeit nicht mehr so ausgeprägt gewesen war.

„Lieber Herr Rumpel, erzählen Sie mal: Wie geht es Ihnen seit Ihrem letzten Besuch bei mir?"

Rumpel setzte sich aufrecht hin. Seine Körperhaltung war angespannt.

„Ziemlich be … scheiden", gab er zurück. „Hatte heute schon verdammten Ärger …"

„Beruflich? Privat?", fragte sie nach, nachdem er nicht weitersprach. Sie war es gewohnt, dass sie aus diesem Patienten oftmals die Informationen herauskitzeln musste. Es war ihr nicht entgangen, dass der Mann einen leichten Alkoholatem besaß, der durch den starken Eukalyptusgeruch, den er beim Sprechen verbreitete, eher noch betont wurde. Sie machte sich im Stillen ihren Reim darauf.

„Ich musste heute wieder zum Gespräch mit dem Präsidenten."

„Aber das ist doch ein Routinetermin, wie ich weiß. Was hat Sie denn so verärgert?"

„Er will unbedingt, dass ich wieder in ein Dezernat einsteige, damit er mich positiv beurteilen kann." Er atmete durch. „Er hat ziemlich Druck aufgebaut. Wenn der wüsste, wie sehr mir Karriere und dergleichen am … vorbeigeht! Ich habe durch mein Versagen unschuldige Menschen getötet, da kann man doch nicht so einfach zur Tagesordnung übergehen und ganz nüchtern die Karriere planen."

„Sie sollten aufhören, sich selbst zu zerfleischen", mahnte sie leise. „Alle Vorgänge und Verantwortlichkeiten wurden von der Staatsanwaltschaft und dem Gericht geprüft und es wurde festgestellt, dass Sie definitiv keine Schuld trifft. Das Verfahren wurde eingestellt. Sie müssen langsam damit anfangen, sich selbst zu verzeihen."

Er rieb sich nervös die Hände. „Das fällt mir schwer, weil mich ständig diese Alpträume quälen."

„Ich dachte, das sei besser geworden. Nehmen Sie auch regelmäßig das Medikament, das ich Ihnen verschrieben habe?"

„Sie kommen weniger oft, das stimmt. Dafür aber sehr heftig! Erst wieder heute Nacht …" Er winkte ab. „Das Zeug, das Sie mir verschrieben haben, macht schlapp und müde. Ich habe es jetzt ein paar Tage nicht mehr genommen … Ich habe das Gefühl, dass es mir die Energie raubt!"

„Sie haben es von einem Tag auf den anderen einfach abgesetzt?"

Er zuckte mit den Schultern. Sie schüttelte den Kopf.

„Das geht so nicht! Wenn Sie es schon absetzen wollen, dann müssen Sie das vorher mit mir besprechen. Das sind sehr wirksame Psychopharmaka, aus deren Einnahme man sich herausschleichen muss, sonst kann es zu unliebsamen Nebenwirkungen kommen!" Sie zögerte kurz. „… besonders, wenn man sie in Zusammenhang mit Alkohol einnimmt …" Sie warf ihm einen prüfenden Blick zu. Rumpel reagierte nicht, senkte aber den Blick. Sie machte sich eine Notiz. „Ich verschreibe Ihnen dann etwas Schwächeres, was nicht diese Nebenwirkungen hat. Das müssen Sie dann aber auch wirklich einnehmen!" Sie wechselte das Thema. „Wie sieht es mit Ihrer derzeitigen Tätigkeit aus? Sind die Kollegen nett? Gefällt Ihnen das, was man

Ihnen übertragen hat? Die Archivierung der Altakten ist doch eine verantwortungsvolle Tätigkeit, bei der Sie aber nicht unter Zeitdruck stehen. Meines Erachtens ist das für die Wiedereingliederung erst mal eine gute Lösung, etwas für die ersten Schritte in eine berufliche Normalität."

Rumpel zuckte mit den Schultern und machte eine nichtssagende Handbewegung. „Kann ich …?" Er deutete auf die kleinen Wasserflaschen, die zusammen mit einigen auf dem Kopf stehenden Gläsern neben dem Fenster auf einem Sideboard standen.

„Selbstverständlich, gerne", erwiderte Dr. Kanzler. Sie registrierte diese Bitte mit einer gewissen Verwunderung, denn normalerweise trank Rumpel nie etwas, sondern fasste sich immer möglichst kurz, um den Termin schnell hinter sich zu bringen. Heute hatte er offenbar noch Redebedarf.

„Da wäre noch was", fuhr er auch schon fort, nachdem er einige Schlucke Wasser zu sich genommen hatte. Sie sah ihn aufmerksam an und bedeutete ihm durch eine Geste, weiterzufahren.

„Vorhin habe ich einen Anruf bekommen, der mich sehr erschrocken hat. Es meldete sich eine Journalistin. Sie sagte, sie sei Mitarbeiterin der Zeitschrift *Spotlight*. Angeblich recherchiert sie für einen Artikel über die Arbeit von Sondereinsatzkommandos." Er atmete schwer. „Man weiß doch, dass dieses Krawallblatt nur auf Sensationen aus ist und Menschen rücksichtslos in die Öffentlichkeit zerrt. Wieso wendet sie sich damit nicht an das Innenministerium oder die Polizeiführung? Und vor allen Dingen: Woher kennt sie meine Handynummer? Mit Sicherheit will sie in dem Einsatz von Kitzingen herumstochern!"

Dr. Kanzler legte nachdenklich ihren Kugelschreiber an die Lippen und blies sich eine Haarsträhne aus dem Gesicht, die sich aus ihrem Haarzopf gelöst hatte.

„Das wundert mich schon etwas, zumal die Sache damals von der Presse in alle Richtungen durchleuchtet wurde. Ich kann mir nicht vorstellen, dass so ein Sensationsblatt ein Interesse daran hat, gewissermaßen „ein totes Pferd zu reiten". Das bringt doch keine Auflage! Diese Neugierde muss einen anderen Grund haben." Sie stand auf und schlenderte zum Fenster. Nach einiger Zeit des Überlegens drehte sie sich um. „Sie können jetzt natürlich der Sache aus dem Wege gehen, indem Sie Ihr Handy entsorgen und sich ein neues zulegen. Dann haben Sie vielleicht kurzfristig Ruhe. Ich vermute aber mal, wenn diese Frau Ihre Telefonnummer ermittelt hat, recherchiert sie bereits in Ihrem Umfeld. Datensicherheit ist eine fragile Sache. Da gibt es schon Mittel und Wege … Vermutlich wird sie keine Ruhe geben und sich wieder melden. Sollte das der Fall sein, sagen Sie mir das, ich werde dann den Polizeipräsidenten einschalten. Er wird zwar die Aktivitäten der Journalistin wegen der Pressefreiheit nicht unterbinden können, womöglich kann er aber etwas über die Hintergründe dieses plötzlichen Interesses an diesem alten Fall herausfinden."

Sie setzte sich wieder. „Herr Rumpel, lassen Sie sich durch diesen Anruf nicht nervös machen. Bleiben Sie ruhig und lassen Sie sich auf keinen Fall auf ein Interview oder ein sonstiges Gespräch ein."

Nachdem die Zeit für die Sitzung bereits deutlich überschritten war, vereinbarten sie einen neuen Termin für nächste Woche. Während Dr. Kanzler Rumpel zur Tür brachte, ergänzte sie: „Wenn es in dieser Pressesache neue Entwicklungen gibt, scheuen Sie sich nicht, mich anzurufen."

Sie streichelte Eva über den Kopf und Rumpel verließ die Praxis. Das Drohschreiben hatte er nicht erwähnt. Irgendwie war ihm der Mut ausgegangen.

Auf der Straße überlegte er kurz, ob er nochmals ins Pub

gehen sollte, entschied sich aber dagegen. Zum einen wollte er Lena heute nicht mehr begegnen. Zum anderen hatte er Sorge, dass er bei seiner Stimmung wieder versacken könnte. Er musste einen klaren Kopf behalten, um in Ruhe nachdenken zu können. Mit einem leisen Pfiff wies er Eva die Richtung. Sie schlugen erneut den Weg zum Main ein. Auf den Wiesen rasten zwei Pudel herum, denen sich Eva sofort anschloss. Nachdem sie sich ausgetobt hatte, marschierte Rumpel weiter. Auf Umwegen durch die Seitenstraßen der Zellerau kehrte er nach Hause zurück. Er schleuderte die Schuhe von den Füßen, dann warf er einen Blick in den Kühlschrank. Nachdem er sich zwei Brote mit einem angetrockneten Scheibenkäse belegt hatte, öffnete er sich ein Bier und setzte sich vor den Fernseher. Er hatte nicht die Absicht, sich heute noch einmal zu erheben. Während er eine Dokumentation über die Jagdmethoden der Orcas im Nordmeer verfolgte, schlief er ein. Die Strapazen der Nacht und der wenige Schlaf forderten ihren Tribut. Sein Handy ließ er ausgeschaltet auf dem Tisch liegen.

Vierzehn

In dieser Nacht schlief Rumpel zu seinem eigenen Erstaunen tief und traumlos. Da Samstag und damit Wochenende war, blieb er nach dem Erwachen noch einen Moment liegen und sinnierte vor sich hin. Er konnte sich dunkel erinnern, dass er sich irgendwann in der Nacht ausgezogen und sich ins Bett geschleppt hatte. Eva bekam natürlich sofort mit, dass ihr Mensch nicht mehr schlief, verließ ihren Korb und kam ans Bett. Sie legte ihren großen Kopf neben Rumpels Gesicht auf das Kopfkissen, winselte leise und blies ihm dabei ihren Atem ins Gesicht. Rumpel verzog das Gesicht.

„Mein Gott, Eva, was hast du heute wieder für einen Brodem! An deinem Mundgeruch musst du wirklich noch arbeiten!"

Eva erkannte natürlich sofort, dass ihr Mensch gerade in einigermaßen ausgeglichener Stimmung war. Ehe sich Rumpel versah, war sie mit einem Satz im Bett, hüpfte schwanzwedelnd auf ihm herum und stupste ihn mit der feuchten Schnauze ins Gesicht.

„Bäääh", schrie Rumpel und wehrte sie mit beiden Händen ab. Für Eva war das eindeutig eine Aufforderung zum Spiel! Knurrend packte sie das Kopfkissen ihres Menschen an der Ecke und begann daran zu zerren. Der Stoff drohte zu reißen.

„Jetzt reichts aber", schimpfte Rumpel, packte die Hündin mit der einen Hand am Halsband, mit der anderen griff er unter ihrem Bauch hindurch und beförderte sie mit Schwung aus dem Bett. Schnell setzte er hinterher, bevor es ihr einfiel, wieder zurückzuspringen. „So, raus mit dir, du Ungeheuer. Wir werden dir heute mal etwas Arbeit verschaffen, damit du deine überschüssigen Kräfte abreagieren kannst." Schnell verschwand er im Bad. Eva blieb vor der Tür stehen und sah ihm mit schief gelegtem Kopf hinterher.

Nach der Morgentoilette warf er die Kaffeemaschine an und bereitete sich einen starken Kaffee Crema. In Erinnerung an den leeren Kühlschrank entschied er sich, einige Lebensmittel einzukaufen. Während er den Kaffee genoss, schaltete er das Radio an und holte nach kurzem Zögern sein Handy, das noch immer ausgeschaltet im Wohnzimmer lag. Nachdem es hochgefahren war, registrierte er verärgert zwei weitere anonyme Anrufe. Mit Sicherheit wieder diese aufdringliche Journalistin! Eigentlich durfte er sich nicht wundern, es war nicht zu erwarten gewesen, dass sie so schnell aufgab. Dieses Telefon war eindeutig verbrannt! Ihn beschäftigte nach wie vor die Frage, wie sie an seine Telefonnummer gekommen war. Er war auf keiner der sogenannten sozialen Medien registriert. Natürlich war die Nummer in der Personalabteilung des Präsidiums verzeichnet. Wie alle Resorts des Präsidiums, besaß auch seine Abteilung eine zentrale E-Mail-Adresse als Poststelle sowie jeder Mitarbeiter eine eigene dienstliche E-Mail-Adresse. Dort waren aber nur dienstliche Telefonnummern und keine privaten Handynummern verzeichnet. Er verstand nicht genug von dieser Technik, um herauszufinden, ob die Frau seine Nummer gehackt haben könnte. Kurz entschlossen schaltete er das Handy wieder aus. Er musste heute nicht erreichbar sein. Da läutete es an der Wohnungstür. Was war denn jetzt schon wieder? Er ging zur Sprechanlage im Flur und drückte auf den Knopf.

„Ja, bitte?"

Keine Reaktion, stattdessen klopfte es an der Wohnungstür. Eva gab einen kurzen Beller von sich, dann sprang sie an die Tür und wedelte mit dem Schwanz. Das konnte nur eines bedeuten … Rumpel öffnete.

„Ah, guten Morgen, Stefan! Was treibt dich denn mitten in der Nacht zu mir? Ist dir der Zucker ausgegangen?

Vor der Tür stand ein schlanker, durchtrainiert wirkender älterer Mann und blies ihm den Rauch eines Zigarillos ins Gesicht. Rumpel wehrte hustend ab.

„Mann, Rumpel, sag bloß, du hast unsere Verabredung vergessen!", rief der Besucher. Seine Stimme hallte im Hausflur wider. „Es ist zehn Uhr und du rennst noch im Schlafanzug durch die Gegend!"

Eva sprang erfreut an dem Besucher hoch und setzte ihr Begrüßungszeremoniell stürmisch fort. Bei dem Mann handelte es sich um Stefan Heunisch, einen Nachbarn von Rumpel, Witwer und kinderlos, der zwei Stockwerke unter ihm eine Dreizimmerwohnung bewohnte. Heunisch war pensionierter Kriminalhauptkommissar, der viele Jahre als Zielfahnder eingesetzt war, zuletzt aber in der Mordkommission der Kripo Würzburg arbeitete. Er hatte das Desaster um Rumpels Einsatz in Kitzingen natürlich mitbekommen. Aus eigener Erfahrung wusste er, welche Konflikte man mit sich selbst ausmachen musste, wenn man gezwungen war, seine Waffe im Dienst mit letalem Ausgang einzusetzen. Er unterstützte Rumpel, als dieser sich nach Würzburg versetzen ließ, indem er ihm diese Wohnung im Dachgeschoss vermittelte. Darüber hinaus kannte er Rumpel noch von früher, aus seiner Zeit als Leiter der Polizeiinspektion Marktheidenfeld, wo er eine Zeitlang Rumpels Vorgesetzter war. Heunisch war vierundsechzig Jahre alt und ausgesprochen agil. Hin und wieder bekam Eva bei ihm Asyl, wenn Rumpel Dinge erledigen musste, zu denen er die Hündin nicht mitnehmen konnte. Er verzog sein braun gebranntes Gesicht zu einer Grimasse, dabei schob er sich an Rumpel vorbei in die Küche.

„Du hast tatsächlich verpeilt, dass wir heute mit Eva trainieren wollten! Ich habe extra eine gut getragene Unterhose von mir mitgebracht." Er hielt einen Plastikbeutel in die Höhe, der oben mit einem Band verschlossen war. „Damit sie mich auch sicher findet!" Mit der Hand hielt er Eva davon ab, an der Tüte zu schnüffeln. „Willst du mal eine Nase voll nehmen?", bot er Rumpel stichelnd an. Der klatschte sich mit der Hand gegen die Stirn.

„O Mann! Klar! Unser Training! – Mensch, Stefan, komm rein und gib mir ein paar Minuten, dann können wir los. Es ist so wichtig, dass sich Eva wieder einmal ausarbeiten kann. Die platzt bald vor Energie!"

Heunisch schüttelte den Kopf. „Mann, Mann, was ist bloß mit euch jungen Leuten los? Jetzt sieh zu, dass du in die Gänge kommst! Nicht dass die Hose hier in der Tüte anfängt zu gären." Er stieß ein meckerndes Lachen aus, ging zum Wasserhahn und hielt das Zigarillo unter den Wasserstrahl, dann ließ er sich in der Küche auf einen Stuhl plumpsen. Eva nutzte die Wartezeit schamlos aus und ließ sich ausgiebig streicheln. Eine Viertelstunde später waren Rumpel, Heunisch und Eva im Aufzug auf dem Weg in die Tiefgarage. Dort parkte Rumpels alter Mitsubishi Pajero. Der Geländewagen hatte bereits eine ordentliche Anzahl von Kilometern auf dem Tacho und die einstmals kräftig grüne Farbe begann schon etwas zu verblassen. Sonst war der Wagen aber noch immer gut in Schuss. Der Pajero verfügte zwar über einigen technischen Schnickschnack weniger, als er für heutige Modelle selbstverständlich war, das störte Rumpel aber nicht. Da das Fahrzeug über einen kurzen Radstand verfügte, war der Kofferraum entsprechend knapp bemessen und für Eva zu eng. Aus diesem Grund hatte Rumpel zwischen Vorder- und Rücksitz eine Schmutzmatte angebracht, auf der sich Eva niederlassen konnte. Rumpel ließ sie einsteigen und schnallte sie mit einer speziellen Vorrichtung an. Die Hündin wusste natürlich, dass ihr etwas bevorstand, was ihr Spaß machte. Das war fast immer der Fall, wenn Stefan Heunisch mit in den Wagen stieg. Hechelnd setzte sie sich und wartete darauf, dass es losging.

„Hast du alles dabei?", wollte Heunisch wissen. „Nicht dass wir dann draußen sind und du hast die Hälfte vergessen."

Rumpel sah seinen Beifahrer schräg an. „Hinten ist der Rucksack mit allen Utensilien fertig gepackt, du musst ihn dir nur noch umhängen."

Er startete den Motor des Pajero und betätigte den Funkgeber, der das Rolltor der Tiefgarage öffnete. Mit Schwung lenkte er den Mitsubishi hinaus ins Freie und gliederte sich flott in den Querverkehr ein.

„Wo wollen wir heute hin?", fragte Heunisch, während er einen Kaugummi aus seiner Jackentasche angelte, von seiner Verpackung befreite und sich in den Mund schob.

„Was hältst du davon, wenn wir die Spur im Gramschatzer Wald legen? Da waren wir schon einige Zeit nicht mehr."

„Sehr gut", gab Heunisch erfreut zurück, „da können wir dann anschließend gleich einen Einkehrschwung in den Biergarten *Einsiedel* machen und eine Kleinigkeit in fester und flüssiger Form zu uns nehmen. Schließlich muss ich es ausnützen, dass ich nicht Auto fahren muss …"

Rumpel schmunzelte, sagte aber nichts. Heunisch liebte Einkehrschwünge … Mit seiner lockeren Art gelang es ihm immer wieder, Rumpel aus seinen Stimmungstiefs herauszureißen.

Fünfzehn

Samstag

In einer Eigentumswohnung im Würzburger Stadtteil Grombühl ging bei einem der Bewohner auf dem Mobiltelefon mit einem besonderen Klingelton eine Nachricht ein. Die Person zog ihr Handy aus der Tasche und startete eine App. Mit Interesse nahm die Person die Information zur Kenntnis, die ihr übermittelt wurde. Endlich tat sich etwas! Sie informierte die zweite Person in der Wohnung, dass sie einige Zeit außer Haus sein würde, dann zog sie sich um. Anschließend eilte sie in die Garage und startete einen Pkw. Sie befestigte das Handy an der Halterung am Armaturenbrett und fuhr los. Sie musste sich beeilen.

Irgendwo am Untermain, Kilometer von Würzburg entfernt, meldete sich ein Laptop mit einem leisen Gong, weil eine Nachricht eingegangen war. Der Mann, der sich gerade mit der Installation einer Festplatte eines anderen Rechners beschäftigte, wurde aufmerksam. Ein Blick auf seine Armbanduhr bestätigte ihm: 12 Uhr. Die Cloud meldete sich pünktlich entsprechend ihrer Programmierung. Er öffnete den Laptop, auf den das Überwachungsprogramm für Rumpels Wohnung gespiegelt wurde. Er loggte sich auf dem Relais im Keller ein, steuerte von dort jede Kamera an und führte einen Funktionstest durch. Alle waren voll einsatzbereit, die fest verbauten Akkus aufgeladen. Da der Stromverbrauch dieser kleinen Spione minimal war, konnte die Überwachung geraume Zeit fortgeführt werden. Plötzlich stutzte er. Kamera 3, die er im Schlafzimmer angebracht hatte, zeigte ein merkwürdiges Bild. Fast schien es, als würde sie ein Standbild von einem der Fenster übertragen. Er war sich sicher, dass sie beim ersten Test das Schlafzimmer mit dem Bett zeigte. Er stieß einen Fluch aus. Wie es aussah, war die Kamera, die er auf dem Kleiderschrank befestigt hatte, umgekippt und zeigte nun in eine andere Richtung! Zuerst dachte er, sie sei entdeckt worden, aber dann hätte man sie entfernt. Er zuckte mit den Schultern. Das mussten seine Auftraggeber einfach akzeptieren. Bei der Kontrolle der anderen Kameras stellte er beiläufig fest, dass im Augenblick niemand in der Wohnung war. Mit ein paar Klicks wechselte er vom Relais in die eigens für diesen Zweck eingerichtete Cloud und überprüfte die letzten Aufzeichnungen. Die Übertragung der Schlafzimmerkamera bestätigte seine Vermutung. Es begann eine Aufzeichnung im Nachtsichtmodus um kurz vor Mitternacht. Man konnte nur eine huschende Bewegung erkennen, die ausgereicht hatte, um die Übertragung zu starten. Dann plötzlich wackelte das Bild, weil der Schrank, auf dem die Kamera abgestellt war, offenbar heftig erschüttert wurde. Die Kamera, die lediglich aufgeklebt war, fiel um und zeigte nur noch jenes Fenster. Da sie dort keine Bewegung erkannte, schaltete sie sich kurz darauf ab. Damit war das Rätsel gelöst. Er betrachtete die Aufzeichnungen der anderen Kameras, die aus seiner Sicht aber nichts Spektakuläres zeigten. Seine Kunden mochten das anders sehen. Er stellte fest, dass von den drei Usern, die ihn engagiert hatten, zwei auf die Files zugegriffen hatten. Sein Honorar war im Voraus entrichtet worden. Es war Ehrensache, dass er das Geschäft zuverlässig abwickelte. Schließlich hatte er in der Branche einen Ruf zu verlieren.

Sechzehn

Der Wanderparkplatz im Ochsengrund nahe dem unterfränkischen Dorf Gramschatz war leer. Rumpel parkte den Pajero und zog eine Wanderkarte aus dem Handschuhfach. Außerdem griff er sich ein Lederetui mit einem Kompass. Sie stiegen aus und legten die Karte auf den Fahrersitz. Heunisch half ihm dabei, die Karte auf dem Lenkrad auszubreiten und nach der Nordrichtung auszurichten. Rumpel deutete auf eine bestimmte Stelle.

„Hier stehen wir im Augenblick. Ich schnappe mir jetzt Eva und gehe mit ihr eine gute halbe Stunde spazieren, damit sie nicht mehr so unter Strom steht, sonst kann sie sich nicht richtig auf die Arbeit konzentrieren. Ich halte mich in Richtung Westen, während du hier entlang dieser Markierung in Richtung Osten marschierst. Dadurch kommen wir uns nicht in die Quere und du hast einen guten Vorsprung." Er faltete die Karte zusammen und drückte sie Heunisch in die Hand. „Ansonsten machen wir es wie immer", erklärte Rumpel, „du markierst die Stelle, von der aus du losmarschierst, mit zwei gekreuzten Ästen, damit ich einen Anhaltspunkt habe, von wo du losgegangen bist. Immer nach dreißig, vierzig Metern lehnst du gegen die linke Seite eines Baumes einen herumliegenden Ast, was für mich bedeutet, dass du auf dieser Seite des Baumes vorbeigelaufen bist. Sobald du einen Richtungswechsel vornimmst, markierst du das mit einem Ast auf der linken und auf der rechten Seite eines Baumes, dann weiß ich, wo du abgebogen bist. Danach wieder nur links. Wir machen die Fährte ungefähr zwei Kilometer lang. Das sollte für heute genügen. Eva ist noch nicht so erfahren im Mantrailing. Sie darf auf keinen Fall den Spaß an der Arbeit verlieren. Nach einer halben Stunde Suche lege ich mit Eva eine Pause ein, weil die Nasenarbeit für Hunde sehr anstrengend ist. Danach geht's dann weiter."

Heunisch nickte. „Ihr Lieblings-Spielzeug habe ich eingepackt. Wenn sie mich gefunden hat, werde ich dann zur Belohnung für ihre Leistung ordentlich mit ihr herumtoben."

„Mach das!", erwiderte Rumpel und öffnete die Autotür. „Wo hast du die Tüte mit der Witterung, ich meine … deiner … Unterhose?"

Heunisch, der auf der Beifahrerseite ausgestiegen war, klopfte auf seinen Rucksack.

„Das nächste Mal kannst du übrigens auch gerne Socken nehmen", grinste Rumpel. „Schließlich muss man auf Evas feine Nase Rücksicht nehmen!"

Heunisch brummelte etwas Unverständliches vor sich hin, dann holte er die verschließbare Plastiktüte aus dem Rucksack und warf sie Rumpel zu. Der fing sie auf, dann schlug er vor: „Ich denke, du kannst gleich los. Für alle Eventualitäten haben wir ja unsere Handys." Er hatte den Satz noch nicht zu Ende gesprochen, als er die Hand hob. Ihm war etwas eingefallen. „Stopp! Das wird nicht gehen. Ich habe ganz vergessen, dass mein Handy … defekt ist. Ich muss mir morgen erst ein neues besorgen." Die Geschichte mit der Reporterin wollte er seinem Kumpel jetzt nicht erzählen. Dafür würde später auch noch Zeit sein.

„Das ist sicher kein Problem", gab Heunisch zurück, während er den Rucksack schulterte, „wir haben bisher beim Trainieren noch nie eines benötigt. Außerdem ist gar nicht gesagt, dass man hier im Ochsengrund überhaupt Empfang hat." Er hob grüßend die Hand, dann marschierte er mit weiten Schritten über den Parkplatz davon. Einen Augenblick später hatte ihn der Wald verschluckt.

Rumpel öffnete den hinteren Wagenschlag. Eva stand schon voller Erwartung auf der Rückbank und wedelte heftig mit dem Schwanz. Sie war so erzogen, dass sie ohne Aufforderung nicht heraussprang. Rumpel streichelte ihr über den Kopf.

„So, mein Mädchen, jetzt wollen wir mal etwas arbeiten. Aber erst machen wir einen kleinen Spaziergang." Er hakte den Verschluss der Hundeleine am Halsband fest, dann gab er ihr mit einem Zungenschnalzer ein Zeichen. Mit einem weiten Satz sprang Eva auf den Waldboden und zappelte ungeduldig an der Leine herum. Immer wieder hob sie den Kopf und prüfte den Wind. Er kam im Augenblick von Süden, so dass sie den verschwundenen Heunisch nicht wittern konnte. Rumpel schloss seinen Wagen ab, dann marschierte er mit Eva los.

Als die beiden nach einer guten halben Stunde zum Pajero zurückkamen, hatte sich die Hündin zwar erleichtert, stand aber noch immer unter Strom. Sie wollte arbeiten! Rumpel legte ihr das Nachsuchen-Geschirr an, das, anders als das normale Halsband, über Brust und Rücken lief. Jetzt wusste Eva, was von ihr verlangt wurde. Rumpel hakte einen gut zehn Meter langen roten Riemen an das Geschirr, den man auf dem dunklen Waldboden gut sehen konnte, dann schnallte er sich einen Beutel um die Hüfte und marschierte mit Eva zu der Stelle, wo Heunisch im Wald verschwunden war. Gleich nach den ersten Bäumen fand er die gekreuzten Äste. Er ließ Eva Sitz machen, dann öffnete er den Beutel und holte die Plastiktüte mit Heunischs Unterhose heraus. Er öffnete den Zipp-Verschluss der Tüte und zog sie Eva so über die Nase, dass sie gut Witterung aufnehmen konnte. Die Hündin, die das Spiel schon kannte, schnüffelte interessiert und intensiv an dem Stoff. Schließlich steckte Rumpel die Tüte wieder ein.

„Suuuch! Schön such!", forderte er Eva mit eindringlicher Stimme auf, worauf diese auf die Füße sprang und mit erhobener Nase in den Wald hinein Witterung aufnahm. Jetzt kam der Wind schräg von vorne. Schließlich lief sie los. „Braaav!", lobte Rumpel und ließ den Riemen langsam durch die Hand gleiten, so dass Eva bald mehrere Meter vor ihm lief. Schon nach wenigen Metern hatte sich Eva an der Fährte festgesaugt. Mit tiefer Nase den Waldboden prüfend und immer wieder mit erhobenem Kopf den Wind suchend, zog die Hündin los. Heunisch war quer durch den Wald gegangen und folgte nur gelegentlich ausgefahrenen Wegen. Rumpel staunte immer wieder darüber, welche Fähigkeiten eine solche Hundenase entwickelte. Dabei war Eva keineswegs hektisch. Man hatte das Gefühl, als würde sie ihre Umgebung und die Fährte richtiggehend studieren. Heunischs Markierungen an den Bäumen waren gut sichtbar, so dass Rumpel leicht kontrollieren konnte, ob Eva immer noch auf der richtigen Spur war.

Mittlerweile ging es auf die Mittagszeit zu und zwischen den Bäumen wurde es langsam schwül. Eva musste immer häufiger hecheln, um sich Kühlung zu verschaffen. Rumpel sah auf seine Armbanduhr. Nach seiner Schätzung hatten sie ungefähr die Hälfte der Strecke zurückgelegt. Da er sein Handy nicht benutzte, konnte er auch nicht auf den dort integrierten GPS-Entfernungsmesser zugreifen, der ihm genauere Daten geliefert hätte. Aber das war jetzt egal, es wurde auf jeden Fall Zeit, eine Pause einzulegen. Bei der nächsten Markierung griff er beim Riemen nach, bis er Eva am Geschirr fassen konnte. Er lobte sie ausgiebig, dabei führte er sie ein Stück zur Seite. Ein Baumstumpf diente ihm als Sitz. Erwartungsvoll beobachtete ihn die Hündin, als er einen Napf und eine Flasche Wasser aus dem Rucksack holte. Gierig begann Eva zu trinken, als Rumpel den Napf füllte. Erst als sie die Flasche fast zu drei Viertel geleert hatte, leckte sie sich den Bart und legte sich neben ihrem Menschen ins Moos. Rumpel gab ihr einen Energieriegel, den sie sich schmecken ließ.

„So, kleine Siesta", erklärte Rumpel schließlich, legte sich ebenfalls ins Moos und schob sich den Rucksack als Kissen unter. „Zwanzig Minuten …", brummelte er, dann legte er sich den Unterarm über die geschlossenen Augen. Eva wusste, was das bedeutete, und bettete ihren großen Kopf auf den Oberschenkel ihres Menschen. Zum Summen zahlreicher Fluginsekten, die in den durch das Baumdach scheinenden Sonnenstrahlen gaukelten, schlief Rumpel ein.

Seine innere Uhr weckte ihn ziemlich genau nach zwanzig Minuten. Er verzog das Gesicht. Sein Mund war ziemlich trocken. Als er sich bewegte, stand Eva auf und sah ihn erwartungsvoll an. Er richtete sich auf und füllte nochmals Evas Napf mit Wasser, das sie durstig trank. Aus dem Beutel holte er sich seine Trinkflasche und erfrischte sich ebenfalls. Nachdem sich beide gestärkt hatten, führte Rumpel Eva wieder zurück zur letzten Markierung und ließ sie nochmals an Heunischs Unterhose schnuppern. Ohne Zögern nahm sie die Fährte auf. Einige Zeit später registrierte Rumpel am Verhalten der Hündin eine Veränderung. Sie hielt den Riemen mehr gespannt und wurde schneller. Diese Zielstrebigkeit signalisierte Rumpel, dass die Fährte frischer wurde und sie nicht mehr weit vom Ziel entfernt sein konnten. Er überlegte, ob er wieder einmal eine bemerkenswerte Eigenschaft Evas testen sollte, die bei einigen Übungsfährten, die er mit ihm bekannten Polizeihundeführern gelegt hatte, aufgetreten war. Bei diesen Übungen ließ er Eva eine Strecke vor dem Fund von der Leine und die Hündin suchte selbstständig bis zum Ziel. Dabei legte sie ein erstaunliches Verhalten an den Tag. Sie eilte zur Zielperson und begann dort wie wild zu bellen. Dann drehte sie sich um und kam bellend zu Rumpel zurück, um dann, weiter Laut gebend, zur gefundenen Person zurückzurennen. Das tat sie so lange, bis Rumpel die gesuchte Person gefunden hatte. Wenn er dieses Verhalten festigen konnte, war das von unschätzbarem Wert!

Irgendwann zeigte Eva ihm durch Winseln an, dass Heunisch nicht mehr weit weg sein konnte. Kurz entschlossen ließ Rumpel sie vom Riemen und feuerte sie mit „Vorwärts, mein Hund!" an. Die Hündin gab einen Laut von sich, den man bei menschlicher Betrachtungsweise durchaus als Juchzer interpretieren konnte. Wie ein Silberpfeil verschwand sie im Unterholz. Kurze Zeit darauf ertönte ein Stück voraus ihr sonorer Laut, der sich deutlich von einem spielerischen Laut unterschied. Einen Moment später kam die Hündin bellend zwischen den Bäumen hervor, drehte vor Rumpel ab und stürmte wieder voraus. Als sie erneut bei ihm auftauchte, riss er verwundert die Augen auf. Was war das? Schnell hielt er Eva fest, die heftig am Geschirr zerrte und wieder loswollte. Er hatte sich nicht getäuscht! Quer über ihren Nasenrücken konnte man eine Blutspur erkennen! Rumpel erschrak zutiefst.

Siebzehn

Zuerst dachte er, die Hündin habe sich verletzt, doch dann stürmte er hinter ihr her und erreichte Heunisch. Der lag regungslos vor einem gefällten Baumstamm, der Kopf und das Gesicht waren mit Blut verschmiert. Dicht bei ihm lag ein armdicker abgebrochener Ast.

„Um Gottes willen, Stefan", rief Rumpel und kniete sich neben Heunisch nieder. Er hatte Mühe, Eva abzuwehren, die natürlich Lob erwartete. Mit dem Geschirr hielt er sie mühsam auf Entfernung, während er sich über den Verletzten beugte. Als der ein leises Stöhnen von sich gab, fiel Rumpel ein Stein vom Herzen. Im ersten Moment dachte er, sein Nachbar wäre tot. Er sprang auf, zog Eva zum nächsten Baum und band sie dort an. Dabei lobte er sie ausgiebig. Schließlich beruhigte sie sich und beobachtete aufmerksam, was ihr Mensch tat.

„Stefan!", rief Rumpel. „Kannst du mich hören?" Dabei untersuchte er die Wunde an seinem Kopf. Wie es schien, war der Ast, der neben ihm lag, auf ihn heruntergefallen und hatte ihm eine heftig blutende Platzwunde zugefügt. Man konnte natürlich nicht ausschließen, dass Heunisch noch schwerere Kopfverletzungen davongetragen hatte. Eine vernünftige Untersuchung war in der konkreten Situation nicht möglich. Der Verletzte bewegte sich und stöhnte erneut.

„Hallo Stefan, hörst du mich? Du bist am Kopf verletzt. Ich werde jetzt dein Handy nehmen und den Notarzt verständigen. Du musst ganz ruhig liegen bleiben."

Rumpel tastete die Jacke des Verletzten ab und wurde schnell fündig. Das Handy war eingeschaltet, aber es hatte keinen Empfang. Hastig sah er sich um. Vor ihm stieg das Gelände etwas an. Er rannte den Hügel hoch, wobei er das Handy hoch-

hielt und immer wieder nach den Empfangsbalken sah. „Jetzt!",
stieß er hervor, als er sah, dass sich zwei Balken zeigten. Schnell
wählte er die Notrufnummer, schilderte den Unfall und gab der
Einsatzzentrale die GPS-Koordinaten der Unfallstelle durch.
Die Einsatzzentrale stellte fest, dass sich in der Nähe ein Rettungswagen in Bereitschaft befand, den man sofort alarmieren
würde.

Nachdem Rumpel das Gespräch beendet hatte, holte er aus
dem Rucksack, den Heunisch getragen hatte, einen Erste-Hilfe-
Pack, den er bei derartigen Gelegenheiten immer dabeihatte.
Er zog sich ein paar Gummihandschuhe an, dann versorgte er
ganz vorsichtig, die noch immer heftig blutende Wunde mit einem sterilen Verband. Zum Glück hatte man ihm das in seiner
Ausbildung in mehreren Kursen beigebracht. Während er vorsichtig die Verletzung verband, fiel ihm ein brauner Umschlag
auf, der einmal gefaltet in Heunischs linkem Schuh steckte.
Verdutzt zögerte er, dann entdeckte er das Etikett: „Herrn
Kriminaloberkommissar Adam Rumpel", war da zu lesen.
Der Schrecken durchfuhr ihn wie ein Blitzschlag! Mit spitzen Fingern nahm er den Umschlag an sich. Dabei hinterließ
er darauf einige Blutflecken. Das Kuvert unterschied sich in
nichts von dem, das er kürzlich in seinem Büro erhalten hatte.
Mit der Schere aus dem Rettungspack schnitt er den Umschlag
auf und schüttelte ihn. Heraus fiel ein weißes Blatt Papier, auf
dem in großen Lettern „AUGE UM AUGE" aufgedruckt war.
Rumpel kniete neben dem stöhnenden Verletzten und hielt das
Blatt mit zitternden Händen. Heunisch war in der Zwischenzeit nicht zu sich gekommen. Zuerst musste er versorgt werden!

Rumpel wusste nicht, wie viel Zeit vergangen war, bis er in
der Ferne das Heulen der Sirenen des Notarztes und des Rettungswagens hörte. Aufgrund der Koordinaten fanden die Hel-
fer, die die letzte Strecke zu Fuß gehen mussten, schnell den

Weg durch den Wald. Eine halbe Stunde später hatte der Notarzt Stefan Heunisch versorgt und die Sanitäter transportierten Heunisch mit einer Trage aus dem Wald. Der Notarzt erklärte Rumpel, dass sie den Verletzten in die Missionsärztliche Klinik in Würzburg bringen würden. Wie versteinert marschierte Rumpel mit Eva am Riemen hinter ihnen her zu seinem Wagen zurück. Gegenüber dem Notarzt hatte er das Narrativ eines unglücklichen Unfalls durch einen herunterfallenden Ast aufrechterhalten. Natürlich wusste er, dass das nicht stimmte. Definitiv wurde Stefan Heunisch von irgendjemand niedergeschlagen! Dieser Unbekannte hinterließ dann bei ihm diese Botschaft, die für ihn, Rumpel, bestimmt war. Wenig später fuhr er mit Eva nach Würzburg zurück. Vor sich sah er das Blaulicht des Rettungswagens, der schnell Abstand zu ihm gewann.

Rumpel stellte seinen Pajero auf dem Klinikparkplatz im Schatten eines Hauses ab. Beide vorderen Scheiben ließ er ein Stück weit offen, damit es im Inneren nicht zu heiß wurde. Er konnte die Hündin ja nicht mit ins Krankenhaus nehmen. Eva hob nur müde den Kopf, als er den Wagen verließ. Nach der anstrengenden Suche war sie froh, im Auto schlafen zu können. „Sei schön brav, ich komme gleich wieder", formulierte Rumpel den stereotypen Satz, den er bei derartigen Gelegenheiten immer zu ihr sagte. Eva wusste dann, dass sie warten musste.

Es dauerte einen Moment, bis der Pförtner, ein betagter Rentner, verstanden hatte, dass sich Rumpel nach einem soeben eingelieferten Notfall erkundigte. Schließlich erklärte der Mann, nachdem er seinen Computer zu Rate gezogen hatte, dass der Patient sich vermutlich noch in der Notaufnahme befand und daher noch nicht im Computer registriert sein konnte.

„… Und wo ist diese verdammte Notaufnahme?", knurrte Rumpel den älteren Herrn an.

„Da können Sie nicht einfach hin!", erwiderte der Mann erregt. „Sie müssen abwarten, bis er auf Station gebracht wurde …"

Rumpel winkte ab, dann drehte er sich herum und studierte die zahlreichen Hinweisschilder an der gegenüberliegenden Wand in der Nähe des Aufzugs. Sehr schnell fand er den Hinweis auf die Notaufnahme und eilte zum Lift.

„Halt, warten Sie …", kam es aus der Pförtnerloge, „Sie können doch nicht einfach …"

Ohne auf den Pförtner zu achten, betrat Rumpel den Aufzug, dessen Tür sich zufällig genau in diesem Moment öffnete und drei Personen ausspuckte. Die Notaufnahme befand sich laut Beschilderung im Lift ein Stockwerk tiefer. Rumpel trat auf den Flur und orientierte sich kurz. Die Hinweisschilder waren hilfreich. Der Flur wurde durch eine Milchglastür unterteilt, die direkt zum Bereich der Notaufnahme führte. Gerade verließ eine Person eiligst diesen abgesperrten Teil. Ehe die Tür zufallen konnte, war Rumpel drinnen. Auf dem Gang hier herrschte reger Verkehr. Allenthalben standen Betten an den Seiten, teilweise mit Patienten belegt, andere wurden von Schwestern und Pflegern leer herumgefahren. Auf Rumpel achtete niemand. Am Ende des Ganges konnte er den nach draußen führenden Zugang zur Notaufnahme erkennen, durch den gerade Rettungsassistenten einen Patienten auf einer fahrbaren Trage hereinfuhren, begleitet von einem Notarzt. Einer der Sanitäter hielt eine Infusionsflasche in die Höhe. Rumpel erkannte sofort, dass das nicht die Rettungsmannschaft war, die Heunisch mitgenommen hatte. Wahrscheinlich lag er schon lange im Behandlungszimmer. Es herrschte auf dem Flur eine emsige Betriebsamkeit und ein ziemliches Stimmendurcheinander, die Geräuschkulisse war beträchtlich. Ständig musste er Klinikpersonal ausweichen, dem er im Weg stand. Schließlich entdeckte er eine kleine Nische und zog sich dahin zurück. Er musste jemand finden, der ihm Auskunft geben konnte. Einen Augenblick später eilte eine Frau im weißen Kittel vorbei, die ein Klemmbrett in der Hand hielt.

„Entschuldigung!" Rumpel trat einen Schritt nach vorne und sprach sie direkt an.

„Ja, bitte?" Sie schien etwas irritiert und runzelte die Stirn. Hastig schilderte Rumpel sein Anliegen. „... ich möchte ganz einfach wissen, wie es meinem Freund geht. Ich habe ihn schließlich im Wald gefunden!"

„Es ist Ihnen aber schon klar, dass Sie hier in der Notaufnahme nichts zu suchen haben! Sie tragen keine sterile Kleidung und können alle möglichen Keime hier einschleppen! Gehen Sie sofort wieder raus!" Sie wies mit der Hand zur Glastür.

„Ja, aber ..."

„Kein Aber!", erwiderte sie. „Sagen Sie mir schnell, wie Ihr Freund heißt, und warten Sie draußen. Ich will mal sehen, was ich für Sie tun kann."

Rumpel bedankte sich und verließ den Bereich. Vor der Tür standen ein paar Stühle an der Wand. Nervös ließ er sich darauf nieder. Die Nachricht in seiner Brusttasche brannte ihm auf der Seele. Er musste wissen, ob Heunisch etwas mitbekommen oder gar den Täter gesehen hatte. Immer wieder blickte Rumpel auf eine Wanduhr ihm gegenüber. Wo blieb nur die Frau? Vielleicht hatte sie ihn nur loswerden wollen ... Er überlegte, ob er noch einmal hineingehen sollte. Selbst auf die Gefahr hin, dass er wieder rausflog. In dem Moment öffnete sich die Tür zum abgesperrten Bereich und die Frau kam heraus. Ihr suchender Blick entdeckte ihn sofort. Jetzt erst sah er das Namensschild auf ihrem Mantel: Dr. Rosa Yllovich. Es handelte sich also um eine Ärztin.

„Also", kam sie direkt zur Sache, „Herr Stefan Heunisch

wird noch untersucht, aber es geht ihm so weit ganz gut. Da er einen Schlag auf den Kopf bekommen hat, muss eine MRT, eine Magnetresonanztomografie, gemacht werden, um schwere Schädel-Hirn-Traumata auszuschließen. Mehr kann ich Ihnen dazu leider nicht sagen. Sollte diese Untersuchung nichts Besonderes erbringen, kommt er vermutlich gleich auf die Normalstation. Das wird aber noch einige Zeit dauern. Sie sehen ja, wie es bei uns im Augenblick zugeht …"

Rumpel bedankte sich sehr bei der Ärztin, die sofort weitereilte. Er überlegte einen Augenblick, ob er warten sollte, bis das Ergebnis vorlag, entschied sich dann aber dagegen. Die Wartezeit war nicht kalkulierbar und er wollte Eva dann doch nicht so lange im Auto warten lassen.

Beim Verlassen der Klinik musste er wieder am Pförtner vorbei. Der war aber so in ein Kreuzworträtsel vertieft, dass er Rumpel überhaupt nicht wahrnahm. Wenig später rollte der Pajero vom Parkplatz.

Zuhause angekommen, zog Rumpel seine Wanderschuhe von den Füßen. Anschließend nahm er sich einen feuchten Schwamm und wischte das Blut von Evas Nasenrücken, das dort noch immer eingetrocknet haftete. Danach bot er ihr noch einmal Wasser an. Nachdem sie einige Schluck zu sich genommen hatte, verzog sie sich in ihren Korb. Kurz darauf schlief sie tief und fest.

Rumpel setzte sich im Wohnzimmer auf die Couch und holte den Umschlag mit der Botschaft aus der Jacke. Mehrere Minuten lang starrte er auf die Lettern, dann erhob er sich und holte aus einer Schublade die erste Nachricht, die er erhalten hatte. Er legte sie nebeneinander auf den Tisch und betrachtete sie ausgiebig. Weder hinsichtlich der Schriftgröße noch der Farbe konnte er einen Unterschied feststellen. Auch Umschlag und Etikett waren identisch. Stellte sich die Frage, wie es der oder die Täter geschafft hatten, Heunisch zu überfallen und ihm den Umschlag zuzustecken. Dazu mussten diese Unbekannten ja wissen, wo Stefan Heunisch mit ihm, Rumpel, unterwegs war und zu welchem Zeitpunkt Heunisch und er sich wo aufhielten. Die Erkenntnis, dass es anscheinend irgendwo irgendjemanden gab, der oder die ihn überwachte, schockierte ihn. Jemand, der auch vor körperlicher Gewalt nicht zurückschreckte.

Achtzehn

Ein Mitglied des Personenkreises, der sich zusammenge-
funden hatte, um diese gewalttätigen Aktionen durchzuführen, saß an seinem Computer und loggte sich mittels
des Torbrowsers ins Darknet ein, um in der Cloud bestimmte
Filmsequenzen aus Rumpels Wohnung anzuschauen. Es war
unschwer zu erkennen, dass die beiden Botschaften, die man
ihm hatte zukommen lassen, ihre Wirkung nicht verfehlten.
Dieser Mann, in ihren Augen ein Mörder, war sichtlich beeindruckt. Genauso war es erwünscht und geplant. Das Ziel: Diesen Menschen systematisch fertigzumachen, zu demoralisie-
ren! Bis zu dem Tag, an dem ihm der finale Todesstoß versetzt
werden sollte. Er warf einen letzten Blick auf die Schrank-
wand im Wohnzimmer Rumpels. Deutlich war dort eine Flasche Whisky zu sehen, der Pegel darin deutlich abgesunken.
Es war in den letzten Tagen zu beobachten, dass der Mörder
immer häufiger zum Alkohol griff. Der Mensch loggte sich
aus der Cloud aus. Mit einem Blick auf die Uhr überzeugte
er sich davon, dass es bis zum nächsten Kontakt der Gruppe
noch zwei Stunden hin war. Dann würden sie sich über das
Darknet in einem dort eingerichteten, absolut sicheren Chatroom treffen, der nur von Mitgliedern der Gruppe, geschützt
durch ein spezielles Kennwort, aufgesucht werden konnte, um
die weiteren Schritte zu erörtern. Die Person fuhr den Rechner herunter, weil sie einige Besorgungen zu erledigen hatte.
In diesem Augenblick klingelte das Handy. Die Person nahm
das Gespräch an. Am Telefon war eine weitere Person aus der
Gruppe, die ihre Hilfe benötigte. Wenig später verließ die Person das Haus, setzte sich in einen Caddy und fuhr los, um
Hilfe zu leisten.

Zwei Stunden später loggten sich alle Mitglieder der Gruppe in den geheimen Chatroom ein. Sie diskutierten verschiedene weitere Vorgehensweisen. Wobei eine Person massiv drängelte, die Fortschritte ihrer Planungen zügig voranzutreiben. Das Mitglied erklärte, dass es alle organisatorischen und finanziellen Voraussetzungen getroffen hatte, um die Vernichtung des Mörders in einem Höhepunkt zu inszenieren, der wie ein Fanal wirken würde. Sie einigten sich auf die nächsten Schritte.

Neunzehn

Zwei Stunden später fuhr Rumpel mit dem Pajero in die Stadt. Eva ließ er zuhause. Die Hündin sah ihm zwar, als er die Wohnung verließ, traurig hinterher, gab sich dann aber zufrieden. Normalerweise hätte er sie Stefan Heunisch anvertraut, der stand aber als Hunde-Sitter im Augenblick nicht zur Verfügung. Man konnte Eva aber durchaus auch mal eine gewisse Zeit alleine lassen. Bevor er erneut zum Krankenhaus fuhr, parkte er an der Peripherie der Stadt vor einem Elektromarkt und besorgte sich zwei Prepaidhandys. Zwei, weil er sie für unterschiedliche Zwecke nutzen wollte. Noch im Wagen sitzend nahm er sie in Betrieb und lud ein begrenztes Guthaben darauf. Am Montag würde er eine der Telefonnummern der Personalabteilung des Präsidiums mitteilen. Die andere würde er nur einem ausgewählten Personenkreis zukommen lassen. Er hoffte, dass dadurch die Belästigungen durch die Presse unterbunden wurden.

In der Klinik hatte der Pförtner offenbar gewechselt, denn es saß eine ältere Dame mit lila gefärbten Haaren hinter der Glasscheibe. Ohne Probleme bekam er die Auskunft, dass der Patient Stefan Heunisch im dritten Stock, Zimmer 3.111, zu finden sei. Als Rumpel auf dem Stockwerk angekommen war, verzog er das Gesicht. Seine Nasenschleimhäute litten etwas unter der typischen aseptischen Krankenhausatmosphäre. Als er am Schwesternzimmer, eigentlich einem großen Glaskasten, vorbeikam, bemerkte eine Schwester seinen suchenden Blick.

„Kann ich Ihnen helfen?", fragte sie und kam auf den Flur heraus.

„Ich möchte Herrn Heunisch besuchen, Zimmer 3.111."

„Das ist ein Neuzugang. Sind Sie ein Angehöriger?"

Rumpel schüttelte den Kopf. „Er ist aber ein Freund und Nachbar von mir. Ich habe ihn heute verletzt im Wald gefunden. Ich möchte wissen, wie es ihm geht. Ist er ansprechbar?"

Die Schwester überlegte eine Sekunde, dann erwiderte sie: „Herr Heunisch muss sich noch schonen. Allerdings ist er … wie soll ich sagen … durchaus schon ziemlich lebhaft." Sie verdrehte leicht die Augen. „Bleiben Sie halt nicht länger als eine halbe Stunde." Sie deutete den Gang hinunter. „Das dritte Zimmer auf der linken Seite." Ihr fiel noch etwas ein: „Vielleicht könnten Sie Herrn Heunisch etwas Wäsche und Toilettenartikel vorbeibringen. Wir haben ihn erst mal mit dem Nötigsten versorgt."

Rumpel bedankte sich und zog los. Über die Bemerkung der Schwester musste er ein wenig grinsen. Er konnte sich gut vorstellen, dass sein Nachbar ein ziemlich aufmüpfiger Patient war. Er klopfte an Zimmer 3.111 und trat ein.

„Endlich kommt mal einer, der keinen weißen Kittel anhat", schlug ihm die vertraute Stimme Stefan Heunischs entgegen. „Diese Karbolmäuse mit ihren Regeln und Anweisungen können einem ganz schön auf den Sack gehen!"

Stefan Heunisch lag in seinem Krankenhausbett am Fenster und trug einen weißen Kopfverband, der starke Ähnlichkeit mit einem Turban hatte. Ein zweites Bett im Zimmer war leer. Er schlug mit der Hand auf die Bettdecke und wies auf einen Stuhl in der Ecke. „Rumpel, komm und setz dich. Auf dich habe ich schon gewartet!"

Rumpel zog den Stuhl neben das Bett und ließ sich nieder. „Servus Stefan, wie es dir geht, muss ich erst gar nicht fragen. Du schimpfst schon wieder wie ein Rohrspatz …"

„Das alles nervt mich ja auch tierisch. Die machen aus einer Gehirnerschütterung ein Trara! Als ob es bei mir da viel zu erschüttern gäbe!" Er lachte scheppernd, verzog aber gleichzeitig das Gesicht. Die Erschütterung schien ihm dann doch nicht zu bekommen.

„Jetzt mach mal langsam! Wie du da draußen im Wald lagst und wie ein Schwein geblutet hast, dachte ich schon, du hättest den Löffel abgegeben."

Heunisch machte eine wegwerfende Handbewegung. „Solche Kopfverletzungen machen meist mehr her, als die ganze Sache wert ist. Ich muss aber auch wirklich vom Glück gesegnet sein, wenn der einzige Ast, der dort zufällig runterfällt, ausgerechnet meinen Kopf trifft. Sein Pech, dass er sich meinen Eisenschädel ausgesucht hat! Das ist ihm hoffentlich schlecht bekommen." Er verzog wieder das Gesicht. „Bei meinem Glück sollte ich vielleicht Lotto spielen."

„Kannst du dich daran erinnern, wie es passiert ist?" Rumpel hörte angespannt zu.

„Ich war mit dem Fährtelegen fertig und setzte mich neben einen umgefallenen Baum. Mir war klar, es würde noch etwas dauern, bis ihr mich findet. Daher beschloss ich Brotzeit zu machen. Gerade öffnete ich den Rucksack, als ich ein Knacken hörte. Ehe ich reagieren konnte, erhielt ich einen Schlag auf den Kopf und es wurde Nacht."

„Kannst du dich an sonst etwas erinnern? Bist du danach einmal zu dir gekommen?"

„Nein. Absolute Sendepause. Ich erinnere mich erst wieder an den Moment, als ich im Sanka lag und die mir eine Nadel in den Handrücken bohrten. Dann war wieder Finsternis."

„Als ich dich gefunden habe, kann noch nicht so viel Zeit seit dem Treffer vergangen gewesen sein. Du hast zwar bei meinem Eintreffen heftig geblutet, aber ich konnte dir noch einen Verband anlegen und die Blutung einigermaßen stillen, bevor der Notarzt eingetroffen ist."

„Wirklich, keine Erinnerung. Tut mir leid. Totaler Blackout!

Die Ärzte sagen, wahrscheinlich ist das nur vorübergehend, die Erinnerung kommt bald wieder. Bin mal gespannt."

„Na, dann lass ich dich mal wieder in Ruhe. Erhol dich gut! Haben sie was gesagt, wann du wieder nach Hause kannst?"

„Weiß ich nicht. Aber glaub mir, wenn mir hier die Decke auf den Kopf fällt, bin ich schneller weg, als die *Bettpfanne* sagen können." Er zog ein verschmitztes Gesicht. „Nicht vergessen, ich habe noch einen Besuch in Einsiedel gut. Daran erinnere ich mich nämlich noch sehr gut!"

Rumpel erhob sich und stellte den Stuhl zurück.

„Jetzt hatte ich schon gehofft, ich könnte mir das sparen. Mist! Wieder nichts! – Ach, da fällt mir noch etwas ein. Eine der Schwestern hat mich gebeten, ich solle dir Wäsche und Toilettenartikel mitbringen."

„Hm, gute Idee", erwiderte Heunisch, „das Zeug, das sie einem hier geben, kann man vergessen. Wenn es dir nichts ausmacht?" Er deutete auf einen spindähnlichen Schrank. „Da sind meine Klamotten drin, die ich anhatte, als ich eingeliefert wurde. In der Hosentasche ist mein Schlüsselbund. In meinem Bad und im Schlafzimmer findest du, was ich benötige. Pack ein paar Sachen in eine Sporttasche, die dort rumsteht. Aber nicht zu viel, ich habe nicht vor, mich hier einzumieten."

Rumpel fand die Schlüssel und sagte zu, die Sachen schnellstmöglich vorbeizubringen. Dann hob er grüßend die Hand und war draußen. Auf dem Weg durch die Krankenhausflure dachte er nach. Es war tatsächlich so, dass Heunisch glaubte, es habe ihn ein herunterfallender Ast getroffen. Von einem Angreifer hatte er offenbar nichts mitbekommen. Rumpel setzte sich in seinen Wagen. Schließlich traf er eine Entscheidung. Er fuhr nach Hause und holte Eva, dann machte er sich erneut auf den Weg zum Ochsengrund. Eva freute sich, dass ihr Herrchen schon wieder einen Waldspaziergang mit ihr unternahm. Munter trabte sie neben ihm her, als er grob der alten Fährte entlang den Wegzeichen folgte, die Heunisch angebracht hatte. Da es sich diesmal nicht um eine Nachsuche handelte, marschierte Rumpel quer durch den Wald, Eva begleitete ihn unangeleint, immer ein Stück von ihm entfernt im Wald herumstromernd. Die Stelle, wo er Stefan Heunisch gefunden hatte, war unschwer zu finden. Der blutige Ast lag noch immer an Ort und Stelle. Das angetrocknete Blut war fast schwarz, erweckte aber noch immer das Interesse von Schmeißfliegen. Er lag dicht neben dem gefällten Baumstamm. Rumpel betrachtete den armdicken und -langen Holzprügel genauer. In jungen Jahren war er häufig mit seinem Vater im Wald gewesen, um Feuerholz zu schlagen. Dabei lernte er die Hauptbaumarten zu unterscheiden. Was da vor ihm lag, war eindeutig der Ast einer Eiche. Er blickte nach oben und musterte die umstehenden Bäume. Alles Buchen, keine Eiche weit und breit! Mit Sicherheit war dieser Ast also kein Fallholz aus dem näheren Umfeld der Unglücksstelle! Irgendjemand musste ihn hierhergebracht haben! Jemand, der diesen harten Holzprügel benutzt hatte, um Stefan Heunisch vorsätzlich niederzuschlagen. Vermutlich als Warnung an Rumpel und um die Botschaft zu deponieren.

Als Eva bemerkte, dass sich ihr Mensch für den Waldboden interessierte, kam sie herbeigelaufen und schnüffelte interessiert um den Platz herum. Dabei sprang sie über den Baumstamm und suchte dort weiter. An einer bestimmten Stelle verharrte sie länger und studierte den Untergrund. Rumpel wurde aufmerksam.

„Was gibt es denn da Interessantes, mein Mädchen?", fragte er und kam auf ihre Seite des Stammes herüber. Obwohl der Sommer recht warm war, gab es Stellen im Wald, die eine gewisse Restfeuchtigkeit aufwiesen. So auch hier, zwischen dem

Stamm und einer gut mannshohen Gruppe von sechs jungen Fichten, die dicht daneben wuchsen.

„Das ist ja interessant!", murmelte Rumpel und studierte den sich deutlich abzeichnenden Abdruck einer Schuhsohle. Rumpel zog das neue Handy hervor. Zum Glück hatte er nicht gespart und es verfügte über eine ordentliche Kamera. Er machte aus verschiedenen Winkeln eine Aufnahme von dem groben Sohlenprofil. Eindeutig ein Wanderschuh. Der Größe nach von einem Mann.

„Besser als nichts", stellte er fest. Vor seinem geistigen Auge entstand eine mögliche Szene der Vorgänge. Wahrscheinlich versteckte sich der Täter zwischen den dichten Ästen der Fichten und schlug Heunisch in einem günstigen Moment nieder. Wie es ihm gelungen war, sich an den erfahrenen Polizisten anzuschleichen, blieb ihm ein Rätsel. Da er hier nichts mehr ausrichten konnte, machte er sich auf den Rückweg zu seinem Auto. Den Eichenast fasste er vorsichtig an einem Ende und nahm ihn mit. Er trug auf jeden Fall die DNA von Stefan Heunisch, möglicherweise gab es aber auch noch mehr Spuren darauf. Jetzt musste er in einem weiteren Schritt abklären, ob der Abdruck vielleicht doch von Heunischs Schuh stammte. Falls das nicht der Fall war, hatte er vermutlich eine Spur … auch wenn ihm das im Moment noch nichts nutzte. Er verstaute den Ast in einer großen Plastiktüte und startete sein Auto.

Zwanzig

Rumpel stellte den Mitsubishi zurück in die Tiefgarage. Das Beweisstück ließ er im Kofferraum liegen. Nachdem Eva den Wagen verlassen hatte, trottete sie in Richtung Aufzug. Rumpel sah ihr nach, dann pfiff er sie zurück. Er hatte sich kurzfristig umentschlossen. Es war heute ein anstrengender Tag gewesen. Er brauchte einfach etwas Ablenkung. Vielleicht kam er bei Richi auf andere Gedanken.

„Auf geht's, Mädchen, wir genehmigen uns noch ein Pint!", rief er, dann verließen sie die Tiefgarage über die Rampe und schlugen den Weg zum BULLEN-PUB ein. Jetzt, am späten Nachmittag, war wegen des Wochenendes etwas mehr Betrieb. Richi stand am Zapfhahn und war schwer beschäftigt, seine Gäste zufrieden zu stellen. An den Wochenenden arbeitete Jenny, eine BWL-Studentin, im Pub, die gut zu tun hatte.

„Hi Rumpel", begrüßte sie den Neuankömmling und trug ein Tablett mit Biergläsern zu einem großen Tisch am Ende des Pubs. Anscheinend feierten die Mitglieder eines Stammtisches eine feuchtfröhliche Party. Entsprechend laut war die Geräuschkulisse. Auf den ersten Blick erkannte Rumpel keinen aus der Runde. Das BULLEN-PUB war aber durchaus auch in Kreisen beliebt, die nicht der Polizei zugehörig waren.

„Servus Rumpel", rief Richi über den Tresen, ohne sich vom Zapfen ablenken zu lassen, „dein Platz ist noch frei. – Ein Pint wie immer?"

Rumpel winkte dem Wirt zu und hob den Daumen in die Höhe, dabei hielt er Eva am Halsband fest, weil Richi im Moment sicher keine Zeit hatte, die stürmische Begrüßung der Hündin über sich ergehen zu lassen. Sie sah ihren Menschen zwar etwas verwundert an, ließ sich dann aber widerstandslos zum Tisch führen und verschwand in der Versenkung. Rumpel setzte sich wie gewohnt mit dem Rücken zum Tresen, so dass er das Lokal im Blick hatte. Auf dem Tisch lag eine Speisenkarte. Am Wochenende konnte man bei Richi auch eine Kleinigkeit essen. Rumpel warf einen Blick darauf. Die kurze Liste der Speisen erzeugte bei Rumpel plötzlich gehörigen Appetit. Es wurde ihm bewusst, dass er heute eigentlich noch so gut wie nichts zu sich genommen hatte. Jenny kam an den Tisch und stellte das Guinness vor ihm auf dem Bierdeckel ab.

„Willst du was essen?", fragte sie, als sie Rumpels Interesse an der Speisenkarte sah.

„Ja, bring mir bitte diese Riesencurrywurst mit Pommes, aber bitte mit reichlich Extra-Currysoße!"

„Geht klar", gab sie zurück und eilte zum Tresen. „Einmal die Riesen mit Extrasoße", rief sie Richi zu, der sich umwandte und die Bestellung durch ein kleines Fenster, das als Durchreiche diente, weitergab. An den Wochenenden hantierte Richis Exfrau Eileen mit den Töpfen und Pfannen in der kleinen Küche. Sie zauberte keine Sterneküche, aber die Portionen waren groß und ausgesprochen sättigend. Eileen war eine gebürtige Irin aus Belfast, die seit mehr als fünfundzwanzig Jahren in Deutschland lebte. Seit sieben Jahren waren sie und Richi geschieden, lebten in verschiedenen Wohnungen, kamen aber als Freunde wunderbar miteinander aus.

Rumpel nahm einen kräftigen Schluck, dann versank er in Gedanken. Er konnte sich einfach nicht vorstellen, wer hinter diesem Überfall auf Stefan Heunisch stecken konnte. Es war unübersehbar, dass die erste Botschaft, die an seinem Arbeitsplatz hinterlegt worden war, und die zweite, die man seinem Nachbarn zugesteckt hatte, zusammenhingen und aus derselben Quelle stammen mussten. Es gab insofern eine Eskalation, als beim zweiten Mal Blut floss. Rumpel ließ den gesamten Weg, den sie mit dem Auto zu dem Waldparkplatz zurückgelegt hatten, vor seinem geistigen Auge ablaufen. Während der ganzen Strecke war ihm kein Fahrzeug aufgefallen, das ihnen folgte. Spätestens im engen Ochsengrund, in dem praktisch kein Verkehr herrschte, wäre ihm doch ein Verfolger aufgefallen! Nächste Frage: Wie konnte der Angreifer wissen, wann Heunisch sich wo im Wald aufhielt? Die Route, die er auf der Wanderkarte eingezeichnet hatte, war nur ihm und Stefan bekannt gewesen.

„Darf ich …?" Die weibliche Stimme riss ihn aus seinen Gedanken. Erschrocken sah er hoch. Lena stand mit einem Schoppenglas neben ihm und sah ihn fragend an. Eva hatte sie natürlich sofort entdeckt und war schon unter dem Tisch hervorgekommen. Ihn durchfuhr ein freudiger Schrecken, der ihn leicht stottern ließ.

„Bitte … aber gerne …" Ihm wurde ganz heiß! Im Stillen verfluchte er sich, weil er sich so unbeholfen benahm.

Lena streichelte Eva über den Kopf, dabei stellte sie ihr Weinglas auf den Tisch und schob sich gegenüber Rumpel auf die Bank.

„Heute wieder schön brav Bier?", fragte sie mit einem schwachen Grinsen.

„Ja, ja", gab er nicht sehr geistreich zurück. Er hob sein Glas. „Guinness halt …"

Die Verlegenheit der beiden wurde aufgelöst, da die Bedienung mit Rumpels Riesencurrywurst erschien, die, über den Rand lappend, in einem Meer von Currysoße badete. Die Pommes wurden in einer eigenen Schüssel gereicht. Eine Portion für den großen Hunger! Jenny wünschte „Guten Appetit", wobei sie mit einem schnellen Blick Lena taxierte. Ein prüfender Röntgenblick, wie ihn nur Frauen gegenüber Geschlechtsgenossinnen praktizierten, dann eilte sie weiter.

„Na, wenn du die bewältigt hast, bist du nicht mehr nüchtern“, stellte Lena fest und schmunzelte.

„Wir, ich meine, mein Nachbar und ich, waren heute mit Eva im Wald und haben trainiert“, gab er fast entschuldigend zurück. „Habe heute noch nichts Vernünftiges gegessen.“ Er nahm das Besteck in die Hand.

„Um Gottes willen! Lass es dir schmecken“, erwiderte Lena und nahm einen Schluck von ihrem Wein. „Wenn ich das so sehe, bekomme ich ebenfalls Appetit.“ Sie ergriff die Speisenkarte, während Rumpel anfing zu essen. „Wie ist hier der Wurstsalat?“, wollte sie wissen. Da er den Mund voll hatte, hielt er nur den rechten Daumen hoch.

Als Jenny das nächste Mal am Tisch vorbeikam, hob Lena die Hand. „Ich bestelle einen fränkischen Wurstsalat mit Brot“, erklärte sie. „Aber bitte eine normale Portion“, ergänzte sie mit einem Blick auf Rumpels Teller.

„Alles klar“, gab die Bedienung zurück und rauschte vorbei.

Rumpel war eigentlich ganz froh, dass das Essen eine tiefergehende Konversation verhinderte. Sie beschränkte sich auf das ausgiebige Lob der Currywurst und der Köchin. Als er bereits die Hälfte der Wurst vertilgt hatte, kam Lenas Wurstsalat. Diese Portion war auch nicht von schlechten Eltern! Die Wirtin hatte mit Zwiebeln nicht gespart. Das Brot roch frisch und sah knusprig aus.

„Lass es dir schmecken“, nuschelte Rumpel mit halbvollem Mund.

„Danke, aber ich fürchte, das werde ich nicht ganz bewältigen!“

„Ich muss dich warnen, wenn du nicht aufisst, ist Eileen schnell beleidigt!“

Sie ergriff Messer und Gabel und begann zu essen. Rumpel beendete unterdessen sein Mahl und wischte den letzten Rest

Soße mit ein paar Pommes frites zusammen und stopfte sie sich in den Mund. Mit dem Rest Guinness spülte er nach.

„Servietten sind eine feine Erfindung", kommentierte Lena und wies mit der Gabel auf einen roten Fleck auf Rumpels T-Shirt.

„Mist! Jedes Mal, wenn ich Eileens Soße esse, landet ein Teil auf den Klamotten!" Er schob den Teller an den Rand des Tisches, und Jenny schnappte ihn sich im Vorbeiflug. „Hats geschmeckt?", fragte sie gewohnheitsmäßig, ohne auf eine Antwort zu warten.

Rumpel hob wieder nur den Daumen. „Bring mir bitte noch ein Pint!"

Während Lena noch kaute, machte sich zwischen den beiden eine merkwürdige Stimmung breit. Eine Art abwartendes Schweigen. Rumpel rutschte unruhig auf seinem Platz herum. Er wusste nicht, was er sagen sollte. Er war dankbar für die kleine Unterbrechung, als ihm Jenny das frisch gezapfte Bier hinstellte und mit einem Kugelschreiber zwei Striche auf seinem Bierdeckel machte.

Lena wischte sich nach einiger Zeit mit ihrer Serviette den Mund sauber, dann meinte sie: „Das war jetzt wirklich köstlich!"

„Ja … Eileen hats schon drauf …", gab Rumpel zurück.

„Ja … stimmt …"

„Richtig …"

Plötzlich begann Lena, zuerst zurückhaltend, dann glucksend, zu lachen. Ihre Konversation war schon sehr unterhaltsam. Rumpel sah sie einen Moment verwundert an, dann stimmte er leise in ihr Lachen ein. Es war seit langer Zeit wieder das erste Mal, dass er so befreit lachte.

„Also …", begannen beide gleichzeitig.

„Zuerst du …", kam es dann von Rumpel.

„Nein, zuerst du …"

Rumpels Lachen verebbte und er wurde ernst. Schließlich feuchtete er sich mit einem Schluck Bier die trockenen Stimmbänder an.

„Du bist … kürzlich … du weißt schon, irgendwie … sang- und klanglos verschwunden … Das habe ich ehrlich gesagt nicht verstanden. Für mich wirkte es fast wie eine Flucht …" Er sah ihr direkt in die Augen. Lena rieb mit dem Daumen über den feuchten Beschlag ihres Weinglases, dann hob sie den Blick.

„Dein Gefühl trügt dich nicht. Du erinnerst dich? Du bist plötzlich aufgestanden und hast etwas Unverständliches geknurrt. Es klang nicht sehr freundlich. Eigentlich wollte ich noch mit dir reden … Dann bist du im Bad verschwunden und hast dich überhaupt nicht mehr um mich gekümmert … Du bist dann, soweit ich hörte, unter die Dusche gegangen und ewig nicht zurückgekommen. Mit einem Mal kam ich mir völlig fehl am Platze vor. Für mich entstand der Eindruck, dass ich dir nur noch lästig war. Plötzlich fühlte ich mich benutzt und beschmutzt. Ein lästiger One-Night-Stand, den man noch vor dem Frühstück rauswirft. – Ich wollte dann nur noch weg … Ich weiß nicht, ob du das verstehen kannst." Sie verstummte und sah ihn fragend an.

Rumpel atmete schwer durch. Die Gedanken rasten durch seinen Kopf. Er war kein großer Redner, schon gar nicht, wenn es darum ging, zwischenmenschliche Gefühle auszudrücken.

„Ich kann dir nur sagen, dass das so nicht stimmt! Ich befand mich an diesem Morgen in einer seelischen Ausnahmesituation … und war nicht in der Lage, auf dich einzugehen … Weißt du, der Traum … Er war in dieser Nacht besonders heftig. Das ist oft so, wenn ich zu viel getrunken habe. – Es dauert dann immer einige Zeit, bis er mich aus seinen Fängen entlässt und ich mich wieder gefangen habe." Da sein Mund plötzlich sehr trocken war, nahm er einen langen Schluck Bier. „Ich versichere dir, dass das nichts mit dir zu tun hatte!"

Lena sah ihn eine Weile prüfend an. Für einen winzigen Moment sah sie hinter die Mauer, die Rumpel um sich aufgebaut hatte. Dahinter schien sich eine menschliche Tragödie abzuspielen, die sie nicht einschätzen konnte. Sie nickte.

„Ich weiß nicht genau warum ... aber ich glaube dir. Ich rätsle immer noch herum, warum uns diese Nacht überhaupt widerfahren ist. Widerfahren ... anders kann ich es nicht ausdrücken. Auch ich befand mich an diesem Abend psychisch ziemlich am Boden ... dazu der Alkohol ... viel zu viel Alkohol ..." Sie zuckte mit den Schultern. „Irgendwie kommt mir das vor wie das zufällige Aufeinandertreffen zweier herumirrender Menschen, die sich jeweils in einer Ausnahmesituation befanden und sich trotzdem hilfesuchend aneinanderklammerten – auf der Suche nach ... Trost ... Erlösung ...?"

Rumpel lauschte ihren Worten. Er hätte es nie so ausdrücken können. Die Beschreibung von Gefühlen war noch nie sein Ding. Solche Empfindungen spielten sich tief eingeschlossen in seinem Inneren ab. Dr. Kanzler hatte ihm prophezeit, wenn sie dann einmal hervorbrachen, konnte dies einem Vulkanausbruch gleichkommen.

„Wahrscheinlich hast du recht", gab er knapp zurück. „Auf jeden Fall tut es mir sehr leid, wenn ich dich verletzt habe. Das meine ich ehrlich!"

Man merkte ihrem Gesichtsausdruck und ihrer Körperhaltung an, dass für sie nun dieser Moment der Öffnung vorüber war.

„Ich denke, wir sollten dieses Ereignis vergessen. Wir sind beide erwachsene Menschen und haben uns betrunken und dann im gegenseitigen Einverständnis eine wilde Nacht verbracht. Schwamm drüber! Gehen wir wieder auf Anfang!" Sie hob ihr Glas und prostete ihm zu.

Rumpel atmete auf. Für ihn war wichtig, dass sie wieder einen normalen Umgang pflegen konnten. Im Grunde seines Herzens waren die Eindrücke dieser Nacht noch immer präsent. Wie ein leckeres Essen, an das man sich gerne erinnerte. Er wandte sich Jenny zu, die gerade vorbeieilte.

„Bring uns bitte zwei Single Malt!"

Lena hob mahnend den Zeigefinger. „Hey Rumpel, jetzt aber mal langsam! Ich stoße gerne mit dir an, aber das ist der erste und der letzte für heute, dass das klar ist."

Rumpel verzog das Gesicht zu einem schiefen Grinsen. „Völlig klar! Betrachten wir es als den Beginn einer ganz besonderen Freundschaft ..."

Eine Stunde später erhob sich Lena und verabschiedete sich mit der Erklärung, dass sie am Abend noch eine Verabredung habe. Sie bezahlte am Tresen ihre Zeche mit Ausnahme des Whiskys, zu dem Rumpel sie eingeladen hatte.

Adam Rumpel trank noch ein drittes Guinness, dann machte auch er sich auf den Weg. Er wollte mit Eva noch einen kleinen Spaziergang machen, damit sie sich für die Nacht erleichtern konnte. Eine gute Stunde später betrat er seine Wohnung. Eva suchte ihren Korb auf und rollte sich zusammen. Rumpel duschte, dann fläzte er sich im Jogginganzug vor den Fernseher. Im Laufe des Abends gönnte er sich noch drei Gläser Whisky zum Herunterkommen. Das Gespräch mit Lena beschäftigte ihn mehr, als er sich eingestehen wollte. Irgendwann, während eines alten Westerns, sank sein Kopf zur Seite und er schlief ein. Auf dem Couchtisch ausgebreitet lagen die beiden Botschaften.

Einundzwanzig

Irgendwo in Würzburg klappte jemand seinen Laptop zu. Die Kamera in Rumpels Wohnzimmer zeichnete, ausgelöst durch die Bewegungen der Schauspieler auf dem Fernsehbildschirm, ständig auf. Dabei war durch die Weitwinkellinse der auf der Couch liegende Mörder zu erkennen, der offenbar tief und fest schlief. Auch die beiden Zettel mit den Botschaften wurden klar und deutlich aufgezeichnet. Die Kamera hatte zuvor den Konsum von drei Gläsern Whisky festgehalten. Über das Gesicht der Person zog ein böses Lächeln. Dieser Kerl lieferte sich selbst aus. Man konnte jetzt langsam die nächste Eskalationsstufe starten.

Zweiundzwanzig

Sonntag Morgen ließ sich Rumpel mit dem Aufstehen Zeit. Er lag wach im Bett und sinnierte über das gestrige Gespräch mit Lena nach. Er war froh, dass sie die Angelegenheit so einvernehmlich bereinigen konnten. Rumpel hätte es sehr bedauert, wenn ihre Bekanntschaft dadurch gelitten hätte. Es dauerte aber nicht lange, dann wurden diese Gedanken von der Bedrohung durch die beiden erhaltenen Botschaften verdrängt, die wie ein Damoklesschwert über ihm hingen. Bis jetzt hatte er mit niemandem darüber gesprochen. Aber nachdem nun auch sein Umfeld, in Person von Stefan Heunisch, in die Sache mit hineingezogen worden war, musste er dringend etwas unternehmen.

Gegen zehn wälzte er sich schließlich aus dem Bett und marschierte laut gähnend ins Bad. Diese Nacht hatte er, Gott sei Dank, traumlos geschlafen, daher fühlte er sich auch ausgeruht. Er konnte sich allerdings nicht mehr erinnern, wann er ins Bett gegangen war. Als er am Wohnzimmertisch vorüberkam, sah er die fast leere Whiskyflasche und die beiden Zettel. Vielleicht war es sinnvoll, den Konsum etwas zu reduzieren. Er nahm die Botschaften vom Tisch und legte sie in eine Schublade des Sideboards. Vor dem Zubettgehen hatte er offenbar keine Zähne mehr geputzt, wovon ein ziemlich herber Geschmack im Mund zeugte. Rumpel verzog das Gesicht und griff nach der Zahnbürste.

Eva blickte verschlafen aus ihrem Körbchen und gähnte ebenfalls ausgiebig, dann erhob sie sich, dehnte sich und schlenderte in die Küche. Mit einem Blick überzeugte sie sich davon, dass ihr Napf noch leer war. Sie drehte eine Kontrollrunde durch die Wohnung, dann legte sie sich wieder auf ihr Lager.

Bis ihr Mensch aus dem Raum dort herauskam, würde erfahrungsgemäß noch einige Zeit vergehen.

Unter der Dusche fasste Rumpel einen Entschluss: Es ging nicht, dass er in der Sache alleine weitermachte. Er musste sich Verbündete suchen! Dabei schloss er sein berufliches Umfeld aus. Wenn er den Polizeipräsidenten einbezog, würde der sofort offizielle Schritte einleiten. Das wollte er auf keinen Fall! Dr. Kanzler, die Psychologin, war eine Option, aber auch sie würde letztendlich den Polizeipräsidenten informieren müssen, wenn die Gefahr zu konkret wurde. Die Kollegen in seiner Abteilung kamen sicher auch nicht in Frage, ihnen fehlte ganz einfach die Kompetenz. Lena war auf jeden Fall außen vor, weil er sie keinesfalls in Gefahr bringen wollte. Blieb eigentlich nur Stefan Heunisch! Der pensionierte Polizist war rüstig und vertrauenswürdig, machte einen kompetenten Eindruck und war durch den Überfall im Wald bereits ungewollt in die Sache involviert. Bisher hatten sie sich nur gelegentlich über Heunischs frühere Tätigkeit unterhalten. Rumpel wusste nur von seinen vielen Jahren als Streifenpolizist. Nach seiner Beförderung zum Leiter der Polizeiinspektion Marktheidenfeld war er sogar kurze Zeit sein Vorgesetzter, bevor er, Rumpel, zum Sondereinsatzkommando wechselte. Später qualifizierte sich Heunisch und wechselte zur Kripo, wo er nach Jahren als Kriminalhauptkommissar mit unterschiedlichen Aufgaben in den Ruhestand trat. Aus Andeutungen hatte Rumpel entnommen, dass Heunisch auch als Zielfahnder tätig war. Er hatte natürlich das Desaster mit Rumpels Einsatz in Kitzingen mitbekommen. Deshalb unterstützte er ihn auch, als Rumpel nach seiner Reha in Würzburg eine Bleibe suchte, und vermittelte ihm die Wohnung, in der Rumpel jetzt lebte. Heunisch würde ihm sicher helfen. Dazu musste er aber erst einmal gesund werden und aus dem Krankenhaus herauskommen. Er beschloss, ihm gegen Mittag einen Besuch abzustatten. Nachdem Rumpel die Hündin gefüttert hatte, machte er sich mit ihr auf den Weg zum Main. Unterwegs kaufte er sich in einer Bäckerei ein belegtes Brötchen und einen Kaffee to go. Beides verzehrte er auf einer Parkbank, während sich Eva am Ufer erleichterte. Eine Stunde später lenkte er seinen Pajero aus der Tiefgarage. Auf dem Rücksitz stand eine Sporttasche mit Utensilien für Heunisch. Wieder fand er einen Parkplatz im Schatten und sorgte dafür, dass durch spaltbreit geöffnete Fenster genug Luft zirkulieren konnte.

Auf dem Krankenhausflur herrschte geschäftige Betriebsamkeit. Rumpel platzte mit seinem Besuch offenbar genau in die Ausgabe des Mittagessens hinein. Das Pflegepersonal warf ihm kritische Blicke zu, als er an den Transportwagen vorbeimarschierte und an Zimmer 3.111 klopfte. Nach einer Sekunde trat er ein. Stefan Heunisch saß gegen das schräggestellte Kopfende gelehnt und hatte ein Tablett vor sich stehen. Der Deckel war abgenommen, der Teller teilweise geleert. Als er Rumpel erkannte, verzog er keine Miene.

„Warum bist du nicht eine Viertelstunde eher gekommen, dann hätte ich dir diese Erzeugnisse klinischer Sterneküche überlassen!" Er zwinkerte seinem Besucher zu.

„Muss ich auf die Beine kommen – oder du?" Rumpel stellte die Sporttasche neben das Bett. „Zumindest die Reste sehen doch ganz lecker aus!"

Heunisch schob eine kleine Schüssel mit Pudding in Richtung seines Besuchers. „Ich lade dich gerne ein."

Rumpel schüttelte den Kopf. „Hab gerade gefrühstückt. – Jetzt sag mal, Stefan, wie geht es dir?"

Heunisch griff sich an den Verband. „Eigentlich ganz gut. Nur die Schwestern hier machen Wallung, damit ich auch ruhig liegen bleibe. Mein Eisenschädel hat schon ganz andere Sachen ausgehalten. Ich kann dir sagen, wenn ich hier noch lange bleiben muss, breche ich aus. Die Herren Götter in Weiß geben heute am Sonntag keine Audienz. Ich wollte denen sagen, dass ich auf eigene Verantwortung entlassen werden will!"

Rumpel schüttelte den Kopf. „Bleib bloß liegen! Ich bin nochmal rausgefahren und habe mir den Tatort und den Prügel angesehen. Das war stabile deutsche Eiche. Da kannst du von Glück reden, dass dir nichts Schlimmeres passiert ist! Da wäre durchaus ein Schädelbruch drin gewesen."

Heunisch prustete. „Jetzt übertreibst du aber! Und wieso sprichst du von Tatort?"

Rumpel blieb ernst. „Wie es aussieht, ist dir der Ast nicht zufällig auf den Kopf gefallen. … Du wurdest damit niedergeschlagen …!"

Heunisch riss die Augen auf. „Wie kommst du denn auf eine solch verworrene Idee? Da war weit und breit kein Mensch außer mir."

„Warte ab. Ich habe mich davon überzeugt, dass es dort im Umkreis keine einzige Eiche gibt, deren abbrechender Ast dich hätte treffen können. Ringsherum nur Buchen."

„Mit Bäumen kenne ich mich nicht so aus", erwiderte Heunisch nachdenklich, „aber wenn du das jetzt so sagst … das Abbrechen eines Astes hätte ich doch hören müssen und ausweichen können."

„Wie gesagt, keine Eiche weit und breit!" Rumpel lehnte sich zurück. „Denk nach. Dort lag doch ein umgestürzter Baum – übrigens ebenfalls eine Buche –, vor dem ich dich zusammengebrochen gefunden habe. Kannst du dich erinnern, ob du an der Stelle herumgelaufen bist?"

Heunisch verneinte. „Direkt nach Erreichen der Stelle habe ich mich hingesetzt, dann traf mich sofort der Ast am Kopf und bei mir ging schlagartig das Licht aus."

Rumpel griff in seine Jacke und holte sein Handy heraus, dabei fragte er: „Kennst du das Profil deiner Schuhe, die du anhattest?" Er loggte sich in die Bildergalerie ein und öffnete eines der Fotos.

„Na ja", erwiderte Heunisch, „ich könnte es jetzt nicht zeichnen, aber wenn ich es sehe, erkenne ich es natürlich. Oft genug habe ich die Schuhe sauber gemacht."

Rumpel zeigte ihm das Foto, das er im Wald von dem Schuhabdruck gemacht hatte. „Am selben Tag aufgenommen, direkt hinter dem umgestürzten Baumstamm. Der Abdruck war ziemlich frisch."

Stefan Heunisch reckte den Hals und musterte das Bild ausgiebig. Schließlich erklärte er bestimmt: „Geh an den Schrank. Im untersten Fach stehen meine Schuhe. Du kannst dich davon überzeugen, dass die Abdrücke auf dem Bild ein völlig anderes Profil haben. Außerdem ist das definitiv nicht meine Schuhgröße!"

Rumpel erhob sich und holte die noch immer verschmutzten Schuhe aus dem Spind. Er verglich sie mit dem Bild, dann stellte er sie wieder zurück.

„Du hast recht, eindeutig ein anderes Sohlenprofil", stellte er fest und setzte sich wieder ans Bett.

Stefan Heunisch sah ihn ernst an. „So widersinnig das scheint, aber da hat mir offenbar wirklich jemand eins übergebraten … und ich habe davon nichts mitbekommen!"

Rumpel sah ihn ernst an. „Sieht ganz so aus …"

Heunisch lehnte sich betroffen zurück. Er musste diese Erkenntnis erst einmal verarbeiten. Rumpels analytischer Polizistenverstand nahm die Arbeit auf.

„Stellt sich für mich die dringende Frage nach dem Warum?" Er wies zum Schrank. „Tut mir leid, aber ich muss dich noch einmal bemühen. Ich hatte meinen Geldbeutel mit Kreditkarten, Bargeld und Ausweispapieren im Rucksack verstaut. Wenn das ein Raubüberfall war, würde sich der Täter ja bedient haben. Sieh bitte mal nach … oder besser gib mir mal den Rucksack. Jetzt bin ich aber wirklich gespannt!"

Rumpel stand auf und stellte den Schuh in den Schrank zurück. Stattdessen nahm er den Rucksack, den Heunisch im Wald dabeigehabt hatte, aus einem Schrankfach. Heunisch öffnete eine Schnalle, griff ins Innere und holte einen speckigen, faltbaren Ledergeldbeutel heraus. Stefan Heunisch klappte ihn auf und inspizierte die Fächer. Rumpel konnte einige Geldscheine erkennen.

„Geld, Ausweis und Kreditkarten alle vorhanden. Wie es aussieht, fehlt nichts." Er sah Rumpel fragend an. „Kannst du mir das erklären?"

Rumpel packte wortlos den Rucksack und legte ihn in den Schrank zurück. Dabei überlegte er, wie er mit seiner Erklärung anfangen sollte. Er ließ sich wieder neben dem Bett nieder.

„Stefan, ich muss dir was sagen. Ich habe ein ganz großes Problem … und ich weiß nicht, wie ich alleine damit fertig werden soll …"

Heunisch sah ihn aufmerksam an, dann meinte er ernst: „Wie du siehst, habe ich gerade keine dringenden Termine und jede Menge Zeit, dir zuzuhören. Wenn du also denkst, ich könnte dir irgendwie behilflich sein … Lass es raus. Wenn du nicht gerade ein Attentat auf den Bundespräsidenten planst, kannst du dich auf mein Stillschweigen verlassen." Er fuhr sich mit den Fingern über die Lippen, als würde er einen Reißverschluss schließen, dann verschränkte er die Arme vor der Brust und hörte zu.

„Du hast ja wahrscheinlich mitbekommen, was mir bei einem Einsatz im vergangenen Jahr in Kitzingen passiert ist. Ich war damals als ausgebildeter Scharfschütze Mitglied des SEK Nürnberg …"

„Ich war damals schon im Ruhestand, aber du kannst natürlich davon ausgehen, dass ich alles mitbekommen habe, was die Buschtrommeln in der Polizei-Community so verkündet haben …"

In dem Augenblick klopfte es und ein Pfleger kam herein, der das Tablett abräumte. Routiniert fragte er, ob es geschmeckt habe, erwartete aber offenbar keine Antwort, denn er war sofort wieder draußen. Rumpel suchte wieder nach seinem Faden.

„… bei dem Einsatz damals habe ich total versagt. … Da ist wirklich alles schiefgelaufen, was nur schieflaufen konnte. Entsetzlich! Ich trage heute noch schwer an meiner Schuld." Die Erzählung nahm ihn sichtlich mit. „Es hat lange gedauert, bis ich mich einigermaßen gefangen habe. Eva hat viel dazu beigetragen." Er schwieg einen Moment, dann fuhr er fort: „Die internen Untersuchungen des Vorfalls haben zwar ergeben, dass mich kein Verschulden trifft. Das ist die offizielle Lesart. Für mich selbst ist das ein unverzeihliches Versagen." Unbewusst spielten seine Finger mit einer Falte des Betttuchs. „Der Polizeipräsident versucht jetzt, mich irgendwie sinnvoll unterzubringen, damit er mich nicht entlassen muss. Dank deiner Hilfe habe ich dann die Wohnung bekommen. Es sah so aus, als würde ich langsam in ruhigeres Fahrwasser kommen. Bis vor ein paar Tagen! Da lag auf meinem Schreibtisch im Präsidium ein Umschlag mit einer Botschaft: „Leben um Leben" stand darin. Ich war total fertig! Keine Ahnung, wer der Absender ist, aber es handelt sich mit Sicherheit um eine Drohung. Ich kann mir keine andere Motivation vorstellen, als mich für mein Versagen strafen zu wollen."

„Hör doch endlich auf, dich als Versager zu bezeichnen! Du hattest einen äußerst riskanten Job zu erledigen, bei dem auch mal etwas schiefgehen kann. – Was sagt der Polizeipräsident zu dieser Drohung?"

„Ich habe das bis jetzt noch niemand erzählt. Du bist der Erste."

Heunisch war volle Aufmerksamkeit.

„Als ich dich im Wald besinnungslos aufgefunden habe, steckte ein Umschlag in deinem Schuh. Er enthielt eine neue Botschaft gleicher Art. ‚Auge um Auge' stand auf dem Zettel, der nach Papierqualität und Schrift mit der ersten Nachricht identisch war.

Jetzt weißt du auch den zweiten Grund, warum ich sicher bin, dass da jemand vorsätzlich zugeschlagen hat." Er verstummte.

Stefan Heunisch war zunächst völlig sprachlos. Man konnte ihm ansehen, dass er Mühe hatte, diese Nachricht zu verdauen. Schließlich erklärte er: „Das ist ja der Hammer! Da will dich eindeutig jemand vor sich hertreiben! Das sind, wenn ich mich nicht täusche, die alten Rachegesetze aus der Bibel! Da geht es immer um Blut! Das würde ich wirklich nicht auf die leichte Schulter nehmen." Er klatschte entschlossen mit der Handfläche auf die Bettdecke. „Ich werde dir auf jeden Fall helfen! – Zu blöde nur, dass ich im Moment hier im Krankenhaus angebunden bin!" Zornröte zeigte sich auf seinem Gesicht.

„Stefan, jetzt beruhige dich erst mal." Rumpel legte ihm die Hand auf den Arm.

„Ja, ja, schon gut. – Lass uns mal logisch überlegen. Auf irgendeine Art und Weise muss diese Person erfahren haben, was wir an diesem Tag geplant hatten. Außerdem hatte er die aktuelle Information, wo ich mich wann im Wald befand. Da er ja schlecht den ganzen Wald überwachen kann, kann das nur auf elektronischem Wege gehen … GPS und so …" Er sah Rumpel durchdringend an. „Für mich gibt es da keinen Zweifel. Das ist eine Technik, die in der Polizeiarbeit ständig eingesetzt wird. Außerdem tragen wir diese Verräter täglich mit uns herum."

Er deutete auf sein Handy, das auf der Ablage seines Nachttisches lag.

„Das würde ja bedeuten, dass jemand eine Überwachungssoftware benützt, um mich und mein Umfeld auszuspionieren." Rumpel hob den Finger. „Da passt Folgendes ins Bild: Ich habe kürzlich einen Anruf von einer Journalistin bekommen, bei dem ich mich wunderte, woher sie meine Nummer hatte. Sie hat mir merkwürdige Fragen gestellt, die in die Richtung dieses Einsatzes in Kitzingen gingen. Ich habe dann mein Mobiltelefon zerstört und mir ein Prepaidhandy gekauft. Seitdem war Ruhe. Wenn du mir helfen willst, solltest du das vielleicht ebenfalls machen. Möglicherweise hast du so eine Spionagesoftware auf deinem Mobiltelefon …"

Rumpel merkte, dass Heunisch müde wurde. Er rieb sich die Augen. Die anstrengende Unterhaltung war offensichtlich noch zu viel für ihn.

„Stefan, ich mache mich jetzt erstmal vom Acker. Ruh dich aus, damit du schnell wieder fit wirst. Ich bin dir wirklich sehr dankbar, dass du bereit bist, mir zu helfen. Ich schaue morgen wieder vorbei."

Heunisch winkte ihm zu. „Du kannst mir glauben, ich werde den Ärzten klarmachen, dass sie mich so schnell wie möglich entlassen müssen. Bis dahin lass dich nicht unterkriegen! Wir werden schon herausfinden, was da abgeht." Sein Kopf sank zurück auf das Kissen. Als Rumpel die Tür von außen schloss, war Heunisch bereits eingeschlummert.

Dreiundzwanzig

Die beiden Personen aus dem Kreis der Verschwörer saßen am Montagnachmittag vor dem Bildschirm und sahen sich die aus der Cloud heruntergeladenen Filmsequenzen aus Rumpels Wohnung an. Die Aufnahmen stammten aus der Zeit von Sonntag auf Montag.

„Wir müssen den Druck erhöhen!", stellte die eine Person fest, während sie Rumpel beobachtete, wie er vor dem Fernseher saß. „Er wirkt doch ziemlich entspannt. Für meine Begriff viel zu entspannt!"

Die Stimme klang hasserfüllt.

„Wir müssen vorsichtig sein", mahnte der andere. „Er ist nicht dumm. Wenn zu viele unerklärliche Dinge passieren und er das Gefühl bekommt, dass sich eine Schlinge um ihn zusammenzieht, wird er sich wehren. Wir dürfen nicht vergessen, er ist immer noch Polizeibeamter und wenn er will, steht ihm der ganze Apparat zur Seite. Wenn einer der ihren angegriffen wird, halten sie erst mal zusammen. Ihr Corpsgeist ist sprichwörtlich!"

„Die Mitglieder der Gruppe möchten, dass er richtig leidet! Wir werden das bis zum Finale durchziehen!" Die Stimme verstummte.

Mit einem Knopfdruck wurde der Bildschirm ausgeschaltet und der Laptop geschlossen.

Vierundzwanzig

Montags kam Polizeipräsident Rheinländer in der Regel erst am frühen Nachmittag ins Büro. Routinemäßig fand am Vormittag immer ein Jour fixe des Leitenden Oberstaatsanwalts, des Landgerichtspräsidenten und des Direktors des Amtsgerichts in den Räumen des Strafjustizzentrums statt, an dem auch er regelmäßig teilnahm. Es gab immer wieder Punkte, die im Rahmen dieses Kreises, gewissermaßen auf dem „kleinen Dienstweg", abgestimmt werden konnten und die Zusammenarbeit zwischen den Behörden verbesserten. Anschließend traf er sich üblicherweise mit seiner Frau zu einem Mittagessen in der Stadt. Wie immer betrat er sein Büro über das Vorzimmer, weil ihn seine Sekretärin sogleich auf den neuesten Stand bringen konnte.

„Irgendwelche besonderen Vorkommnisse?", wollte er wissen.

„Alles im grünen Bereich, Herr Rheinländer. Die Post habe ich Ihnen auf den Schreibtisch gelegt. Ein paar Anrufe sind notiert. – Ein Kaffee, wie immer?"

„Ja, gerne!", gab er zurück und betrat sein Dienstzimmer. Er zog sein Jackett aus und hängte es über die Rückenlehne seines Bürostuhls, dann lockerte er die Krawatte und ließ sich nieder. Interessiert studierte er die Telefonnotizen, die ihm Frau Wächter hingelegt hatte. Nichts dabei, was sofort erledigt werden musste. Die Post lag auf seiner Schreibtischunterlage. Frau Wächter hatte den Auftrag, die Umschläge zu öffnen und die diversen Schreiben mit einem Eingangsstempel zu versehen. Nur Post, die mit dem Zusatz „persönlich" oder „vertraulich" versehen war, blieb verschlossen. Heute trug lediglich ein dickerer Umschlag im Anschriftenfeld den Zusatz „Persönlich". Absender war der Rechtsanwalt Rudolf Wildenstein, ein in Polizei- und Gerichtskreisen nicht unbekannter Anwalt aus Würzburg. Rheinländer zog die Augenbrauen in die Höhe. Wildenstein war eine schillernde Persönlichkeit, ein Anwalt, der so ziemlich jeden Fall vertrat, der ihm ein gutes Honorar einbrachte und/oder entsprechende Publicity versprach. Der Mann war mit Vorsicht zu genießen, da er alles verklagte, was nicht bei drei auf den Bäumen war. Hierzu gehörten auch Dienstaufsichtsbeschwerden aller Art, die im Präsidium schon einen ganzen Aktenordner füllten. Durch die Bank fast alles „Stürme im Wasserglas", also unbegründet. Dabei unterhielt er einen regen Kontakt zu einer bestimmten Presse, den er gerne nutzte, um für die Erreichung seiner Ziele entsprechenden Druck aufzubauen. Eigentlich war es Erpressung, bewegte sich dabei aber gerade noch in einer tolerierbaren Grauzone, was bisher verhinderte, ihm die Zulassung entziehen zu lassen. Mit dieser Erfahrung im Hinterkopf erwartete Rheinländer beim Anblick des Umschlags Ärger. Der Polizeipräsident griff nach seinem Brieföffner und schlitzte das Kuvert entschlossen auf. Es fiel ihm ein großformatiges Schwarz-Weiß-Foto entgegen, das er nach einem kurzen Blick darauf zur Seite legte. Es folgte ein mehrseitiges Schreiben, auf dem ihm sofort in Fettdruck das Wort „Dienstaufsichtsbeschwerde" ins Auge sprang.

„Warum wundert mich das nicht …?", brummelte er verärgert. Es versprach ein schwarzer Montag zu werden. Als Dienstvorgesetzter aller Polizeibediensteten in seinem Zuständigkeitsbereich hatte er die Dienstaufsicht auszuüben. Derartige Beschwerden waren daher nicht ungewöhnlich. Tatsächlich hielten die meisten aber einer sachlichen Überprüfung nicht stand. Es musste jedoch jeder dieser Eingaben nachgegangen und dem Beschwerdeführer eine Entscheidung zugestellt werden. Häufig waren das Briefe von wütenden oder querulatorischen Privatpersonen, die sich im Rahmen polizeilicher Amtshandlungen oder Ermittlungen zu Unrecht verfolgt fühlten. Dass mal wieder ein solcher Schriftsatz von Rechtsanwalt Wildenstein darunter war, machte den Tag nicht besser. Als Frau Wächter wenig später hereinkam und ihm seinen Kaffee servierte, bedankte er sich mit einem Nicken, dann lehnte er sich zurück und begann zu lesen. Je länger er den Schriftsatz studierte, desto angespannter wurde seine Miene. Die Aufsichtsbeschwerde richtete sich im Namen eines nicht näher benannten Beschwerdeführers gegen Polizeioberkommissar Adam Rumpel. Die Beschwerde sei vorerst anonymisiert, da Wildensteins Mandantschaft befürchte, sie könnte Repressalien erfahren. Zur gegebenen Zeit würde die Person nachbenannt werden. Ein typischer Wildenstein, dachte Rheinländer. Eigentlich eine Unverschämtheit! Der Anwalt erhob die Behauptung, Rumpel sei in den letzten Monaten mehrfach privat unter erheblichem Alkoholeinfluss beobachtet worden, was den Verdacht begründete, der Beamte würde schon länger an einer Alkoholabhängigkeit leiden. Hierdurch bestünden in der Vergangenheit und aktuell erhebliche Zweifel an seiner Diensttauglichkeit. Dies wiederum würde auch den Schluss zulassen, der Beamte sei am 16. Juni des vergangenen Jahres, bei einem Einsatz als Scharfschütze anlässlich einer Geiselnahme im Amtsgericht Kitzingen, nicht voll diensttauglich gewesen. Was wiederum kausal für den blutigen Ausgang des Einsatzes sein könnte und dieser daher dienstaufsichtlich zu würdigen sei. Da das Ergebnis dieser Untersuchung sowohl straf- als auch zivilrechtlich relevant sein könnte, wurde um zügige Sachbearbeitung gebeten. Je nach Ausgang des vorliegenden Verfahrens behielt sich der Beschwerdeführer vor, auch gegen die verantwortlichen Einsatzleiter von damals vorzugehen. Unterzeichnet war der Schriftsatz von Rudolf Wildenstein. Wildenstein war ein windiger Bursche, der juristisch mit allen Wassern gewaschen war und mit allen Tricks arbeitete, die das Gesetz hergab!

Nachdem Rheinländer das Schreiben nochmals gelesen hatte, betrachtete er das vorgelegte Foto. Es zeigte eindeutig Adam Rumpel, der offenbar im privaten Umfeld auf einer Couch saß, vor sich auf dem Tisch eine halbvolle Flasche Whisky und ein gefülltes Glas. Das Label der bekannten Whiskymarke war gut zu erkennen. Als juristischer Beweis für die aufgestellten Behauptungen war dieses Foto natürlich völlig untauglich. Es konnte weder örtlich noch zeitlich eingeordnet werden. Vermutlich war es heimlich aufgenommen, so dass auch die Verletzung von Persönlichkeitsrechten des Beamten in Frage kam.

Rheinländer trommelte mit den Fingern auf den Schreibtisch. Niemand konnte Rumpel verbieten, im privaten Umfeld ein Glas Whisky zu trinken. Da war aber die andere, die schmutzige Seite, die dieser Anwalt gerne bediente. Journalistisch mit einer entsprechenden Story untermauert, in der keine Behauptungen aufgestellt wurden, aber mehr oder weniger deutlich Fragen aufgeworfen wurden, war das Bild durchaus geeignet, beim Betrachter eine entsprechende Meinung zu erzeugen. Rheinländer lehnte sich zurück und starrte auf das gegenüber dem Schreibtisch hängende, großflächige Landschaftsgemälde eines unterfränkischen Künstlers. Schließlich gab er sich einen Ruck. Was hier auf dem Schreibtisch lag, war definitiv Sprengstoff, der entschärft werden musste. Wildenstein würde keine Ruhe geben, ehe er nicht sein Ziel erreicht hatte. Sicherlich spekulierte er auf Schadenersatzzahlungen, von denen er sich von seinem Mandanten bestimmt einen ordentlichen Batzen hatte zusichern lassen. Rheinländer griff zum Telefon und wählte die Nummer von Polizeidirektor Jens Schlüter. Schlüter war trotz seiner verhältnismäßig jungen Jahre der Personalchef des Präsidiums und residierte auf demselben Flur, vier Zimmer weiter. Wie erwartet, befand er sich am Platz und meldete sich schon nach dem zweiten Läuten.

„Kollege Schlüter, bitte kommen Sie mal zu mir. Klopfen Sie bei mir direkt, ich lasse Sie rein." Das Büro des Präsidenten hatte vom Flur aus einen eigenen Eingang, so dass Rheinländer nicht immer über das Vorzimmer gehen musste, wenn er den Raum verließ. Schlüter kannte seinen Chef gut und bemerkte schon an seiner Stimmlage, dass ihn mit hoher Wahrscheinlichkeit etwas Unangenehmes erwartete.

„Bin schon unterwegs", gab er knapp zurück. Einen Augenblick später klopfte er an und trat sofort ein. Rheinländer gab ihm die Hand und bot ihm einen Platz am Besprechungstisch an. Ohne große Einleitung reichte er ihm den Schriftsatz der Anwaltskanzlei.

„Lesen Sie dieses Pamphlet in Ruhe durch! Dann müssen wir uns unterhalten", erklärte er und ließ sich wieder hinter seinem Schreibtisch nieder. Schlüter war ein Schnellleser. Schon nach kurzer Zeit ließ er den Schriftsatz sinken.

„Das ist doch wieder ein typischer Wildenstein! Er rührt im Schlamm und hofft, dass was für ihn hängen bleibt. Haben Sie eine Vorstellung, was das plötzlich soll? Die Causa Rumpel und alles, was damit zusammenhing, wurde doch durch die Staatsanwaltschaft gründlich durchleuchtet und später eingestellt. Allen Beteiligten wurde ordnungsgemäßes Handeln bescheinigt." Er hob das Foto hoch. „... und das hier besagt doch gar nichts!"

Rheinländer kam wieder an den Tisch. „Ich teile Ihre Einschätzung. Aber der Vorwurf von Alkoholeinfluss während des Einsatzes ist neu und wurde damals nicht geprüft."

„Es gab ja auch keinerlei Anhaltspunkte dafür ...", warf der Beamte ein.

„Richtig. Aber jetzt steht die Behauptung im Raum. Stellen Sie sich vor, wir würden lediglich auf das abgeschlossene Prüfverfahren verweisen und sonst nichts tun … am nächsten Tag hätten wir entsprechende Presse!"

Schlüter schüttelte den Kopf. „Die Beamten des SEK werden doch regelmäßig gesundheitlich durchgecheckt. Außerdem sind die Mitglieder dieser Polizeieinheit doch aus Eigeninteresse daran interessiert, dass der Kollege, auf den man sich im Einsatz hundertprozentig verlassen können muss, im Dienst weder Alkohol noch sonstige Drogen konsumiert. Gegen ein Bierchen …", er deutete auf das Foto, „… oder ein Glas Whisky in der Freizeit kann ja wohl nichts einzuwenden sein."

„Das ist auch meine Meinung, aber jetzt steht diese Behauptung im Raum und wir müssen zusehen, dass wir alles unternehmen, um sie restlos zu entkräften. Klemmen Sie sich dahinter und klären Sie das auf! Ich bitte um täglichen Bericht. Dieser Wildenstein ist ein schräger Vogel, der sicher keine Probleme damit hat, alle Register zu ziehen. Kommt nur darauf an, wie sicher er sich seiner Sache ist und dass es sich nicht nur um eine Nebelkerze handelt, um sich für einen zivilrechtlichen Schadensersatzprozess vorteilhaft in Position zu bringen. Bringen Sie ihn dazu, die Hosen runterzulassen. Er muss Ross und Reiter nennen und Beweise vorlegen. Ohne konkret zu werden, geht das nicht! Lassen Sie ruhig einfließen, dass wir keine Probleme damit haben, ein eventuelles standeswidriges Verhalten von ihm der Anwaltskammer zu melden. – Wir müssen uns auf jeden Fall vor unsere Beamten stellen."

Schlüter erhob sich. „Ich lasse die Sache von Frau Wächter registrieren, dann behalte ich die Akten in meiner Schublade, damit die Angelegenheit vorerst vertraulich bleibt."

Rheinländer war damit einverstanden. Nachdem der Personalchef sein Zimmer verlassen hatte, sah er besorgt zum Fenster hinaus. Er musste an sein letztes Gespräch mit Dr. Kanzler denken. Die Psychologin hatte eine Formulierung gebraucht, die man rückblickend auch als Andeutung werten konnte … Da musste er mal nachhaken. Er wandte sich wieder dem Aktenberg auf seinem Schreibtisch zu.

Else Wächter wunderte sich nicht, als Schlüter aus dem Zimmer des Polizeipräsidenten kam. Als enger Mitarbeiter des Präsidenten nutzte er oft den direkten Zugang.

„Frau Wächter, geben Sie mir bitte das nächste Aktenzeichen für ein Dienstaufsichtsverfahren", bat er und legte der Sekretärin den Schriftsatz auf den Schreibtisch. „Die Beschwerde geht gegen Polizeioberkommissar Adam Rumpel wegen Verdachts der Trunkenheit im Amt. Beschwerdeführer ist Rechtsanwalt Wildenstein."

„Der schon wieder …", entfuhr es Else Wächter, ließ sich ihre Verwunderung aber nicht weiter anmerken. Sie war schon so lange im Chefsekretariat des Polizeipräsidiums tätig, dass sie kaum noch etwas in Erstaunen versetzen konnte. Sie öffnete am Computer ein bestimmtes Programm und trug dort die Daten ein, die ihr der Personalchef genannt hatte, dann druckte sie ein Etikett aus und klebte es auf einen gelben Aktendeckel. Fortan lief die Beschwerde unter der Nummer DReg 16/22.

Schlüter nahm die Akte und marschierte in Richtung Tür.

„Geben Sie mich als Standort der Akte ein", erklärte er. „Ich werde den Vorgang einstweilen bei mir verwahren." Kurz bevor er die Tür erreichte, drehte er sich noch einmal um. „Wenn bezüglich dieses Verfahrens irgendwelche Anfragen kommen sollten … auch telefonische …, leiten Sie sie bitte umgehend kommentarlos an mich weiter. Der Anwaltskanzlei teilen Sie bitte kurz mit, dass die Beschwerde heute eingegangen ist und unter diesem Aktenzeichen geführt wird. Sachbearbeiter bin ich."

Schlüter verließ das Vorzimmer, betrat sein Büro und setzte sich hinter den Schreibtisch. Er klappte den Aktendeckel auf und las die Beschwerde noch einmal in Ruhe durch. Eine höchst heikle Angelegenheit, die das Potential hatte, höchste Wellen zu schlagen. Es war klar, dass er umgehend Rumpel befragen musste. Desgleichen benötigte er auch eine Stellungnahme des ehemaligen Vorgesetzten Rumpels beim Sondereinsatzkommando. Dafür musste er eigentlich den offiziellen Dienstweg einhalten, da das SEK nicht zu seinem Zuständigkeitsbereich gehörte. Er würde aber erst einmal ein paar Telefonate führen. Vielleicht konnte man das über den „kleinen Dienstweg" regeln. Solange er nicht wusste, wer hinter dem unbekannten Beschwerdeführer steckte, stocherte er natürlich im Nebel. Irgendwie musste er versuchen sich diesbezüglich Klarheit verschaffen. Als Nächstes würde er sich sämtliche polizeilichen und staatsanwaltschaftlichen Verfahrensakten vorlegen lassen, die dem Einsatz zugrunde lagen. Er warf einen Blick auf seine Armbanduhr. Später Nachmittag. Um diese Zeit war in den Verwaltungen der Justizbehörden wahrscheinlich niemand mehr zu erreichen. Morgen würde er seine Anfrage über das Büro des Leitenden Oberstaatsanwalts laufen lassen, damit die Sache vertraulich blieb. Rumpel würde er ebenfalls morgen mit der Dienstaufsichtsbeschwerde konfrontieren. Das wurde mit Sicherheit ein unangenehmes Gespräch. Schlüter wusste natürlich, wie sehr der Beamte unter den damaligen Ereignissen gelitten hatte. Es half aber alles nichts, das war nun mal sein Job. Er setzte sich an seinen Rechner und schrieb eine verschlüsselte E-Mail an Frau Wächter, in der er ihr auftrug, gleich morgen nach Dienstantritt Kriminaloberkommissar Rumpel zu einer Besprechung in sein Büro einzubestellen. Er schickte die Mail ab und fuhr seinen Computer herunter. Für ihn war jetzt auch

Schluss. Mit der Hand fuhr er sich unbewusst über die Wange. Auf den jetzt anstehenden Besuch bei seiner Zahnärztin hätte er gerne verzichtet, aber was notwendig war, war halt notwendig. Der Aktenumschlag mit dem brisanten Inhalt verschwand in einer abschließbaren Schublade seines Schreibtisches.

Fünfundzwanzig

Am Montagmorgen rief Rumpel im Büro an und erklärte Veronika Siebenlist, er werde erst nach der Mittagspause zum Dienst erscheinen, weil er mit Eva eine Trainingseinheit im Polizeihundeverein absolvieren wolle. Nachdem sie den Hörer aufgelegt hatte, wollte Schubert wissen, warum sie während des Gesprächs die Augen verdrehte.

„Unser Chef kommt erst später, weil er mit Eva üben will. Sehr dringende Angelegenheit … Ich überlege mir wirklich, ob ich mir nicht auch ein Hundchen zulege und ihn zum Drogenschnüffler ausbilde. Habe mir sagen lassen, dass sie im Rauschgiftdezernat ziemlichen Bedarf haben …"

Ihr Kollege zuckte mit den Schultern. „Jetzt lass es mal gut sein! Wir dürfen nicht vergessen, dass der Job hier für Rumpel eine Eingliederungsmaßnahme darstellt. Offenbar ist dem Präsidenten sehr daran gelegen, dass er beruflich wieder in die Spur kommt." Er hob einen Stapel dünner Akten von einem Aktenrolltransporter rüber auf seinen Schreibtisch neben den Scanner und schaltete das Gerät ein. „Ich weiß ja auch nicht mehr als die Gerüchte, die im Haus herumgehen. Das reicht mir aber, um zu wissen, dass ich nicht in Rumpels Haut stecken will."

„Mich stört es ja eigentlich auch nicht wirklich. Wäre viel schlimmer, wenn er miesepetrig an seinem Schreibtisch sitzen und uns die Laune verderben würde." Sie packte den Rolltransporter und schob ihn, ein Lied trällernd, in die Altregistratur. So war sie, die gute Vroni. Sie konnte beißen, wenn sie etwas ärgerte, und im nächsten Moment die beste Kollegin sein, die man sich nur wünschen konnte. Schubert löste die Blätter aus der Heftung der obersten Akte und legte sie in den Scanner.

Das Gerät nahm mit einem surrenden Geräusch seine Arbeit auf.

Rumpel parkte seinen Pajero am Vereinsheim in der Nähe von Waldbüttelbrunn. Er war der erste Hundeführer, der am Platz eingetroffen war. Eva wusste natürlich, dass sie hier etwas Abwechslung erwartete, und sprang freudig erregt um ihren Menschen herum. Rumpel startete die Übungsarbeit, indem er mit Eva erst einmal auf dem Platz herumtollte. Es war wichtig für die Konzentrationsfähigkeit der Hündin, sich zuerst einmal auszutoben. Ein weiteres Fahrzeug kam und parkte ebenfalls. Es gehörte dem Trainer, einem pensionierten Hundeführer der Polizeihundestaffel. Wenig später kam er mit seinem Deutschen Schäferhund auf den Platz. Als der Rüde Eva herumrennen sah, zerrte er nervös an der Leine.

„Hallo Rumpel, hast du was dagegen, wenn die beiden ein bisschen miteinander spielen? Mein Astor bekam am Wochenende nicht allzu viel Bewegung, weil wir eine Familienfeier hatten. Der platzt vor Energie aus allen Nähten."

„Grüß dich, Schorsch. Nur zu, nichts dagegen, wenn Eva ein bisschen Dampf ablassen kann. Ich will dann mit ihr ein paar Gehorsamsübungen machen. Das habe ich in der letzten Zeit etwas schleifen lassen. Da ist es besser, wenn sie nicht so unter Strom steht."

Während die beiden Hunde wie verspielte Welpen über den Platz sausten, schlenderten Rumpel und Schorsch zu einer Bank und ließen sich nieder.

„Wirklich schade, dass Eva die Schutzhundeprüfung nicht bestanden hat. Sie ist ein echter Prachthund! Super Figur! Bin überzeugt, wenn sie einen Täter stellen würde, hätte der die Hosen gestrichen voll!" Er stieß ein tiefes Lachen aus. „Da bräuchte es gar keinen Einsatz ihrer Zähne."

„Denke ich auch", stimmte Rumpel zu, „aber wir haben es ja ausprobiert. Sie hat bei der Prüfung alle Figuranten, die sie hätte stellen sollen, freundlich angewedelt. Keine Aggression." Rumpel hob den Finger. „Aber … als Mantrailer leistet sie ausgezeichnete Arbeit. Erst am Samstag habe ich eine Trainingssuche mit ihr gemacht. Sie hat die Aufgabe sauber gelöst und meinen versteckten Bekannten sofort gefunden." Er verbot sich natürlich jede Bemerkung über den gewalttätigen Ausgang des Trainings. Schorsch beobachtete das wilde Spiel der beiden Hunde, die dabei so laut knurrten, dass man meinte, sie würden sich gleich gegenseitig an die Kehle gehen. Stattdessen wälzten sie sich übereinanderrollend im Gras.

„Das freut mich zu hören. Solche Hunde werden immer wieder gebraucht. Außerdem …", erklärte er nachdenklich, „… bin ich mir sehr sicher, dass sie dich im Ernstfall verteidigen würde. Ich denke, sie ist ziemlich intelligent und würde erkennen, was Spiel und was Ernst ist. Die Figuranten mit ihren gepolsterten Schutzwesten und ihrem bedrohlichen Gehabe nimmt sie einfach nicht ernst. Da ist mein Astor ein bisschen anders. Wenn er einen unserer Verbrecherdarsteller sieht, geht er los wie eine Rakete … natürlich nur auf Kommando. Er bringt ja ordentlich Gewicht auf die Waage und die Kollegen haben zu tun, dass er sie nicht umreißt." Er lachte vergnügt.

Die beiden gaben den Vierbeinern noch etwas Zeit, dann trennten sie sie und begannen mit der Arbeit. Mittlerweile war ein weiterer Vereinsfreund eingetroffen, der für Astor in die Schutzkleidung schlüpfte und den Hetzärmel umschnallte. Das war bei den herrschenden hochsommerlichen Temperaturen kein Vergnügen. Es dauerte nicht lange, dann erklang Schorschs Kommando und Astor fasste zu. Eva beobachtete die Szene einen Moment, dann drehte sie sich um und sah ihren Menschen erwartungsvoll an. Rumpel leinte sie an und verließ mit ihr das Übungsgelände, um Schorsch und Astor beim Training nicht zu stören.

Die Person, die auf dem Fahrersitz saß, beobachtete das Vereinsgelände mit einem Fernglas durch die Frontscheibe des Caddys, den sie am Rande eines Feldwegs abgestellt hatten. Die zweite Person auf dem Beifahrersitz sah erstere ungeduldig an. „Was tut sich dort? Ich bin ziemlich nervös. Wir sind hier doch sehr exponiert!"

„Rumpel und der Hund gehen in die Felder. Bald werden sie hinter einer Bodenwelle verschwunden sein. Auf dem Platz trainieren zwei Männer mit einem Schäferhund. Sein Auto ist vor dem Vereinsheim geparkt. Ich denke, eine bessere Gelegenheit werden wir nicht bekommen ..."

Der Fahrer stieg aus und holte den Rollstuhl aus dem Wagen. Wenig später hatte sich die zweite Person in den Stuhl gehoben und beide machten sich auf den Weg. Auf Höhe der geparkten Autos blieb der Rollstuhl stehen und der Fahrer machte sich daran zu schaffen. Dabei überzeugte er sich mit einem Blick davon, dass die Männer mit den Hunden nicht auf den Parkplatz achteten.

Einen Moment später wurde der Rollstuhl weitergeschoben und bog nach einigen Metern auf einen abzweigenden Weg ab, der sich von der Richtung, die Rumpel eingeschlagen hatte, fast spitzwinkelig entfernte.

Rumpel und Eva marschierten hinaus in die Felder, bis das Vereinsheim nicht mehr zu sehen war, und Rumpel begann an einer geeigneten Geländestelle mit dem Training. Frei bei Fuß gehen, häufige Wendungen, Sitz, Platz und am Ort liegen bleiben, bis Rumpel sie wieder abholte. Eva war voll bei der Sache, bis sie sich schließlich in den Schatten eines einzelnen Birnbaums legte und sich hechelnd abkühlte. Ihr schwarzes Fell speicherte die Hitze.

„Hast recht", brummelte Rumpel, setzte sich auf den Boden und lehnte sich gegen den Stamm. Es war für körperliche Anstrengungen einfach zu heiß. Sofort kreisten seine Gedanken wieder um die Probleme, in denen er gerade steckte. Eigentlich arbeitete er seit fast einem Jahr an der Bewältigung seines Traumas. In der letzten Zeit sah es so aus, als würde er mit seinem Versagen, von dem seine Psychologin sagte, es sei keines, langsam etwas besser zurechtkommen. Und dann trafen ihn diese beiden Botschaften wie Schwertstiche und rissen den dünnen Schorf, der sich über seinen seelischen Wunden gebildet hatte, wieder auf. Diese Nachrichten konnten sich nur auf den Vorfall in Kitzingen beziehen. Stellte sich die Frage, warum gerade jetzt, über ein Jahr nach den damaligen Ereignissen? Er musste an die Worte von Stefan Heunisch denken, der den Verdacht hatte, dass der Urheber oder die Urheberin ihn irgendwie unter Beobachtung hatte. Es war erschreckend, wie diese Person über sein derzeitiges Leben informiert war. Rumpel nahm sich vor, zukünftig mehr auf seine Umgebung zu achten, um Verfolger ausmachen zu können. Unwillkürlich schweifte sein Blick über die große Fläche, die er einsehen konnte. Weit und breit keine Menschenseele! Er erhob sich und wischte sich mit der Hand den Hosenboden ab. Etwas erregte seine Aufmerksamkeit. Zum Schutz gegen die Sonne hielt er die flache Hand über die Augen. In der Ferne glaubte er eine Person zu erkennen, die, wie es schien, einen Rollstuhl schob, in dem eine weitere Person saß. Ehe Rumpel die Personen genauer erkennen konnte, waren die beiden hinter einer Bodenwelle außer Sicht. Rumpel hob auffordernd die Hand.

„Auf geht's! Ich will im Vereinsheim noch ein Bierchen trinken und Wasser für dich gibt's dort auch."

Wenig später traten sie ein. Eva stürzte sich sofort auf den großen Wassernapf, der dort gut gefüllt stand. Schließlich handelte es sich ja um einen Hundesportverein. Rumpel holte sich ein Bier aus dem Kühlschrank, legte Geld in eine Kasse und gesellte sich zu den anderen Hundeleuten, die sich ebenfalls hierher zurückgezogen hatten. Eva legte sich neben Astor, der sofort damit begann, die Hündin abzulecken, was sie sich gerne gefallen ließ.

Die Mittagszeit war bereits überschritten, als Rumpel das verärgerte Knurren seines Magens zur Kenntnis nehmen musste.

„Also, Kameraden, ich verabschiede mich. Mein Magen hat mir gerade sehr deutlich mitgeteilt, dass er etwas feste Nahrung vertragen könnte." Er erhob sich, Eva stand schon an der Tür.

Rumpel öffnete alle Autotüren, um die angestaute Hitze aus dem Inneren zu vertreiben. Eva sprang auf ihren Platz. Nach ein paar Minuten des Lüftens warf Rumpel die Türen zu und schwang sich hinter das Lenkrad. Plötzlich stutzte er, dann stieß er einen kernigen Fluch aus.

„Was soll denn diese Scheiße …", schrie er und riss die Fahrertür wieder auf. Wütend zerrte er einen braunen Umschlag hinter dem Scheibenwischer hervor. Das durfte doch nicht wahr sein! Mit Schwung riss er den Umschlag auf, wobei er den Inhalt teilweise beschädigte. Es handelte sich um das erwartete weiße Blatt Papier. „ZAHN UM ZAHN" war die Botschaft, die in Form und Farbe mit den anderen identisch war.

„Verdammt! Verdammt!", stieß er hervor und schlug mit der Hand auf das Lenkrad. Eva sah ihren Menschen verwundert an, dann zog sie sich in eine Ecke des Rücksitzes zurück.

Rumpel warf das Papier auf den Beifahrersitz, dann starrte er wie benommen zur Frontscheibe hinaus. Wie zum Teufel kam der Umschlag an sein Auto? Blitzartig erschien das Bild des Rollstuhls vor seinem geistigen Auge. Hastig schnallte er sich an und startete den Motor. Mit einem Rollstuhl war die Geschwindigkeit und damit auch die zurückgelegte Strecke begrenzt. Vielleicht konnte er das Gespann noch erreichen. Mit durchdrehenden Reifen gab er Gas und bretterte, eine breite Staubwolke hinter sich lassend, den Weg entlang, den die beiden genommen haben mussten. Aber weit und breit kein Rollstuhl! Bald hatte er die Bundesstraße erreicht. Nichts. Sie mussten mit einem Auto unterwegs gewesen sein. Eigentlich hatte er einen Biergarten aufsuchen wollen, um etwas zu essen, dafür war ihm aber jetzt der Appetit vergangen. Rumpel fuhr zurück nach Würzburg und ging äußerst schlecht gelaunt ins Büro.

Siebenlist und Schubert sahen sich nur bezeichnend an, als Rumpel die Bürotür zuknallte und sich in seinen Stuhl fallen ließ. Seine Miene bedurfte keiner weiteren Erklärung. Eva war müde und verzog sich in den neben dem Schreibtisch stehenden Hundekorb, den ihr Rumpel zwischenzeitlich besorgt hatte.

„Irgendwas Neues?", fragte er knapp. Dabei zog er die mittlere Schreibtischschublade hervor und legte die Füße darauf. Mit einem weiteren Handgriff startete er den Computer. Er musste ja zumindest mal nachsehen, ob es Nachrichten gab, die er lesen sollte.

Veronika Siebenlist schob eine Akte, die sie gerade gescannt hatte, in den Umschlag zurück, dann sah sie nachdenklich zur Decke. „Lass mich mal nachdenken … außer der Tatsache, dass unser Chef heute, nach dem Wochenende, ganz besonders guter Laune ist … nichts Spektakuläres."

Rumpel reagierte auf die spitze Bemerkung mit einem Brummen. Die Kollegin hatte ja recht. Er schnappte sich einige Aktendeckel mit internen Behördeninformationen, die er zur Kenntnis nehmen musste, und begann damit, sie abzuzeichnen. Währenddessen war der Computer zum Leben erwacht und arbeitsbereit. Plötzlich erwachte sein Magen und gab knurrende Geräusche von sich. Er ließ den Kugelschreiber sinken und verzog das Gesicht.

„Ich gehe mal zum Kiosk drüben am Blumencenter. Bin dann gleich wieder da." Er warf Eva einen prüfenden Blick zu, aber die schlief tief und fest. „Eva lass ich hier. Sie ist vom Training ziemlich geschafft."

Zum Kiosk waren es nur ein paar Schritte. Rumpel kaufte sich eine Currywurst, die er an einem der kleinen Tische vor dem Stand verzehrte, dazu trank er ein kleines Bier aus der Dose. Nachdenklich betrachtete er den Eingang vom Blumencenter. Wagenweise schafften die Menschen Grünzeug heraus. Spontan entschied sich Rumpel, irgendetwas Grünes mit ins Büro zu nehmen, um das triste Grau etwas aufzulockern. Er hatte plötzlich das Bedürfnis, seinen Kollegen eine Freude zu machen. Wenig später umarmte er den Topf einer üppigen Grünpflanze, deren lateinischen Namen er schon wieder vergessen hatte. Der Verkäufer versicherte ihm, dass die Pflanze praktisch keine Pflege und kein Wasser benötigte und ausgezeichnet bei künstlichem Licht gedieh. Als er wenig später, vor Anstrengung schnaufend, mit seinem fast mannshohen Gewächs im Büro auftauchte, löste er bei seinen beiden Mitarbeitenden zunächst Verwunderung, dann Heiterkeit aus.

„Wir brauchen hier etwas Grünes", begründete er seinen Einkauf. „Bei diesem tristen Grau muss es euch ja die Laune verderben ..." Er sah sich suchend um. „Ich denke, wir stellen sie da hinüber, neben den Kaffeeautomaten."

Eigentlich gibt's hier nur einen, der schlechte Laune verbreitet, dachte Siebenlist, hielt aber den Mund. Wenn Rumpel schon mal eine kollegiale Geste machte, wollte sie sie nicht schlechtmachen.

Eva war herbeigetrabt und beschnupperte den Neuzugang. Schnell drehte sie sich aber desinteressiert wieder weg.

„Gut, dass Hündinnen kein Bein heben", scherzte Schubert, sonst könnten wir uns das Gießen völlig sparen."

Rumpel klemmte sich wieder hinter seinen Schreibtisch und nahm die Arbeit dort wieder auf, wo er sie vorhin unterbrochen hatte. Erstaunlich war, dass er sogar einige der Schriftstücke tatsächlich durchlas. So erfuhr er auch, dass demnächst das vierteljährliche Pflichtübungsschießen mit der Dienstwaffe anstand. Alle Polizeibeamtinnen und -beamten aller Laufbahnen hatten sich dem zu unterziehen. Der Schießnachweis war zu den Personalakten zu nehmen. Rumpel verzog das Gesicht. Er hatte sich geschworen, keine Schusswaffe mehr anzurühren. Sollten sie ihm doch den Buckel runterrutschen!

Kurz nach vier erklärte Schubert, dass er für heute Schluss machen würde, und ging. Siebenlist schloss sich ihm an. Bevor sie das Büro verließ, warf sie Rumpel einen schrägen Blick zu und meinte etwas spöttisch: „Sind heute Überstunden angesagt …?"

„Ist es schon so spät? Immer das Gleiche, wenn man mal am Schaffen ist, vergeht die Zeit wie im Flug."

Siebenlist verdrehte die Augen und ging. War das Selbstironie? Sie war sich nicht sicher, ob er das nicht tatsächlich ernst meinte.

Sechsundzwanzig

Etwa eine Stunde später saß er mit Eva an seinem Stammplatz im BULLEN-PUB, vor sich ein Glas Guinness, und blätterte in der Tageszeitung vom Samstag. Er selbst hielt sich keine Zeitung, weil es seiner Meinung nach nur wenig darin gab, was die Abo-Kosten rechtfertigte. Einem Beobachter wäre aufgefallen, dass Rumpel bereits seit Minuten ziemlich regungslos auf dieselbe Seite starrte. Es war offensichtlich, dass er gar nicht las. Tatsächlich schwirrten ihm die verschiedensten Gedanken durch den Kopf. Alle drehten sich um die momentane Lage, in der er sich befand, und die dritte Botschaft. Im Augenblick erschien ihm die Situation ziemlich aussichtslos.

Seine Lektüre wurde durch ein vernehmliches Räuspern unterbrochen. Aus seinen Überlegungen herausgerissen, hob er etwas verwirrt den Kopf. Neben seinem Tisch stand eine junge blonde Frau, die ihn freundlich anlächelte. Etwas verwirrt betrachtete er sie, denn im ersten Moment dachte er, Lena würde vor ihm stehen. Bei einem flüchtigen Blick wäre sie durchaus als Double der Rechtsmedizinerin durchgegangen.

„Grüß Gott, Herr Rumpel, darf ich mich setzen?" Ehe er reagieren konnte, schob sie sich schon auf den Platz gegenüber und legte ihre Tasche auf den Tisch. Beim Klang ihrer Stimme wurde sein erster Eindruck sofort negiert. Sie war deutlich kratziger als die von Lena.

„Ach, da ist ja noch jemand", stellte sie fest, als Eva sich erhob und sie beschnupperte. Sie hielt der Hündin ihre Hand hin, die Eva interessiert beroch. Die Reaktion Evas war freundlich, aber nicht annähernd vergleichbar mit der Begrüßung Lenas.

„Kein Mensch hat gesagt, dass Sie sich setzen sollen", grollte Rumpel, der ihr Verhalten als störend und aufdringlich empfand. „Wer sind Sie überhaupt? Ich kenne Sie nicht!"

Seine grantige Reaktion prallte völlig an ihr ab. Sie strahlte weiterhin, als wolle sie für eine Zahncreme Werbung machen.

„Ich darf mich vorstellen, mein Name ist Anja Herold, ich bin freischaffende Journalistin und arbeite unter anderem für die Zeitschrift *Spotlight*. Sie erinnern sich vielleicht, ich habe schon mehrmals versucht Sie telefonisch zu erreichen ... Meine Erkundigungen über Sie haben ergeben, dass das hier Ihr Stammlokal ist ... und hier bin ich!" Wieder zeigte sie ihr strahlendes Lächeln.

Mit einer heftigen Bewegung schob Rumpel die Zeitung zusammen und funkelte sie zornig an.

„Was fällt Ihnen ein, mich zu stalken?! Wenn ich gewollt hätte, dass Sie mich erreichen, wäre ich auf Ihre Anrufe eingegangen. Hören Sie auf, mich zu belästigen! Noch einmal zum Mitschreiben: Ich wünsche keinen Kontakt zur Presse ... und schon gar nicht zu Ihrem Revolverblatt! Ist das jetzt bei Ihnen angekommen?"

Die junge Reporterin besaß Nehmerqualitäten! Sie wartete gelassen, bis Rumpels Wortschwall verpufft war, dann erklärte sie: „Eigentlich wollte ich Ihnen gegenüber nur fair sein und Ihnen Gelegenheit geben, meinen Bericht über den SEK-Einsatz in Kitzingen mit einer eigenen Stellungnahme zu kommentieren. Wenn Sie das aber nicht möchten ..."

Rumpel drehte sich herum und seine Augen suchten Richi, der gerade Gläser spülte. „Richi, bitte wirf diese Dame hinaus, ehe ich mich vergesse! Sie belästigt mich!" Seine Stimme schallte durch das ganze Lokal. Die anderen Gäste sahen bereits neugierig herüber. Richi trocknete sich die Hände ab, dann kam er hinter dem Tresen hervor und baute sich neben dem Tisch auf. Mit ruhiger Stimme, die aber gerade deswegen sehr eindringlich wirkte, erklärte er: „Gnädigste, wenn mein Gast sich von Ihnen belästigt fühlt, dann gibt's nur zwei Möglichkeiten: Entweder Sie setzen sich an einen anderen Tisch und lassen ihn in Ruhe … oder …, was ich nur ungern tun würde, ich muss Sie auffordern, meine Kneipe zu verlassen!"

Die junge Reporterin erhob sich und funkelte den Wirt zornig an. „Machen Sie keinen Stress. Ich werde natürlich freiwillig gehen." Sie packte ihre Tasche, dann schob sie sich hinter dem Tisch hervor. „Herr Rumpel, Sie sollten sich mein Angebot noch einmal überlegen. Nur so haben Sie die Gelegenheit, den Artikel vielleicht noch in Ihrem Sinne zu beeinflussen. – Schreiben werde ich ihn auf jeden Fall!" Sie legte eine Visitenkarte auf den Tisch, dann eilte sie in Richtung Ausgang. Als niemand mehr ihr Gesicht sah, gefror ihr Lächeln und machte einer wütenden Grimasse Platz.

Rumpel packte die Visitenkarte, knüllte sie zusammen und warf sie in Richtung des Wirts, der sie geschickt auffing. „Entsorgen!", knurrte er, dann trank er mit einem Zug sein Pint leer. „Nachschub bitte", forderte er und schob das Glas von sich.

„Was wollte die Lady?", fragte Richi und nahm das leere Glas an sich. Rumpel war zwar meistens kurz angebunden und wenig kommunikativ, aber so wütend hatte er ihn noch nicht erlebt.

„Eine von den Pressehaien, die viel von Sensationsmacherei und wenig von einer ausgewogenen Berichterstattung halten. Sollte diese Tussi nochmals hier auftauchen, dann wirf sie hochkant raus …!"

Langsam fuhr Rumpel wieder runter. Er breitete die Zeitung erneut auseinander. Nach dem zweiten Pint verabschiedete sich Rumpel zu Richis Verwunderung ziemlich frühzeitig und machte sich auf den Weg. Nachdem er mit Eva eine Runde am Main gedreht hatte, schlug er die Richtung nach Hause ein. Im Flur warf er die Schuhe von den Füßen und hängte seine Jacke an die Garderobe. In der Küche warf er einen Blick auf das Geschirr von zwei Tagen, das dringend gespült werden musste. Er rümpfte die Nase. Heute nicht! Kurz entschlossen holte er sich aus der Speisekammer eine Dose Sardinen in Tomatensoße, deren Haltbarkeitsdatum schon deutlich überschritten war, und gabelte den Inhalt ohne Brot in sich hinein. Die leere Dose flog in den Müll. Anschließend öffnete er ein Fenster, weil ihn der Geruch plötzlich anekelte. Er machte sich eine kleine Flasche Bier auf und spülte den Fischgeschmack hinunter. Zweimal setzte er an, dann war die Flasche leer. Er rülpste vernehmlich. Dann griff er sich die Whiskyflasche vom Sideboard und goss sich einen Daumen breit ein. Mit der Flasche und dem Glas setzte er sich vor den Fernseher. Nachdem er den hochprozentigen Alkohol genossen hatte, zappte er mit der Fernbedienung kreuz und quer durch die Programme, bis er schließlich bei einem Krimi hängen blieb. Glas für Glas stieg sein Alkoholpegel. Es fiel ihm schwer, sich auf den Film zu konzentrieren, da ihm immer wieder düstere Gedanken durch den Sinn schossen. Die Story des Films war geistlos und fern jeglicher Realität. Irgendwann schwammen seine Gedanken im Whiskynebel, sein Kopf sank zurück auf das Polster der Couch und er schlief ein. Eva ging zwischendurch mal an den Wassernapf in der Küche, dann betrachtete sie für einen Moment ihren Menschen. Schließlich legte sie sich ebenfalls nieder.

Rumpel erwachte mitten in der Nacht. 3.36 Uhr las er von seiner Armbanduhr ab. Der Fernseher war schon lange auf Standby gegangen. Rumpel trank den Rest Whisky aus dem

Glas, dabei verzog er das Gesicht und schüttelte sich. Dann erhob er sich, streifte seine Jeans von den Beinen und torkelte ins Bett. Den Weg ins Bad ersparte er sich. Er vergrub sein Gesicht im Kissen und war nach kurzer Zeit wieder eingeschlafen. Dann kam mit voller Wucht der Traum!

Siebenundzwanzig

„Ich verstehe nicht, warum er so gelassen ist", fragte die eine Person vor dem Computer bei der Durchsicht der Cloud-Dateien vom gestrigen Abend. „Der legt sich hin und schläft wie ein Murmeltier."

„Wie du siehst", warf die andere Person ein, „bediente er sich vorher reichlich am Alkohol. Meines Erachtens ist das keine Gelassenheit, sondern der Versuch, sich zu betäuben. Schau dir die Aufnahmen von der Nacht an. Er ist auf der Couch liegen geblieben, weil er es nicht mehr ins Bett geschafft hat. Du siehst, er hat sich ständig auf der Couch herumgewälzt, sonst hätte der Bewegungsmelder die Kamera nicht ausgelöst." Er startete mehrere Filmsequenzen, die mittels der Nachtsichtfunktion der Kamera aufgezeichnet worden waren. Sie zeigten Rumpel zu verschiedenen Zeiten, wie er sich wild auf der Couch herumwarf. „Ich bin mir sicher, er hatte keine schönen Träume. Sie dir nur seine Mimik an. Immer wieder reißt er den Mund auf und verzerrt das Gesicht. Leider haben wir keinen Ton, dann könntest du sicher hören, dass er im Schlaf laut schreit."

Achtundzwanzig

An diesem Dienstagmorgen saß Rumpel relativ pünktlich an seinem Schreibtisch. Nach dieser schlechten Nacht fühlte er sich wie gerädert. Gerade mühte er sich fluchend mit einem schriftlichen Berichtsauftrag ab, der vom Bayerischen Staatsministerium des Inneren an alle Polizeipräsidien hinausgegangen war. Hintergrund für diesen Auftrag war eine „Kleine Landtagsanfrage" der Grünen-Abgeordneten Mechthild Freifrau von Schlottrig-Muschelkalk, die drei Fragen beantwortet haben wollte, wovon eine in die Zuständigkeit Rumpels fiel. Die Verwaltungsabteilung des Präsidiums beauftragte Rumpel mit der Erstellung eines Entwurfs. Die Frage lautete: „Ob sich bei der digitalen Erfassung von Papierakten der Minderbedarf an Holz für die Papierherstellung in Relation zum Plastikverbrauch für die Herstellung der digitalen Datenträger errechnen lasse."

Rumpel hatte die Frage jetzt schon mehrmals durchgelesen und absolut nichts verstanden, geschweige denn eine Ahnung, was er dazu schreiben sollte. Gerade war er dabei, sich zu überlegen, wie er es anstellen könnte, diese Aufgabe seinem Mitarbeiter Schubert aufzudrücken, ohne dass der das Gefühl hatte, Rumpel würde die Sache nur abschieben wollen … was natürlich im Endeffekt den Tatsachen entsprach. Da klingelte sein Telefon. Erschrocken sah er den Apparat an, der zwar auf seinem Schreibtisch stand, den er aber die ganze Zeit als überflüssiges Utensil betrachtet hatte. Wer sollte ihn hier denn schon anrufen? Wahrscheinlich galt der Anruf seinen Mitarbeitern. Da aber beide hinten im Archiv beschäftigt waren, hob er ab.

„Rumpel", meldete er sich knapp.

„Hier Sekretariat Wächter. Herr Rumpel, Sie sollen bitte

umgehend zu Herrn Polizeidirektor Schlüter kommen." Die Stimme der Chefsekretärin kam vernehmlich, knapp und präzise aus dem Hörer.

„Ja ... wieso ... wann ...?"

„Wie gesagt, umgehend. Also sofort! Ohne Verzögerung!"

„Aha. Was gibt's denn schon wieder?" Wenn „Die Wacht am Rhein" anrief, konnte das nur Ärger bedeuten.

„Das wird Ihnen Herr Schlüter persönlich erklären ... Sie können direkt bei ihm anklopfen und müssen nicht über sein Vorzimmer gehen." Sie legte auf.

Rumpel betrachtete den Hörer, als wäre er der Überbringer einer schlechten Nachricht. Am liebsten hätte er ihn gegen die Wand geschmettert. Was hatte das zu bedeuten? Er war doch erst beim Präsidenten gewesen? Nachdem er in den letzten Tagen nur bedrohliche Botschaften erhalten hatte, sah er diesen Anruf als weiteren Bestandteil einer dunklen Wolke, die sich über seinem Haupt zusammenbraute. Am liebsten hätte er fluchtartig das Büro verlassen und wäre mit Eva am Main spazieren gegangen. Er legte den Hörer auf. Ein Gutes hatte der Anruf. Es gab jetzt einen Grund, den Berichtsauftrag an Schubert abzudrücken. Solche Landtagsberichte waren immer sehr eilig, egal wie blödsinnig sie erscheinen mochten. Er hatte jetzt aber keine Zeit mehr dafür. Rumpel erhob sich und marschierte ins Archiv. Siebenlist und Schubert stapelten gerade Akten um. Die beiden sahen ihren Chef an, als hätte er sich verlaufen.

„Ich muss zum Personalchef", erklärte er knapp. „Keine Ahnung was der will ... Schubert, da ist diese Sache mit dem Landtagsbericht, den ich nun nicht fertigstellen kann. Kannst du das bitte übernehmen? Er ist angeblich eilig! Ich schaue ihn mir dann später an. Eva lass ich euch da. Hoffentlich dauert es nicht lange." Er hob salopp grüßend die Hand, dann war er draußen.

Die beiden sahen sich an. „Was hat denn das wieder zu bedeuten?", wunderte sich Siebenlist. „Wenn das so weitergeht, hat er bald einen Trampelpfad in die Verwaltung getreten." Sie legte den Aktenstapel, an dem sie gearbeitet hatte, zur Seite und ging nach vorne ins Büro, um nach Eva zu sehen.

Rumpel klopfte kurz darauf vernehmlich an das Büro des Personalchefs.

„Herein!" Direktor Schlüter besaß eine kräftige Stimme, die deutlich durch die Tür drang. Rumpel trat ein. Schlüter saß hinter dem Schreibtisch und sah ihm entgegen.

„Frau Wächter hat mich angerufen ..."

„Ja, Herr Rumpel, kommen Sie rein und nehmen Sie Platz." Er wies zu einem Besprechungstisch, der etwas kleiner ausfiel als der des Präsidenten. Wahrscheinlich gibt es unterschiedliche Durchmesservorgaben für Besprechungstische für Präsidenten und Direktoren, dachte Rumpel unwillkürlich. In dieser Situation waren dies natürlich völlig irrelevante Gedanken.

Schlüter setzte sich dazu und legte eine dünne Akte vor sich auf den Tisch. Der Personalchef hatte die positive Eigenschaft, immer direkt auf den Punkt zu kommen, statt um den heißen Brei herumzureden.

„Herr Rumpel, es gibt da leider eine sehr unangenehme Angelegenheit, die wir besprechen müssen. Betrachten Sie diesen Termin als informelles Gespräch. Ich werde keine Aufzeichnungen machen."

Offenbar erwartete er keine Antwort, denn er öffnete den Aktendeckel und nahm mehrere Schriftstücke heraus, die er darauf ablegte.

„Dieser Schriftsatz der Rechtsanwaltskanzlei Dr. Wildenstein ist gestern bei uns eingegangen." Er schob die Papiere über den Tisch vor Rumpel hin. „Lesen Sie bitte alles in Ruhe durch." Der Polizeidirektor erhob sich wieder. „Ich habe noch etwas in der Schreibkanzlei zu erledigen. Danach sprechen wir weiter." Er nickte, nahm den Aktendeckel, legte ihn auf seinen Schreibtisch und verließ den Raum.

In Rumpel zog sich etwas zusammen. Er drückte den Rücken durch, spannte die Muskeln, als müsse er einen Schlag parieren, dann griff er nach den Schriftstücken. Die Überschrift „Dienstaufsichtsbeschwerde" stach ihm ins Auge und traf ihn mit Wucht. Er leckte sich über die Lippen, die plötzlich ganz trocken waren, dann begann er zu lesen. Während er die bodenlosen Behauptungen des Anwalts zur Kenntnis nahm, spürte er eine brutale Faust, die sich ihm in den Magen bohrte. Wie kam der Mann dazu, derartige Vermutungen aufzustellen? Wer steckte hinter diesem Angriff auf seine Person und seine Integrität? Hier waren Kräfte am Werk, die ihn zerstören wollten! Das lag alles auf einer Linie mit den Drohbotschaften, die man ihm zukommen ließ! Er war offensichtlich das Ziel einer Verschwörung! Ihm stand der kalte Schweiß auf der Stirn und es wurde ihm ganz schlecht.

Die Tür öffnete sich und der Personalchef kam wieder herein. Mit einem Blick erfasste er Rumpels Zustand. Wortlos eilte er zu seinem Schreibtisch, ergriff eine Wasserflasche, die auf einem kleinen Tisch daneben stand, und goss ein Glas ein.

„Trinken Sie erst mal", sagte er leise und stellte das Getränk vor Rumpel ab. Der ergriff es und schüttete es zur Hälfte in sich hinein. Schlüter nahm erneut am Tisch Platz.

„Geht es wieder?" Er sah, dass das Gesicht seines Besuchers wieder etwas Farbe bekam.

Rumpel nickte.

„Der Präsident hat mich gebeten, diese Angelegenheit in die Hände zu nehmen", erklärte er. „Das sind zunächst einmal unbewiesene Behauptungen, denen wir aber selbstverständlich nachgehen müssen. Das verstehen Sie sicher. Hinzu kommt, dass diese Anschuldigungen Kreise ziehen. Letztlich behauptet dieser Wildenstein, dass die Verantwortlichen des damaligen Geschehens einen alkoholisierten Scharfschützen in den Einsatz geschickt haben. Das müssen wir selbstverständlich widerlegen!"

Rumpel nickte erneut.

„Dieser Wildenstein ist hier im Hause kein Unbekannter. Wir haben einschlägige Erfahrungen mit ihm und seine Beschwerden füllen viele Seiten. Trotzdem können wir per se nicht davon ausgehen, dass hinter diesen Anschuldigungen nur querulatorische Motive stecken. Wir dürfen uns da keine Fehler erlauben … natürlich auch in Ihrem Interesse und dem aller beteiligten Einsatzkräfte." Er drehte sich um und nahm den Aktenumschlag wieder in die Hand. Langsam legte er das Schwarz-Weiß-Foto auf den Tisch. „Das lag der Beschwerde bei … Sagt Ihnen das etwas?" Dabei ließ er ihn nicht aus den Augen.

Gebannt starrte Rumpel auf das Bild. Er erkannte eindeutig sein Wohnzimmer, die Möbel und seine Whiskymarke auf dem Tisch. Er selbst fläzte auf der Couch, es war nicht erkennbar, ob er wach war oder schlief.

„Das scheint … bei mir zuhause zu sein …", erwiderte er sichtlich verwirrt.

„Haben Sie eine Vorstellung, wie das Foto entstanden sein könnte? Sie wurden im Halbprofil aufgenommen. Können Sie sich erinnern, in der letzten Zeit Besuch gehabt zu haben, der Sie womöglich heimlich fotografiert hat?"

„Nein! Ich habe nur äußerst selten Besuch."

„Na gut. Es hat ja auch praktisch keinen Beweiswert für die Behauptung, die in der Beschwerde aufgestellt wird." Der Personalchef packte das Foto und legte es in die Akte zurück. „Allerdings … wenn es Wildenstein einer speziellen Presse zuspielen würde … Diese Schmierfinken müssten nur mit Hilfe dicker Schlagzeilen ein paar Fragen in den Raum stellen … Man weiß ja, wie das läuft! Wenn einmal ein Gerücht in die Welt gesetzt ist …"

Rumpel durfte sich das gar nicht vorstellen. Wie der Blitz schlug der Name Anja Herold in seine Gedanken ein.

„Sie bekommen von der Beschwerde offiziell eine Fotokopie. Wir werden Ihnen dann eine Frist für eine Stellungnahme einräumen. Diese Post kommt natürlich an Ihre Privatadresse. Sie sollten sich aber auf jeden Fall professionelle Unterstützung besorgen. Zumindest den Personalrat würde ich an Ihrer Stelle einschalten." Er überlegte einen Moment, dann erhob er sich wieder. „Ich denke, für heute können wir es dabei belassen." Er reichte Rumpel die Hand. „Wir werden alles unternehmen, um diese Anschuldigung aus der Welt zu schaffen. Darauf können Sie sich verlassen. Es werden ja nicht nur Sie belastet, sondern die ganze Polizei!"

Rumpel verabschiedete sich. Bevor er ging, erklärte er knapp: „Für heute und morgen melde ich mich krank. Sie werden verstehen, dass ich das alles erst mal verdauen muss."

Schlüter nickte. „Das geht in Ordnung. Sagen Sie aber bitte in Ihrer Abteilung Bescheid. Und bleiben Sie für uns erreichbar."

Rumpel war schon an der Tür, als ihm noch etwas einfiel. „Ich musste mir ein neues Handy zulegen … Das alte Gerät war … defekt. Meine neue Nummer gebe ich Frau Wächter. Über diese Nummer kann man mich erreichen."

„Alles klar", gab der Polizeidirektor zurück, dann schloss Rumpel die Tür hinter sich.

Ein paar Minuten später stand er vor dem Schreibtisch der Chefsekretärin und diktierte ihr seine neue Telefonnummer. Er bemerkte, dass sie ihm schräge Blicke zuwarf. Sie wusste natürlich, weswegen er auf diesem Stockwerk zu tun hatte. Nachdem sie die Nummer aufgeschrieben hatte, erklärte er mürrisch: „Die nächsten zwei Tage melde ich mich krank. Schlüter weiß Bescheid." Damit drehte er sich um und verließ wortlos das Sekretariat. Frau Wächter sah ihm nach. Ihr war klar, dass der Mann im Augenblick gewaltigen Stress aushalten musste. Rumpel war zwar ein unfreundlicher Zeitgenosse, aber diesen Ärger gönnte sie ihm wahrhaftig nicht. Sie kannte ja die persönlichen Hintergründe dieses Verhaltens.

Rumpel betrat kurz darauf sein Büro und streichelte Eva, die ihn schwanzwedelnd entgegengelaufen kam. Seine beiden Kollegen sahen ihn aufmerksam an. Ihm war schon klar, dass sie neugierig waren, aber das war ihm egal.

„Ihr müsst mal zwei Tage ohne mich auskommen", erklärte er, „ich habe mich krankgemeldet. Die Verwaltung weiß Bescheid."

„Ja … aber der Landtagsbericht …?" Schubert sah ihn fragend an.

„Der Landtag kann mich mal …!", erwiderte Rumpel aufbrausend. Er merkte aber gleich, dass er seine Wut am Falschen ausließ. „Na ja … das geht auch ohne mich. Mach ihn fertig und schicke ihn an die Verwaltung. Wenn die irgendwelche Fragen haben, sag ihnen, ich habe ihn autorisiert." Er rief Eva zu sich und verließ mit ihr das Büro.

„Bei diesem Gespräch mit dem Personalchef wäre ich gerne mal ein Mäuschen gewesen", stellte Siebenlist fest, nachdem er draußen war.

Schubert verdrehte die Augen. „Sei nicht so neugierig. Bestimmt nichts Erfreuliches, so wie Rumpel drauf war." Er wandte sich wieder dem Bildschirm zu und las den letzten Absatz des Berichts durch, den er entworfen hatte.

Rumpel eilte mit grimmiger Miene an der Pförtnerloge vorbei und verließ das Haus.

„Mein Gott, hat der heute wieder eine Laune", brummelte der Beamte hinter der Glaswand, dann schob er einen Stapel Briefe durch die Frankiermaschine. In einer Viertelstunde würde die Post vorbeikommen und sie abholen.

Wie immer, wenn Rumpel unter Stress stand, wandte er sich dem Mainufer zu, um Eva die Möglichkeit zu geben, sich etwas auszulaufen, und selbst seine Gedanken zu ordnen. Er ließ sich auf der gewohnten Bank nieder und nahm Eva die Leine ab. Mit Begeisterung jagte sie zuerst wie wild im Kreis um ihn herum, dann entfernte sie sich im Galopp ein Stück mainaufwärts.

Rumpel hatte im Moment das Gefühl, dass um seinen Hals eine Schlinge lag, die sich langsam zuzog. Er befand sich immer mehr in einer verdammten Opferrolle! Da waren unbekannte Kräfte am Werk, die ihn fertigmachen wollten! Alleine kam er aus diesem Loch nicht mehr heraus. Entschlossen stand er auf. Ich muss mit Stefan Heunisch sprechen, dachte er. Der alte Fuchs wusste vielleicht einen Weg durch diesen gedanklichen Irrgarten, der momentan in seinem Gehirn herrschte. Mit einem schrillen Pfiff rief er Eva zu sich, die sofort angerannt kam. Zwanzig Minuten später lenkte er den Mitsubishi aus der Tiefgarage. Eva lag wie immer bequem auf der Rückbank. Unter einem Baum des Klinikparkplatzes fand Rumpel einen schattigen Parkplatz. Die hinteren Fenster ließ er wieder einen Spalt offen, so dass die Luft zirkulieren konnte. Er hatte nicht vor, sich lange aufzuhalten. Solche gravierenden Probleme konnte man nicht im Krankenhaus besprechen. Vielleicht konnte Stefan ihm sagen, wann er nach Hause durfte.

Neunundzwanzig

Als Rumpel sich dem Krankenzimmer näherte, konnte er schon aus der Ferne seinen Nachbarn sehen, der mit zwei Männern in einem Wartebereich an einem runden Tisch saß. Wie es aussah, spielten sie Karten. Heunisch hob grüßend die Hand, als er Rumpel entdeckte. Er schien wieder recht fit zu sein.

„Grüß dich", rief er, während er eine Karte auf die Resopalplatte des Tisches knallte. Eine vorübereilende Schwester gab einen zischenden Laut von sich und hielt mit verärgerter Miene den Zeigefinger vor den Mund. Rumpel fiel auf, dass Heunischs großer Kopfverband verschwunden war und stattdessen eine zierlichere Kompresse die Wunde verdeckte.

„Wird Zeit, dass ich von hier wegkomme", erklärte Heunisch und zog eine Grimasse, „sonst nehmen mir diese Falschspieler hier auch noch mein letztes Krankenhaushemd ab." Damit warf er seine Karten auf den Tisch und erhob sich. „Leute, ich habe Besuch …" Er fasste Rumpel am Ellbogen und führte ihn ein Stück den Gang hinunter. „Vermutlich komme ich noch heute raus. Muss nur noch das Plazet des Oberarztes abwarten. Was hältst du davon, wenn wir in die Cafeteria gehen? Mein Zimmer kann ich nicht mehr sehen. Außerdem haben sie mir einen Zimmergenossen reingelegt, der ständig pennt und dabei schnarcht wie eine Motorsäge."

Rumpel war gerne einverstanden. Er besorgte ihnen in der Cafeteria zwei Tassen Kaffee, damit setzte er sich zu Heunisch, der mittlerweile einen Fensterplatz ausgesucht hatte. Die Cafeteria war fast leer. Ein Stück entfernt, in einer Ecke, saßen drei Pflegekräfte, die sich angeregt unterhielten und ihrer Umgebung keine Beachtung schenkten. Sie waren also ungestört.

„Das finde ich echt super, dass du heute wieder nach Hause kannst", eröffnete Rumpel die Unterhaltung. „Vielleicht kann ich dich ja gleich mitnehmen?"

„Ich bin den Ärzten wahrscheinlich so auf den Senkel gegangen, dass sie froh sind, wenn sie mich los sind." Heunisch grinste. „Wenn du mich mitnehmen könntest, wäre das prima. Wie gesagt, ich muss noch abwarten, bis der Chefarzt seinen Segen erteilt, aber das wird wohl in der nächsten Stunde sein."

„... und du bist wirklich wieder fit?"

„Mein Eisenschädel hält einiges aus. Den kann so ein Eichenast nicht nachhaltig erschüttern." Er schlürfte seinen Kaffee.

„Apropos Eichenast", wechselte er das Thema. „Du hast doch ziemlich überzeugend begründet, dass das kein Unfall war, sondern mich jemand heimtückisch angegriffen hat." Er deutete auf seinen Kopf. „Gibt es hierzu neue Erkenntnisse?"

Rumpel schüttelte den Kopf. „Dazu konkret nicht, aber es gab Vorkommnisse, die mit dem Angriff auf dich auf einer Linie liegen."

Heunisch war volle Aufmerksamkeit. „Lass hören, ich habe gerade nichts anderes vor ..."

Rumpel lehnte sich zurück und spielte mit seinem Kaffeelöffel. Er musste sich erst etwas sammeln. „Ich werde versuchen alles chronologisch zu schildern ... Gestern Vormittag war ich mit Eva draußen beim Hundesportverein, um mit ihr zu trainieren. Als ich später zurück zu meinem Auto kam, klemmte hinter dem Scheibenwischer ein braunes Kuvert. Gleiche Aufmachung, selbes Schriftbild wie die beiden anderen, von denen ich dir erzählt habe. Die Nachricht lautete ‚ZAHN UM ZAHN'. Sonst nichts. Ich habe keine Ahnung, woher der Überbringer dieser Nachricht wusste, dass ich mich zu dieser Uhrzeit dort aufhielt."

„… und du hast niemanden gesehen? Die Gegend dort ist doch ziemlich flach."

„Ich glaubte für einen Moment in der Ferne eine Person erkannt zu haben, die einen Rollstuhl schob. Sofort habe ich die Verfolgung aufgenommen, habe aber weit und breit niemand mehr gesehen, auch kein Auto. Von dort ist ja die B 8 leicht zu erreichen." Er zuckte mit den Schultern, trank einen Schluck, dann fuhr er fort: „Am Nachmittag war ich im BULLEN-PUB und habe mir ein Pint gegönnt. Plötzlich setzt sich eine junge Frau an meinen Tisch, erklärt mir, sie sei Journalistin für die *Spotlight*, dieses Revolverblatt, und wolle mich zu einem Artikel über die Arbeit des Sondereinsatzkommandos der Polizei interviewen, an dem sie angeblich gerade arbeiten würde. Dabei wolle sie auch auf den … Unfall bei meinem Einsatz in Kitzingen eingehen. Ich war total geschockt! Richi, der Wirt, hat sie dann rausgeworfen. Die wird aber sicher keine Ruhe geben." Rumpel wischte sich über die Stirn. „Es geht aber noch weiter. – Heute hat mich unser Personalreferent Schlüter zu sich gebeten. Er eröffnete mir ein Anwaltsschreiben mit einer Dienstaufsichtsbeschwerde …"

Heunisch zog scharf die Luft ein, sagte aber nichts.

„… Der Anwalt habe Beweise dafür, dass ich Alkoholiker sei und nicht ausgeschlossen werden könne, dass ich damals bei meinem Einsatz in Kitzingen unter Alkoholeinfluss gestanden hätte!"

„Das ist ja ein Hammer!", entfuhr es Heunisch.

„Das kannst du laut sagen! Schlüter muss natürlich der Sache nachgehen. Kannst du dir vorstellen, was das jetzt für einen Hype gibt, wenn die ganze Sache wieder aufgerollt werden muss? Das wird mich zerstören …" Rumpel musste tief durchatmen, dann fuhr er fort: „Hinzu kommt, dass diesem Schriftsatz ein Schwarz-Weiß-Bild beilag, auf dem ich in meiner Wohnung vor einer Flasche Whisky sitzend aufgenommen wurde. Keine Ahnung, wie das zustande kam." Erschüttert presste er hervor: „Stefan, bitte sag mir, dass ich nicht an Verfolgungswahn leide!"

Heunisch merkte, dass Rumpel richtig angefasst war.

„Jetzt mal langsam. Es ist sicher kein Zufall, dass die Geschichte mit der Presse und die Dienstaufsichtsbeschwerde zeitlich zusammenfallen. Meines Erachtens steckt da irgendein System dahinter, ein fieser Plan. Da scheint es wirklich Kräfte zu geben, die dir an den Karren fahren wollen ..." Er überlegte einen Moment. „Wenn du möchtest, werde ich dir natürlich helfen. Ich habe da noch einige Beziehungen aus meinen früheren Tätigkeiten, die mir einen Gefallen schulden. – Warte mal einen Moment ..."

Er erhob sich, schnappte sich die beiden leeren Tassen, ging zum Tresen der Cafeteria und besorgte zwei frische. Nachdem er wieder saß, erklärte er: „Zunächst einmal werde ich den Verdacht nicht los, dass deine Wohnung ... und wahrscheinlich auch dein Auto, irgendwie verwanzt sind. Es ist schon höchst merkwürdig, dass wer auch immer aktuelle Informationen über dein Leben hat. Das Foto, von dem du gesprochen hast, ist doch ein Beweis für diese These. Oder kann dich jemand anderes fotografiert haben, ohne dass du es bemerkt hast?"

Rumpel verneinte. „Zu mir kommt doch niemand. Zuletzt hast du bei mir geklingelt, warst aber gar nicht in meiner Wohnung. Im Übrigen ist dieser Gedanke sowieso Blödsinn!"

Heunisch lächelte, dabei sah er auf seine Uhr. „Ich schlage vor, wir gehen jetzt mal rauf auf die Station. Vielleicht hat der Herr Chefarzt schon meine Entlassungspapiere unterschrieben."

Sie stellten die Tassen auf den Geschirrwagen, dann fuhren sie mit dem Aufzug nach oben. Auf dem Flur kam ihnen schon die Oberschwester ziemlich aufgebracht entgegen.

„Herr Heunisch, wo treiben Sie sich denn herum? Der Herr Chefarzt möchte Sie noch einmal sehen, bevor er Sie entlässt!"

„Siehst du", erklärte er mit gedämpfter Stimme zu Rumpel, „wenn der Herr Chefarzt Zeit hat, muss alles springen …!" Zur Schwester gewandt: „Sorry, Gnädigste, ich fliege!"

Rumpel setzte sich in den Wartebereich, während Heunisch, von der Oberschwester geleitet, in seinem Zimmer verschwand. Nach dem Gespräch mit seinem Nachbarn war er deutlich ruhiger. Rumpel hatte das Gefühl, als könnte sich zwischen ihnen eine Freundschaft entwickeln. Eigentlich wusste Rumpel von Heunisch nicht sehr viel. Er strahlte aber eine Selbstsicherheit aus, die Rumpel im Augenblick guttat. Er war sich irgendwie sicher, dass der ehemalige Polizist Struktur in das Durcheinander seines derzeitigen Lebens bringen würde.

Knapp zwanzig Minuten später saßen die beiden im Pajero. Eva freute sich wie wild, als Stefan Heunisch ins Auto einstieg. Während sie nach Hause fuhren, schlug Heunisch nach einigem Nachdenken Rumpel vor, mit ihm in seine Wohnung zu kommen. Nur für den Fall, dass Rumpels Räume tatsächlich verwanzt waren.

„Du darfst dich aber bei mir nicht umsehen", erklärte Heunisch, während sie mit dem Aufzug nach oben fuhren, „seit ich die Wohnung vor einigen Tagen verlassen habe, wurde ja nicht aufgeräumt."

„Kein Problem. Bei mir dürfte es nicht besser sein. Im Übrigen war ich ja drinnen, als ich deine Klamotten geholt habe. Alles okay."

Nachdem sie eingetreten waren, eilte Heunisch erst mal durch die Räume und riss die Fenster und die Balkontür auf, außerdem leerte er einen halb gefüllten Aschenbecher aus. Es roch tatsächlich etwas muffig. Rumpel ließ sich im Wohnzimmer auf der Couch nieder. Eva suchte sich einen Platz unter dem Tisch. Stefan Heunisch wechselte zuerst einmal seine Schuhe, denn er trug ja noch immer die Wanderschuhe vom Waldgang mit Rumpel. Rumpel betrachtete den großen Flachbildschirm, der eine Wand dominierte. In einer Ecke stand ein mannshoher Tresor, offenbar ein Waffenschrank.

„So, jetzt werden wir mal Nägel mit Köpfen machen!", erklärte Heunisch und holte aus einer Schublade ein Notizbuch. „Ich bin da noch etwas altmodisch", erklärte er und hob das Büchlein in die Höhe. „Meine Telefonnummern können nicht aus Versehen gelöscht werden." Er lachte. „Mein Gott, bin ich ein Stoffel", stellte er plötzlich fest, „würdest du mit mir ein Bier trinken? Nach der Tee- und Wasserversorgung in den letzten Tagen brauche ich dringend etwas Richtiges." Ohne Rumpels Antwort abzuwarten, eilte er in die Küche und sah in den Kühlschrank. Er öffnete zwei Bierflaschen und stellte sie auf den Tisch. „Wir sind doch Flaschenkinder … oder?"

Sie stießen miteinander an. Es war erstaunlich, aber Rumpels Gemütslage verbesserte sich von Minute zu Minute. Heunisch öffnete das Notizbuch und blätterte hin und her. Schließlich tippte er mit dem Finger auf einen Eintrag, dabei warf er einen Blick auf die Uhr.

„Wahrscheinlich ist Uwe Rossinsky noch im Büro, aber ich probiere es auf seinem Handy." Er zog sein eigenes Mobiltelefon heraus und tippte eine Nummer ein, die er nicht abgespeichert hatte.

„Hallo Uwe, grüß dich, hier ist der Stefan Heunisch", erklärte er, als sich jemand meldete. „Ja, ist schon Ewigkeiten her, dass wir uns das letzte Mal gesprochen haben … Bin schon einige Zeit im Ruhestand und es geht mir gut. Hoffe, dir auch …" Die Antwort dauerte etwas länger, dann: „Du bist immer noch in der Cybergroup? … Immer noch hinter den Pädophilen her? … Ja, diese Verbrecher wuchern wie ein

Krebsgeschwür! ... Da kann man euch nur viele Erfolge wünschen!" Schließlich kam er auf den Punkt. „Sag mal, Uwe, ihr seid doch voll ausgerüstet, um Wanzen aufzuspüren? ... Nein, keine Bettwanzen, du Scherzkeks! Abhörgeräte und solchen technischen Schnickschnack meine ich ..." Die Antwort war offenbar positiv. „Prima, da möchte ich dich um einen Gefallen bitten: Ein sehr guter Kumpel von mir, auch ein Polizeibeamter, wird offenbar gestalkt. Er hat den Verdacht, dass man seine Wohnung und sein Auto verwanzt hat. Es wäre ein feiner Zug von dir, wenn du da mal deine Lauschgeräte einsetzen könntest." ... Längere Gesprächspause ... „Jetzt stell dich nicht an! Darf ich dich an den Fall in Aschaffenburg erinnern, wo ich dir sehr unbürokratisch geholfen habe ... Ja, schon gut. Das erfährt ja keiner ... Aber sicher, dann sind wir quitt." Pause. „Na klar, jetzt gleich. Mein Kumpel möchte heute noch mit seiner Freundin ins Bett gehen, ohne dabei überwacht zu werden!" Er lachte, dann gab er seine Adresse durch und legte auf.

„Er macht sich gleich auf den Weg. Er arbeitet in der Cyber-Crime-Unit des Präsidiums in der Sanderstraße. Halbe Stunde, dann ist er hier."

Kriminaloberkommissar Uwe Rossinsky war noch ziemlich jung. Würde man ihn nach seiner Kleidung und seinem Äußeren beurteilen, hätte man ihn wohl eher ins Rauschgiftdezernat verortet. Mit schulterlangen Haaren, zerrissenen Jeans, einem ehemals wohl blauen Hoodie und Springerstiefeln wäre er in der Szene kaum aufgefallen. Über der Schulter trug er an einem Trageriemen einen Metallkoffer, der wohl sehr gewichtig war, denn er lief ganz schief. Heunisch machte Rumpel und Rossinsky miteinander bekannt. Sie waren sofort per Du.

„Servus", grüßte er locker, „wo ist jetzt diese Problemwohnung?"

Heunisch erklärte es ihm, dann wollte er wissen: „Wie willst du vorgehen? Bis jetzt ist alles nur ein Verdacht. Wir haben keine Ahnung, wo so eine Wanze sitzen könnte."

„Das kriegen wir schon", gab Uwe zurück, dann folgte er Rumpel und Heunisch, die ihn nach oben zu Rumpels Wohnung brachten. Eva durfte nicht mit. Hier hätte sie nur gestört.

Dreißig

Vor Rumpels Tür blieb er stehen und erklärte: „Du schließt die Wohnungstür auf, ihr bleibt aber hier draußen und lasst mich machen. Da wir keine Ahnung haben, um welche Geräte es sich handelt, muss ich mich erst mal vortasten. Das kann etwas dauern." Rossinsky stellte den Koffer ab, öffnete ihn und holte ein technisches Kästchen von der Größe einer Zigarrenschachtel heraus. Er zog eine Antenne heraus und legte einen Schalter um. Eine LED leuchtete auf und es ertönte ein gleichmäßiges, singendes Geräusch. Unterdessen hatte Rumpel seine Wohnungstür weit geöffnet. Er war aufs Höchste gespannt!

Rossinsky drehte an einem Stellrad und näherte sich dem Flur. Kaum hatte er die Schwelle überschritten, kam aus dem Gerät ein Heulen wie aus einem Geigerzähler.

„Na, da haben wir ja schon einen Fisch an der Angel!", brummelte der Beamte vor sich hin und betätigte einen Knopf. „Ich habe jetzt das Gerät neutralisiert", erläuterte er, „jetzt können wir das gute Stück suchen. Es dürfte im angrenzenden Zimmer irgendwo oben angebracht sein." Er trat einen Schritt zurück und wandte sich an Rumpel, der vom Treppenhaus aus das Geschehen verfolgte. „Kommt hier als Nächstes das Wohnzimmer?"

„Richtig."

Rossinsky trat ein und sah sich um, dabei überlegte er, wo er hier eine Wanze verstecken würde. Vorsichtig fuhr er mit den Händen über die Möbel, dabei warf er immer wieder Blicke auf sein Gerät. Schließlich ließ er einen triumphierenden Laut hören, als er am Ständer einer Stehlampe ein winziges schwarzes Etwas ertastete und entfernte.

„Einmal eliminiert", erklärte er grinsend und zeigte eine winzige Kamera auf der Handfläche, bevor er sie in die Tasche steckte. „So, jetzt mach ich mit den anderen Räumen weiter. Ich denke, wir werden noch ein paar von diesen kleinen Spionen finden. Also bitte weiterhin hier warten!"

Der Fund der einen Wanze reichte aus, um Rumpel fertigzumachen. Wie konnte das sein? Um diese Dinger zu installieren musste man doch in seine Wohnung eingebrochen sein! … und er hatte nichts davon mitbekommen …

Heunisch zog die Stirn in Falten. „Das habe ich mir fast gedacht, nachdem, was du mir erzählt hast."

Da ertönte schon wieder das Heulen des Suchgeräts aus der Küche. Wanze Nummer zwei! Wenig später das gleiche Ergebnis im Schlafzimmer.

Uwe kam kurz darauf aus der Wohnung. „Das Bad ist sauber", erklärte er und legte drei baugleiche Minikameras in Rumpels Hand. Rumpel betrachtete die winzigen Objektive. Er war sehr betroffen. Vor allen Dingen das Gerät im Schlafzimmer bereitete ihm massives Kopfzerbrechen.

„Was genau übertragen diese Dinger?", wollte er wissen.

„Das sind keine Wanzen in dem Sinne, dass sie Gespräche übertragen können. Das sind Minikameras, die über kein Mikro verfügen. Sie besitzen aber einen Bewegungssensor und einen Infrarotmodus, der sie nur dann auslöst, wenn in ihrem Empfangsbereich Bewegung stattfindet. Dann senden sie Tag und Nacht Filmsequenzen an einen Computer oder eine andere Relaisstation, die sich aber nicht hier in dieser Wohnung befindet, sonst hätte ich sie schon gefunden. Sie muss sich innerhalb dieses Hauses befinden, da diese Kameras nur circa hundert Meter weit übertragen können.

„Das Ding im Schlafzimmer hat also auch gefilmt …" Rumpel verstummte. Man konnte sehen, dass ihn diese Tatsache beschäftigte. Heunisch sah diskret zur Seite, als hätte er die Frage nicht mitbekommen.

Rossinsky sah Rumpel verschmitzt an. „Keine Sorge, bei diesem Teil hat offenbar die Klebung, mit der es auf dem Schlafzimmerschrank befestigt war, nicht richtig gehalten. Es lag auf der Seite und hat wirkungslos zum Fenster gestarrt." Er wechselte das Thema und kam wieder auf die Relaisstation zu sprechen. „Es ist sehr unwahrscheinlich, dass sich das Gerät in einer der anderen Wohnungen hier im Gebäude befindet, da wäre das Risiko einer Entdeckung zu hoch und man käme bei Bedarf nicht sofort dran. Ich habe mir gerade überlegt, wo ich das Teil verstecken würde. Vermutlich werden die Dateien der Kameras von der Relaisstation an den eigentlichen Empfänger weitergeleitet. Ich würde gerne noch den Keller untersuchen." Er packte seine Gerätschaften zusammen, dabei erläuterte er: „Die Übertragung hat natürlich jetzt abrupt aufgehört. Der oder die Empfänger werden jetzt keine Daten mehr empfangen. Es erscheint mir zwar sehr unwahrscheinlich, dass sie versuchen werden, erneut Kameras zu installieren. Das Risiko ist viel zu hoch! Trotzdem schlage ich sicherheitshalber vor, im Flur eine eigene Überwachungskamera zu installieren, die auf deinen Computer überträgt. Dann kannst du kontrollieren, ob sich hier in der Wohnung noch einmal jemand zu schaffen macht."

„Ich habe allerdings keinen Computer", erklärte Rumpel, „nur ein Handy."

„Das geht auch. Ich habe eine kleine Kamera dabei. Die ist schnell installiert. Du lädst dann eine bestimmte App aufs Handy und kannst von überall her überprüfen, ob du ungebetene Gäste hattest."

Damit war Rumpel einverstanden. Rossinsky machte sich an die Arbeit. Wenig später lud er eine App auf Rumpels Handy und Sekunden später konnten sie sich selbst im Flur von Rumpels Wohnung beobachten.

„Es muss nur immer ausreichend Guthaben auf dem Handy sein, weil die Nutzung der App Gebühren kostet. Ansonsten ist das völlig problemlos. – So, jetzt sollten wir noch in den Keller gehen."

Stefan Heunisch hatte einen Vorschlag. „Ich denke, auch dein Auto wäre zu kontrollieren. Es würde mich nicht wundern, wenn da ein GPS-Tracker versteckt wäre. Irgendwie müssen wir beim Training doch beobachtet worden sein."

Wenig später waren sie auf dem Weg hinunter in die Tiefgarage. Rumpel war sehr erleichtert, weil er jetzt nicht ständig das Gefühl haben musste, gefilmt zu werden. Bei dem Gedanken, seine wilde Nacht mit Lena könnte ins Internet übertragen worden sein, brach ihm der Schweiß aus.

Tatsächlich fanden sie kurz darauf im Fahrzeug und am Geschirr von Eva einen Tracker. Auch am Rucksack, der dort noch von ihrem Training lag, wurden sie fündig.

„Das ist ja Wahnsinn!" Rumpel war schockiert. Wer auch immer hatte aus ihm einen gläsernen Menschen gemacht. Die totale Überwachung!

„Jetzt ist auch klar, wieso die wussten, wo ich mich im Wald aufhielt. Du wirst dich erinnern, dass ich an diesem Morgen den Rucksack getragen habe." Heunisch schüttelte den Kopf, was er aber sofort mit verzerrter Miene wieder einstellte. Solche Erschütterungen ertrug sein Hirn noch überhaupt nicht.

„Das stimmt!", gab Rumpel zurück. „Damit ist dieses Rätsel auch gelöst."

Uwe Rossinsky ließ sich den Keller zeigen. Wieder mussten Rumpel und Heunisch draußen warten. Es dauerte nicht lange.

„Verdammt, das ist wirklich ein edles Teil", hörten sie die Stimme des Experten. Einen Moment später trug er ein Gerät in der Hand, das eher unscheinbar aussah. Ein dunkler Kasten mit ein paar Leuchtdioden und Knöpfen und einer Antenne darauf. Rumpel konnte daran nichts Edles finden, aber das sagte natürlich gar nichts.

„Die Kameras funken an dieses Gerät und es leitet die empfangenen Dateien über ein Netz an einen Empfänger weiter. Der kann dann sonst wo sein. – Wenn ihr damit einverstanden seid, nehme ich es mit. In unserem Labor kann ich wesentlich mehr feststellen." Man konnte ihm ansehen, dass er mit einem Mal die Angelegenheit äußerst interessant fand.

Rumpel war natürlich einverstanden, er wollte unbedingt wissen, wer ihm diese Überwachung angetan hatte. Uwe Rossinsky packte die Relaisstation und seine Ausrüstung zusammen. „So, das wars … Sobald ich etwas herausgefunden habe, melde ich mich."

„Was bin ich dir schuldig?", fragte Rumpel.

Der junge Mann lächelte und sah dabei Stefan Heunisch bedeutsam an. „Das ist alles schon lange beglichen. Wenn ihr wieder einmal Hilfe benötigt … meldet euch." Er grüßte und verließ durch die Tiefgarage das Haus.

Rumpel holte Eva aus Heunischs Wohnung und bedankte sich bei ihm für seine Hilfe. „Ich bin noch immer total erschüttert, welch einen Aufwand da jemand betreibt, um mir nachzustellen. Das ist wirklich bedrohlich!"

„Ich lege mich jetzt trotzdem ein wenig aufs Ohr", erklärte Heunisch. „Wenn ich ehrlich bin, hat mich diese Aktion doch ein wenig angestrengt. Wir sollten uns morgen früh zusammensetzen und besprechen, wie wir weiter vorgehen. Nachdem du krankgeschrieben bist, müsstest du das ja zeitlich einrichten können …" Er zwinkerte seinem Nachbarn zu.

Rumpel betrat seine Wohnung mit einem einerseits erleichterten Gefühl, weil er sich wieder ohne Anspannung darin bewegen konnte, andererseits machte ihn der Gedanke, dass eine wildfremde Person in seinen vier Wänden Kameras installiert und wahrscheinlich überall herumgeschnüffelt hatte, sehr wütend! Er fragte sich, was diese Kameras in den letzten Tagen alles filmten. Ihm fielen Abende ein, in denen der Whisky ihn in den Krallen hatte. Waren das die Beweise, die dieser Rechtsanwalt Wildenstein in der Dienstaufsichtsbehörde angedeutet hatte? Steckten er und sein unbekannter Mandant hinter dieser Überwachung? Er wusste dank seiner Ausbildung, dass Beweise, die auf diese verbotene Weise gewonnen wurden, in einem Strafprozess nicht verwertet werden durften. Das waren die gesetzlichen Regeln, an die sich die Ermittlungsbehörden und die Gerichte zu halten hatten. Das galt aber nicht für Rufmord gegen die Privatperson Adam Rumpel! Er dachte wieder an diese Journalistin. Wenn dieser Person derartiges Material zugespielt wurde ... Er durfte nicht darüber nachdenken! Allerdings konnte ihn niemand daran hindern, verunglimpfende Angriffe auf seinen persönlichen Leumund und seine Ehre als Polizeibeamter abzuwehren. Er musste nur aufpassen, dass er dabei nicht mit dem Gesetz in Konflikt geriet ... oder durfte sich dabei nicht erwischen lassen ... Die Energie von Stefan Heunisch übertrug sich auch auf ihn. Er hatte es satt, der Spielball irgendwelcher Menschen zu sein, die ihn fertigmachen wollten!

Er rief Eva und legte ihr die Leine an. Regelrecht beschwingt verließ er das Haus und schlenderte am Main entlang. Hin und wieder drehte er sich vorsichtig um und überprüfte, ob er verfolgt wurde, konnte aber nichts feststellen. Auf dem Heimweg überlegte er, ob er nicht noch einen Abstecher ins BULLEN-PUB machen sollte, entschied sich aber dagegen. Obwohl er wusste, dass er unbeobachtet war, nahm er zuhause nur ein Glas Whisky als Schlummertrunk und ging nicht zu spät ins Bett.

Sein Schlaf war diesmal traumlos.

Einunddreißig

Die Person starrte auf den Bildschirm. In der Cloud waren plötzlich keine aktuellen Aufnahmen mehr abgespeichert! Alarmiert startete sie ein Suchprogramm, aber das Ergebnis war negativ.

„Was kann das sein?", wollte die zweite Person wissen. „Eine technische Störung?"

„Keine Ahnung, aber das werde ich gleich herausbekommen." Die erste Person griff zum Telefon und wählte eine seltsame Nummer, die ihnen der Mann, der den Job vor Ort für sie erledigte, genannt hatte. Sie vermuteten, dass es sich um eine Codenummer im Darknet handelte. Es waren mehrere merkwürdige Töne zu hören, dann sagte eine Computerstimme: „Sie sind falsch verbunden. Legen Sie wieder auf!"

Er hatte ihnen gesagt, dass diese Ansage kommen würde. Sie konnten ihn darüber natürlich nicht direkt erreichen, er würde erforderlichenfalls mit ihnen Kontakt aufnehmen.

Ihre Geduld wurde auf eine harte Probe gestellt. Es war fast Mitternacht, als das Telefon läutete. Es war die Stimme dran, die sie vom Erstkontakt her kannten, offenbar wieder technisch verfremdet. Die Person, die das Gespräch annahm, schilderte die Problematik. Es entstand eine kleine Pause, dann erklärte der Anrufer: „Ich werde alles überprüfen und nehme noch im Laufe der Nacht erneut Kontakt mit Ihnen auf."

Das Gespräch wurde abgebrochen.

„Ich bleibe wach", erklärte die Person, die soeben telefoniert hatte. „Leg du dich ins Bett." Sie setzte sich auf die Couch und schaltete den Fernseher ein, während die andere Person den Raum verließ.

Eine Stunde später näherte sich der Wagen des „Elektrikers" dem Wohnhaus von Adam Rumpel. Er parkte in der Nähe des Hauses, aber so, dass ihn eventuell schlaflose Bewohner von ihrem Fenster aus nicht sehen konnten. Mittels seines Computers nahm er sehr schnell eine Überprüfung vor. Das Relais im Keller arbeitete nicht mehr! Auch die übrigen Geräte waren definitiv tot! Er stieß einen leisen Fluch aus. Da er die Kameras so angebracht hatte, dass sie von dem Bewohner kaum entdeckt werden konnten, gab es nur die Möglichkeit, dass hier ein Profi am Werk gewesen war. Da er die Tätigkeit eines Konkurrenten seiner Zunft ausschloss, war hier wohl das Wirken einer staatlichen Stelle anzunehmen. Aber selbst wenn man die Kameras und die Tracker gefunden hatte, würden diese nicht zu ihm führen. Etwas anders sah es mit dem Relais aus, das direkten Kontakt zur Cloud aufbaute. Er musste herausfinden, ob es nur defekt war oder entfernt worden war. Hoffentlich hatten sie es noch nicht gefunden! Leise stieg er aus dem Wagen, dann bewegte er sich auf einem Umweg zum Eingang der Tiefgarage. Er war nur durch eine Schranke versperrt, die durch einen Funkgeber vom Auto aus bedient werden konnte. Für einen Fußgänger war der Zutritt zur Garage ungehindert möglich. Die Tür zum Keller war immer noch nicht abgeschlossen. Er trat ein und leuchtete gezielt mit einer kleinen Taschenlampe. Er musste sich zusammenreißen, um nicht laut zu fluchen. Das Gerät war tatsächlich weg! Allein die Tatsache, dass es gefunden worden war, ließ darauf schließen, dass hier ein Profi am Werk gewesen war. Wenige Minuten später saß er wieder in seinem Wagen. Mit wenigen Tastenkombinationen loggte er sich in die Cloud ein und löschte alle Dateien, die mit diesem Auftrag zu tun hatten. Damit waren aber nicht alle Spuren, die zu ihm führen konnten, beseitigt. Mit entsprechenden technischen Mitteln war es möglich, bestimmte Daten aus der Relaisstation herauszulesen. Diese Technik besaßen natürlich auch die Cybercrime-Einheiten der Polizei! Er war alarmiert! Zuhause angekommen, überlegte er, welche Spuren er vernichten musste, damit sie ihm nicht auf die Schliche kamen.

Zunächst rief er aber den Kunden an, der ihn kontaktiert hatte. Mit Bedauern teilte er ihm mit, dass er ihm nicht mehr helfen könne. Das Risiko, dort in dieser Wohnung nochmals Geräte zu installieren, war nicht kalkulierbar. Er teilte diese Entscheidung auch im Chatroom mit. Auch ein deutlich erhöhtes finanzielles Angebot des Gruppenmitglieds lehnte er ab, dann unterbrach er die Verbindung auf Dauer.

Die Person, die er angerufen hatte, starrte wütend auf den Telefonhörer. Eine horrende Summe war in den Sand gesetzt. Das war zwar nur zu einem Bruchteil ihr Geld, konnte also verschmerzt werden. Aber die Unterbrechung dieser Informationsquelle warf ihre ganzen Pläne durcheinander. Um das Ziel der Gruppenmitglieder, die psychische und physische Zerstörung dieses Mörders, zu erreichen, mussten sie nun früher als geplant persönlich aktiv werden und das Finale einläuten.

Zweiunddreißig

Lena saß an ihrem Schreibtisch in der Rechtsmedizin und schloss gerade das Diktat des Protokolls über die vor kurzem durchgeführte Obduktion einer Wasserleiche ab. Die Todesursache war eindeutig Ertrinken, die Lunge der Leiche war voller Wasser. Kausal für das Ertrinken war aber ein Herzinfarkt gewesen, der den Mann kurz nach dem Einstieg in das Wasser des Mains ereilte. Obwohl die Wassertemperatur zum Zeitpunkt des Todes gut achtzehn Grad gehabt hatte, sorgte der Begleitumstand, ein hoher Alkoholspiegel, für eine Überforderung des Herzens. Vorschädigungen waren bei der Untersuchung gut erkennbar gewesen.

„... Ende des Diktats ..."

Sie legte das Diktiergerät zur Seite und speicherte die Datei auf dem Computer ab. Die Schreibkraft würde das Protokoll dann erstellen und ihr nochmals zur Kontrolle und Unterschrift vorlegen.

Ihr Blick wanderte zum Fenster. Die Aussicht war wenig inspirierend. Eigentlich blickte sie nur auf einen verwilderten Hang, der sich hinter dem Institut erhob. Wie so oft in den letzten Tagen wanderten ihre Gedanken zu der Nacht mit Rumpel. Sie musste daran denken, wie er sich in der Nacht im Traum wild im Bett herumwälzte und dabei unverständliche, aber eindeutig gequälte Laute von sich gab. Es musste ein heftiger Albtraum gewesen sein, der sich dann, nachdem es ihr gelungen war, ihn zu wecken, noch einige Zeit im Wachzustand seinen Nachhall fand. Sie kannte derartige quälende Träume aus ihrer eigenen Erfahrung. Wenn sie sich in einem schlechten Gemütszustand befand, traten sie immer wieder einmal auf und ließen sie den Angriff mit dem Brieföffner in immer wieder variierenden Abläufen neu erleben.

Rumpel interessierte sie, vielleicht auch deshalb, weil er ihr in einer Verletzlichkeit, die man bei seiner rauen Schale nicht vermutete, Rätsel aufgab. Sie fühlte in seiner Gegenwart so etwas wie eine Seelenverwandtschaft. Gerne hätte sie dieses Geheimnisvolle um diesen Mann gelüftet. –

Kriminalbeamte der Mordkommission waren bei ihren Obduktionen von Gewaltopfern häufiger im Sektionssaal mit dabei, um bestimmte Details des Todes der Opfer unmittelbar in Erfahrung zu bringen. Bei derartigen Gelegenheiten streute sie immer wieder unauffällig Fragen in Richtung Rumpel ein. Die Ermittler waren durchaus gesprächig, so dass sie scheibchenweise erfuhr, dass Rumpel früher als Scharfschütze eines SEK bei einem Einsatz in Kitzingen eingesetzt war und dieser in einer Katastrophe endete. Als sie dann auch noch erfuhr, dass dabei „durch Rumpels Versagen" – so lauteten die Worte der Beamten – ein Baby zu Tode gekommen war, schlugen bei ihr die Alarmglocken! Sie erinnerte sich an die Obduktion einer Richterin, die sie selbst vor Monaten durchgeführt hatte. Siedend heiß fiel ihr in diesem Zusammenhang ein, dass damals auch ein Säugling eingeliefert worden war, dessen Obduktion sie aber nicht ausgeführt hatte. Auch der Geiselnehmer war damals hier im Institut obduziert worden. Bei nächster Gelegenheit setzte sie sich an ihren Schreibtisch und ging in die Suchfunktion der Institutsdatenbank. Jetzt war es eine Kleinigkeit, die Obduktionsprotokolle der getöteten Richterin, des erschossenen Geiselnehmers und des verstorbenen Säuglings in der Datenbank zu finden. Erschüttert las sie die von dem damaligen Obduzenten, Professor Heidelbach, dem Chef der Rechtsmedizin persönlich, in nüchternen Worten niedergeschriebenen Feststellungen. Sie war so in die Lektüre vertieft, dass sie das Klopfen an ihrer Tür nur zeitlich verzögert zur Kenntnis nahm. Auf ihre Aufforderung hin trat Olaf Rügamer, einer der beiden Sektionsassistenten, ein, ein schlanker Mann mittleren Alters, mit dem sie häufig zusammenarbeitete. Ein blasser Zeitgenosse, eher verschlossen, aber absolut zuverlässig.

„Entschuldigung, Frau Doktor, ich wollte Ihnen nur mitteilen, dass der Chef den Terminplan für heute abgeändert hat. Sie waren ja heute Nachmittag für die Sektion des tödlichen Verkehrsunfalls eingeteilt, die ist jetzt aber auf morgen verschoben. Der Chef zieht den Fall dieses zweifelhaften Suizids, der heute Nacht reingekommen ist, vor. Die Staatsanwaltschaft hat ihn darum gebeten."

„Vielen Dank, Herr Rügamer", erwiderte sie etwas geistesabwesend, „ich weiß Bescheid." Sie schickte ein Lächeln hinterher, weil sie den Eindruck hatte, sie sei etwas unhöflich gewesen.

Der Assistent nickte knapp, dabei weilte sein Blick einen Moment auf dem geöffneten Bildschirm, auf dem der aufgerufene Text gerade vom Bildschirmschoner abgelöst wurde, dann verließ er das Büro. Lena zuckte mit den Schultern. Es kam gelegentlich vor, dass der Chef in den Ablaufplan eingriff. Bestimmte Obduktionen behielt er sich vor. Nicht weil er der Kompetenz seiner Mitarbeiter misstraute, aber es gab Grenzfälle, da war es dem Gericht lieber, wenn unter dem Sektions-Protokoll „Prof. Dr. Heidelbach" stand. Sie bewegte die Maus und der Bildschirmschoner gab den Blick auf den ursprünglichen Text frei. Sie beendete die Lektüre und öffnete das Dateiverzeichnis, das damals für die Fotos von der Leichensektion der kleinen Rosemarie N. angelegt worden war. Obwohl sie sich die Schwarz-Weiß-Aufnahmen schon mehrmals angesehen hatte, verspürte sie beim Anblick des aufgeschnittenen, winzigen Körpers tiefe Stiche im Bauch, so als würde die Klinge des Brieföffners erneut in ihren Leib eindringen und ihr eigenes Kind töten. Mit einer hastigen Bewegung der Maus schloss sie die Datei. Sie stützte die Ellbogen auf den Schreibtisch auf und legte ihr Gesicht in die Hände. Wieder einmal fragte sie sich, warum sie sich das antat. Vermutlich kannte Rumpel diese Bilder, die ja sicher Bestandteil der staatsanwaltschaftlichen Untersuchung des Einsatzes in Kitzingen waren. Mittlerweile war sie sich sicher, dass hier die Ursachen für sein Trauma lagen. Der tödliche Schuss auf den Geiselnehmer erfolgte aus einer Dienstpistole eines SEK-Mannes. Auch die anderen Schüsse wurden aus Kurzwaffen abgegeben. Kein einziger der tödlichen Schüsse wurde aus dem Gewehr des eingesetzten Scharfschützen abgegeben. Der Name des Schützen wurde im gerichtsmedizinischen Protokoll zwar nicht vermerkt, aber sie war sich absolut sicher, dass sie ihn jetzt kannte. Durch ihre Recherchen war ihr klar geworden, dass in Polizeikreisen die Meinung vorherrschte, Rumpel hätte den finalen Rettungsschuss verweigern müssen. Eine schwere Hypothek, die einen Menschen zerstören konnte. Auch sie selbst hatte Schuld auf sich geladen, weil sie sich damals, obwohl es ihr wegen ihrer Schwangerschaft gar nicht mehr gestattet war, bereit erklärte, dem späteren Mörder ihres Kindes die Blutprobe abzunehmen. So gesehen, trug sie zumindest mittelbar am Tod ihres Kindes eine Mitschuld. Die daraus erwachsenen körperlichen Folgen, keine Kinder mehr bekommen zu können, empfand sie als Sühne, an der sie schwer trug, die sie aber angenommen hatte. Unwillkürlich legte sie die Hand auf ihren Bauch. Sie gab sich einen Ruck und rief sich zur Ordnung. Sie konnte jetzt zumindest nachvollziehen, welche Verzweiflung Rumpel dazu getrieben hatte, mit ihr diese Nacht so zu verbringen, wie es geschehen war. Es war einer jener seltenen Momente im Leben, in denen die entfesselten Gefühle zweier Menschen unhaltbar in den gleichen Abwärtsstrudel gezogen wurden. Lena verspürte ein tiefes Mitgefühl mit dem Polizisten mit der rauen Schale und fühlte sich auf besondere Weise zu ihm hingezogen. Auch ihre Erfahrungen hatten prägende Auswirkungen auf ihr Verhalten im zwischenmenschlichen Bereich. Für die Menschen, mit denen sie zu tun hatte, waren sie nicht immer nachvollziehbar. Vielleicht sollte sie Rumpel nicht bewusst aus dem Weg gehen und den Kontakt im BULLEN-PUB zulassen. Sie schloss die Datei, dabei bemerkte sie beiläufig, dass einzelne Dateien in diesem Ordner, der den Obduktionen aus dem Kitzinger Fall vorbehalten war, mehrmals geöffnet worden waren. Das Programm fügte dann standardmäßig beim Namen der Datei in Klammern eine Zahl hinzu, aus der man ersehen konnte, wie oft die Datei nach einer Öffnung abgespeichert worden war. Dies war offenbar häufiger der Fall gewesen, als durch ihre eigenen Zugriffe erklärbar gewesen wäre. Sie runzelte die Stirn. Da hatte offenbar in der jüngeren Zeit noch jemand Interesse an diesen alten Daten gehabt. Sie zuckte mit den Schultern. Jeder in der Rechtsmedizin, der die Berechtigung hatte, konnte darauf zugreifen. Sie wechselte das Programm und kontrollierte die Eingänge ihres dienstlichen E-Mail-Accounts. Es war eine ganze Reihe Ergebnisse von Blutuntersuchungen eingegangen, die sie veranlasst hatte. Das Labor arbeitete oft stoßweise, so dass sie nun die Gutachten der Reihe nach durcharbeiten und den einzelnen Fällen zuordnen musste. Eine Arbeit, die sie zumindest auf andere Gedanken brachte.

Dreiunddreißig

Rechtsanwalt Rudolf, genannt Rudi, Wildenstein pflegte seine Bürostunden gerne im *Café Brückenbäck*, jenseits der *Alten Mainbrücke*, abzuhalten. Er besaß zwar in der Arztlade in der Altstadt ein kleines Büro, das ihm aber zu nüchtern war. Oftmals ließ er sich daher nachmittags ab sechzehn Uhr an einem Ecktisch in der Nähe einer Fensterfront nieder und bestellte sich ein spätes Frühstück. Dazu genehmigte er sich den ersten Schoppen. Sonja, die Bedienung, war an diesen glatten, etwas schleimigen Typen gewöhnt, der sie immer mit *Madame* ansprach und ihr bei jeder Gelegenheit schlüpfrig angehauchte Komplimente machte. Was sie ihn ertragen ließ, waren die großzügigen Trinkgelder, auf die sie bei ihrer klammen privaten Finanzsituation nicht verzichten mochte. Im Grunde war er ein etwas verklemmter Verbalerotiker, ein kleiner Kläffer, der zumindest bei Frauen schnell den Rückzug antrat. Gerne erledigte er hier auch seine Mandantengespräche, wobei er sich von seinen Klienten auch schon mal zu einem Schoppen einladen ließ.

Heute, kurz nachdem Wildenstein sich niedergelassen hatte und seine Augen nach Sonja suchten, um eine Bestellung aufzugeben, betrat ein Mann im mittleren Alter das nur wenig besuchte Lokal. Sein suchender Blick entdeckte den Anwalt schnell. Sofort trat er näher und ließ sich ohne Umstände am Tisch nieder. Seiner Miene und seinem Auftreten war anzumerken, dass er sich in aggressiver Stimmung befand.

„Haben wir einen Termin?", fragte der Anwalt etwas angesäuert. „Eigentlich wollte ich mir gerade etwas zu trinken und zu essen bestellen!" Offensichtlich kannte Wildenstein den Mann.

„Das ist mir sch...egal!", fauchte der vernehmlich zurück. „Hören Sie mir gefälligst zu! Es ist etwas schiefgelaufen und jetzt ist die Kacke am Dampfen!"

Gäste an einem anderen Tisch warfen neugierige Blicke herüber.

„Jetzt bleiben Sie mal ganz ruhig! Oder wollen Sie hier ein Schauspiel aufführen?" Die Stimme des Anwalts hatte einen scharfen Unterton angenommen. Sein Gegenüber riss sich daraufhin merklich am Riemen.

„Sie haben uns doch einen Rat erteilt, dem wir auch umgehend nachgekommen sind. Wir haben Ihnen ja auch schon etwas Filmmaterial zur Verfügung gestellt, damit Sie entsprechend gegen diesen Mörder vorgehen können."

„Habe ich auch getan. Bin sicher, dass meine Behauptungen dem Herrn Polizeipräsidenten ziemliche Kopfschmerzen bereiten." Er kicherte boshaft. In diesem Augenblick kam Sonja vorbei und fragte nach den Wünschen der beiden. Wildenstein bestellte sich den obligatorischen Schoppen. „... außerdem, Madame, die Gulaschsuppe von der Tageskarte." Als Sonja den hinzugekommenen Besucher fragend ansah, erklärte der Anwalt schnell: „Der Herr geht gleich wieder, wir haben nur kurz was zu besprechen."

„Auch recht", murmelte sie leise und entfernte sich flott in Richtung Tresen.

„Also, legen Sie los! Was ist schiefgegangen ...?", wollte Wildenstein mit gesenkter Stimme wissen.

„Der Mann, den Sie uns empfohlen haben, hat am Anfang seinen Job gut gemacht. – War ja auch teuer genug! – Seit gestern können wir allerdings kein Bildmaterial mehr empfangen. Nichts mehr! Einfach tote Hose! Wir haben dann den Typen kontaktiert. Er teilte uns lapidar mit, dass die überwachte Person anscheinend die ... Geräte entdeckt und beseitigt hat! Abhilfe wäre nicht mehr möglich. Dann hat der Typ die Leitung gekappt und wir haben nichts mehr von ihm gehört. Zehntausend Euro in den Sand gesetzt und das ist nur mein Anteil! Dabei ist Ihr Honorar noch gar nicht berücksichtigt! Das ist bodenlos! Sagen Sie mir, was wir jetzt machen können!"

Wildenstein antwortete ihm nicht sofort, weil Sonja gerade den Wein an den Tisch brachte. Er bedankte sich, dann hob er das Glas und nahm erst einmal einen kräftigen Schluck. Den Geräuschen nach, die er dabei von sich gab, schmeckte ihm der Schoppen.

„Entsprechend meiner Zusicherung habe ich bereits vor zwei Tagen die Dienstaufsichtsbeschwerde gegen diesen Rumpel erhoben. Ich bin mir sicher, sie hat im Präsidium eingeschlagen wie eine Bombe. Das Bild, das ich beigefügt habe, war ja nur ein Appetithappen, damit die Herren vermuten, wir hätten noch mehr Material in der Hinterhand … Im Endeffekt bringt dieses Foto aber nicht viel! Es ist noch nicht einmal ein halbwegs stichhaltiges Indiz dafür, dass Rumpel ein Säufer ist. Es reicht aber als Provokation, um die Herren aus ihren Sesseln zu reißen. Vermutlich werden sie zwischenzeitlich den Ermittlungsmotor angeworfen haben und versuchen, Zeugen dafür zu finden, dass meine Behauptung unwahr ist. Das zieht dort ordentliche Kreise, glauben Sie mir!"

Die Gulaschsuppe kam und wurde von Sonja zusammen mit einigen Scheiben Baguette vor ihm abgestellt. Er nahm den Löffel und rührte darin herum.

„Das hätte alles funktioniert, glauben Sie mir. Natürlich hätten wir nicht mit Filmaufnahmen punkten können, weil dann jeder wüsste, dass wir diesen Rumpel illegal überwacht haben. Trotzdem wären sie mit hoher Wahrscheinlichkeit zu einem außergerichtlichen Vergleich zu bewegen gewesen, weil ich ihnen klargemacht hätte, dass ich es bedauern würde, wenn die Presse dieses Material in die Hände bekäme. Nichts hassen staatliche

Stellen mehr, als wenn sie befürchten müssen, dass die Presse in ihren trüben Gewässern fischt."

Er nahm einen Löffel Suppe, verzog aber das Gesicht, weil sie offensichtlich noch sehr heiß war.

„Sie haben tatsächlich überhaupt nichts mehr von dem Material zur Verfügung?", fragte Wildenstein nach.

Der Mann schüttelte den Kopf. „Mit einem Schlag waren alle Dateien in der Cloud gelöscht. Wir haben keine Sicherungskopien gezogen, weil uns ihr Mann zugesichert hat, alles wäre völlig safe!"

„Sehr unerfreuliche Entwicklung", stellte Wildenstein fest. „Ich kann Ihnen sagen, was passieren würde, würden wir weiterhin diese Dienstaufsichtsbeschwerde aufrechterhalten. Bevor der Präsident irgendwelche Schritte unternimmt, muss er natürlich nachprüfen, ob an unseren Behauptungen etwas dran ist. Das heißt, dass ich ihm Ihre Personalien offenlegen müsste, damit er Sie vernehmen kann. Dann können Sie nicht länger anonym bleiben! Spätestens dann wird klar, dass wir hier eine Luftnummer produziert haben. Das bedeutet für mich massiven Ärger mit der Anwaltskammer, weil denen sofort klar wird, dass es sich von vornherein um einen Fake handelte! Glauben Sie mir, da kennen die Herrschaften kein Pardon!"

Er aß zwei Löffel Suppe.

„Ich werde heute noch ein Schreiben an den Polizeipräsidenten schicken und ihm mitteilen, dass ich die Dienstaufsichtsbeschwerde zurücknehme, weil Sie mir das Mandat entzogen haben. – Wenn er trotzdem wissen will, wer hinter der Beschwerde steckt, werde ich mich auf meine anwaltliche Schweigepflicht berufen. Mehr kann ich nicht mehr für Sie tun." Er verstummte und löffelte weiter seine Suppe.

Der Mandant starrte ihn schockiert an. „... und was können wir jetzt noch gegen diesen Kindermörder machen?"

Wildenstein riss ein Stück Brot ab und schob es in den Mund. „Finden Sie einen SEK-Mann aus der früheren Einheit Rumpels, der beschwört, dass dieser am Tag des Einsatzes in Kitzingen betrunken war. Das wäre wohl die letzte legale Möglichkeit, etwas zu erreichen. – Glauben Sie mir, das ist natürlich Fantasy. Der Corpsgeist dieser Truppe hält sie nach außen eisern zusammen – auch in Bezug auf ehemalige Mitglieder … und sind wir doch mal realistisch, kein Einsatzleiter wird so verrückt sein, einen betrunkenen Scharfschützen ins Feld zu schicken …!"

Der Mann sprang auf und schob seinen Stuhl hart gegen den Tisch. „Herzlichen Dank für nichts!", knurrte er und hastete in Richtung Ausgang davon.

„Nichts zu danken!", rief Wildenstein ihm hinterher. „Rechnung folgt! – Undankbares Gesocks", murmelte er leiser.

Endlich konnte er in Ruhe seine Suppe fertig essen, die jetzt die richtige Temperatur hatte. Anschließend holte er seinen Laptop her und überlegte, wie er die Dienstaufsichtsbeschwerde am elegantesten wieder aus der Welt schaffen konnte. Er entschloss sich schließlich zu einer E-Mail, die er an die digitale Poststelle des Polizeipräsidiums schickte. Darin teilte er kurz mit, dass er die Dienstaufsichtsbeschwerde gegen den Polizeioberkommissar Adam Rumpel mit sofortiger Wirkung zurücknehme. Sein Mandant, der ihm im Übrigen die Vertretungsvollmacht entzogen habe, hätte kein Interesse mehr an einer weiteren Verfolgung. Mit einem Knopfdruck schickte er die Mail auf die Reise. Innerlich war er sehr froh, dass er bis jetzt der Presse noch keinen Hinweis gegeben hatte. Auf deren Reaktion hätte er keinen Einfluss mehr nehmen können.

Mit kaum messbarer zeitlicher Verzögerung landete die Nachricht im digitalen Postkorb des Präsidiums. Else Wächter, die direkten Zugriff auf dieses Postfach hatte, öffnete die Nachricht und las.

„Schau einer an", stellte sie kopfschüttelnd fest, „da hat offenbar jemand kalte Füße bekommen." Sie war über diese Entwicklung erleichtert. Wächter wusste, wie gründlich Rumpels Handlungen und die seiner Vorgesetzten bei dem verunglückten Einsatz durchleuchtet worden waren. Sie gab einen Befehl ein und der Drucker neben ihrem Arbeitsplatz sprang mit einem Summen an. Auf den Papierausdruck drückte sie den Einlaufstempel, dann erhob sie sich, verließ ihr Büro und machte sich auf den Weg zu Polizeidirektor Schlüters Büro. Wächter klopfte kurz an und trat sofort ein. Schlüter zog die Augenbrauen in die Höhe, denn normalerweise war die Chefsekretärin nicht so formlos. Mit einem verschmitzten Lächeln legte sie Schlüter die E-Mail auf den Schreibtisch.

„Wenn Sie mir gestatten, möchte ich es mal so salopp ausdrücken: Da hat offenbar jemand die Kurve gekratzt!"

Der Personalchef überflog die wenigen Zeilen, dann huschte ebenfalls ein Lächeln über sein Gesicht. „Sie bringen die Dinge glasklar auf den Punkt! Dieser Wildenstein macht seinem Namen als windiger Rechtsverdreher wieder alle Ehre. – Weiß der Präsident schon Bescheid?"

„Ich dachte, das würden Sie ihm gerne persönlich sagen. Er ist in seinem Büro."

Schlüter erhob sich. „Danke, Frau Wächter, das werde ich gleich erledigen." Während er mit der Frau über den Gang eilte, bat er sie: „Sie haben doch die neue Handynummer von Rumpel. Schreiben Sie sie mir auf, ich werde ihn dann umgehend anrufen."

Präsident Rheinländer sah seinen Personalreferenten erstaunt an, als der über das Sekretariat in sein Büro eilte, ein Blatt Papier in der Hand schwenkend.

„Gelegentlich gibt es auch positive Nachrichten!", verkündete Schlüter und legte die Mail vor seinem Chef auf den Schreibtisch.

Konzentriert studierte Rheinländer das Schreiben und sofort musste er lächeln. „Da fällt mir aber ein Stein vom Herzen, das muss ich Ihnen wirklich sagen. Dieser Wildenstein gehört auf den Mond geschossen!" Er lehnte sich in seinem Bürosessel zurück und atmete tief durch. „Da bleibt uns jetzt erst mal viel Ärger erspart, auch wenn an der ganzen Sache am Ende nichts dran gewesen wäre. Legen Sie mir bitte einen kurzen Abschlussvermerk zu der Akte vor, Abdruck an Wildenstein. Dann kommt die Sache in die Ablage." Er richtete sich wieder auf. „Übernehmen Sie es bitte, Rumpel zu informieren? Vielleicht richtet ihn das wieder etwas auf. Ich würde es ihm gönnen."

„Wird erledigt", erklärte der Personalchef und verließ das Zimmer in Richtung Sekretariat. Dort diktierte er Wächter den Schlussvermerk, anschließend eilte er mit Rumpels Telefonnummer auf einem Zettel in sein Büro.

Der Anruf erreichte Rumpel im BULLEN-PUB. Er war gerade bei seinem zweiten Pint. Am Klingelton erkannte er, dass es das Handy war, dessen Nummer er im Präsidium bekannt gegeben hatte. Die angezeigte Nummer gehörte zum Polizeipräsidium. Wenn er sich nicht sehr täuschte, war es ein Anschluss aus der Führungsebene. Wer wollte um diese Uhrzeit etwas Dienstliches von ihm? Das konnte doch wieder nur neuen Ärger bedeuten! Für einen Moment zögerte er, dann nahm er den Anruf an.

„Hallo Herr Rumpel!" Er erkannte die Stimme des Personalchefs sofort. In seinem Magen zog sich etwas zusammen. „Herr Rumpel, entschuldigen Sie bitte die Störung, Sie sind ja noch krankgeschrieben, aber ich dachte, das sollten Sie sofort wissen …" Da Rumpel nicht reagierte, fuhr er fort: „Heute habe ich mal eine positive Nachricht für Sie." Kleine Pause. „Wir haben eine Mail von Rechtsanwalt Wildenstein bekommen. Sie werden es nicht glauben, aber er hat die Dienstaufsichtsbeschwerde gegen Sie ohne Wenn und Aber zurückgenommen …!"

Es entstand wieder eine Pause, in der Rumpel den freudigen Schock überwinden musste, den die Nachricht bei ihm ausgelöst hatte. Schließlich stammelte er: „Einfach so …? Ohne … Hintergedanken?"

„Einfach so zurückgenommen, angeblich weil sein Mandant die Sache nicht weiterverfolgen will und er Wildenstein das Mandat entzogen hat. Damit ist die Angelegenheit für uns erledigt und kommt zur Sammlung der weggelegten Beschwerden."

„… pffff." Rumpel stieß die angestaute Luft aus.

„Das wollte ich Ihnen gleich mitteilen und nicht erst bis morgen warten. – Herr Rumpel, ich wünsche Ihnen alles Gute! Einen schönen Abend!" Das Gespräch war beendet.

Rumpel starrte eine Weile in das Bierglas. Dieses ständige Wechselbad der Gefühle nahm ihn ganz schön mit. Schließlich drehte er sich zu Richi um und hob die Hand: „Bring mir bitte einen Doppelten!"

Richi runzelte die Stirn. Wenn er Rumpels Mimik richtig einordnete, hatte sein Gast gerade eben eine gute Nachricht erhalten. Doppelte Whiskys trank Rumpel allerdings selten zu besonderen Anlässen!

Vierunddreißig

Der wütende Mann rammte den Schlüssel regelrecht ins Türschloss, dass es nur so krachte, und betrat die schwellenfreie Eigentumswohnung. Er wusste, dass er im Augenblick noch alleine war, da die Frau, die mit ihm hier wohnte, im Augenblick noch im Büro war. Darüber war er eigentlich ganz froh, denn er konnte sich gut vorstellen, welche Enttäuschung er auslösen würde, wenn er ihr die Worte ihres gemeinsamen Rechtsberaters weitergab. Rechtsberater …! Am liebsten hätte er diesem zynischen Armleuchter von Anwalt vorhin den Suppenlöffel in den Hals geschoben! Der soll ruhig seine Rechnung stellen!, dachte er. Der kann mich mal! Soll er mich doch verklagen!

Er ging in die Küche, öffnete den Kühlschrank und überlegte, was er für seine Schwester und sich kochen könnte. Hunger hatte er zwar nicht, aber er wusste, dass seine Schwester Appetit haben würde, wenn sie nach Hause kam. Sie hatte ihm per Kurznachricht mitgeteilt, dass sie voraussichtlich nach achtzehn Uhr fertig werden würde. Zum Glück war es ihr möglich gewesen, nach vielen Krankenhausaufenthalten mit diversen Operationen und anschließenden Reha-Maßnahmen ihren Beruf auch im Rollstuhl wieder auszuüben. Das Amtsgericht Kitzingen hatte sie allerdings nicht mehr betreten. Mittlerweile war sie auch psychisch wieder stabil. Zu dem Zeitpunkt, als sie angeschossen wurde, war sie schwanger. Diese Tatsache hatte keinen Einzug in die Akten gefunden. Das Kind hatte sie dann verloren. Ihr Freund, der Vater des Kindes, verließ sie, weil er mit den Folgen des Unglücks nicht zurechtkam. Der Mann wusste, dass sie heute Nachmittag wieder als Protokollführerin in einem Strafprozess beim Landgericht Würzburg eingeteilt

war und sie wahrscheinlich keine Pause gehabt hatte. Im Ge-
frierschrank stand noch ein Behältnis mit eingefrorener Sauce
bolognese, er musste nur noch die erforderliche Pasta abko-
chen. Er würde ihr die unangenehmen Neuigkeiten erst nach
dem Essen eröffnen. Zwischenzeitlich musste er darüber nachdenken, was er unternehmen konnte, um sich an dem Mörder
des ungeborenen Kindes seiner Schwester zu rächen. Die Zeit
der subtilen Vorgehensweise war vorbei. Ihm war klar, dass
er da auf Widerstände seiner Schwester stoßen würde. Sie war
kein rachsüchtiger Mensch, hatte aber große Mühe gehabt, zu
akzeptieren, dass die Untersuchungen dieses Polizeieinsatzes
mehr oder weniger im Sand verlaufen waren. Deshalb stimmte
sie dem Plan ihres Bruders zu, sich mit anderen Betroffenen
zusammenzutun und Rumpel psychisch und beruflich fertigzumachen. Mit Sicherheit würde sie aber sein Vorhaben ablehn-
en, diesem Polizisten körperlich Schaden zuzufügen. Daher
würde er sie in seine weiteren Planungen nicht mehr einbezie-
hen. In seinem Kopf zeigte sich nach dem Gespräch mit dem
Anwalt das Samenkorn einer Idee. Jetzt musste er es nur noch
zum Keimen bringen.

Fünfunddreißig

Lena öffnete ihren Briefkasten und entnahm ihm neben einigen Werbeprospekten ein Schreiben mit einem amtlich wirkenden Absender. Es dauerte nur einen Moment, bis sie wusste, woher der Brief kam: Detektei Emmerich, Nürnberg. Sie hatte mittlerweile fast aus den Augen verloren, dass der Nachforschungsauftrag, der sich auf den Mörder ihres Kindes bezog, noch immer bestand. Ihr Herz begann schneller zu schlagen. Hastig eilte sie in ihre Wohnung, warf ihre Handtasche im Flur auf den Boden und schlitzte den Umschlag mit einem Küchenmesser auf. Er enthielt einen Brief und mehrere Farbfotos. Sie ließ sich auf einen Stuhl am Küchentisch plumpsen und las:

„Sehr geehrte Frau Dr. Kohlhepp, nach intensiven Nachforschungen ist es uns gelungen, den Aufenthalt der von Ihnen gesuchten Person ausfindig zu machen. Die Umstände waren etwas schwierig, da der Gesuchte sein Äußeres wesentlich verändert hat, so dass ein rein optischer Vergleich mit dem Foto, das uns zur Verfügung stand, nicht zuverlässig war. Wir mussten erst die Fingerabdrücke der potentiellen Zielperson mit den Fingerabdrücken vergleichen, die damals anlässlich seiner Verhaftung genommen worden waren. Nun sind wir fündig geworden und können Ihnen mit an Sicherheit grenzender Wahrscheinlichkeit den Aufenthalt der gesuchten Person nennen …"

Als Lena weiterlas, riss sie vor Erstaunen die Augen auf. Das konnte fast nicht sein! Sie hatte mit diesem Mann in unregelmäßigen Abständen, nur indirekt zwar, aber doch dienstlich zu tun. Er hatte sich gewissermaßen direkt unter ihren Augen versteckt. Sie musste erst einen Moment innehalten, um Luft zu schöpfen, dann las sie zu Ende:

„… Wir hoffen, damit Ihren Auftrag zu Ihrer Zufriedenheit

erledigt zu haben. Sollten Sie noch Fragen haben, stehen wir Ihnen gerne zur Verfügung. Wir erlauben uns, Ihnen unsere abschließende Kostennote beizufügen.

Mit freundlichen Grüßen"

Sie betrachtete die beigefügten Fotos, auf denen sie einen Mann sah, der mit dem Menschen, der seinerzeit ihr Kind getötet hatte, rein äußerlich nichts gemein hatte. Ein völlig verändertes Gesicht! Sie hätte ihn so niemals wiedererkannt! Den größten Schock bereitete ihr die Aussage der Detektei, dass dieser Mörder direkt unter ihren Augen arbeitete und sie ihn nicht erkannt hatte! Wie konnten ihre Instinkte nur so versagen? Sie erhob sich. Sie musste hier raus! Sie hatte das beengende Gefühl, als würde ihr die Luft abgeschnitten! Sie schnappte sich ihren Schlüssel und verließ fast fluchtartig die Wohnung. Völlig in ihren Gedanken gefangen eilte sie planlos durch die Straßen … bis sie unvermittelt vor dem BULLEN-PUB stand. Lena zögerte einen Moment, dann öffnete sie mit einem Ruck die Tür und trat ein. Im Stillen hoffte sie, Rumpel anzutreffen, denn sie hatte das dringende Bedürfnis, mit jemandem zu reden.

Richi stand wie immer hinter dem Tresen und wusch Gläser ab.

„Servus Doc", grüßte er, „einen Silvaner, wie immer?"

Mit einem schnellen Blick durchs Lokal entdeckte sie Rumpel, der vor einem Whiskyglas saß. Sie verspürte so etwas wie Erleichterung.

„Gib mir auch einen Whisky", bat sie den Wirt, dann bewegte sie sich auf Rumpels Tisch zu. Wegen der aufmerksamen Wächterin unter dem Tisch kam Lena nicht ganz heran, da die Hündin sofort hervorsprang und mit einem heftigen Begrüßungstanz begann. Überrascht wandte sich Rumpel um.

„Lena, schön, dich zu sehen!", begrüßte er sie. „Setz dich doch!"

Für einen Moment wusste sie nicht, über was sie sich mehr freuen sollte: Evas überschäumende Begrüßung oder Rumpels ungewohnt freundliche Art. Für den Moment wurde sie völlig aus ihrem Gedankengefängnis herausgerissen.

„Hallo Rumpel", erwiderte sie, während sie Eva streichelte, „ich hoffe, es stört dich nicht, dass ich einfach so in deine Freizeit hineinplatze."

„Alles gut", gab Rumpel freundlich zurück, während sich Lena ihm gegenüber niederließ. Richi kam an den Tisch und stellte den Whisky vor Lena auf den Tisch. Rumpel zog erstaunt die Augenbrauen hoch.

„Ein besonderer Anlass? Irgendetwas passiert?" Er wusste ja, dass Lena nur äußerst selten zu schärferen Getränken als Wein griff.

„Das könnte ich dich genauso fragen", gab sie ausweichend zurück, indem sie auf sein Glas deutete.

„Für meinen Teil kann ich sagen, dass ich heute ausnahmsweise mal eine erfreuliche Nachricht bekommen habe."

Das war für seine Verhältnisse eine fast schon wortreiche Bemerkung. Wenn Lena jedoch erwartete, er würde noch weitere Erklärungen abgeben, sah sie sich enttäuscht. Er schmunzelte nur leicht vor sich hin und nippte an seinem Glas, dabei sah er sie auffordernd an. „Erzähl du …!", bedeutete das in seiner zurückhaltenden Art.

Lena überlegte einen Moment, dann wischte sie ihre Bedenken beiseite. Sie hatte in ihrem privaten Bereich keine Kontakte, mit denen sie über das Problem sprechen konnte … und dass sie reden musste, war ihr auch klar. Sie war sich sicher, dass Rumpel verschwiegen war und zuhören konnte. Zudem war er Polizeibeamter. Vielleicht konnte er ihr einen Rat geben, was sie machen sollte.

„Was ich dir jetzt anvertraue, habe ich hier in Würzburg noch niemandem erzählt. Aber es sind … Entwicklungen eingetreten, die es notwendig machen, mit jemandem zu sprechen, dem ich so weit vertraue, dass ich sicher sein kann, es bleibt unter vier Augen." Sie sah Rumpel fragend an.

„Ich kann schweigen wie ein Grab."

Zunächst stockend, immer wieder unterbrochen von längeren und kürzeren Pausen, begann sie mit gedämpfter Stimme ihr Leben vor ihm auszubreiten. Als sie zu der Stelle mit dem Angriff auf ihren Babybauch kam, versagte ihr die Sprache. Unwillkürlich legte Rumpel seine Hand tröstend auf ihre. Um Lena Gelegenheit zu geben, die Fassung wiederzufinden, drehte er sich um und bestellte per Handzeichen bei Richi zwei weitere Whiskys. Der Wirt hatte natürlich mitbekommen, dass zwischen den beiden ernste Themen besprochen wurden. Er schenkte ein, servierte, dann zog er sich sofort wieder zurück.

Lena fasste sich wieder und erzählte weiter. Als sie berichtete, dass sich der Täter der Gerichtsbarkeit durch Flucht entzogen hatte, ballte Rumpel unwillkürlich die Faust.

„… Heute habe ich völlig überraschend von der Detektei, die ich mit der Suche nach dem Mörder beauftragt habe, Post bekommen. Mittlerweile hatte der Gedanke an den Tod meines Kindes mein Leben zumindest nicht mehr vollständig beherrscht. Du kannst dir sicher vorstellen, nach diesem Brief sind wieder alle Wunden aufgebrochen, alle Erinnerungen wieder hochgekocht."

„… und was stand drin?"

„Ich kann es nicht fassen … aber die Detektei hat den Aufenthaltsort des Verbrechers ausfindig gemacht!" Wieder wurde sie von ihren Gefühlen überwältigt. „Es liegen dem Schreiben Bilder bei. Ich hätte ihn darauf nicht wiedererkannt. Sie haben ihn aufgrund seiner Fingerabdrücke überführt. Frag mich nicht, wie sie an die drangekommen sind."

Rumpel wartete.

„So wie es aussieht, lebt und arbeitet der elende Mistkerl mitten unter uns … hier in der Umgebung von Würzburg … Ganz in meiner Nähe! – Ich fasse es nicht! … Ich … fasse … es einfach nicht …!" Ein trockenes Schluchzen erschütterte sie.

Rumpel wartete geduldig, bis sie sich einigermaßen beruhigt hatte. Zum Glück war das BULLEN-PUB nur schwach besucht und diese Gäste saßen außer Hörweite im hinteren Bereich der Kneipe.

„Was willst du jetzt machen?"

Sie zuckte mit den Schultern. „Wenn ich ehrlich bin, weiß ich das noch nicht. Damals, als ich im Krankenhaus lag und man mir sagte, mein Kind sei tot … und ich könnte keine Kinder mehr bekommen, habe ich mir nur gewünscht, ich hätte Riesenkräfte und könnte ihm das Genick brechen. Ich war so voller Hass … fast wäre ich daran erstickt. Wenn ich diesen Kerl damals in die Finger bekommen hätte …" Sie verstummte.

„Wenn ich das richtig sehe, hat sich an der Gesamtproblematik nichts geändert. Er ist der Mörder deines Kindes … und er wurde dafür noch nicht zur Rechenschaft gezogen." Er nahm einen Schluck Whisky. „Mit Sicherheit existiert da ein Haftbefehl. Ich bin Polizeibeamter und könnte offiziell gegen den Mann vorgehen …"

Lena schüttelte den Kopf. „Er war bereits einmal in die Mühlen der Justiz geraden … und sie haben ihn laufen lassen! Kaum war er aus der Untersuchungshaft entlassen, hat er sich in Luft aufgelöst. Offenbar hat er sich in der Zwischenzeit ein paar kosmetischen Operationen unterzogen, damit ihn keiner erkennt. Wahrscheinlich hat er neue Papiere. Schon damals wurde er von seiner Familie unterstützt. Es gibt immer wieder Branchen, die Leute einstellen und nicht lange nach Papieren oder Zeugnissen fragen, weil sie sonst niemand bekommen würden."

„Jetzt sag mal, wo ist er untergeschlüpft?"

Sie zögerte einen Moment. „Du versprichst mir, dass du ohne meine Zustimmung nichts unternehmen wirst?"

Rumpel hob die Hand. „Mein Wort darauf."

Sie senkte die Stimme bis auf ein Flüstern, dann sagte sie es ihm.

„Das darf ja wohl nicht wahr sein …", entfuhr es Rumpel. Damit hatte er nicht gerechnet. Plötzlich hatte er einen trockenen Mund. Er drehte sich zu Richi um. „Machst du mir bitte ein Pint, ich muss was trinken, damit der Whisky besser rutscht."

Lena hob die Hand. „Für mich bitte auch", bat sie.

Sie saßen sich gegenüber und unterhielten sich leise. Lena öffnete sich immer mehr und erzählte Rumpel aus ihrem Leben, wie sie überhaupt auf die Idee gekommen war, Rechtsmedizinerin zu studieren. Nachdem sie ihre Biere ausgetrunken hatten, fasste sich Rumpel ein Herz.

„Was hältst du davon, wenn wir mit Eva einen kleinen Spaziergang am Main machen? Sie müsste mal raus …" Er sah sie fragend an.

„Können wir gerne machen", gab sie bereitwillig zurück und erhob sich. „Ein bisschen Bewegung würde mir auch nicht schaden. Mit Eva bist du ja gezwungen, regelmäßig rauszugehen, da habe ich es mit Mikesch, meinem Kater, etwas bequemer. Der benützt brav sein Katzenklo." Sie lächelte.

„Du hast eine Katze?", fragte Rumpel erstaunt. „Das wusste ich gar nicht."

„Ja, einen Kater, ich habe ihn von der Vorbesitzerin meiner Wohnung übernommen. Es ist wirklich schön, wenn man nach Hause kommt und freundlich begrüßt wird. – Aber du kennst das ja."

Rumpel nickte. „Da müssen wir nur etwas aufpassen, da Eva

eine ausgesprochene Katzenhasserin ist. Keine Ahnung, woher sie das hat. Aber Katzen gehören ihrer Meinung nach auf Bäume …" Er zuckte mit den Schultern. „Kann man ihr leider nicht abgewöhnen."

Rumpel bezahlte die Zeche für beide am Tresen.

„Dann wünsche ich noch einen erholsamen Abend", erklärte Richi und sah Rumpel mit unbeweglicher Pokermiene an. Der warf dem Wirt einen prüfenden Blick zu, bemerkte aber auch nicht den Hauch von Ironie.

Eva war äußerst erfreut, dass sie den Platz unter dem Kneipentisch verlassen durfte. Entgegen ihrer sonstigen Gewohnheit eilte sie aber den beiden nicht voraus, sondern blieb auch ohne Leine direkt neben ihrem Menschen. Wenig später bogen sie von der Mainaustraße den gewohnten Weg hinunter zum Mainufer ab. Schweigend schlenderten sie nebeneinanderher, während Eva in der Dunkelheit verschwand und ihren Geschäften nachging. Es war merkwürdig, obwohl beide schwiegen, verspürten sie zwischen sich eine Vertrautheit. Die Hitze des Tages war verschwunden und die Wiesen gaben langsam die Wärme an die Nacht ab. Die Luft war seidig, die leichte Brise ausgesprochen angenehm. Nachdem sie fast eine Dreiviertelstunde gelaufen waren, fragte Rumpel: „Steht dein Fahrrad am Pub?"

Sie schüttelte den Kopf. „Ich war durch den Brief so aufgeregt, dass ich meine Wohnung fluchtartig verlassen habe. Danach bin ich ziemlich ziellos durch die Straßen geirrt. Ich weiß auch nicht wie, aber plötzlich stand ich vor dem BULLEN-PUB … und bin spontan reingegangen."

„Okay", gab Rumpel zurück, „dann hast du sicher nichts dagegen, wenn ich dich nach Hause begleite?"

Als sie nicht sofort antwortete, legte Rumpel nach: „Keine Sorge! Ohne Hintergedanken! Selbstverständlich halte ich mich an unsere Absprache!"

„Okay", gab sie zurück, „dann müssen wir den Weg in diese Richtung nehmen."

Eine knappe halbe Stunde später standen sie vor Lenas Haus.

„Ich wünsche dir eine gute Nacht. Grüble nicht so viel. Lass dir Zeit, einen Entschluss zu fassen. Wenn ich kann, werde ich dir natürlich helfen."

Sie sah ihn an. Der Schein einer Straßenlaterne spiegelte sich in ihren Augen wider. „Das Gespräch mit dir hat mir außerordentlich gutgetan. Es tut mir leid, dass wir jetzt nur über mich gesprochen haben … Ich würde wirklich gerne mehr über dich erfahren."

Er winkte ab. „Vielleicht ein andermal. Nicht so wichtig … glaub mir … Ach übrigens, schöne Grüße an deinen Kater."

Sie umarmte ihn kurz und gab ihm einen flüchtigen Kuss auf die Wange, dann drehte sie sich um und verschwand mit einem kurzen Winken im Hausflur. Rumpel fasste sich unwillkürlich an die Wange. Er blieb stehen, bis das Licht im Hausgang erlosch und es im zweiten Stock hinter einem der breiten Fenster anging.

Wenig später näherte sich Rumpel seinem Wohnhaus. An einer Parkbank, einen Steinwurf weit vom Eingang entfernt, blieb er stehen und zog sein Handy heraus. Er startete die Überwachungsapp, mit der er die Kamera, die ihm Rossinsky im Flur installiert hatte, kontrollieren konnte. Es gab keine Aufzeichnungen. Beruhigt betrat er wenig später seine Wohnung. Plötzlich verspürte er Heißhunger! Er schlug sich vier Eier in die Pfanne und verdrückte sie ohne Brot. Später saß er dann noch vor dem Fernseher und sah sich eine politische Talkshow an. Seine Konzentration ließ allerdings sehr zu wünschen übrig. Seine Gedanken schweiften immer wieder ab zu dem Spaziergang am Main.

Sechsunddreißig

Der Mann lenkte in derselben Nacht seinen Wagen auf den Rastplatz Riedener Wald an der A 7 und suchte sich einen Parkplatz etwas abseits von der Raststätte. Er zog sich die Basecap tiefer ins Gesicht, dann verließ er sein Fahrzeug und schlenderte in Richtung mehrerer Sitzgruppen, die man für eine Rast mit Selbstversorgung nutzen konnte, ohne die Raststätte betreten zu müssen. Er ließ sich nieder und wartete. Den Personen, die er treffen wollte, hatte er seine Jacke und seine Basecap beschrieben, beide trugen deutlich sichtbar rote Schriftzüge der „Würzburg Baskets".

Bei der Verabredung zu diesem Treffen ging er ein ziemliches Risiko ein. Er hatte keine Ahnung, ob die Personen, die er sprechen wollte, überhaupt kommen würden. Ihre Kommunikation hatte bisher immer im Chatroom im Darknet stattgefunden. Ihm war klar, dass dies eine Zusammenkunft zur Verabredung einer schweren Straftat darstellte. Der Mann blickte nervös auf die Uhr. Die vereinbarte Uhrzeit für das Treffen war bereits deutlich überschritten. Ständig streiften die Scheinwerfer der auf die Raststätte ein- und ausfahrenden Fahrzeuge die einsame Person auf der Bank. Nachdem weitere fünfzehn Minuten verstrichen waren, ohne dass sich eine der erwarteten Personen meldete, erhob sich der Mann. Wütend machte er sich auf den Rückweg zu seinem Auto. Anscheinend hatten die anderen kalte Füße bekommen. Jetzt musste er sich etwas Neues einfallen lassen! Nach wenigen Metern kam er an einem Schaukasten vorbei, der verschiedene Werbeplakate enthielt. Anscheinend war die Beleuchtung defekt. Als er ihn gerade passiert hatte, wurde er leise mit offensichtlich verstellter Stimme angesprochen. Er erschrak leicht, denn er hatte nicht mehr mit einem Kontakt gerechnet.

„Du wolltest mich sprechen", sagte die Stimme, deren geschlechtsloser Träger hinter dem Schaukasten stand und nur als dunkler Schatten erkennbar war.

„Du bist spät", erwiderte der Angesprochene, „ich wollte gerade wieder gehen."

„Jetzt bin ich ja da. Bleib da, wo du bist, und lass mich deine Hände sehen. Mach keinen Mist, ich bin bewaffnet! … und jetzt sag, was du willst."

„Jetzt, hier …? Können wir uns nicht setzen?"

„So … oder gar nicht! Los, ich habe nicht ewig Zeit!"

Der Angesprochene überlegte einen Augenblick, dann begann er zu sprechen und erläuterte seinen Plan in groben Zügen.

„Ist das abgesprochen?"

Der Mann mit der Basecap schüttelte den Kopf.

„Noch nicht. Unser weiterer Mitstreiter aus dem Chatroom ist jedoch für jede zielführende Innovation aufgeschlossen, wie du weißt. Er legt größten Wert darauf, dass sein Geld gut angelegt ist und der Mörder möglichst spektakulär seiner Strafe zugeführt wird. Das ist ja in erster Linie dein Job, aber ich möchte gerne meinen Anteil an der Rache haben." Sein Blick schweifte über den Parkplatz. „Es sollte doch noch eine Person an unserem Treffen teilnehmen …"

„Diese Person ist leider … kurzfristig verhindert."

„Er wird aber für die Durchführung des Plans benötigt!"

„Wenn er benötigt wird, wird er da sein. Da mach dir mal keine Sorgen." Es trat eine kurze Pause ein, dann sagte die Stimme: „Wir werden die Sache noch einmal im Chatroom besprechen. Wenn unser dritter Partner zustimmt, dann ziehen wir das so durch. – Du solltest jetzt gehen. Wir hören voneinander."

Basecap zögerte kurz, dann entfernte er sich von seinem Standort, ohne sich umzudrehen. Er startete sein Auto und fuhr in Richtung Würzburg davon. Der Schatten blieb noch einen Moment stehen, bis er sicher war, dass sie niemand beobachtet hatte. Wenig später verschwand er im angrenzenden Wald.

Der eigentlich dritte Beteiligte an dem Treffen saß in der Finsternis am Rande einer Fichtenkultur. Er war mit den Händen an einen dicken Fichtenstamm gefesselt und seine Füße waren mit Kabelbindern zusammengebunden. Über dem Mund klebte ein Stück Panzerband. Der Schatten blieb vor ihm stehen.

„Ich werde dich jetzt losmachen. Du setzt dich sofort auf dein Motorrad und verschwindest. Wenn wir dich benötigen, werden wir dich verständigen. Ein dummes Wort an falscher Stelle und du wirst den nächsten Morgen nicht erleben. Habe ich mich klar ausgedrückt?"

Hinter dem Knebel kamen einige Laute hervor, die man als Zustimmung werten konnte. Der Schatten zog ein Messer und durchtrennte zuerst die Fußfesseln, dann die der Hände.

„Geh!", fauchte der Schatten und der Befreite rappelte sich auf. Stolpernd rannte er davon. Wenig später hörte man das Starten eines Motorrads, das sich schnell entfernte.

Der Schatten schlenderte zurück zum Rastplatz. Unterwegs richtete er seine Kleidung und wurde wieder zu einer unauffälligen Person. Wenig später röhrte ein starker Motor auf und ein Auto fuhr vom Rastplatz.

Siebenunddreißig

Stefan Heunisch war gerade beim Frühstück, als sein Telefon läutete. Heunisch war notorischer Frühaufsteher, daher fand Frühstück bei ihm zu Zeiten statt, wenn andere Menschen sich noch einmal gemütlich im Bett herumdrehten. Gerade standen die Zeiger seiner Küchenuhr auf 5.08 Uhr. Der Anrufer war Uwe Rossinsky.

„Morning, Stefan, ich hoffe, ich habe dich jetzt nicht aufgeweckt."

„Da musst du schon früher aufstehen", brummte Heunisch. „Was gibt's?" Er verspürte plötzlich eine innere Anspannung.

„Ich habe dir ja gesagt, ich werde mir mal diese Relaisstation näher ansehen, die wir im Keller eures Hauses gefunden haben `..." Er legte eine Kunstpause ein. „... also ich kann dir sagen, ein wirklich herausforderndes Teil! Alles neueste Verschlüsselungstechnik! Die Daten, die sich auf der Festplatte des Geräts befanden, waren erst nach Einsatz ganz moderner Entschlüsselungsprogramme lesbar. Unsere Hochleistungsrechner haben Stunden gebraucht, um die Codes zu knacken. Letztlich haben wir sie durch ein Programm, das wir vom Mossad, dem israelischen Geheimdienst, zur Verfügung gestellt bekommen haben, geknackt ... aber das dürfte ich dir eigentlich gar nicht sagen ... Wir verwenden es gerne bei der Entschlüsselung derart schwieriger Codes." Er atmete tief durch.

„Jetzt bin ich aber platt", gab Heunisch zurück, „da hat jemand viel Mühe aufgewandt ..."

„... Mühe und Geld", ergänzte Rossinsky. „Solche Geräte und Programme bekommt man als Privatperson nur im Darknet und die kosten ordentlich Schotter!"

„Ja und wer steckt jetzt dahinter? Hast du das herausgefunden?"

Der EDV-Mann zögerte einen Augenblick, dann fuhr er fort: „Ja und nein ..."

„Aha ..."

„Also eines ist sicher, die Kameras in Rumpels Wohnung haben an diese Relaisstation gesendet. Diese wiederum leitete die Daten nicht an einen bestimmten Rechner weiter, den man wahrscheinlich über die IP-Adresse hätte identifizieren können. Hier ist der Fall etwas schwieriger gelagert. Das Relais war mit einer SIM-Karte ausgerüstet, die im Darknet erworben wurde und so programmiert war, dass das Gerät an eine Cloud funkte, die leider ebenfalls nur im Darknet existiert."

Er ließ Heunisch eine Sekunde, um diese Nachricht zu verarbeiten. „Das heißt also, es ist euch nicht gelungen, den oder die User herauszufinden, die auf diese Daten in der Cloud zugreifen." Heunisch runzelte die Stirn.

„Leider richtig. – Zumindest im Moment. – Wir sind noch dran, aber Spuren im Darknet zu verfolgen, ist äußerst schwierig, weil Zugriffe auf die Cloud über zahllose Rechner laufen, die überall in der Welt stehen können. Wir haben jetzt mal ein Tracking-Suchprogramm eingesetzt, gewissermaßen einen elektronischen Spürhund, der an der Sache dran ist."

„Bekommst du keinen Ärger, wenn du eure Ressourcen gewissermaßen für private Ermittlungen nutzt?"

Rossinsky lachte. „Stefan, mach dir keine Sorgen, das läuft mittlerweile als offizielle Ermittlung unserer Abteilung, da wir gerne wissen möchten, wer hinter diesen Aktionen im Darknet steckt und woher diese Kerle derart moderne Technik haben. Wir haben Anhaltspunkte dafür, dass die Cloud zu noch ganz anderen Straftaten verwendet wurde. – Also, Stefan, so viel für heute. Ich bleibe dran und werde mich, sobald ich mehr weiß, wieder melden."

Das Gespräch war beendet.

Heunisch gabelte sich nachdenklich den mittlerweile erkalteten Rest seines Rühreis in den Mund. Wer betrieb einen derartigen Aufwand, um Rumpel Schaden zuzufügen? Er leerte seine Kaffeetasse und stellte dann das schmutzige Geschirr in die Spülmaschine. Er musste sofort Rumpel informieren. Einige Minuten später trat er aus dem Aufzug und drückte den Klingelknopf an Rumpels Tür. Es dauerte geraume Zeit, ehe er es hinter der Tür rumoren hörte. Wenig später wurde sie einen Spalt breit geöffnet und Rumpels verschlafenes Gesicht erschien. Er war bis auf einen Slip unbekleidet und offenbar gerade aus dem Bett aufgescheucht worden. Ein Stück tiefer steckte Eva ihren Kopf neben Rumpels Beinen heraus, wobei sie allerdings wesentlich wacher wirkte als ihr Mensch.

„O Mann, Stefan …", krächzte Rumpel mit rauer Stimme, „… ist was passiert? Es ist doch mitten in der Nacht!"

„Mein Gott, Rumpel, sieh zu, dass du in die Hufe kommst. Es gibt Neuigkeiten!"

Rumpel trat einen Schritt zurück und öffnete die Tür ganz. „Komm schon rein. Aber sieh dich nicht um, meine Reinemachefrau ist zurzeit auf Mallorca und verprasst ihre Millionen." Er betrat das Wohnzimmer und Rumpel marschierte in Richtung Bad.

„Hast du was dagegen, wenn ich hier mal durchlüfte?", fragte der Besucher, wartete aber die Antwort gar nicht ab, da Rumpel im Bad verschwunden war. Heunisch öffnete beide Flügel der Balkontür und sofort strömte frische Luft herein. Die Sonne war zwar bereits aufgegangen, trotzdem war es noch frisch. Eva trat auf den Balkon hinaus und sah mit schief gelegtem Kopf zwei Tauben zu, die auf dem Geländer amouröse Spiele trieben. Heunisch kraulte ihr das Nackenfell, was sie sich gerne gefallen ließ.

Es dauerte gute fünfzehn Minuten, bis Rumpel wieder auf dem Spielfeld erschien. Jetzt sah er deutlich frischer aus.

„Stefan, ich mache mir einen Kaffee, willst du auch eine Tasse?"

Heunisch, der ein ausgesprochener Kaffeeenthusiast war, nickte. „Kaffee geht immer!"

Nachdem die Balkontür schon mal offenstand, nahmen die beiden den Kaffee draußen im Stehen in der schnell wärmer werdenden Sonne ein. Heunisch steckte sich ein Zigarillo an.

„Also, lass hören, was gibt es Neues?", wollte Rumpel wissen. Er war jetzt voll da.

Heunisch erzählte seinem Nachbarn von dem Gespräch mit Rossinsky. Nachdenklich hörte Rumpel zu, schließlich meinte er: „Es ist unfassbar, welchen Aufwand jemand treibt, um mich zu belauschen."

„Da geht's nicht ums Belauschen, da steckt meines Erachtens ein perfider Plan dahinter. Diese Abhöraktion, diese Nachrichten mit den Drohungen, das alles läuft doch auf etwas Größeres hinaus! Du musst dich schützen! Du bist meines Erachtens massiv gefährdet!" Heunisch war besorgt. Er nahm einen Zug von seinem Zigarillo. „An deiner Stelle würde ich mir eine Waffe besorgen, damit du dich im Ernstfall verteidigen kannst. Dass hier nicht vor Gewalt zurückgeschreckt wird, siehst du an meinem Schädel." Er fasste unwillkürlich an das Pflaster, das nun statt des Kopfverbandes die fast verheilte Wunde schützte.

Rumpel schüttelte den Kopf. „Ich habe mir vorgenommen, keine Schusswaffe mehr anzufassen. Damit habe ich nur Leid unter die Menschen gebracht!"

„Verdammt, Rumpel, wach endlich auf! Du sollst ja niemand erschießen! Aber die Aktionen gegen dich spitzen sich immer mehr zu. Willst du hier das Opferlamm spielen?" Heunisch trank seine Tasse aus und stellte sie auf den kleinen Balkontisch. „Ich gehe jetzt runter in meine Wohnung und hole dir eine Waffe. Als ehemaliger Zielfahnder habe ich einen Waffenschein auf Lebenszeit, um mich im Ernstfall verteidigen zu können. Es könnte ja sein, dass es einem meiner früheren Kunden, die ich im Dienst verhaftet habe, einfällt, sich an mir zu rächen. Da waren ein paar wirklich schwere Jungs dabei, die durchaus unfreundliche Aktionen gegen mich starten könnten. Deshalb habe ich mir ein kleines Arsenal zugelegt." Er lächelte, drückte den Zigarillo am Balkongeländer aus, dann drehte er sich um und ging. Rumpel wollte ihm noch hinterherrufen, doch da hörte er schon das Schlagen der Wohnungstür.

„Dass der Kerl einem nicht zuhören kann …!", brummelte er verstimmt. Er ging zurück ins Zimmer und schloss die Balkontür. Eva stand schwanzwedelnd im Flur. „Ich weiß, Mädchen, du musst raus. Einen Moment noch zusammenkneifen, dann gehen wir."

Es klingelte erneut und Heunisch stand wieder vor der Tür. In einer Papiertüte trug er einen schwereren Gegenstand.

„Also, da habe ich für dich etwas Handliches, das aber im Ernstfall, auf kurze Entfernungen, ordentlich rumst und Wirkung zeigt!"

Er drängte sich an Rumpel vorbei und legte einen kurzläufigen Revolver auf den Küchentisch, daneben eine Schachtel mit Munition.

„Stefan, du weißt genau, dass das illegal ist. Ich habe keinen Waffenschein! Nimm also die Wumme wieder mit."

„Rumpel, jetzt sei nicht päpstlicher als der Papst! Ein Wort von dir und der Präsident trägt dir eine Waffenerlaubnis in deinen Dienstausweis ein."

Als er Heunischs Blick sah, seufzte er: „Gut, damit du zufrieden bist, werde ich mir bei nächster Gelegenheit eine Dienstwaffe zuteilen lassen. Die kann ich dann auch mit nach Hause nehmen."

„Hand drauf …?" Heunisch streckte ihm die Rechte entgegen. Rumpel schlug ein.

„So, jetzt muss ich mit Eva raus, weil ich anschließend wieder mal im Büro vorbeischauen will."

„Wenn du nichts dagegen hast, begleite ich dich."

Rumpel zog die Stirn kraus, als er bemerkte, wie Heunisch die Waffe in ein passendes Holster steckte, das er unter seiner Jacke am Gürtel trug.

„Stefan, du bist ein Hundling, du wolltest gar nicht, dass ich den Revolver nehme", entfuhr es ihm. „Du wolltest nur erreichen, dass ich mich breitschlagen lasse, eine Dienstwaffe zu beantragen!"

Heunisch zog ein harmloses Gesicht. „Verstehe nicht, was du meinst … Also, was ist, gehen wir Gassi? Da können wir gleich noch ein paar Dinge besprechen, wie wir strategisch weiter vorgehen. Es wird höchste Zeit, dass etwas geschieht und du aus der Opferrolle rauskommst!"

Wenig später waren sie am Main unterwegs. Schon nach einigen Metern entdeckte Eva einen etwa gleich großen Rüden, der sie nach allen Regeln der Kunst zum Spielen aufforderte. Die beiden Männer beobachteten die Hunde, die wie von der Sehne geschnellt am Ufer entlangausten.

„Ich nehme an", begann Heunisch das Gespräch, „du hast dir schon Gedanken darüber gemacht, wer ein Interesse daran haben könnte, dir Schaden zuzufügen?"

Rumpel zuckte mit den Schultern. „Ich habe natürlich darüber nachgedacht. Als ich noch bei der Streife war, sind nur die üblichen Polizeieinsätze angefallen. Da gabs zahlreiche Verhaftungen, die dann auch zu Verurteilungen führten, aber nichts Großartiges. Kein Waffeneinsatz. Später beim SEK hatte ich vor der Sache in Kitzingen eine Geiselnahme in einer Bank in Fürth, die ich mit einem letalen Schuss beendete. Der Gau war dann der Einsatz in Kitzingen. Der finale Rettungsschuss ging total daneben, wie du sicher schon gehört hast. Mittlerweile pfeifen es ja die Spatzen von den Dächern. Ich habe diese Szene hunderte Male vor meinem geistigen Auge ablaufen lassen. Es war einer jener seltenen Fälle, vor denen wir Scharfschützen uns fürchten. Das Ziel musste sich im Schuss bewegt haben. Jedenfalls konnte er noch auf die Geiseln schießen, ehe ihn die Kameraden ausgeschaltet haben. Bei der nachträglichen strengen internen Untersuchung wurde ich zwar von jeglicher Schuld freigesprochen, aber niemand kann mir meine persönliche Schuld nehmen. Ich hatte versagt! Die Richterin verstarb noch am Tatort. Die Protokollführerin wurde lebensgefährlich verletzt. Wie ich hörte, ist sie auf Dauer vom Becken an abwärts querschnittgelähmt und an den Rollstuhl gefesselt. Die Kugel des Geiselnehmers, die der Mutter des Kleinkindes gegolten hatte, durchschlug zuerst den kleinen Körper des Kindes. Die Wirbelsäule des Kleinen wurde dabei zertrümmert, es war auf der Stelle tot … Die austretende Kugel war also abgeschwächt, so dass die Mutter zwar einen Lungensteckschuss erhielt, aber gerettet werden konnte. Diese Frau wird ein Leben lang unter dieser schweren Last leiden müssen …"

Die letzten Sätze stieß Rumpel nur so hervor, dabei schlug er sich mit der Faust gegen die Stirn. Heunisch schwieg betroffen. Das war ein Moment, der keinen Kommentar vertrug.

Nach einiger Zeit ergänzte Rumpel leise: „Kannst du jetzt verstehen, warum ich keine Waffe mehr anfassen will?"

Heunisch legte ihm ohne Worte die Hand auf die Schulter. Nach einer Weile des Schweigens erklärte er: „Ich muss dir sagen, dass ich dich sehr gut verstehe. Dieses Gefühl kenne ich zur Genüge … Wie du weißt, war ich Jahre bei der Fahndung eingesetzt. Dabei musste ich zweimal von der Schusswaffe Gebrauch machen. Jedes Mal in Notwehr, beide Male war mein Gegner nach dem Schusswechsel tot. Einmal habe ich mir trotz Schutzweste eine Kugel in den linken Arm eingefangen." Zwischen ihnen herrschte Schweigen. Schließlich fuhr Heunisch fort: „Das ist der Job. Wir sind angetreten, um die Gesetze durchzusetzen und die Bevölkerung zu schützen … was im Ernstfall auch bedeutet von der Schusswaffe Gebrauch zu machen. Was in der Konsequenz heißt, es kann in Ausnahmefällen zu unvorhersehbaren Unfällen kommen. Damit müssen wir leben. Würden wir nicht unseren Job machen, würde es der Anarchie Tür und Tor öffnen." Nach einer größeren Pause, in der jeder der beiden das Gesagte abwog und verarbeitete, ergriff Heunisch wieder das Wort.

„Es dürfte wohl naheliegend sein, dass sich da jemand an dir rächen will. Jemand, der weiß, wie du psychisch in Mitleidenschaft gezogen bist. Meines Erachtens sollte man den Kreis der durch den Einsatz in Kitzingen geschädigten Personen mal näher unter die Lupe nehmen. – Du hast doch sicher die Namen und die Adressen der Beteiligten?"

Rumpel nickte langsam. „Die Namen ja … bei den Adressen weiß ich nicht. Es ist ja seit dem Vorfall einige Zeit vergangen. Ich habe mich nicht mehr dafür interessiert, weil ich ganz einfach nur noch Abstand haben wollte."

„Verständlich, aber diese Zurückhaltung solltest du jetzt ablegen. Wir müssen herausfinden, ob nicht jemand dabei ist, der Rachepläne schmiedet."

Sie beobachteten Eva, die von ihrem Spielkameraden abließ und wild hechelnd zu ihnen zurückkam. Anscheinend hatte sie fürs Erste genug.

„Du hast doch im Büro einen Computer. Klemm dich dahinter und recherchiere mal die Namen. Vielleicht kannst du was herausfinden. In den Fällen, in denen Unklarheit besteht, sagst du mir Bescheid und ich werde mich dann um die weiteren Nachforschungen kümmern. Schließlich habe ich Zeit."

An einer Straßenkreuzung trennten sie sich. Rumpel bog ab in Richtung Präsidium und Heunisch machte sich auf den Heimweg. Kurz bevor sie sich trennten, mahnte Heunisch noch einmal eindringlich: „Bevor du dich hinter den Computer klemmst, geh bitte in der Verwaltungsabteilung vorbei und beantrage die Zuteilung einer Dienstwaffe. Ich denke nicht, dass da jemand Fragen stellt. Das ist für einen Polizeibeamten doch völlig normal. Insbesondere in deiner speziellen Lage."

Rumpel verzog das Gesicht und marschierte weiter. Eva hatte sich ausgetobt und trottete gemütlich neben ihm her.

Heunisch blieb stehen und sah den beiden eine Weile hinterher, dabei murmelte er: „Wetten, dass der alte Sturkopf nichts unternimmt …"

Achtunddreißig

„…Ende des Diktats." Lena trat mit dem Fuß auf das Pedal, mit dem sie das Diktiergerät bedienen konnte, das in Höhe ihres Kopfes über dem Seziertisch hing, und schaltete es aus. Gerade hatte sie die Obduktion einer Unfallleiche beendet, bei der nicht sicher gewesen war, weswegen der Mann von der Fahrbahn abgekommen, das Geländer einer Brücke durchbrochen und sechs Meter in die Tiefe gestürzt war. Nach der Untersuchung war es eindeutig: Er hatte einen Herzinfarkt erlitten und war sofort tot gewesen. Sie trat einige Schritte zurück, zog die dicken Gummihandschuhe aus und löste die Bänder der langen Gummischürze, die sie bei der Arbeit trug. Es folgte die Schutzbrille; die Einweghaube und die Schutzkleidung landeten in einem Sack für kontaminiertes Material. Danach streifte sie die weißen Gummistiefel ab und schlüpfte in bequeme Clogs. Während sie ihren weißen Arztkittel anzog, wandte sie sich an den Assistenten: „Herr Rügamer, erledigen Sie bitte den Rest und geben Sie das asservierte Material ins Labor zur Untersuchung. Ansonsten das übliche Prozedere. Vielen Dank. – Heute Nachmittag steht noch das Vergiftungsopfer auf dem Plan?"

Der Sektionsassistent nickte. „Der Sachbearbeiter der Kripo, Hauptkommissar Reifmüller, wird dabei sein."

„Alles klar", erwiderte sie, dann verließ sie den Sektionssaal. In einem Vorraum wusch und desinfizierte sie sich die Hände, dann eilte sie in ihr Büro. Die Schreibkanzlei würde das gerade diktierte Protokoll fertigen und ihr dann zur Unterschrift vorlegen. Eine gute Stunde später würde es der Staatsanwalt per Mail in Händen halten, der dann die Leiche zur Bestattung freigeben konnte. Für die Angehörigen eine wichtige Entscheidung.

Sie sah auf die Uhr. Kurz vor zwölf. Ihr Magen machte sich bemerkbar. Sie entschied sich, in eine der Cafeterias der Uniklinik zu gehen, die sie auf einem der Verbindungswege zwischen Rechtsmedizin und Uni erreichen konnte. Da sie das Gelände praktisch nicht verlassen musste, ließ sie ihren Arztkittel an. Auf ihrem Weg kam sie in der Nähe der Anlieferung zur Rechtsmedizin vorbei. Gerade fuhr ein Leichenwagen die Auffahrt hinauf. Sie blieb kurz stehen. Er trug keine Firmenaufschrift, daher ging sie weiter. Hier war täglich Betrieb. Tote wurden gebracht oder abgeholt. Business as usual.

Lena hatte noch immer keine Entscheidung getroffen, was sie mit dem Ergebnis der Recherche des Privatdetektivs machen sollte. Sie hatte keine Zweifel daran, dass er den richtigen Mann ausfindig gemacht hatte. Fingerabdrücke logen nicht. Ihr selbst war der Mann auch schon bei der Arbeit über den Weg gelaufen, ohne dass sie ihn erkannt hatte. Wenn sie mit dem Ergebnis der Detektei zur Polizei ging, würde diese erst einmal Ermittlungen betreiben, um sicherzustellen, dass Lena sich nicht irrte. Das würde bedeuten, er würde davon erfahren und sich dann flott wieder aus dem Staub machen, wie er es in der Vergangenheit schon öfters praktiziert hatte. Seitdem sie den Brief des Detektivs gelesen hatte, war in ihr der alte Hass wieder entflammt. Wie die Lava eines kurz vor dem Ausbruch stehenden Vulkans dicht unter der Erdoberfläche brodelte. Sie wollte diesen Mörder leiden lassen. So leiden lassen, wie sie damals gelitten hatte und es heute noch tat. Während sie darüber nachdachte, schloss sie unwillkürlich die Hände zu Fäusten, so dass die Knöchel weiß hervortraten. Einige Zeit dachte sie daran, Rumpel in ihre Pläne mit einzubeziehen. Sie war sich allerdings nicht sicher, ob er sie dabei unterstützen würde. Rumpel war nach wie vor Polizist und das, was ihr da an Szenarien durch den Kopf schoss, war sicher nicht mit den Überlegungen einer gesetzestreuen Bürgerin zu vereinbaren.

Sie betrat die wenig besuchte Cafeteria, nahm sich ein Tablett und schob es an den ausgestellten Angeboten vorbei. Zum Schluss standen ein belegtes Käsebrötchen und eine Tasse Kaffee darauf. Nachdem sie gezahlt hatte, suchte sie sich einen Platz an einem der Plastiktische in einer Ecke und begann zu essen.

Der Mann am Steuer des Leichenwagens, eines geräumigen Ford-Kombis mit weiß bemalten Fenstern, hatte die Geschwindigkeit des Fahrzeugs deutlich vermindert und starrte zum Seitenfenster hinaus. Sein Beifahrer registrierte natürlich, dass er der Frau im Arztkittel, die ein Stück entfernt in Richtung Krankenhaus eilte, nachblickte.

„Mensch, Jan, mach mal hinne und schau nicht den Weibern hinterher!", raunzte er ihn an. „Wir müssen nachher noch nach Greußenheim und einen Verstorbenen aus dem Altersheim abholen. Außerdem möchte ich pünktlich zum Mittagessen daheim sein. Meine Frau hat mir Fränkische Schnickerli versprochen. Wirklich was ganz Feines!"

Der mit Jan Angesprochene sah seinen Kollegen verwundert an. „Was ist denn das?"

„Schnickerli sind gekochte und in Streifen geschnittene Kuheuter oder Pansen von Kälbern oder Rindern. Wirklich eine Delikatesse!" In Gedanken an die bevorstehende Mahlzeit schmatzte er laut.

Jan verzog das Gesicht. „Mensch, Gottfried, das kann man doch nicht essen!"

„Du weißt halt nicht, was gut ist", gab Gottfried zurück und verdrehte genießerisch die Augen. Sie erreichten den Lieferanteneingang der Rechtsmedizin. Gottfried stieg aus und läutete, hinter ihm ging der Motor aus. Olaf Rügamer, der Sektions-assistent öffnete.

„Servus Olaf", erklärte Gottfried, „wir bringen Edwin Schindelmann, den Selbstmörder aus Rimpar. Die Staatsanwaltschaft hat euch ja schon informiert und die Obduktion angeordnet."

„Rein damit", gab Rügamer zurück, griff hinter sich und schob eine Rollbahre zurecht. „Er kommt in das Kühlfach sechzehn."

Die beiden Bestatter öffneten ihren Kombi und zogen einen Kunststoffsarg heraus, den sie gemeinsam auf die Rollbahre hievten. Rügamer schloss die Flügeltüren des Lieferanteneingangs und eilte ihnen voraus. In flottem Tempo marschierten sie durch einen langen Kellerflur, der eine Steigung aufwies, die im Erdgeschoss des Gebäudes endete. Die Kühlfächer für die Toten befanden sich in einem gekachelten Raum, dessen Kälte den Männern entgegenschlug. Jan suchte das Kühlfach mit der Nummer 16, drehte den Griff und zog die lange, auf Rollen laufende Schublade heraus. Mit wenigen Handgriffen öffneten sie den Transportsarg und legten den noch immer bekleideten Toten, dessen Leichenstarre noch ausgeprägt war, auf die Flä-che der Schublade. Gottfried entnahm dem Sarg ein Klemm-brett mit mehreren Papieren.

„Bitte quittieren", sagte er und hielt Rügamer das Brett hin. Der zog einen Stift aus seinem grauen Arbeitsmantel und un-terschrieb mehrfach. Ein Exemplar entnahm er, das Klemm-brett gab er Gottfried mit den restlichen Unterlagen zurück.

Er warf einen Blick auf Jan, der langsam an der Wand mit den Kühlfächern entlangging.

„Alle belegt?", wollte er wissen.

„Nein, im Moment ist es ziemlich ruhig", gab Rügamer zu-rück. „Lediglich drei Gäste."

Jan verzog das Gesicht. „Ziemlich kalte Unterkunft."

„Jan, jetzt komm schon!", rief sein Kollege und legte den Sargdeckel auf.

„Ja, ja, ich weiß, du musst zu deinen Schnecken …", gab Jan zurück und verdrehte die Augen.

„Schnickerli!", rief Gottfried. „Schnickerli!"

Einen Moment später verließ der Leichenwagen das Institut. Es war kurz nach zwölf Uhr.

Rügamer holte einen Anhänger aus einer Schachtel, beschriftete ihn und befestigte ihn an den Schuhen des Toten. Voraussichtlich konnte man ihn für morgen auf den Plan setzen, dann würde er ihn in Gegenwart der Polizei ausziehen und die Kleidung sicherstellen. Anschließend nahm er ein Leichentuch von einem Stapel und deckte Edwin Schindelmann damit ab, dann schloss er das Kühlfach. Während er den Raum verließ, sprang der Motor der Kühlanlage vernehmlich an.

Neununddreißig

Rumpel saß am nächsten Vormittag gegen zehn Uhr vor seinem Bildschirm und bearbeitete die Tastatur mit ungewohnter Energie. Veronika Siebenlist und Christian Schubert warfen sich gegenseitig verwunderte Blicke zu. Was war denn heute in ihren Chef gefahren? So frühzeitig bereits am Schreibtisch? Ungewohnt! Mit der Aussage, er müsse sich mal konzentriert um eine bestimmte Sache kümmern, hatte er sich aus jeglicher Konversation ausgeklinkt. Die beiden ließen ihn in Frieden, wussten sie doch, dass er in solchen Momenten äußerst grantig reagieren konnte. Außerdem würde der Anfall sicher nicht lange anhalten. Beide verzogen sich nach hinten in die Registratur und begannen, die Jahrgänge 2001 von ihren Heftungen zu befreien, um sie anschließend durch den Mehrseiten-Scanner jagen zu können.

Rumpel war begeistert, mit welcher Geschwindigkeit sein dienstlicher Rechner arbeitete. Diese Erfahrung war für ihn völlig neu, weil er das Teil bisher sehr wenig benutzt hatte. Kaum hatte man eine Suchanfrage eingegeben, war die Antwort schon da. Er benutzte für seine Recherche das polizeiinterne Suchprogramm *POLICE-FILE-TRACKER*, mit dessen Hilfe er auf viele Datenbanken staatlicher Ermittlungsbehörden zugreifen und spezielle Suchanfragen anstoßen konnte. Zunächst suchte er sich das Ermittlungsverfahren heraus, das nach dem Einsatz in Kitzingen gegen ihn eröffnet worden war. Es war aus Gründen der Geheimhaltung speziell abgesichert, so dass nicht jeder darauf zugreifen konnte. Aufgrund der Aufgabe seiner Abteilung besaß er jedoch sehr umfangreiche Berechtigungen. Rumpel atmete auf, als er bemerkte, dass diese Unterlagen bereits in digitalisierter Form registriert worden waren und er eine Befugnis zweiter Klasse besaß. Das bedeutete, dass er die Anzeige selbst und den Abschlussbericht lesen, aber nicht verändern konnte. Seine Vernehmung und die der Geschädigten waren allerdings bis auf die Namen gesperrt und inhaltlich nicht zugänglich. Das machte aber nichts. Er hatte nicht die Absicht, diese ganzen Einlassungen, Untersuchungsberichte und Gutachten nochmals durchzulesen. Da er in dem Verfahren Beteiligter war, hatte er persönlich einen Großteil in Papierform zugestellt bekommen. Diese Unterlagen verwahrte er auf dem Dachboden in einem Ordner auf, den er allerdings schon lange nicht mehr geöffnet hatte. Aus den Augen, aus dem Sinn! Wenn das nur so einfach funktionieren würde …

Neben ihm ertönte unvermutet ein Räuspern. Erschrocken sah er hoch. Rumpel hatte nicht bemerkt, dass sich Veronika Siebenlist von der Seite genähert hatte.

„Entschuldigung, Chef … wir wären dann mit den Akten der Polizeiinspektion Marktheidenfeld so weit zum Scannen …"

„Mein Gott, kann man hier nicht mal fünf Minuten ungestört arbeiten?!", schimpfte Rumpel los. „Ich muss euch doch nicht sagen, was ihr mit dem Papierkram machen sollt! Ihr tut doch den ganzen Tag nichts anderes!" Er merkte, dass er etwas überzogen reagiert hatte. Etwas ruhiger fuhr er fort: „… also fangt schon mal an … ich brauche jetzt mal eine Stunde Ruhe …" Er sah sich um. „Es gibt doch sicher noch einen Kaffee?"

Veronika Siebenlist warf ihm einen ärgerlichen Blick zu. „Die Kaffeemaschine steht dahinten!", erklärte sie, dann schüttelte sie den Kopf und entfernte sich. „Dieser Grantler hat heute wieder eine Laune …! Ich bin doch nicht seine Bedienung …", brummelte sie gerade so laut, dass er es hören musste. „Du wirst es nicht glauben, aber unser Chef braucht seine Ruhe, weil er *arbeitet!*" Das letzte Wort betonte sie so, dass Schubert grinsend das Gesicht verzog. Er wusste, dass seine Kollegin mit dem freiheitlichen Sonderstatus, den Rumpel während seiner Wiedereingliederungsphase genoss, ihre Probleme hatte.

Der Mann, über den sich seine Mitarbeiter unterhielten, war mittlerweile in Gedanken schon wieder bei seinen Recherchen. Er erhob sich und goss sich an der Maschine eine Tasse Kaffee ein. Zurück an seinem Platz stellte er sie neben einen Block, auf den er handschriftlich eine Liste der damals bei dem Einsatz beteiligten Opfer gemacht hatte. Daneben standen die von ihm zu klärenden Fragen:

a) Richterin am Amtsgericht Anna-Luise Michel-McCallum, vom Täter erschossen. Frage: Ehemann, Kinder vorhanden? Wo ist der derzeitige Aufenthaltsort?

b) *Protokollführerin Franziska Guttendorf, verheiratet, Kinder? Auf Dauer querschnittgelähmt – derzeitiger Aufenthalt und gesundheitlicher Zustand ungeklärt*

c) *Fiona Nagel, Mutter von dem Kind Rosemarie Nagel, durch ein Geschoss des Täters, das ihr Kind durchschlagen hatte, schwer verletzt, derzeitiger Aufenthalt und gesundheitlicher Zustand sowie Familienstand unbekannt*

d) *Kind Rosemarie Nagel, von Täter getötet*

e) *Täter: Werner Wossowinsky, vom SEK erschossen – hat Nachkommen, Freunde, Verwandtschaft, die Rachepläne schmieden könnten?*

Rumpel betrachtete die Liste. Da stand ihm beträchtliche Arbeit bevor. Eine Aufgabe, die ihn mit Sicherheit schwer belasten würde, da er für die Klärung der Fragen tief in die Vorgänge rund um den Einsatz in Kitzingen und dessen Folgen eintauchen musste. Alles würde wieder aufgewühlt werden! Er biss sich auf die Lippe. Es führte kein Weg daran vorbei –

wollte er diese ständigen Bedrohungen loswerden, musste er rückhaltlos alles aufklären. Er öffnete wieder den Browser seines Rechners und gab in die Suchmaske den Namen der Richterin ein. Sofort ploppten zahlreiche Links auf. Rumpel überlegte einen Moment, dann öffnete er die Seite der Mainpostille. Es war davon auszugehen, dass im Archiv die Sterbeanzeige von Anna-Luise Michel-McCallum zu finden war. Da das Ereignis ja schon geraume Zeit zurücklag, wurde er zur Suche in der Datenbank der Zeitung aufgefordert. Da er das Sterbedatum nur zu genau kannte, wurde er schnell fündig. Die Annonce war mit einem bunten Bild der Richterin versehen und auch sonst von standesgemäßer Aufmachung und Größe. Obwohl er die Richterin nicht persönlich gekannt hatte, bewegte ihn der Anblick der freundlich lächelnden Frau, die so brutal aus dem Leben gerissen wurde. Sein suchender Blick fand die Zeile, die für ihn relevant war: „… Es trauert Ehemann Roland Michael McCallum mit den Kindern James und Michael Jr. Die Beisetzung fand in aller Stille am Familiengrab der Familie McCallum in Riverside, Texas, statt."

Rumpel fand noch weitere Sterbeanzeigen, die vom Bayerischen Richterverein, vom Oberlandesgericht Bamberg und vom Landgericht Würzburg veröffentlicht wurden. Sie waren für seine Recherche allerdings nicht relevant. Er machte auf dem Block neben dem Namen der Richterin einen entsprechenden Vermerk, schloss das Fenster und gab als weiteres Suchkriterium „Roland Michael McCallum" ein. Auch hier zahlreiche Treffer. Link für Link arbeitete Rumpel sie ab. Sehr schnell stellte sich heraus, dass der Ehemann, der in führender Position für ein weltweit agierendes Ölkonsortium arbeitete, einige Zeit nach dem Tod seiner Ehefrau aus beruflichen Gründen in seine Heimat nach Texas zurückgekehrt war. Nach dieser

Zeit konnte Rumpel keine deutschen Einträge mehr im Netz finden. Aus jüngerer Zeit entdeckte er ein Foto von Roland Michael McCallum, der auf einem Pferd sitzend für die Aufnahme posierte. Soweit er den Artikel aus einem amerikanischen Manager-Magazin übersetzen konnte, zeigte das Bild McCallum auf der familieneigenen Ranch nach seinem Aufstieg zum Vizepräsidenten der Ölfirma. Rumpel dachte kurz nach, dann strich er den Namen der Richterin und den ihres Ehemannes auf seinem Block durch. Der Mann würde wohl kein Interesse daran haben, ihn von Texas aus zu verfolgen. Schon gar nicht mit irgendwelchen Botschaften, die ihm hier zugestellt wurden.

Rumpel lehnte sich zurück, griff nach seinem mittlerweile kalt gewordenen Kaffee und leerte die Tasse. Mit einem Blick auf seine Armbanduhr stellte er fest, dass mehrere Stunden wie im Flug vergangen waren. Er stand auf und dehnte sich. Die Muskulatur war etwas verspannt. Eva beobachtete ihn neugierig. Sie wusste nicht, ob dies als Zeichen zum Aufbruch zu deuten war.

„Also gut", entschied er, „machen wir einen Spaziergang." Mit einem Satz war die Hündin auf den Läufen und streckte sich ihrerseits. Rumpel steckte seine Notizen ein, dann ging er ins Archiv und erklärte seinen Mitarbeitern, dass er für heute Schluss machen würde. Wenig später war er auf dem Weg zum Ausgang. Unterwegs schrieb er eine Nachricht an Stefan Heunisch, dass er ihn gerne gesprochen hätte. Er würde jetzt auf ein Bier in das BULLEN-PUB gehen.

„Nach so viel Arbeit hat unser lieber Chef wirklich seinen Feierabend verdient", meinte Veronika Siebenlist ironisch und schnitt mit Elan die Kordel eines zusammengebundenen Aktenbündels durch.

„Du kannst es nicht lassen …", stellte Schubert kopfschüt-

telnd fest. „Er hat in der letzten Zeit ziemlich viel Mist durch-
machen müssen …"

„Sicher … du hast ja recht. Ich meine es ja auch nicht so."

Stefan Heunisch hatte seinen Mittagsschlaf beendet. Er fühlte
sich richtig erfrischt. Gegenüber Mitmenschen hätte er es natürlich nie zugegeben, aber der Schlag auf den Kopf machte ihm
noch immer etwas zu schaffen. Zuerst wollte er sich eine Tasse
Kaffee zubereiten, dann entschied er sich aber, bei Rumpel vor-
beizuschauen und den Kaffee mit ihm zusammen zu trinken.
Bei der Gelegenheit konnten sie ein paar Pläne diskutieren, wie
Rumpel seiner Meinung nach weiter vorgehen sollte. Heunisch
hatte das Gefühl, der jüngere Kollege bedurfte immer wieder
mal eines sanften Tritts in den Hintern, um an der Sache dran-
zubleiben. Er verließ seine Wohnung und nutzte die Treppe, um
zu Rumpels Wohnung hochzusteigen. Etwas Training konnte
nicht schaden. Als er das oberste Stockwerk erreichte, musste
er dann doch etwas schnaufen. Nur noch Treppen steigen, kein
Aufzug mehr!, verordnete er sich insgeheim. Der Flur verlief
nicht geradeaus, sondern machte, der Konstruktion des Gebäudes folgend einen fast rechtwinkeligen Knick in einen Seiten-
flügel. In diesem Bereich befand sich auch der Aufzug, schräg
gegenüber Rumpels Wohnungstür. Heunisch trug aus alter Gewohnheit weiche Einsatzschuhe, mit denen man auf den Stein-
platten des Bodens praktisch lautlos laufen konnte. Als er um
die Ecke biegen wollte, blieb er ruckartig stehen. Wenn er sich
nicht täuschte, machte sich eine junge blonde Frau an Rumpels
Wohnungstür zu schaffen. Heunisch trat einen Schritt nach
vorne.

„Entschuldigung, darf ich Sie fragen, was Sie hier machen …?
Kann ich Ihnen helfen?"

Sie zuckte zurück und ihr Körper spannte sich an. Sie kniff

die Augen zusammen und für einen Moment ballte sie die Fäuste. Fast sah es so aus, als wollte sie eine Abwehrhaltung einnehmen. Heunisch, der eine entsprechende Ausbildung hatte, fiel diese Reaktion sofort auf. Der Eindruck dauerte aber nur eine Sekunde und die Frau entspannte sich sofort wieder. Als hätte sie einen Schalter umgelegt, huschte ein Lächeln über ihr Gesicht.

„Ach, schön, dass ich hier jemand treffe. Ich möchte gerne zu Herrn Adam Rumpel. Der wohnt doch hier?"

Die Frage war natürlich rein rhetorischer Natur, da sie direkt vor dem Klingelschild mit der Aufschrift „Rumpel" stand.

„Ich nehme an, Sie haben geläutet. Wenn er nicht aufmacht, ist er halt nicht da. Darf ich fragen, was Sie von ihm wollen? Wir sind befreundet und ich kann ihm gerne ausrichten, dass Frau … wie war doch Ihr Name … ihn besuchen wollte …"

„Entschuldigen Sie meine Unhöflichkeit", säuselte sie. „Ich bin Anja Herold, Journalistin von der Zeitschrift *Spotlight*. Ich hatte schon mit Herrn Rumpel gesprochen und wollte ihn fragen, ob er jetzt für ein Interview zur Verfügung stehen würde."

In Heunischs Kopf ratterten die Gedanken. Das war also die Journalistin, die Rumpel verfolgte. Auch er konnte diesen aufdringlichen Typus Journalistin nicht ausstehen. Schon während seiner aktiven Dienstzeit war er immer wieder mal Gegenstand des Interesses dieser Spezies Pressemensch. Den Bericht Rumpels über seine Begegnung mit dieser Frau im Hinterkopf, musterte er sie besonders kritisch. Irgendetwas an dieser Journalistin kam ihm merkwürdig vor. Es war nur ein Gefühl, er konnte es aber im Augenblick nicht näher fassen.

„Wie Sie sehen, ist er nicht da." Heunisch wartete ab.

Man konnte sehen, dass die Frau einen Moment überlegte und ein angespannter Zug über ihr Gesicht huschte, dann hatte sie sich wieder im Griff und ihr Lächeln kehrte zurück.

„Sie sind offenbar hier so etwas wie der Hauswart", gab sie spitz zurück." ... Dann richten Sie Herrn Rumpel bitte meine besten Grüße aus. Wenn er zu einem Interview bereit ist, soll er mich bitte anrufen. Er hat meine Karte und meine Handynummer. Er soll mich bitte direkt kontaktieren, da ich als freie Journalistin nicht über die Redaktion erreichbar bin."

Sie drehte sich um und drückte auf den Rufknopf des Aufzugs. Die Schiebetür öffnete sich sofort und sie stieg ein. Dem letzten Blick, den sie Heunisch zuwarf, bevor sich die Tür schloss, fehlte jegliche Freundlichkeit. Offenbar war sie ziemlich sauer, was ihm aber gleichgültig war. Er ging zu dem großen Fenster am Ende des Flurs und sah hinaus. Von da aus hatte man einen guten Blick auf den Eingangsbereich des Gebäudes, den Parkplatz und die angrenzenden Straßen. Es dauerte nicht lange und die Journalistin trat aus dem Haus. Eiligen Schrittes verließ sie das Gelände und bewegte sich ein Stück die Straße entlang. An einem kleineren Wohnmobil blieb sie stehen, öffnete es und schwang sich hinter das Steuer. Einen Moment später parkte sie aus und fuhr zügig die Mainaustraße hinunter.

Da Rumpel offensichtlich nicht zuhause war, drehte Heunisch wieder um und suchte seine Wohnung auf. Ihm ging das Verhalten dieser Journalistin nicht aus dem Kopf. Als er sie antraf, drehte sie ihm den Rücken zu und beugte sich herunter, so als wolle sie das Schloss von Rumpels Wohnung inspizieren. Er konnte sich natürlich täuschen und sie hatte nur an der Tür gelauscht, um herauszubekommen, ob vielleicht doch jemand da ist. Stefan Heunisch hatte einen ausgeprägten Bulleninstinkt, wie er es nannte. Diese Frau erweckte sein Misstrauen. Er zögerte einen Moment, weil es ihn eigentlich nichts anging ... Schließlich holte er sein Handy aus der Tasche und suchte die Website von *Spotlight* und dort die Kontaktnummer heraus. Nachdem er die Nummer gewählt hatte, landete er bei einem Automaten, der ihm erst mal diverse Ziffern anbot, die er drücken sollte, wenn er ein bestimmtes Problem ansprechen wollte. Da er hoffte, dass er bei Fragen zu einem Abonnement am schnellsten auf einen echten Menschen treffen würde, drückte er die entsprechende Nummer. Sofort war sphärische Musik zu hören und er erfuhr von einer samtweichen Frauenstimme, dass er Anrufer Nummer fünfzehn sei und seine Wartezeit voraussichtlich achtzehn Minuten betragen würde. Verärgert unterbrach er die Verbindung. Er würde es spätabends noch einmal versuchen, weil er hoffte, dass dann weniger Andrang herrschte. Er warf einen Blick auf sein Handy. Zu seinem Erstaunen war eine Nachricht von Rumpel eingegangen, der ihn wissen ließ, dass er auf dem Weg zum BULLEN-PUB war. Kurz entschlossen entschied sich Heunisch, seit langem wieder einmal die Kneipe aufzusuchen. Früher war er dort öfters Gast gewesen. Nach seiner Pensionierung hatte er dann das Pub eher gemieden, da er keine Lust hatte, sich dort in den Kreis der Pensionisten einzureihen, die sich mit Kartenspielen, flotten Sprüchen und der Erzählung ihrer heldenhaften Leistungen als Polizisten die Zeit vertrieben. Heute würde er mal eine Ausnahme machen, weil er dort Rumpel treffen würde … außerdem hatte er Bierdurst.

Vierzig

Richi erblickte ihn sofort. Erstaunt riss er die Augen auf. „Ja, ich werd verrückt, der Stefan Heunisch! Ein seltener Gast! Dachte schon, du betrachtest mittlerweile den Rasen von unten …" Er grinste.

Heunisch lachte. „Da mach dir mal keine Sorgen! Du weißt doch, wie das mit uns Pensionisten ist: keine Zeit, keine Zeit! – Zapfst du mir bitte mal ein Pint?"

„Aber gerne", gab der Wirt zurück und griff zum Zapfhahn. Heunisch sah sich im Lokal um, grüßte ein paar alte Bekannte, dann fragte er: „Sag mal, war der Adam Rumpel heute schon da? Wie ich weiß, gehört er doch zu deinen Stammgästen …"

Während Richi das Guinness ins Glas laufen ließ, erklärte er: „Nein, heute habe ich ihn noch nicht gesehen. Aber nachdem Lena an seinem Tisch sitzt, wird er wohl bald kommen." Er machte mit dem Kopf eine Bewegung in Richtung des nächststehenden Tisches. Jetzt erst registrierte Heunisch die Frau und er zog verwundert die Augenbrauen in die Höhe. Fast hätte er wieder einen Rückzieher gemacht und wäre am Tresen sitzen geblieben. Denn auf den ersten Blick hatte diese Frau dort eine frappierende Ähnlichkeit mit dieser Journalistin, fast wie eine Doppelgängerin! Wenn man allerdings genauer hinsah, war der Unterschied schon deutlich erkennbar.

„Rumpel trifft sich öfters mit der Frau hier im Pub …", flüsterte Richi, während er Heunisch sein Bier über den Tresen schob. „… sehr nett, die Dame! Kannst dich sicher dazusetzen", ergänzte er.

Heunisch schnappte sich sein Glas und näherte sich Lena.

„Hallo, grüß Gott", sagte er forsch, „ich bin Stefan Heunisch."

Etwas irritiert blickte sie von einem Schreiben auf, das sie gerade studiert hatte.

„Ja ... bitte ...? Soll mir der Name etwas sagen?" Es war ihr deutlich anzumerken, dass sie an einem Gespräch nicht interessiert war.

„Entschuldigen Sie die Störung. Ich bin ... ein guter Nachbar von Rumpel und wollte ihn hier treffen ... Richi sagt, dass er üblicherweise hier sitzt." Er hob die Hand. „Wenn es aber gerade unpassend ist, kann ich mich auch an einen anderen Platz setzen."

Sie lächelte leicht. „Nein, nein, nehmen Sie ruhig Platz. Eigentlich müsste er schon hier sein, es ist seine Zeit."

Heunisch bedankte sich und nahm ihr gegenüber Platz. Er hob sein Glas. „Es tut mir leid, aber ich muss erst mal etwas trinken, ich bin ziemlich durstig."

„Natürlich", erwiderte sie, hob ihr Schoppenglas und nahm ebenfalls einen Schluck.

In diesem Augenblick ging die Kneipentür auf und Eva stürmte herein, dicht gefolgt von Rumpel. Als er Lena und Stefan zusammen am Tisch sitzen sah, zog er verwundert die Augenbrauen hoch. Eva geriet bei den vielen Menschen, die sie begrüßen musste, richtig in Stress. Wie von der Tarantel gestochen sauste sie jaulend von Richi zu Lena und gleichzeitig zu Heunisch und wieder zurück. Dabei musste ein Zeitungsständer dran glauben, der klappernd in die Ecke flog. Die drei hatten richtig Mühe, die Freude der Hündin in einigermaßen geordnete Bahnen zu lenken. Schließlich sprach Rumpel ein Machtwort und sie legte sich folgsam auf ihren Platz unter dem Tisch.

„Mannomann", stöhnte Rumpel und setzte sich neben Heunisch an den Tisch, „dieser Hund hat Kraft wie ein Pony!"

Er gab dem Wirt ein Zeichen und Richi schenkte ihm ein

Guinness ein. Währenddessen sah Rumpel Lena und Stefan etwas erstaunt an.

„Habt ihr euch hier verabredet? Kennt ihr euch?"

„Nein, wir haben uns gerade erst kennengelernt. Aber wenn man dir etwas mitteilen will, ist es besser, man kommt hierher, denn zuhause bist du ja nur sporadisch zu erreichen", unkte Heunisch.

Rumpel nahm das Glas, das Richi ihm hingestellt hatte, und erklärte: „Na, dann will ich euch mal miteinander bekannt machen. Das hier ist Stefan Heunisch, ein guter Nachbar und ... ja ... Freund, kann man schon sagen. Stefan ist pensionierter Kriminalbeamter ... und weiß nicht, was er den ganzen Tag treiben soll, deshalb hilft er mir bei der Ausbildung von Eva."

Er wandte sich Lena zu. „Hier sitzt Lena Kohlhepp ... Dr. Lena Kohlhepp, um korrekt zu sein ..., ebenfalls eine ... Freundin. Sie ist Rechtsmedizinerin."

Heunisch hob sein Glas. „Stefan!"

„Lena!", gab Lena zurück und stieß mit ihm an. Damit waren die Förmlichkeiten vom Tisch. Es trat für einen Moment Stille ein. Schließlich trank Lena ihr Glas leer. Als Richi fragend herübersah, winkte sie ab.

„Danke, nein, ich will weiter. Ich bin nur hierhergekommen, weil ich Rumpel ... zum Abendessen zu mir einladen wollte. Seine Telefonnummer hat er mir ja bisher verschwiegen." Sie zwinkerte schelmisch.

Rumpel war völlig überfahren. Damit hatte er nun wirklich nicht gerechnet.

„... oder passt es dir nicht ...?", fragte sie nach.

„Doch, doch! Gerne! ... Ich komme sehr gerne." Fast hätte er gestottert.

„Gut, dann 19 Uhr bei mir!" Sie zögerte kurz, dann fuhr sie fort: „Meinst du ... du kannst Eva mal zuhause lassen? Du hast ja selbst gesagt, dass sie Probleme mit Katzen hat … Meinen Mikesch kann ich ja nicht ausquartieren …"

„Stimmt, da habe ich jetzt gar nicht dran gedacht", erwiderte Rumpel. Dann machte er eine wegwerfende Handbewegung. „Eva kann schon mal eine Zeit alleine bleiben. Das wird ihr keinen Knacks versetzen."

„Das ist kein Problem", mischte sich Heunisch in das Gespräch ein, „ich nehme Eva gerne mit zu mir. Sie war doch schon öfters mal bei mir zu Gast. – Ist auch egal, wie lange es dauert … ich geh später auch mit ihr Gassi", fügte er an, ohne eine Miene zu verziehen.

„Prima", freute sich Lena, „dann wäre das Problem auch gelöst." Sie erhob sich, bezahlte am Tresen und verließ die Kneipe.

Die Tür war kaum hinter ihr ins Schloss gefallen, als Stefan Heunisch zischend die Luft abließ.

„Rumpel, Rumpel, da bewahrheitet sich wieder einmal der Spruch: Tiefe Wasser gründen tief … oder aber … die dümmsten Bauern haben die größten Kartoffeln! Du kannst es dir aussuchen! Wo hast du denn dieses Schnuckelchen aufgerissen?"

Rumpel zuckte mit den Schultern. Er würde natürlich einen Teufel tun und seinem Nachbarn Einzelheiten erzählen. „Ooch, das hat sich … so ergeben", dehnte er.

Heunisch lachte. „… hat sich so ergeben … dass ich nicht lache. Warum nimmt dann dein Gesicht die Farbe einer überreifen Tomate an?"

„Du bist ein alter Lästerer! Es ist ziemlich warm draußen, da kann man schon mal ins Schwitzen kommen, wenn man so einen Hund bändigen muss …"

Heunisch ließ das Thema ruhen und wechselte zum nächsten. „Deiner Nachricht habe ich entnommen, dass du mit deinen Nachforschungen weitergekommen bist. Hast du etwas Wesentliches erfahren?"

Rumpel zog seine Notizen aus der Tasche und entfaltete das Blatt vor seinem Gegenüber. Neugierig beugte sich Heunisch darüber.

„Ich kann dir sagen, diese Ermittlungen sind ausgesprochen zeitaufwändig. Bis jetzt konnte ich nur das Umfeld von Anna-Luise Michel-McCallum, der Richterin, näher beleuchten. Sie war verheiratet, der Witwer hat einige Zeit nach dem Tod seiner Frau seine Zelte in Deutschland abgebrochen und ist aus beruflichen Gründen nach Texas gezogen. Er hat dort ziemlich Karriere gemacht. Seine beiden Kinder sind in einem Elite-Internat in England untergebracht."

Heunisch war es gewohnt, die Dinge sachlich zu bewerten.

„Das kann uns im Endeffekt egal sein. Ich schließe daraus, dass er wohl als ‚Rächer' seiner Frau ausscheidet, da er sich mit der Situation arrangiert hat."

„Sehe ich auch so …", gab Rumpel zurück. „Bei den anderen Opfern bin ich bis jetzt nicht weitergekommen. Da ich in diesen Dingen nicht so versiert bin, dauert es halt seine Zeit, bis ich mich durchs Internet gewühlt habe."

Stefan Heunisch überflog die anderen Notizen, dann schlug er vor: „Wenn du heute Abend zu deiner Rechtsmedizinerin gehst, kann ich mir doch die Zeit mit diesen Nachforschungen vertreiben. Die Angaben, die ich benötige, stehen ja auf deinem Zettel. Mein Computer ist ziemlich modern und auf dem neuesten Stand."

„Das ist nicht ‚meine Rechtsmedizinerin'", wehrte Rumpel lahm ab. „Sie hat da halt ein privates Problem, das sie mit mir besprechen will. Das kann ich doch schlecht ablehnen."

„Klaaar", dehnte Heunisch, „vergiss aber nicht, dass du im Moment selbst genügend Ärger hast, du musst dir nicht auch noch die Probleme anderer Leute aufhalsen!"

„Ja, ja, Papa", erklärte Rumpel und bestellte sich noch ein

Guinness. Eine Stunde später brachen die beiden auf und machten sich auf den Heimweg. Nach einigen Minuten blieb Heunisch abrupt auf dem Gehsteig stehen.

„Da hätte ich doch fast etwas vergessen!"

Rumpel sah ihn verwundert an. Stefan Heunisch berichtete ihm von seiner Begegnung mit der Journalistin vor Rumpels Wohnungstür.

„Also, das gibt es doch nicht!", regte sich Rumpel auf. „Dieses Weib geht mir langsam ganz schön auf den Senkel! Die ist total aufdringlich und hat sich wie ein Terrier in dieses Thema verbissen!"

„Da mach dir mal keine Sorgen, ich habe ihr schon das Nötige angemerkt. Ganz koscher kommt mir die Lady allerdings nicht vor. Ich habe vom Flurfenster aus gesehen, dass sie in einen Camper eingestiegen ist. Wahrscheinlich hält sie sich hier in der Nähe auf und wartet auf die nächste Gelegenheit … Manche Exemplare dieser Gilde sind zäh wie Leder. – Aber etwas anderes ist mir aufgefallen, nachdem ich Lena gesehen habe: Diese Anja Herold könnte fast eine Doppelgängerin von ihr sein …"

„Das macht sie mir auch nicht sympathischer", schimpfte Rumpel zurück. Die beiden trennten sich im Treppenhaus. Rumpel würde Eva später bei ihm abgeben. Kurz bevor er seine Wohnung betrat, öffnete er auf seinem Handy die Überwachungsapp und sah nach, ob es unberechtigte Eindringlinge gegeben hatte. Seine Wohnung war jedoch sauber. Er ging in die Küche und gab Eva Futter, weil er nicht wusste, wann er nach Hause kommen würde. Bei diesem Gedanken schimpfte er sich einen Fantasten und rief sich zur Ordnung. Amouröse Fantasien verboten sich von vornherein. Schließlich hatten sie eine Abmachung. Was ihn nicht davon abhielt, sich unter die Dusche zu stellen. Lange. Ausgiebig. Dabei brachte er ein spezielles Duschgel zur Anwendung, das er aus dem hintersten Winkel seines Badezimmerschranks zutage förderte. Schlagartig verbreitete es im Bad einen männlich herben Duft. Gut zu riechen hat noch niemals geschadet, dachte er.

Am meisten Kopfzerbrechen bereitete Rumpel die Frage, was er Lena als Gastgeschenk mitbringen sollte. Blumen verwarf er, weil ihm das doch zu sehr an ein Date erinnerte. Er stufte den Besuch bei Lena mehr in Richtung Arbeitsessen ein. Schließlich entschied er sich für eine Flasche Frankenwein, da sie ja, wie er wusste, Weintrinkerin war. Nach längerem Verweilen vor seinem Kleiderschrank wählte er eine Lederjacke und darunter ein T-Shirt mit dem Aufdruck „Nobody is perfect". Eine selbstironische Reminiszenz an seine derzeitige Situation. Er hatte sich vorgenommen, ihr heute ein paar Wahrheiten bezüglich seiner persönlichen Situation anzuvertrauen.

Kurz vor 18.30 Uhr verließ er mit Eva die Wohnung und klingelte an Stefan Heunischs Wohnungstür. Als Heunisch öffnete, riss dieser die Augen auf, schnappte nach Luft und tat so, als würde er rückwärts in die Wohnung taumeln.

„Mein Gott, Rumpel, du schwebst ja in einer Duftwolke, als kämst du aus einem hintersiamesischen Freudenhaus! Wie Eva das mit ihrer sensiblen Nase aushält …?"

Rumpel sah ihn erschrocken an. „Mensch, Stefan, mach keine Witze! Ist das wirklich so schlimm? Ich selbst kann das ja nicht objektiv beurteilen!"

Stefan Heunisch lachte herzlich. „Nein, nein, gar nicht schlimm! Alles in Ordnung. *Solche* Düfte ist man von dir halt nicht gewöhnt."

Rumpel sah ihn mit zusammengekniffenen Augen kritisch an. Sicherheitshalber fragte er nicht nach, wie sein Nachbar das meinte. Er übergab Heunisch die Leine, dann streichelte er seiner Hündin über den Kopf. „Eva, sei schön brav, ich hole dich bald wieder ab." Sie drehte sich um und verschwand in der Wohnung.

„Nur für alle Fälle: Sollte es bei dir nach Mitternacht werden …", stellte Heunisch beiläufig fest, „brauchst du nicht mehr bei mir zu klingeln. Eva kann natürlich hier übernachten." Er zwinkerte Rumpel zu.

„Alter Schmarrer!", entgegnete Rumpel, dann drehte er sich um und lief die Treppe hinunter.

Die Person saß seit Tagen in ihrem Fahrzeug und beobachtete von einem entfernteren Standplatz aus das Haus, in dem Rumpel wohnte. Seit die Überwachungsmöglichkeiten entfernt worden waren, hatte man sich in der Chatgruppe darauf geeinigt, dass diese Person Rumpel überwachen sollte, bis sich eine günstige Gelegenheit für die Realisierung ihres Plans ergeben würde. Das Problem war der Hund. Den Zugriff auf Rumpel wollten sie erst durchführen, wenn er von seinem Hund getrennt und es Wochenende war. Man hatte auch erwogen, den Hund zuerst zu töten, diesen Plan aber verworfen, weil das Rumpel gewarnt hätte. Heute schien die Konstellation günstig zu sein. Es war Freitag Abend und Rumpel war alleine unterwegs! In der Hand trug er einen Beutel, aus dem ein Flaschenhals herausragte. Da Rumpel zu Fuß unterwegs war, ging die Person davon aus, dass sein Ziel in der Nähe lag. Die Person wartete, bis sich der Mann ein Stück entfernt hatte, dann stieg sie aus, schloss das Fahrzeug ab und folgte ihm in gehörigem Abstand. Sie trug einen weiten Hoodie, dessen Kapuze sie über den Kopf gezogen hatte. Sie mischte sich unter die zahlreichen Fußgänger, die noch letzte Einkäufe tätigten. Es vergingen gut zwanzig Minuten, dann erreichte der Verfolgte ein zweistöckiges Wohnhaus. Die Person schob sich ein Stück entfernt in eine Hofeinfahrt, von wo aus sie die Szene gut verfolgen konnte.

Rumpel verharrte unbeweglich vor der Haustür, so als überlegte er noch. Dann kam wieder Leben in ihn. Er musste geklingelt haben, denn die Person hörte den Türöffner bis zu ihrem Versteck. Rumpel trat ein und die Tür fiel ins Schloss. Die Person wartete noch einige Zeit, ob er wieder herauskam, dann schlenderte sie gemächlich über die Straße. Vor der Haustür des Gebäudes, in dem Rumpel verschwunden war, blieb sie stehen und warf einen Blick auf die Klingelschilder. Mehr musste die Person nicht wissen. Sie drehte sich um und eilte zu ihrem Fahrzeug zurück. Heute schien die Konstellation für ihre Planung tatsächlich günstig zu sein. Die Person führte ein Telefonat. Sie waren für das Finale bereit.

„Hallo, Rumpel, du bist sehr pünktlich. Eine Eigenschaft, die ich durchaus schätze, selbst aber nur bedingt besitze. Komm doch rein! Deine Schuhe kannst du an der Garderobe abstellen."

Lena stand unter der Wohnungstür und lächelte ihm herzlich entgegen. Rumpel fühlte sich wie ein Teenager bei seinem ersten Rendezvous. Innerlich gratulierte er sich zu der Entscheidung, frische Socken angezogen zu haben. Socken, die, wie er überprüft hatte, keine Löcher aufwiesen. Nicht die Norm in seinem Wäschebestand.

„Ich hoffe, ich habe deinen Geschmack getroffen", erklärte er und hielt ihr die Weinflasche hin.

„Mmm, Silvaner, Großes Gewächs, vom Juliusspital-Weingut! Herzlichen Dank! Das ist lieb. Hundertprozentig mein Geschmack!"

Sie ging vor in den Wohnbereich. In der Luft hing Essensgeruch, der seine Nase umschmeichelte.

„Bei dir duftet es aber!", stellte er fest und wedelte seiner Nase den Geruch zu.

„Ich hoffe, es schmeckt auch so, wie es riecht", erwiderte sie, „eine Sterneköchin bin ich jedenfalls nicht ..."

Während er ihr ins Wohnzimmer folgte, kam er nicht umhin, von hinten einen bewundernden Blick auf ihre Figur zu werfen. Da sie, Gott sei Dank, hinten keine Augen hatte, fiel ihr die Musterung nicht auf. Innerlich klopfte er sich auf die Finger, als ihm wie ein Blitzlichtfoto ihr nackter Körper auf seinem Bett einfiel.

„Was möchtest du denn trinken? Ich muss dir gleich gestehen, dass ich kein Guinness im Haus habe."

„Kein Problem, ich trinke, was du im Kühlschrank hast."

Plötzlich sah er aus den Augenwinkeln eine Bewegung. Eine Siamkatze schlich sich lautlos an und begutachtete aus einer gewissen Distanz den fremden Eindringling. Rumpel beugte sich nach vorne.

„Na, was bist du denn für ein hübscher Bursche ...", sagte Rumpel mit einschmeichelnder Stimme.

„Ja, das ist mein Mikesch", erklärte Lena, während sie eine Flasche Bier aus dem Kühlschrank holte. „Er ist sehr neugierig, aber Fremden gegenüber auch etwas scheu. Das Beste ist, du lässt ihn zunächst einmal in Ruhe, er kommt dann schon von alleine auf dich zu ... wenn er dich in Ordnung findet. Er ist da durchaus kritisch."

Wäre interessant zu wissen, dachte er, bei welcher Gelegenheit der Kater diese Eigenschaft ausleben konnte. Von Lenas sozialen Kontakten hatte er keine Ahnung.

„Na, dann hoffe ich mal, dass ich diese Prüfung bestehe." Er griff nach der Flasche.

„Gläser sind dort im Hängeschrank, der Öffner hängt daneben am Haken."

Rumpel kippte die Verschlusskapsel auf, ein leises Zischen war zu hören. Er goss Bier in das Glas und nahm einen Schluck, dann stellte er sich neben Lena, die mit einem Kochlöffel in einem Topf rührte.

„Was gibt's denn Gutes?", fragte er neugierig und spitzte an ihr vorbei in den Topf.

„Wie gesagt, wirklich nichts Weltbewegendes ... Spaghetti Carbonara. – Magst du?"

„Eines meiner italienischen Lieblingsgerichte", entgegnete er, wobei er verschwieg, dass er in den letzten Monaten eigentlich relativ selten beim Italiener gespeist hatte.

„Das freut mich! Das Essen ist auch gleich fertig. Wenn du willst, kannst du schon mal ins Wohnzimmer rübergehen. Vielleicht bist du so nett und öffnest die Flasche Rotwein, die auf dem Tisch steht. Zu italienischen Gerichten trinke ich gerne einen Roten. Er muss allerdings noch ein wenig atmen." Sie warf ihm einen prüfenden Blick zu. „Ich nehme an, du wirst beim Bier bleiben? ... Du kannst dir aber auch gerne einen Rotwein einschenken ... wie du willst ..."

„Ich weiß, das ist ein Stilbruch, aber wenn es dir nichts ausmacht ..." Er hob das Glas in die Höhe.

Wenig später saßen sie am schön gedeckten Tisch. Rumpel hatte sich sogar eine Serviette über den Schoß gelegt. Das Kerzenlicht von einem Dreifachleuchter spiegelte sich in den Gläsern und verbreitete eine heimelige Atmosphäre. Mikesch hatte es sich auf der Couch bequem gemacht, Rumpel konnte aber sehen, dass er nicht schlief. Er ließ den fremden Mann nicht aus den Augen. Lena legte ihr Handy neben den Teller.

„Tut mir leid, aber ich muss es anlassen. Ich habe Bereitschaftsdienst. Es ist nur für den Ernstfall, dass im Kühlraum der Rechtsmedizin ein Notfall auftritt. Die Temperatur in den Kühlkammern wird automatisch kontrolliert. Wenn ein Fehler auftritt und sie eine gewisse Höhe überschreitet, gibt es hier bei mir einen Alarm. Dann muss ich leider reinfahren und nach dem Rechten sehen. Ich habe das übernommen, da unser Chef im Ausland ist und der eine unserer Sektionsassistenten mit Fieber im Bett liegt und der andere Urlaub hat. Sie haben mir versichert, dass in dem Bereich noch nie etwas passiert ist. Es ist also nur vorsorglich."

„Was ist, wenn am Wochenende eine Leiche anfällt?", wollte Rumpel wissen.

„Auch kein Problem. Die Krankenhäuser haben Kühlräume, sie können die Toten, die in die Rechtsmedizin müssen, bis zum Montag aufbewahren. Ähnlich verhält es sich mit den Beerdigungsinstituten, auch die können eine Leiche gekühlt übers Wochenende lagern. Obduktionen finden am Wochenende ja nicht statt."

Rumpel war mit der Auskunft zufrieden und beide wandten sich einem erfreulicheren Thema zu: dem Essen.

„Also, Lena, meinen Respekt", erklärte Rumpel nach wenigen Bissen, „die Spaghetti Carbonara sind dir wirklich sehr gut gelungen!"

Lena, die wusste, dass Rumpel kein Mann der großen Worte war, freute sich über dieses Kompliment, weil es absolut ehrlich klang. Sie musste ihren Gast auch nicht sonderlich nötigen, sich noch eine zweite Portion zu genehmigen. Irgendwann war dann auch bei Rumpel ein Sättigungsgrad erreicht, der ihn wohlig aufschnaufen ließ. Er wischte sich mit der Serviette den Mund ab, dann lehnte er sich im Stuhl zurück.

„Puh, also ehrlich, so satt war ich schon lange nicht mehr", stieß er hervor. Am liebsten hätte er seinen Gürtel geöffnet, um sich im Bauchbereich etwas Luft zu verschaffen, unterließ es aber. Schließlich war er nicht zuhause.

„Für eine Gastgeberin ist es die größte Freude, wenn sich ihre Gäste wohlfühlen. – Darf ich dir noch einen Espresso anbieten?"

„Danke, im Augenblick nicht … aber vielleicht etwas später."

„Gerne", erwiderte Lena und stellte das Geschirr zusammen, um es in die Küche zu tragen. Rumpel überlegte eine Sekunde, dann griff er sich zwei Schüsseln und trug sie ihr hinterher. Eine Geste, die gut ankam.

Einige Minuten später saßen sie auf der Couch. Wie zufällig hatte sich Mikesch zwischen die beiden gequetscht, so dass etwas Abstand blieb. Lena hatte sich noch einmal vom Rotwein nachgeschenkt und stellte das Glas vor sich auf den Couchtisch. In Rumpels Bierglas befand sich nur noch ein Schluck, die Flasche war leer.

„Magst du vielleicht einen Whisky?", fragte sie unvermutet, nachdem sie den Pegelstand in der Flasche registriert hatte. „Ich habe zufällig einen guten Single Malt im Schrank."

Er warf ihr einen erstaunten Blick zu. „Kannst du Gedanken lesen? Gerade habe ich gedacht, dass jetzt ein schöner Whisky das hervorragende Essen abrunden würde. Ich habe natürlich nicht angenommen, dass du welchen im Haus hast."

„Du wirst dich wundern, gelegentlich gönne ich mir auch einen … so zum Genuss." Sie erhob sich wieder. „On the rocks oder pur?"

„Natürlich pur", gab er zurück und trank schnell sein Bierglas leer. Kurz darauf stellte sie den Whisky vor ihm ab. Sie setzte sich wieder, wobei Mikesch sorgfältig darauf achtete, dass der Abstand weiterhin gewahrt blieb. Lena legte ihre Hand auf sein Fell und kraulte ihn.

Zwischen den beiden trat plötzlich eine gewisse Befangenheit auf, die sich in Schweigen äußerte. Schließlich räusperte Lena sich, dann hob sie ihr Glas und sie stieß mit Rumpel an.

„Ich habe dir ja erzählt, welch brutale Ereignisse mein Leben verändert haben. Interessiert es dich, wenn ich ein paar Episoden aus dieser Zeit erzähle? Manchmal, wenn wir uns unterhalten, und bei gelegentlichen Bemerkungen deiner Kollegen, wenn ich den Namen Adam Rumpel erwähnt habe, habe ich das Gefühl, dass es auch bei dir schwerwiegende Dinge gibt, die dein Leben massiv beeinflussen. Nicht dass du denkst, ich möchte dich ausfragen. Du bist einfach ein Mensch, der mich interessiert. Diese … intensive Nacht, die wir miteinander verbrachten, geht mir nicht aus dem Kopf. Ich glaube, wir beide tragen schwere seelische Verletzungen mit uns herum, die uns in gewisser Weise in unserem Leben herumtaumeln lassen. Wir haben aneinander Halt gesucht und vielleicht für eine Nacht auch gefunden. Aber das ist sicher nicht genug! – Wenn du über deine Probleme sprechen willst … ich bin für dich da.“

Rumpel hatte ihr schweigend zugehört. Viele Dinge, die sie aussprach, wären so nicht über seine Lippen gekommen. Dazu war die Mauer, die er um sein Inneres aufgebaut hatte, zu stabil. Insgeheim gab er ihr bei ihrer Einschätzung aber recht. Doch was wollte sie von ihm? Rumpel mochte diese Frau und sie besaß eine Ausstrahlung, der er sich nicht verschließen konnte. Auf der anderen Seite hatten sie einen Deal, gewissermaßen einen „Nichtangriffspakt“, wie er es für sich formulierte. Für eine Liebesbeziehung war er nicht bereit … noch nicht bereit. Sie vermutlich auch nicht.

„Lena, ich danke dir für deine Offenheit und würde gerne mehr von deinem Leben erfahren“, erklärte er. „Ich meinerseits könnte mir wirklich vorstellen, über gewisse Dinge, von denen du ja gerüchteweise schon gehört hast, mit dir zu sprechen. Dazu muss ich aber erst einige Dinge in meinem Leben auf die Reihe bringen. Verstehe mich bitte nicht falsch, ich genieße das Zusammensein mit dir und es hilft mir auch ungemein, aber für mehr bin ich noch nicht bereit …“ Er schüttete den Whisky mit einem Schluck hinunter und fragte sich, ob jetzt nicht der richtige Moment gekommen war, zu gehen. Sein Verhalten konnte sie durchaus als Zurückweisung verstehen …

Lena nahm wortlos das Glas und ging zum Schrank, um nachzufüllen. Als sie zurückkam, erklärte sie: „Das ist völlig in Ordnung. Wie gesagt, im Bedarfsfall bin ich für dich da." Sie setzte sich wieder und wechselte übergangslos das Thema.

„… ich habe dir ja, als ich dir vor ein paar Tagen den Brief des Detektivs zeigte, gesagt, dass ich mir überlegen würde, wie ich gegen dieses … Tier, das mein Kind ermordet hat, vorgehen will."

Sie starrte in den Raum und ihr Blick ging zum Schrank, wo sie zwischen den Büchern das Foto ihres toten Jungen verwahrte. Plötzlich stand sie auf, ging hin und holte das Bild hervor. Wortlos stellte sie es vor Rumpel auf den Tisch, der sich, wie magisch angezogen, in den berührenden Anblick versenkte.

„Ist das …?", flüsterte er heiser.

Lena nickte nur. Eine einzelne Träne lief ihr die Wange hinab, die sie mit der Hand abwischte.

„Ich habe mir ja alle möglichen Szenarien vorgestellt, wie ich diesen Verbrecher für seine Tat leiden lassen könnte. Glaub mir, es ist unbeschreiblich, welche grausamen Fantasien mir durch den Kopf geschossen sind." Sie nahm einen Schluck Wein und Rumpel nippte an seinem Whisky, dann fuhr sie fort: „Je größer der zeitliche Abstand zur Tat und zum Abtauchen des Mörders wurde, desto schwächer wurden die Hassbilder. Nicht dass ich das jemals in meinem Leben vergessen könnte, aber mir wurde immer klarer: Würde ich meine Fantasien realisieren, würde ich mich auf das Niveau dieses Menschen begeben. Es würde bedeuten, er hätte gewonnen und mein Leben ein zweites Mal zerstört. Auf diesem Stand bin ich heute noch." Sie pausierte. Rumpel legte unwillkürlich seine Hand auf ihre, die noch immer den Kater kraulte. Irgendwie musste er ihr sein Mitgefühl zeigen. Plötzlich drehte sie sich entschlossen zu Rumpel um und sah ihm direkt in die Augen.

„… Deshalb möchte ich dich bitten, mich bei der Festnahme dieses Verbrechers zu unterstützen. Der Detektiv hat meines Erachtens genügend Beweise zusammengetragen, die Identität dieses Verbrechers ist sicher, sein Aufenthalt auch. Verstehst du, ich möchte nur verhindern, dass er sich der Gerechtigkeit wieder durch Flucht entzieht. Würdest du das für mich tun?"

Rumpel sah sie ernst an. Langsam begann er zu begreifen. „Du meinst, ich soll …?"

„Ja. Du bist doch Polizeibeamter und vertrittst das Gesetz. Ich weiß, dass gegen diesen Mörder seit langem ein Haftbefehl besteht. Das kannst du doch mit Sicherheit in deiner Dienststelle herausfinden. Du müsstest ihn nur festnehmen und einsperren, damit er nicht wieder abhauen kann!"

In Rumpels Kopf schwirrten die Gedanken herum. In seiner derzeitigen Situation sah er sich so gar nicht als Arm des Gesetzes. Sie sah seine Verwirrung.

„Ich könnte natürlich auch hingehen und mich an die Kripo wenden. Da müsste ich aber Anzeige erstatten und es würde der ganze umständliche Apparat in Gang gesetzt. Wenn der Typ davon etwas spitzbekommt, ist er wieder weg, wie schon früher. – Außerdem …", sie zögerte kurz, „… außerdem wäre ich bei der Verhaftung gerne dabei, damit ich ihm ins Gesicht spucken kann!" Ein harter Zug huschte über ihr Gesicht, ihr Blick wurde eisig. „Ich möchte erleben, wie er sich windet, wenn die Handschellen um seine Handgelenke zuschnappen. Kannst du das für mich tun … mich zusehen lassen, wie der Mörder meines Jungen abgeführt wird?"

Sie verstummte. Ihr Blick ruhte auf dem Foto des toten Säuglings. Schlagartig war die harmonische Stimmung zwischen den beiden verschwunden und ein kalter Hauch von Rachegefühl, der von ihr ausging, verdrängte jegliche Romantik. Rumpel stellte das Whiskyglas auf die Tischplatte zurück, ohne nochmal daraus zu getrunken zu haben.

„Lena, was du da von mir verlangst, kann ich nicht machen. Ich habe keine Ahnung vom Stand der Ermittlungen gegen diesen Menschen. Im Übrigen ist für den Vollzug von derartigen Haftbefehlen die Fahndungsabteilung zuständig. – Aber … aber ich kann denen gerne einen Tipp geben … Wenn da tatsächlich ein Haftbefehl besteht, werden die ihn mit Sicherheit vollstrecken!"

Lena sah Rumpel lange an, dann erwiderte sie mit leiser Stimme: „Du zweifelst an meinen Worten? Der Haftbefehl ist existent, das weiß ich! Wenn der Kerl wieder durch die Maschen des Gesetzes schlüpft, würde ich das nicht ertragen. Du verkennst meine Entschlossenheit. Es ist die Entscheidung einer Mutter, der man das Kind aus dem Leib gerissen hat!" Sie wischte sich die letzte Feuchtigkeit aus den Augen. „Da du dich nicht in der Lage siehst, mir zu helfen, werde ich wohl doch zu anderen Mitteln greifen müssen. Wäre es für dich leichter, zuzusehen, wie sie mich verhaften, weil ich zur Selbstjustiz gegriffen habe?"

Plötzlich zog ein frostiger Hauch durch das Zimmer.

„Um Gottes willen, Lena, sag so etwas nicht!" Er schrie es fast heraus. Der Kater ließ ein warnendes Fauchen hören. Sie zuckte nur mit den Schultern.

Es trat eine längere unheilschwangere Pause ein.

„Ich denke, es ist besser, wenn du jetzt gehst", sagte sie plötzlich leise und erhob sich. Rumpel versuchte noch etwas zu retten. „Lena, mir ist da ein Gedanke gekommen. Mein Freund Stefan Heunisch – du hast ihn ja kennengelernt – war zuletzt vor seiner Pensionierung bei der Fahndung eingesetzt. Wärst du damit einverstanden, wenn ich mit ihm über das Problem spreche? Er ist ein schweigsamer Mensch und wird das Gespräch vertraulich behandeln. Ich bin sicher, ihm fällt eine Lösung ein." Er sah sie fast flehend an. „Bitte unternimm bis dahin nichts Unüberlegtes! Ich melde mich wieder bei dir."

Sie senkte nachdenklich den Kopf, dann traf sie eine Entscheidung.

„Einverstanden, sprich mit ihm. Es ist heute Freitag, wenn ich bis Montag von dir keine Nachricht habe ... Es tut mir leid. Ich weiß, dies klingt nach einem Ultimatum ... aber ich kann nicht anders."

Rumpel zog seine Schuhe an und bedankte sich bei ihr für das gute Abendessen. Sie brachte ihn zur Tür und sah ihm traurig nach, wie er die Treppen hinunterging. Der Zauber des Abends war schon lange verflogen. Sie löschte das Licht und trat ans Fenster, so, dass man sie von der Straße aus nicht sehen konnte. Ihre Augen verfolgten den Mann, auf den sie ihre Hoffnung gesetzt hatte. Er marschierte den Gehsteig entlang, ohne sich umzudrehen. Nach einigen Metern passierte er einen Transporter, der ihn ihren Blicken entzog. Sie trat vom Fenster zurück und setzte sich im Finstern auf die Couch. Im Raum hing noch sein Eau de Toilette, das sie bisher noch nie bei ihm wahrgenommen hatte. Mikesch kletterte auf ihren Schoß, schmiegte sich an sie und schnurrte. Mit ernster Miene saß sie in der Dunkelheit und sinnierte, dann stand sie auf. Sie war von Rumpel sehr enttäuscht und langsam keimte in ihr eine Wut, die sie schon lange hinter sich gelassen zu haben glaubte. Sie hatte sich ihm völlig geöffnet, ihm ihren Schmerz über den Verlust ihres Kindes offenbart und ihm ihr Dilemma geschildert. Trotzdem war er nicht bereit gewesen, über seinen Schatten zu springen, seine bürokratischen Bedenken beiseitezuschieben und ihr zu helfen.

Sie musste noch einen Spaziergang machen, um ihre Emotionen herunterzufahren. Als sie wenig später das Haus verließ und sich in Richtung Innenstadt wandte, nahm sie beiläufig wahr, dass der Transporter in ihrer Straße verschwunden war.

Rumpel war von dem Gespräch tief aufgewühlt, um nicht zu sagen, erschüttert. Das Ansinnen, das Lena an ihn gerichtet hatte, machte ihn ziemlich fertig. Gewiss, sie hatte schon mehrfach bei Treffen angedeutet, gegen den Mörder ihres Kindes vorgehen zu wollen. Auch heute Abend hatte er wieder die Wut gespürt, die diese Frau erfüllte. Das Schreiben der Detektei hatte bei ihr einen Prozess, der längere Zeit zum Stillstand gekommen war, offenbar wieder in Gang gesetzt. Rumpel war natürlich froh, dass sie den gesetzesmäßigen Weg einschlagen und von eigenen Rachehandlungen absehen wollte. Im wahrsten Sinne des Wortes war er allerdings völlig überfahren, dass sie ihn als Werkzeug zur Realisierung dieses Weges benutzen wollte. Benutzen, dachte er, das war genau das Gefühl, das er empfand. War diese ganze Einladung nur erfolgt, um ihn dazu zu bewegen, ihre Pläne umzusetzen? Gewissermaßen als willfähriges Werkzeug? Selbst wenn ihre Vorstellungen legal waren, Rumpel sah sich in seiner Situation mental nicht in der Lage, diese Erwartungen zu erfüllen. Wenn er ehrlich war, fühlte er sich ziemlich ausgenutzt. Rumpel passierte einen Transporter, der am Straßenrand in der Nähe von Lenas Haus parkte. Plötzlich zuckte er zusammen, weil er im Gesäßbereich einen deutlichen Stich verspürte. Instinktiv griff er nach der Stelle und bekam eine längliche Röhre zu fassen, die offenbar eine Spitze besaß, die in sein Gesäß eingedrungen war. Er zog sie heraus und betrachtete das Teil verwundert. Es dauerte einen Moment, bis er kapierte, dass er einen Injektionspfeil in der Hand hielt! Was sollte das? Er sah sich um. Verdammt, wer hatte auf ihn geschossen? Plötzlich wurde ihm schwindelig und er verlor die Selbstkontrolle. Er taumelte einige Schritte weiter, dann gaben seine Beine nach und er sank auf die Knie. Laute, die als Schreie gedacht waren, klangen nur noch wie ein heiseres Keuchen. Er kämpfte vergeblich gegen die heranrasende Ohnmacht an. Dann kam ihm der Asphalt des Gehwegs entgegen und er stürzte auf die Seite. Ein Reflex, ein animalischer Überlebenstrieb zwang ihn, weiterzukriechen. Irgendwie zu entkommen. Vergebens. Die letzte Erkenntnis, die zu ihm durchdrang, sagte ihm, ich habe verloren. Rumpel streckte sich, seine Sinne schwanden und er stürzte in eine tiefe Ohnmacht.

Zweiundvierzig

Stefan Heunisch saß am Frühstückstisch beim Morgenkaffee. Wie üblich recht früh am Tag. Eva lag unter dem Tisch. Er hatte sie gerade gefüttert und sie verdaute gemütlich. Da Rumpel, wie er wusste, mit Eva für gewöhnlich erst vor dem Weg ins Büro Gassi ging, konnte er sich noch ein wenig Zeit lassen. Während er in der dickeren Samstagsausgabe der Tageszeitung blätterte, zog immer wieder ein schelmisches Grinsen über sein Gesicht. Bei Lena und Rumpel war es offensichtlich so spät geworden, dass Rumpel dort übernachtet hatte und wahrscheinlich auch zum Frühstück geblieben war. Recht hatte er. Heunisch gönnte es ihm von Herzen. Da kam der Knabe endlich mal auf andere Gedanken. Probleme hatte er ja wirklich genug.

Nachdem Stefan Heunisch die Sterbeanzeigen gelesen hatte, legte er das Blatt zur Seite. Wieder einmal hatte er einen ehemaligen Kollegen erkannt, der nicht älter als er war und schon den Löffel abgegeben hatte, wie er es für sich formulierte. Das war seine Art, mit derartigen Meldungen umzugehen. Für heute hatte er jedenfalls genug von neuen Nachrichten. Noch eine Stunde Zeit. Sein Laptop lag auf der Fensterbank. Während der Rechner hochfuhr, las Heunisch die Notizen zu Rumpels Recherchen durch, die dieser ihm gegeben hatte. Nachdem der Verbleib von Ehemann und Kindern der Richterin geklärt war, gab er in den Browser *Fiona Nagel* ein, den Namen der Mutter des getöteten Kindes. Er erhielt auch einige Treffer, die es nun der Reihe nach abzuarbeiten galt. In längeren Abständen warf er einen Blick auf sein Handy, das noch von der Nacht her leise gestellt war. Keine Nachricht von Rumpel. Heunisch drehte die Lautstärke höher, dann wandte er sich wieder dem Bildschirm zu. Die Links, die Fiona Nagel betrafen, waren alle älter. Es handelte sich überwiegend um Zeitungsartikel verschiedener Printmedien, die vom Juni des vergangenen Jahres stammten und sich mit der Geiselnahme beschäftigten. Es waren auch mehrere Abhandlungen mit riesigen Überschriften von *Spotlight* dabei. Diese Artikel waren in der für dieses Blatt reißerischen Form abgefasst und stellten jede Menge polemische Fragen bezüglich der Qualifikation der handelnden Staatsorgane, insbesondere der Polizei. Heunisch verzog das Gesicht. Dabei fiel ihm die Journalistin ein, die vor Rumpels Wohnungstür herumgeschnüffelt hatte. Wie hieß sie doch gleich wieder? Richtig, Herold … Anja Herold! Er überprüfte die Namen der Verfasser dieser Pamphlete. Eine Anja Herold war nicht dabei. Das hatte aber nicht viel zu sagen, da seitdem über ein Jahr vergangen war und sie damals vielleicht noch nicht zu den freien Mitarbeiterinnen der Zeitung gehörte. Heunisch suchte nach dem jüngsten Link, in dem der Name Fiona Nagel vorkam. Es handelte sich um das Interview eines katholischen Sonntagsblattes, geführt vor fünf Monaten, welches sich mit dem Schicksal der jungen Frau beschäftigte. Heunisch las es sich in Ruhe durch. Danach war Fiona Nagel nach einem längeren Krankenhausaufenthalt, während dessen ihre Lunge zum wiederholten Mal operiert worden war, als Novizin in das Kloster der Erlöserschwestern in Würzburg eingetreten. Dort arbeitete sie in der dem Kloster angeschlossenen Theresien-Klinik in der Innenstadt.

Heunisch rieb sich die Augen. Es war höchst unwahrscheinlich, dass eine angehende Nonne Rachepläne hegte und umsetzte. Hier würde er sicher nicht weiterkommen. Er gähnte und schloss den Deckel des Laptops. Bildschirmarbeit war anstrengend. Bevor er weitermachte, würde er erst einmal mit Eva an den Main gehen. Er erhob sich, ging in den Flur und schnappte sich die Hundeleine. Die Hündin hatte natürlich spitzbekommen, dass es hinausging. Schwanzwedelnd folgte sie Stefan Heunisch aus der Wohnung. Der warf noch einen kurzen Blick auf sein Handy, nur um festzustellen, dass Rumpel sich noch nicht gerührt hatte. Er schmunzelte. Als er so alt war wie Rumpel, verfügte er auch über erhebliche Ausdauer in Sachen Erotik. Wenig später sprang Eva am Main herum. Heunisch ließ sich auf einer Parkbank nieder und genoss die Sonne, aber so richtig entspannen konnte er sich nicht. Ihm ging zu viel im Kopf herum. Plötzlich klingelte sein Handy. „-Rumpel!", war sein erster Gedanke. Er kramte das Gerät aus der Tasche und nahm das Gespräch an, ohne auf das Display zu schauen.

„Rumpel, du alter Schwerenöter …", fing er an, doch dann wurde er unterbrochen.

„Sorry, hier ist Uwe Rossinsky …"

„Entschuldige, ich hatte ein anderes Gespräch erwartet", erklärte Heunisch, „gibt es Neuigkeiten?"

„Das kann man wohl sagen", erwiderte der EDV-Spezialist. „Uns ist es mittlerweile gelungen, herauszufinden, wer auf die Cloud im Darknet zugegriffen hat. … also … ich muss mich etwas korrigieren …, nicht konkret welche Person, aber wie viele Personen darauf zugegriffen haben. Soweit wir bis jetzt feststellen konnten, waren es vier! Leider konnten wir die IP-Adressen noch nicht ermitteln, da die Zugriffe jedes Mal über zig Server liefen. Wir haben nur herausgefunden, dass ein User eine andere Transferleitung nutzte als die anderen. Das könnte ein Indiz dafür sein, dass der Zugriff nicht aus dem Inland erfolgte."

„Also wenn ich das richtig verstanden habe, wurden die Daten, die aus Rumpels Wohnung stammten, von mehreren unterschiedlichen Usern der Darknet-Verbindung genutzt?"

„Korrekt!", bestätigte Rossinsky. „Wir arbeiten weiter daran, die jeweilige Ur-IP-Adresse zu identifizieren. Wir sind jetzt auch offiziell an der Aufklärung interessiert, weil, wie es aussieht, von einer der verschlüsselten Adressen aus auch kinderpornografische Geschäfte erledigt wurden."

„Ich danke dir für die Info", gab Heunisch beeindruckt zurück. „Das klingt ja fast nach einer kriminellen Vereinigung! Halte mich bitte auf dem Laufenden." Tief in Gedanken versunken, blieb Heunisch noch einen Moment sitzen, dann rief er Eva zu sich. Eine Überprüfung seines Handys ergab, dass während seines Gesprächs mit dem EDV-Mann kein anderer Teilnehmer versuchte, ihn zu erreichen. Wenig später kehrte Heunisch mit Eva nach Hause zurück. Er fuhr mit dem Aufzug gleich in das oberste Geschoss, weil er bei Rumpel klingeln wollte. Es war gleich elf Uhr. Vielleicht war Rumpel ja schon zurück und hatte bei ihm geläutet. So ganz im Hintergrund tauchten erste Bedenken auf. Wie erwartet reagierte niemand auf sein Läuten. Eva stand vor ihrer Wohnungstür, zeigte aber keine Verhalten, dass typisch wäre, wenn sich ihr Mensch hinter dieser Tür befände. Heunisch stieg mit Eva, die ihm willig folgte, wieder in den Aufzug und fuhr ganz runter in die Tiefgarage. Vielleicht war Rumpel aus irgendeinem Grund mit dem Auto weggefahren? Doch der Mitsubishi stand an Ort und Stelle. Stefan Heunisch fuhr wieder hoch in seine Wohnung. Er überlegte einige Zeit hin und her, dann fasste er sich ein Herz und wählte Rumpels Telefonnummer. Irgendwann würde der sich ja mal von seinem Date trennen müssen. Er lauschte in den Hörer, dann kam die Meldung, dass der Teilnehmer nicht zu erreichen wäre, aber eine Nachricht auf die Mailbox möglich sei. Heunisch räusperte sich, dann sagte er: „Hallo Rumpel, hier ist Stefan, kannst du mir sagen, wann ungefähr du nach Hause kommst? Ich müsste mal in die Stadt, möchte aber Eva nicht alleine lassen." Er legte auf. Jetzt erst wurde ihm bewusst, dass er keine Adresse und auch keine Telefonnummer von Lena Kohlhepp hatte. War ja im Prinzip auch nicht notwendig. Aber wenn Rumpel in der nächsten Stunde nicht auftauchte, würde er wohl mal versuchen, sie zu erreichen. Er setzte sich wieder an den Computer und konzentrierte sich auf weitere Recherchen. Da war noch das Schicksal der damaligen Protokollführerin Franziska Guttendorf zu klären, die bei dem Einsatz in Kitzingen ebenfalls angeschossen wurde. Er gab den Namen als Suchbegriff in den Browser ein und fügte als weiteres Suchkriterium „Kitzingen" hinzu. Am besten fing man ganz von vorne an. Auch hier kamen zahlreiche Treffer, vor allem solche, die auch bei den anderen Namen aufgeploppt waren. Auch Franziska Guttendorf war noch im Krankenhaus interviewt worden. Schon dort erklärte sie, dass sie wohl einen irreparablen Schaden davontragen würde, da das Projektil des Geiselnehmers Nervenbahnen im unteren Bereich der Wirbelsäule verletzt hatte. Zu diesem Zeitpunkt standen der jungen Frau noch weitere Operationen und eine lange Reha bevor. Heunisch klickte einen jüngeren Link an. Hierbei handelte es sich um ein justizinternes Magazin, das vom Hauptpersonalrat des Bayerischen Staatsministeriums der Justiz zweimal im Jahr herausgegeben wurde und in dem die verschiedensten Bereiche mit interessanten Artikeln zu Wort kamen. In der Mitte dieser März-Ausgabe befand sich eine umfangreiche Abhandlung über das Schicksal der Justizbediensteten Franziska Guttendorf, die nach vielen Monaten der Rekonvaleszenz nun wieder in der Lage war, ihren Dienst als Protokollführerin beim Landgericht Würzburg auszuüben. Auf der linken Seite befand sich ein seitengroßes Bild von Franziska Guttendorf, die im Rollstuhl auf dem Flur des Justizgebäudes stand und in die Kamera lächelte. Heunisch runzelte die Stirn. Die Frau war offenbar auf Dauer an den Rollstuhl gefesselt. Ein hartes Schicksal, das durchaus Gedanken auf Vergeltung wecken könnte. In einem anderen Artikel gab es indirekt Hinweise auf den Wohnort der Frau. Sie war dort inmitten dreier Rollstuhlfahrer abgebildet, die vor Wochen im Stadtteil Grombühl das integrative Café *Rolling-in* als Begegnungsstätte zwischen Behinderten und Nichtbehinderten Menschen eröffnet hatten. Am Wochenende waren sie dort freiwillig tätig. Heunisch würde dem Café einen Besuch abstatten, vielleicht hatte er Glück und er traf Franziska Guttendorf dort an. Er machte sich auf dem Notizzettel von Rumpel ein paar Anmerkungen. Heunisch klappte den Laptop zu. Es war nun deutlich über die Mittagszeit und von Rumpel keine Spur. Jetzt konnte Heunisch seinen Polizeiinstinkt, der immer lauter wurde, nicht mehr überhören. Es half alles nichts, das war definitiv nicht das gewohnte Verhalten seines Freundes und Nachbarn – selbst wenn man in amourösen Bahnen dachte. Schließlich war Rumpel kein Teenager mehr, der über das Verliebtsein alles andere vergaß! Zunächst rief er nochmals auf Rumpels Handy an, das Ergebnis war unverändert negativ. Da er bezüglich Lena keine näheren Informationen besaß, suchte er die Nummer der Rechtsmedizin heraus und rief dort an. Sicher gab es dort am Wochenende so etwas wie einen Notdienst, falls Leichen anfielen. Dort war ein Anrufbeantworter geschaltet, der im Notfall auf eine Handynummer verwies. Heunisch notierte die Nummer und rief kurzerhand dort an.

„Kohlhepp", meldete sich nach mehrmaligem Klingeln eine Frauenstimme, die Heunisch sofort als Lenas Stimme identifizierte.

„Ah, Lena, hier Stefan Heunisch, gut dass ich dich gleich persönlich erreiche! Du darfst dich nicht wundern, ich habe die Nummer angerufen, die auf dem AB der Rechtsmedizin als Kontakt angegeben ist."

„Hallo Stefan", gab sie zurück. Ihre Verwunderung war ihr anzumerken. „Was führt dich zu mir?"

„Lena, entschuldige bitte, dass ich euch störe, ist mir … schon ein bisschen peinlich, aber … ist es möglich, dass du mir mal Rumpel gibst? Er hat sein Handy ausgeschaltet. Eva ist ja noch bei mir und ich wundere mich halt ein bisschen, dass er sich so gar nicht meldet …"

In der Leitung war es eine Sekunde still, dann sagte Lena: „Stefan, du musst dich nicht entschuldigen … nur kann ich dir Rumpel leider nicht geben, da er gestern Abend schon kurz vor Mitternacht gegangen ist …" Sie vermittelte eine gewisse unterschwellige Anspannung.

„Oh", erwiderte Heunisch betroffen, „wenn ich ehrlich bin … hatte ich angenommen, dass er bei dir … übernachtet hat und zum Frühstück geblieben ist …"

„Leider nein", gab Lena zurück und das Bedauern war ihr anzumerken. „Der Abend ist nicht ganz so … harmonisch verlaufen, wie ich hoffte …"

Heunisch benötigte einen Augenblick, bis er diese Information verarbeitet hatte. „… und du hast keine Ahnung, wo er abgeblieben sein könnte?"

„Keinen Schimmer!"

„Wenn er vor Mitternacht gegangen ist, wäre es denkbar, dass er noch einmal ins BULLEN-PUB gegangen ist?", überlegte Heunisch laut. „Meinst du, er könnte so … frustriert gewesen sein, dass er sich die Kante gegeben hat? – Sorry, diese Frage ist jetzt schon ziemlich persönlich, aber die Situation ist ausgesprochen befremdlich." Er holte schwer Atem. „Rumpel ist schon viel zuzutrauen, aber seine Eva würde er niemals vernachlässigen! Außerdem kann er in der Kneipe ja nicht übernachten …"

„Ich weiß jetzt auch nicht, wie ich dir helfen kann … Jetzt

mache ich mir auch Sorgen. Sagst du mir bitte Bescheid, wenn er wieder auftaucht?"

Das sagte Heunisch zu. Er steckte das Handy weg, dann nahm er nochmal die Hundeleine vom Haken.

„Eva, komm, wir schauen mal ins Pub. Vielleicht kann uns Richi einen Tipp geben." Bevor er die Wohnung verließ, machte er noch einmal einen Versuch auf Rumpels Handy. Negativ.

Stefan Heunisch und Eva eilten die Straßen entlang, bis sie die Kneipe erreicht hatten. Richi stand wie gewöhnlich hinter dem Tresen und sah den beiden entgegen. Da Wochenende war, herrschte auch um die Mittagszeit reger Betrieb. Er holte sich aus der bewussten Schublade ein Hundeleckerli und gab es Eva, die es schwanzwedelnd verschlang.

„Richi, sag mal, war Rumpel gestern spätabends noch im Pub?", fragte Heunisch knapp.

Der Wirt schüttelte den Kopf. „Tut mir leid, aber er war nicht hier."

Jenny, die gestern auch schon bediente, hatte die Frage mitgehört. „Von dem Knaben keine Spur. Weil er nicht hier war, habe ich seinen Tisch anderen Gästen gegeben."

Richi sah Heunisch fragend an. „Was ist los? Warum suchst du nach ihm?"

„Es könnte sein, dass er irgendwo versackt ist. Er könnte einen heftigen Durchhänger haben." Heunisch fasste die Hündin fest an der Leine. „Sollte er hier auftauchen, dann sag ihm, er soll mich sofort anrufen. Oder noch besser, ruf mich an, dann komm ich vorbei … falls er … Hilfe benötigt." Er griff sich einen Abrechnungsblock vom Tresen und einen Kugelschreiber und kritzelte seine Handynummer aufs Papier. „Danke dir!" Mit einem knappen Winken verließ er die Kneipe. Richi zog den Block zu sich heran und betrachtete nachdenklich die Telefonnummer. Hoffentlich war Rumpel nichts passiert!

Stefan Heunisch eilte nach Hause. Vielleicht war Rumpel mittlerweile aufgetaucht. Eva spürte die Nervosität des Mannes und trabte sehr diszipliniert neben ihm her. Zuhause setzte sich Heunisch bedrückt ins Wohnzimmer. Wie erwartet war und blieb Rumpel verschollen. Eva eilte zum Wassernapf und trank, dann verzog sie sich in das Körbchen, das ihr Heunisch zur Verfügung gestellt hatte, weil sie sich ja gelegentlich bei ihm aufhielt. Sie legte sich nieder, aber sie rollte sich nicht entspannt zusammen und sie schlief auch nicht. Mit ihren großen dunklen Augen beobachtete sie Heunisch sehr aufmerksam. Sie fühlte seine Anspannung.

Stefan Heunisch wusste nicht, was er unternehmen sollte.

Dreiundvierzig

Um ihn herum herrschte Dunkelheit, absolute, abgrundtiefe Finsternis. Er schwebte in einer totalen Schwärze, die seinem Gehirn nur ein schwaches Flämmchen Bewusstsein zubilligte. Es war ein zeitloses, quälendes Ringen, bis sich sein Bewusstsein durch den zähen Nebel in seinem Gehirn durchgekämpft hatte. Waren seine Augen geschlossen oder geöffnet? Bewusst schloss und öffnete er die Augen in immer hektischeren Intervallen, doch es machte keinen Unterschied: Es umgab ihn vollkommene Finsternis. War er erblindet? Er sandte einen Bewegungsimpuls, den seine Nerven und Muskeln nicht umsetzen konnten. Warum konnte er sich nicht bewegen? Plötzlich spürte er Kälte. Er bemerkte, dass irgendetwas seinen Körper umschlang und ihn lähmte. Oder war er irgendwo eingeklemmt, eingemauert, einbetoniert? Lag er in einem Sarg, gar in einem Grab? Er fühlte, dass um ihn herum Spielraum war. Der Mund ließ sich nicht öffnen, war wie zugenäht, aber er bekam Luft durch die Nase. Mit den Fingerspitzen, die er bewegen konnte, ertastete er einen kleinen Teil seines Körpers. Er freute sich. Körper, dachte er, er hatte also einen Körper. Seine Fingerkuppen berührten Stoff. Gewebe, durch das hindurch er seine Oberschenkel fühlte. Dieser Stoff in Form eines Gewebebandes umschlang seinen ganzen Oberkörper. Er war fest und unnachgiebig. Langsam wurde er sich seines Körpers weiter bewusst. Wackeln mit den Zehen war möglich, bewegen der Füße hingegen nicht. Ganz vorsichtig, wie im Zeitlupentempo, bewegte er den Kopf hin und her. Das ging, wenn auch mühsam, als wären in seinen Gelenken Drähte eingezogen, die sie versteiften. Langsam zog er die Knie an. Schon nach wenigen Zentimetern berührte er einen merkwürdigen Stoff. Er war rau und schien ihn in Gänze einzuhüllen. Unvermutet griff ein klaustrophobisches Gefühl nach ihm und riss ihn in einen Strudel der Angst. Er bäumte sich auf und begann zu schreien! Eigentlich ein sinnloses Unterfangen, da das Klebeband über seinem Mund den Ton fast völlig erstickte.

Da hörte er Laute! Sein hektisches, stoßweißes Atmen durch die Nase, trieb ihm den Rotz ins Gesicht. Wieder brüllte er gegen das Panzerband an. War da nicht ein Flüstern? Es gab ein ratschendes Geräusch, dann drang bohrende Helligkeit in seine Augen und blendete ihn so, dass er nur gleißendes Licht erkennen konnte. Über ihm erschienen die Konturen eines Kopfes, die Ahnung eines Gesichts, das von einer hellstrahlenden Aura umgeben war. Er fühlte eine Hand, die ihn auf die harte Unterlage drückte, dann spürte er einen Stich in den Hals. In Sekunden kam der Nebel zurück und er stürzte wieder in tiefe Bewusstlosigkeit. Der letzte Gedanke, der ihn in die Dunkelheit begleitete, war „Lena".

Mit einem Ruck schloss die blonde Frau den Leichensack, ließ aber den Reißverschluss so weit offen, dass noch genügend Luft hineinströmen konnte. Noch musste Rumpel für das große Finale am Leben gehalten werden. An der Tür stand ein Mann und beobachtete ihre Handlungen. Vor dieser Frau hatte er richtig Angst! Sie wirkte völlig emotionslos, ihre Augen waren kalt, wie tot. Sie verließen den Raum und er löschte das Licht.

Vierundvierzig

Stefan Heunisch musste irgendetwas tun. Das tatenlose Herumsitzen in seiner Wohnung machte ihn verrückt. Er beschloss, die Theresien-Klinik aufzusuchen, um Fiona Nagel auf den Zahn zu fühlen. Anschließend würde er am Landgericht vorbeigehen, um sich mit Franziska Guttendorf zu unterhalten. Er ging an den Schrank und holte seinen alten Dienstausweis hervor. Man hatte ihn ihm als Andenken überlassen. Der Vermerk über die Ungültigkeit war so diskret angebracht, dass er bei flüchtiger Betrachtung nicht auffiel. Er schnallte sich eine Waffe um, weil das sein Auftreten als Polizist unterstreichen würde. Eva begleitete ihn. Nachdem er nochmals überprüft hatte, dass sein Handy auf volle Lautstärke gestellt war, fuhr er in die Tiefgarage. Er ließ Eva in den Kofferraum seines kleinen Japaners einsteigen. Einen Moment später war er in Richtung Bruderhof in der Stadtmitte unterwegs. Er quetschte sein kleines Auto in eine freie Parklücke vor der Theresien-Klinik, dann ließ er wegen Eva die Seitenfenster ein Stück herunter.

„Sei schön brav, ich komme gleich wieder", sagte er, dann schloss er ab und marschierte in Richtung Theresien-Klinik. An der Pforte saß ein älterer Herr und sah ihm aus dem Glaskasten aufmerksam entgegen. Heunisch zog seinen Ausweis heraus und klatschte ihn gegen die Scheibe. Dabei achtete er darauf, dass der Mann einen Blick auf seine Waffe werfen konnte.

„Kriminalhauptkommissar Heunisch", erklärte er, während er den Ausweis wieder einsteckte, „ich hätte gerne mal Frau Fiona Nagel gesprochen, sie arbeitet hier."

Der Pförtner war von der Autorität des vermeintlichen Kriminalbeamten voll überzeugt. Er blätterte eifrig in einer Kladde, dann griff er zum Telefon.

„… Sie soll bitte runterkommen", verlangte Heunisch. Der Pförtner nickte, dann sprach er einige Sätze in den Hörer und legte auf.

„Schwester Fiona kommt gleich. Nehmen Sie doch bitte Platz."

Heunisch nickte und ließ sich in einen der Sessel fallen, die in einer Ecke in der Nähe der Pforte um einen Tisch formiert waren. Es vergingen nur wenige Minuten, dann ertönte vom Aufzug ein Ping, die Tür öffnete sich und eine junge Frau kam heraus. Sie trug die Arbeitskleidung einer Krankenschwester, auf dem Kopf eine kleine Haube. Sie trat aus dem Lift und sah sich um. Man konnte ihr ansehen, dass sie nervös war. Eine gute Voraussetzung für eine Befragung, wie Heunisch wusste. Er hob die Hand und winkte ihr zu, während er sich erhob.

„Frau Nagel?", fragte er und hielt ihr die Hand hin, die sie ergriff. Ihre Handfläche war feucht. „Heunisch, Kripo Würzburg", stellte er sich vor und klappte erneut seinen Ausweis auf. Sie warf keinen Blick darauf.

„Ja, ich bin Fiona Nagel. Sie haben nach mir gefragt? Ist etwas passiert?"

Heunisch bat sie mit einer Handbewegung, sich zu setzen. Dabei ließ er sie keine Sekunde aus den Augen. Es kam jetzt wesentlich darauf an, wie sie auf seine Fragen reagierte.

„Frau Nagel, es tut mir leid, dass ich Sie mit ein paar Fragen belästigen muss, die sich auf schmerzliche Vorgänge in Ihrer Vergangenheit beziehen."

Sein Gegenüber richtete sich gerade auf, sie saß auf dem äußersten Rand des Sessels.

„Es gibt Vorgänge, die uns veranlassen, nochmals Teile der Ereignisse von damals …, Sie wissen sicher, was ich meine …, auf den Prüfstand zu stellen. Verzeihen Sie, dass ich Sie das fragen muss, aber wie haben Sie … dieses schlimme Erlebnis …

und die … noch schlimmeren Folgen verarbeitet? Wie geht es Ihnen heute damit?"

Über ihr Gesicht zog ein Schatten, ein trauriger Zug, in den Augenwinkeln entstand Feuchtigkeit. Sie hatte sich aber im Griff.

„Es war nach dem Tod meines Kindes eine sehr schlimme Zeit für mich, die ich nur überstanden habe … weil ich zu Gott gefunden habe." Sie wischte sich mit der Hand über die Augen. „Natürlich war ich geraume Zeit verzweifelt, wütend, voller Hass und hatte auch Selbstmordgedanken … Bis ich dann durch Zufall auf ein Seminar stieß, das im Kloster der Erlöserschwestern in Würzburg stattfand. Es war für mich wie eine Erleuchtung." Sie atmete tief durch. „Seitdem arbeite ich hier als Novizin in der Theresien-Klinik. Es tut mir gut, anderen Menschen helfen zu können. Es hat zur Heilung meiner Seele beigetragen." Sie verstummte.

Heunisch hatte ihr schweigend zugehört. Er war absolut sicher, dass die Frau jedes Wort so meinte, wie sie es sagte. Schließlich hatte er noch eine wesentliche Frage.

„Es freut mich wirklich für Sie, dass sie nach der schlimmen Zeit Ihren Frieden mit der Vergangenheit gefunden haben … Eine Frage habe ich noch: Hatten Sie in den letzten Monaten mit Beteiligten der Ereignisse in Kitzingen Kontakt? Ist möglicherweise jemand an Sie herangetreten?"

Spontan schüttelte sie den Kopf, dann zögerte sie allerdings einen Moment.

„Ja …?" Plötzlich hatte Stefan Heunisch das Gefühl, dass da noch etwas kommen würde.

„Vor ungefähr drei Monaten bekam ich einen Anruf von einem Mann. Er fragte mich, ob ich Interesse an einem Treffen aller Opfer des damaligen Polizeieinsatzes hätte. Ich habe das strikt abgelehnt."

In Heunisch regte sich der Instinkt des Polizisten. Er roch förmlich, dass sich da eine Tür einen Spalt weit öffnete.

„Erinnern Sie sich noch an den Namen des Anrufers?"

Sie zuckte mit den Schultern. „Irgendetwas mit R, glaube ich. Ich habe den Anruf gleich wieder verdrängt, weil ich vor der Vergangenheit meine Ruhe haben will."

Heunisch erhob sich. „Vielen Dank, dass Sie mit mir gesprochen haben. Ich hoffe, dass ich Ihre emotionale Wunde nicht zu sehr aufgerissen habe. – Alles Gute!"

Fiona Nagel nickte wortlos, stand auf und ging langsam zum Aufzug.

Heunisch setzte sich in seinen Wagen. Sein Handy schwieg noch immer. Er parkte aus und setzte sich in Richtung Grombühl in Bewegung. Vielleicht hatte er Glück und konnte mit Franziska Guttendorf sprechen. Unterwegs dachte er an das, was ihm Fiona Nagel berichtete: dass ein Mann sie kontaktiert hatte, um ein Treffen der Opfer von damals zu organisieren. Jemand mit R am Beginn des Familiennamens …? R wie Rumpel? Aber diese Assoziation war natürlich Unsinn. Die Annahme war durchaus berechtigt, dass auch Franziska Guttendorf angerufen worden war. Er stellte seinen Wagen auf einen gebührenpflichtigen Parkplatz für Kurzparker, dann ließ er Eva aussteigen. Polizeiausweis und Polizeihund würden hoffentlich solchen Eindruck machen, dass die junge Frau mit ihm sprach. Das Café war jetzt am frühen Nachmittag recht gut besetzt und es waren auch ein paar Rollstuhlfahrer dabei. Die Gäste drehten sich natürlich neugierig herum, als Heunisch sich mit dem großen Hund an den Tischen vorbeischlängelte. Eva ließ es sich gerne gefallen, dass ihr einige Leute im Vorübergehen über das Fell streichelten. Heunisch sah sofort, dass Franziska Guttendorf nicht unter ihnen war. Er wandte sich an eine junge Frau, die hinter der Kasse stand und gerade einen Geldbetrag hineinzählte.

„Hallo", grüßte Heunisch freundlich und hielt dabei seinen alten Dienstausweis für eine Sekunde in die Höhe, „ich bin Kriminalhauptkommissar Heunisch und würde gerne mal Frau Guttendorf sprechen. Ist sie hier?" Dabei warf er einen Blick auf eine Tür, die in einen Raum hinter dem Tresen führte. Die junge Frau war sichtlich beeindruckt, natürlich hatte sie die Waffe unter der Jacke bemerkt.

„Tut mir leid, aber Franziska hat gerade zwanzig Minuten Pause. Kann ich ihr etwas ausrichten oder wollen Sie vielleicht eine Telefonnummer dalassen, damit sie zurückrufen kann? Sie können aber auch gerne Platz nehmen. Unsere Crema wird sehr gelobt." Sie lächelte schüchtern.

Heunisch überlegte einen Moment, dann erwiderte er: „Vielen Dank, aber ich bin etwas in Eile. Können Sie mir sagen, wo Frau Guttendorf für gewöhnlich ihre Pausen verbringt? Vielleicht in der Nähe? Ich habe nur ein, zwei Fragen und müsste sie nicht hier im Café behelligen." Er lachte sie an, um seine Harmlosigkeit zu vermitteln.

„Bei dem schönen Wetter fährt sie normalerweise auf eine Zigarette in den kleinen Park gegenüber." Sie wies in eine bestimmte Richtung. Heunisch bedankte sich, dann verließ er mit Eva über die rollstuhlgerechte Rampe das Café. Am Eingang der kleinen Grünanlage wurde darauf hingewiesen, dass Hunde hier an der Leine zu führen waren. Schon nach wenigen Schritten setzte sich die Hündin und pinkelte ins Gras. Kurz darauf entdeckte Heunisch neben einer Bank eine Frau im Rollstuhl. Langsam ging er näher. Es handelte sich eindeutig um Franziska Guttendorf. Sie hielt eine Zigarette in der Hand und starrte vor sich hin. Sie entdeckte Mann und Hund erst, als sie kurz vor ihr standen. Für einen Moment huschte ein erschrockener Zug über ihr Gesicht.

„Grüß Gott …", grüßte Heunisch und blieb vor ihr stehen.

Eva wedelte freundlich mit dem Schwanz und setzte sich ordentlich hin. „Sind Sie Frau Guttendorf?" Heunisch stellte fest, dass sie Eva länger als üblich fixierte. Hatte sie eine Hundephobie? Er verkürzte die Leine.

„Ja … wer will das wissen …? Was wollen Sie …?" Sie nahm einen Zug von der Zigarette, dann nahm sie sie in die linke Hand. Ihre Rechte senkte sich langsam auf den Joystick, der zur Steuerung des modernen Rollstuhls in der Armlehne angebracht war.

Heunisch stellte sich vor, indem er seinen Ausweis zückte und ihr hinhielt. Als sie die Waffe unter seiner Jacke entdeckte, zuckte sie zusammen.

„Verzeihen Sie bitte den Überfall, aber Ihre Kollegin im Café hat mir gesagt, dass ich Sie wahrscheinlich hier finden würde. Darf ich mich setzen?" Er wies auf die Bank neben dem Rollstuhl. Nachdem sie nicht ablehnend reagierte, ließ sich Heunisch darauf nieder. Eva legte sich zu seinen Füßen.

„Bitte, was wollen Sie von mir?", wiederholte sie etwas ärgerlich. „Meine Pause ist nur kurz und ich möchte eigentlich in Ruhe meine Zigarette genießen!"

„Verstehe ich", gab Stefan Heunisch freundlich zurück. Er wollte sie nicht verärgern, weil er sonst keine ehrliche Auskunft erwarten durfte. Er holte eine Schachtel Zigarillos aus der Jackentasche und steckte sich eine an. Dabei wiederholte er die Eingangsfragen, die er auch Fiona Nagel gestellt hatte.

„Sie fragen, wie es mir geht?", stieß sie scharf hervor. „Das sehen Sie doch selbst! … Ganz ausgezeichnet! Ich könnte mir kein schöneres Leben vorstellen!" Ihre Hände ballten sich zu Fäusten. „Was rühren Sie denn in dieser alten Geschichte herum? Damals hat die Polizei intern doch alles unternommen, um die an diesem Einsatz Beteiligten sauberzuwaschen! – Lassen Sie mich in Gottes Namen mit Ihren Fragen in Ruhe! Sie können sich darauf verlassen, dass ich mich über Sie beschweren werde!" Sie warf den Zigarettenstummel in den Abfallkorb, drückte den Joystick nach vorne und der Elektromotor erwachte summend zum Leben.

„Wenn Sie mir etwas sagen wollen", erklärte Heunisch, zog eine Visitenkarte aus der Brusttasche seiner Jacke und legte sie auf ihren Schoß. Sie beachtete sie nicht, gab Gas und brachte den Rollstuhl aus dem Stand flott außer Reichweite.

„Es tut mir wirklich sehr leid!", rief ihr Heunisch hinterher, aber da war sie schon hinter einer Hecke verschwunden. Das war jetzt ein ganz anderes Bild als vorhin bei Fiona Nagel. Es war nicht schwer, die verhaltene Wut in den Augen von Franziska Guttendorf zu sehen. Diese Frau hatte sich mit ihrem Schicksal sicher noch nicht abgefunden. Hier brodelte Lava im Untergrund.

Stefan Heunisch blieb sitzen und rauchte sein Zigarillo zu Ende, dann überprüfte er erneut sein Handy. Keine Spur von Rumpel. Er wählte die Nummer von Lena. Nach dem ersten Läuten ging sie ran.

„Gibt es etwas Neues?", fragte sie hastig. Sie ließ ihn vor Aufregung erst gar nicht zu Wort kommen.

„Das Gleiche wollte ich auch gerade fragen … Bei mir leider negativ."

„Was sollen wir jetzt tun?", fragte sie ratlos.

Heunisch zuckte mit den Schultern, was sie natürlich nicht sehen konnte.

„Wenn Rumpel sich bis morgen nicht gemeldet hat, werde ich ihn bei den Kollegen im Polizeipräsidium als vermisst melden. Normalerweise werden die erst achtundvierzig Stunden nach Abgängigkeit einer Person aktiv. Aber Rumpel ist Kollege und bei seiner speziellen Vita werden sie sicher früher etwas unternehmen. Bis dahin werden wir uns wohl gedulden müssen …

Wir verbleiben dabei, uns gegenseitig sofort zu unterrichten, wenn wir etwas erfahren, okay?" Sie beendeten das Gespräch. Heunisch erhob sich und betrachtete Eva, die ihn mit schief gelegtem Kopf aufmerksam ansah.

„Tja, da werde ich jetzt wohl Hundefutter für dich besorgen müssen", erklärte er und streichelte ihr über den Kopf. „Dein Herrchen hat sicher einen triftigen Grund, weswegen er sich nicht meldet. – Hoffentlich hat man ihm nichts angetan …"

Wenig später warf er das Ticket, das ihm eine eifrige Politesse zwischenzeitlich verpasst hatte, auf den Beifahrersitz. Er hatte die Parkzeit um zehn Minuten überschritten. Er fluchte, das rundete diesen verdammten Samstag wirklich ab.

Franziska Guttendorf rollte in das Café zurück, dessen Gäste zwischenzeitlich weniger geworden waren. Ihre Kollegin empfing sie gleich mit der Nachricht, dass ein Polizist nach ihr gefragt hat.

„Ja, danke … er hat mich getroffen. Es ging um etwas … Privates." Sie machte eine wegwerfende Handbewegung. „Rosa, kommst du im Moment hier vorne alleine klar? Dann würde ich mal nach hinten gehen und mich um die Buchführung kümmern."

„Klar, kein Problem", erwiderte Rosa.

Franziska Guttendorf rollte in das Hinterzimmer und schloss die Tür zum Café. Sofort griff sie zum Handy, wählte eine eingespeicherte Nummer und berichtete mit aufgeregter Stimme, was sie soeben erlebt hatte.

„… Der Typ war von der Kripo und hat sehr komische Fragen gestellt. Sie zielten eindeutig in eine bestimmte Richtung! Ich bin sicher, der weiß was!"

„War das wirklich ein Polizeibeamter?"

„Ja, er hat mir seinen Ausweis gezeigt und eine Schusswaffe hatte er auch am Gürtel. Außerdem, und das hat mich fast aus der Fassung gebracht, war er in Begleitung eines großen Hundes …" Sie unterbrach sich, dann wurde ihre Stimme ganz schrill und überschlug sich fast. „… Dieser Hund … du wirst es nicht glauben, aber es handelte sich, soweit ich das beurteilen kann, um die gleiche Rasse wie … du weißt schon!"

Am anderen Ende der Verbindung trat eine Weile Schweigen ein, dann fragte ihr Bruder leise: „… und du bist dir absolut sicher?"

„Natürlich! Ich bin doch nicht verrückt! Wir müssen die Sache unbedingt stoppen, bevor sie völlig aus dem Ruder läuft!"

„Reiß dich zusammen! Du darfst jetzt nicht die Nerven verlieren! Wir reden heute Abend", forderte ihr Bruder schroff, dann wurde die Leitung abrupt unterbrochen.

Franziska Guttendorf war schon seit Tagen nicht mehr von den Plänen ihres Bruders überzeugt. Sie kannte zwar das Drehbuch für die kommenden Ereignisse nur in sehr groben Zügen, das geplante Szenario konnte von ihr aber so nicht mehr mitgetragen werden. Ihr Bruder hatte sich in den letzten Wochen immer mehr von der Chatgruppe in einen schrecklichen Plan hineinziehen lassen. Ging es anfänglich nur darum, Rumpel seelisch und moralisch zu demontieren, womit sie noch einverstanden war, wurden die Forderungen aus der Gruppe mit der Zeit immer drastischer. Jetzt sollte wohl auch die physische Existenz des Mannes beeinträchtigt werden. Der Einfluss bestimmter Personen auf ihren Bruder war dramatisch und er verfolgte in selbstzerstörerischer Weise einen Weg, der nur zu einer Katastrophe führen konnte. Durch den Einfluss der Gruppe hatte auch sie sich in eine Art Rachefeldzug hineinziehen lassen. Mittlerweile wäre sie gerne abgesprungen, wenn da nicht ihr Bruder gewesen wäre. Zudem hatte sie sich als Beamtin durch einen Eid auf die Verfassung zur Beachtung der Gesetze verpflichtet. Als sie seinerzeit am Ende war, waren ihr viele Vorgesetzte beigesprungen und hatten dafür gesorgt, dass sie sich beruflich wieder eingliedern konnte. Sie stützte das Gesicht in die Hände. Was sollte sie tun? Er war doch ihr Bruder! Irgendwie war er so verblendet, dass er die Gefahr nicht sah, die ihm drohte. Wie es aussah, ermittelte bereits die Kripo … Ihr fiel die Visitenkarte des Polizisten ein. Sie war von ihrem Schoß in den Spalt zwischen Rollstuhlsitz und -lehne gerutscht. Langsam legte sie die zerknickte Karte auf ihren Schreibtisch und starrte sie an. Zwei Telefonnummern waren darauf. Die oberste war durchgestrichen, die untere war eine Mobiltelefonnummer. Sie rollte vom Schreibtisch weg und verließ das Büro. Ihm angegliedert befanden sich die behindertengerechten Toiletten des Cafés. Sie steuerte den Rollstuhl in die Damentoilette und schloss ab. Lange starrte sie sich in dem tiefhängenden Spiegel an, der über dem heruntergesetzten Waschbecken angebracht war. Was sollte sie machen? Bekanntlich war Blut dicker als Wasser … Aber, was würde sich qualitativ an ihrem Leben ändern, wenn sie ihren Bruder gewähren ließ? Würde sie sich besser fühlen? Zwischenzeitlich wusste sie, dass die Antwort ein klares Nein war. Wenn die Sache aufflog und die Polizei ihn als Mittäter ermittelte und festnahm, kam er vor Gericht. Was, wenn sie als Mitwisserin ermittelt wurde? Ihr Leben wäre zum zweiten Mal zerstört. Vielleicht konnte sie noch etwas retten! Dabei war ihr im Augenblick egal, wie sehr sie selbst davon betroffen sein würde. Der Rücktritt von einer schweren Straftat vor ihrer Vollendung würde sich strafmildernd auswirken. Sie strich die Visitenkarte mit den Fingern glatt, dann wählte sie die Mobiltelefonnummer.

Fünfundvierzig

Die Kälte war eisig, die Schwärze, die ihn umgab, zäh und undurchdringlich wie Pech! Da er so kurz nach diesem zweiten Erwachen noch keine Erinnerung an sein erstes Erwachen hatte, musste er all die schrecklichen Eindrücke erneut durchleben. Das zähe Ringen mit dem dicken Nebel in seiner Wahrnehmung. Die alles verschlingende Schwärze. Der mühsame Kampf mit seinen Augenlidern, um den Widerstand gegen das Erwachen zu überwinden. Die Verzweiflung über die Ungewissheit, ob seine Sehfähigkeit noch vorhanden war, da vollständige Finsternis um ihn herum herrschte. Hinzu kam eine vollkommene Stille, als sei er taub. Plötzlich das Gefühl, eingeengt zu sein, ausgelöst von einem gewaltigen Druck auf seinen Brustkorb, seine Arme und Beine! Er kämpfte hektisch dagegen an, konnte sich aber nicht bewegen, war gelähmt! Etwas verhinderte, dass er den Mund aufriss und Luft in die Lungen saugte. Panik griff nach ihm. Sein Herz raste, sein Blutdruck stieg explosionsartig. Trotz der Kälte, die ihn umgab, überschwemmten ihn Fieberschauer, die ihm den Schweiß auf die Stirn trieb. Für Sekunden spürte er die eisigen Krallen des Wahnsinns. In dem Maß, wie die Lähmung schleichend schwand, kämpfte er wie ein Irrer gegen die Fesseln an. Als die Woge der Verzweiflung über ihn hinweggeschwappt war, tauchte er langsam aus der Tiefe der Hoffnungslosigkeit auf. Er versuchte die Lage, in der er sich befand, zu analysieren. Sein erster klarer Gedanke war der an Lena. Vor seinem geistigen Auge erschien ihr Gesicht. Sofort klammerte er sich an dieser Erinnerung fest. Er erinnerte sich, dass er von Lena weggegangen war. Wann war das? Er hatte kein Zeitgefühl mehr. Der Schwebezustand zwischen Kälte, Finsternis und körperlicher

Lähmung dauerte seinem Empfinden nach schon eine Ewigkeit. Erinnerungsfetzen sausten wie Filmschnipsel durch sein Gehirn. Ihm fiel Lenas Frustration ein, weil er nicht bereit war, ihre Erwartungen zu erfüllen.

Ihm wurde schlecht. Sein Magen rebellierte. Sein Instinkt sagte ihm, dass er keinesfalls erbrechen durfte, da er den Mund nicht öffnen konnte. Er würde ersticken! Der Kampf gegen den aufbegehrenden Magen verlangte ihm erneut unendlich viel Kraft ab. Wieder trieb es ihm den Schweiß aus den Poren. Mitten in der Not tauchte verschwommen Lenas Gesicht in einem blendenden Lichtkranz vor seinen Augen auf. Ein Traumbild? Realität? Er verspürte Dankbarkeit, als sie sich über ihn beugte. Dann fühlte er einen leichten Stich am Hals und das Gesicht und das Licht verschwanden wieder. Unvermittelt kehrte seine Fähigkeit zu riechen wieder und ein Tsunami von Gerüchen stürmte auf ihn ein. Überdeutlich roch er seinen Körpergeruch, seinen Schweiß. Aber da war noch eine andere scharfe Komponente, die er noch nicht richtig einordnen konnte. Seine Erinnerung begann zu arbeiten. Befand er sich im Krankenhaus …? Unvermittelt hörte er ein Geräusch. Ein plötzlich einsetzendes, gleichbleibendes metallisches Surren. Was war das? War das real oder wieder eine seiner Fieberfantasien? Er wusste, er kannte das Geräusch, hatte es schon gehört. Sofort klammerten sich seine Gedanken daran fest. Ein Anker, an dem er seine Überlegungen festmachen konnte … Dann kam ihm schlagartig die Erkenntnis! Er schrie verzweifelt gegen den Widerstand an, der ihm den Mund verschloss, und versuchte gegen die unnachgiebigen Bänder, die seine Gliedmaßen gnadenlos zusammenpressten, anzukämpfen. Doch die Befehle, die sein Gehirn an die Muskeln aussandte, waren praktisch ohne Wirkung. Die Fesseln waren gnadenlos. Irgendwann erlöste ihn ein Zusammenbruch seines Kreislaufs und er wurde ohnmächtig.

Brutal wurde er in die Realität zurückkatapultiert. Ein stechender Geruch raste seine Nase hoch und explodierte in seinem Gehirn. Er riss die Augen auf, schloss sie aber sofort wieder, weil gleißendes Licht in seine Pupillen stach. Er spürte seine Gliedmaßen nicht, die Lider konnte er seltsamerweise noch bewegen. Gleichzeitig verspürte er wieder die heftige Kälte und den harten Untergrund, auf dem er lag. Der Reißverschluss des schwarzen Bodybags, in dem er lag, war ein ganzes Stück weit geöffnet, so dass er, erst nebelhaft, dann immer deutlicher, seine Umgebung erkennen konnte. Er kannte sie. Wieder fuhr ihm der Schrecken durch die gefesselten Glieder. Für ihn bestand kein Zweifel, dass er sich in der Kühlanlage der Rechtsmedizin befand. In seiner früheren Tätigkeit bei der Landespolizei war er gelegentlich in derartigen Räumen gewesen. Eine der Kühlkammern war weit geöffnet. Neben ihm stand ein Mann mit einer OP-Maske, einer Haube auf dem Kopf und in operativer Schutzkleidung. Der Kerl hatte ihn offenbar gerade aus dieser Kühlkammer gezogen und mit irgendeinem Riechsalz aus seiner Ohnmacht geholt. Jetzt wurde ihm schlagartig klar, woher die gefühlte Kälte, der widerliche Geruch und das merkwürdige Geräusch gekommen waren. Unvermittelt begann Rumpel auf der Rollbahre herumzutoben, soweit ihn seine Fesseln ließen. Er krümmte sich zusammen, warf den Körper hin und her und knallte den Kopf gegen den harten Untergrund aus Edelstahl, dabei stieß er gutturale Laute aus, soweit ihm das mit dem Klebeband über dem Mund möglich war.

Plötzlich bemerkte er, dass noch eine weitere Person im Kühlraum anwesend war. Die Frau war ebenfalls vermummt, so dass man ihr Gesicht und ihre Gestalt nur schwach erahnen konnte. Sie beugte sich über Rumpel. Mit großen blauen Augen starrte er sie an. Lena! Das war Lena! Um Gottes willen, was tat sie hier? Was machte sie mit ihm …?

Sein Blick fiel auf die aufgezogene Spritze in ihrer Hand. Der Mann fasste Rumpel brutal am Haar, so dass er sich nicht wegdrehen konnte, dann jagte sie ihm die Kanüle in den Hals. Ihre Stimme kam dumpf hinter der Maske hervor.

„Es ist toll, was es für ausgezeichnete Narkosemittel auf dem Markt gibt. Dieses Zeug wird ihn ruhigstellen, so dass er sich nicht mehr bewegen kann, dabei bleibt er jedoch voll bei Bewusstsein. Allerdings … ein bisschen zu viel davon und …" Sie fuhr Rumpel mit dem Finger spielerisch halbkreisförmig über den Hals. „… die Atmung steht still. Das werden wir aber verhindern. Er soll ja auch etwas davon haben!" Sie lachte kalt. „Unser Auftraggeber wird mit uns zufrieden sein."

Es dauerte nur Sekunden, bis Rumpel nichts mehr spürte. Seine Muskulatur folgte keinem seiner Impulse. Er konnte aber nach wie vor atmen.

„Fangen wir an", hörte er sie sagen und er fühlte, dass die Bahre sich in Bewegung setzte. Mit Entsetzen starrte er gegen die Decke, wo er an einer Reihe von Neonleuchten vorbeigeschoben wurde. Man fuhr ihn durch eine Tür in einen hell erleuchteten Saal.

„Wir sind hier sicher", hörte er die Männerstimme. „Dieser Saal wird nur in Ausnahmefällen als Reserve benutzt. Er liegt im Keller und hat keine Fenster, von draußen kann man also nichts sehen."

„Gut, bereite du ihn vor, ich werde die Übertragung bereitmachen."

Der Mann beugte sich über ihn und öffnete den Bodybag vollständig, so dass die Seitenteile herunterhingen. Plötzlich tauchte er in seinem Gesichtsfeld mit einem Messer und einer Schere auf. Ohne zu zögern begann er damit, Rumpel die Kleidung und die Fesseln vom Leib zu schneiden. Ein paar Minuten später lag er nackt da. Seine Glieder kribbelten, als wären

Armeen von Ameisen darin unterwegs. Lediglich das Klebeband über dem Mund hatte er belassen. Plötzlich fühlte sich Rumpel gepackt und auf den eiskalten Obduktionstisch gezerrt. Da er sich nicht bewegen konnte, knallten seine Glieder und sein Kopf auf den Edelstahl. Wieder hob der Kerl seinen Kopf an den Haaren in die Höhe und schob einen metallenen Keil in seinen Nacken, so dass er direkt in die starke, konkav gewölbte OP-Leuchte starren musste, die über ihm schwebte. Seine Arme fielen haltlos seitlich vom Tisch herunter, da er sie nicht steuern konnte.

„Festbinden!", hörte er die befehlende Stimme der Frau. „Wie sieht das denn aus! Wir wollen doch schöne Bilder erzeugen!" Sie lachte. Der Mann beeilte sich die Arme Rumpels am Tisch festzuschnallen.

„Können wir jetzt endlich anfangen?", wollte er dann ungeduldig wissen. Er war offensichtlich sehr nervös.

„Wir müssen noch knapp fünfzehn Minuten warten, bis der Zeit-Slot des Satelliten passt", lautete die Antwort der Frau. „Die Zeitdifferenz beträgt sieben Stunden. Er will den ganzen Genuss haben, also müssen wir uns noch etwas gedulden. Von hier aus steht die Verbindung, er muss sich nur noch mit uns zusammenschließen ..."

Es trat eine tödliche Stille ein. Rumpel entdeckte das Handy, das am unteren Teil des Tisches auf einem Stativ befestigt und direkt auf ihn ausgerichtet war. Darüber hing an der Wand eine große Bahnhofsuhr, die auf drei Uhr fünfundvierzig stand. Der Sekundenzeiger zerhackte die Zeit mit tödlicher Präzision.

Das Grausamste an der Situation war seine totale Bewegungsunfähigkeit, während sein Verstand voll funktionierte. Er konnte sich nicht erklären, was Lena mit der ganzen Sache zu tun hatte. Hasste sie ihn so sehr, dass sie ihm das antat? Irgendwann brach sein innerer Widerstand wie ein

Kartenhaus zusammen. Er war sich voller Verzweiflung darüber im Klaren, dass er einen fürchterlichen Tod sterben würde. Seine Hoffnung bestand darin, dass sein Nervensystem schnell zusammenbrechen und sein Herz zu schlagen aufhören würde. Er konnte nichts tun, als die Zeiger der Uhr zu verfolgen.

Sechsundvierzig

Lena erwachte, weil ein unangenehmes Schrillen ihren Tiefschlaf unterbrach. Es dauerte eine Minute, ehe sie ihr Handy als Quelle dieses schrillen Warntons identifizierte. Drei Uhr sechzehn! Mitten in der Nacht! Ein Blick auf das Display sagte ihr, dass die Alarmanlage der Kühlung der Rechtsmedizin sie aus dem Schlaf gerissen hatte. Etwas benebelt schwang sie die Beine aus dem Bett. Sie machte sich bewusst, dass es Wochenende, Sonntag, war und sie für die Funktionsfähigkeit der Kühlung verantwortlich zeichnen musste. Nach ihrer Kenntnis waren nur drei der Kühlkammern belegt. Sie öffnete die entsprechende App und warf einen Blick darauf. Die Temperatur der Anlage war in den letzten Stunden um vier Grad gestiegen, Tendenz offenbar steigend. Sie stieß ein Schimpfwort aus. Der Chef hatte ihr versichert, dass während seiner Ägide noch niemals eine Störung der Kühlanlage eingetreten war. So lästig das war, da der Chef nicht da war und sich der Obduktionsassistent im Krankenstand befand, musste sie nach dem Rechten sehen. Sie gähnte und ging erst einmal ins Bad. So eilig war das jetzt auch wieder nicht. Vermutlich musste sie nur eine Sicherung reindrücken. Wenn so etwas geschah, dann aber unbedingt am Sonntag, wenn sie die Verantwortung trug. Murphys Gesetz!

Franziska Guttendorf fand keinen Schlaf. Ihr Bruder, mit dem sie sich diese große Wohnung teilte, war nicht nach Hause gekommen. Sie hatte also keine Gelegenheit gehabt, mit ihm über die Befragung durch den Kriminalbeamten zu sprechen, obwohl er es ihr bei ihrem letzten Anruf versprochen hatte. Olaf war eigentlich sehr zuverlässig. Ihr trat der Angstschweiß auf die Stirn. Möglicherweise war er gerade dabei, etwas Schreckliches zu tun, was ihrer beider Leben nachhaltig zerstören würde. Sie hatte mehrfach versucht, ihn telefonisch zu erreichen, aber sein Handy war abgeschaltet. Nervös rollte sie mit ihrem Stuhl durch die Wohnung. Zwischendurch schaltete sie den Fernseher an, um ihn aber sofort wieder abzuschalten, da sie dafür keinen Nerv hatte. Mehrfach war sie an der Visitenkarte dieses Polizisten vorbeigekommen, die auf dem Wohnzimmertisch lag. Sie könne ihn jederzeit kontaktieren, bot er ihr an. Er hatte es nicht ausgesprochen, aber sie hatte das unbestimmte Gefühl, er wusste Bescheid. Irgendwann hielt sie es nicht mehr aus. Sie griff nach dem Telefon.

Stefan Heunisch fuhr aus dem Schlaf hoch, als neben dem Bett sein Handy läutete. Von einem Moment auf den anderen war er hellwach. Rumpel, war sein erster Gedanke. Dann sah er die unbekannte Nummer. Er meldete sich. Die Stimme war weiblich und sehr leise, so dass er Mühe hatte, sie zu verstehen. Als er erkannte, dass es sich um Franziska Guttendorf handelte, setzte er sich auf.

„Sprechen Sie! Was ist los?"

Mit stockender Stimme berichtete sie ihm ihren Verdacht. „Ich weiß nicht, was ich tun soll!" Ihre Stimme wurde verzweifelt.

Heunisch versuchte die Dinge konzentriert auf den Punkt zu bringen. Ihm war klar, dass es hier um jede Minute gehen konnte. „... und Sie meinen, dass diese Aktion in der Rechtsmedizin stattfinden soll?"

Sie schluchzte. „Ich habe keine andere Erklärung ..."

Heunisch bedankte sich knapp, dann legte er auf. Sofort wählte er Lenas Nummer. Nur sie war in der Lage, ihm Zutritt zu dem Gebäude zu verschaffen.

Sie ging nach dem ersten Läuten ans Telefon. Er informierte sie im Telegrammstil. Sie begriff sofort, dass hier Gefahr im Verzug war. Keine Zeit mehr, die Polizei zu verständigen.

„Hol mich bitte sofort ab! Ich stehe vor dem Haus! Ich habe einen Alarm von der Überwachungsapp der Kühlanlage bekommen und wollte auch gerade hinfahren."

Stefan Heunisch fuhr in seine Kleidung, bewaffnete sich und riss Eva aus dem Schlaf. Minuten später startete er seinen Wagen und raste mit Eva im Gepäckraum aus der Tiefgarage. Die Straßen waren menschenleer, kein Auto unterwegs.

Lena stand auf dem Gehsteig und machte einen regelrechten Hechtsprung auf den Beifahrersitz, dann bretterte Heunisch los. Stefan Heunisch jagte über Röntgenring, Berliner Ring und Versbacher Straße immer in der Hoffnung, dass sie von keiner Streife aufgehalten wurden. Mit quietschenden Reifen kam der Wagen auf der Zufahrt zur Rechtsmedizin zum Stillstand. Sie sprangen heraus. Eva spürte, dass von den beiden Menschen eine ungeheure Spannung ausging. Sie hielt sich dicht an Heunisch. Ihr Nackenfell war aufgerichtet.

„Kein Licht!", stellte Lena fest, die das Gebäude musterte. „Das muss aber nicht unbedingt etwas zu sagen haben. Die Räume im Keller haben keine Fenster. Wir gehen am besten durch den Lieferanteneingang." Sie rannten los. Der Transporter, der ein Stück entfernt im Nachtschatten eines Baumes parkte, war ihnen nicht aufgefallen.

Siebenundvierzig

Rumpels Blick ging wie hypnotisiert zur Uhr. Er konnte den Sekundenzeiger nicht loslassen. Noch drei Minuten, dann war die Zeit vorüber. Er fühlte, wie etwas in ihm zerbrochen war. Rumpel sehnte ein schnelles Ende herbei. Dieser Wunsch würde ihm wohl nicht erfüllt werden. Die Lähmung sperrte ihn gnadenlos in seinem Körper ein. Es war ihm ein kleiner Trost, nunmehr davon überzeugt zu sein, dass diese Frau nicht Lena war. Ihr von der Schutzkleidung verhülltes Äußeres ließ diese Vermutung zwar zu, aber ihre Bewegungen waren andere. Sie hantierte mit dem Handy herum, dann hatte sie offenbar eine Verbindung. Sie sprach halblaut einige Sätze hinein, dann nickte sie zufrieden. Sie spannte das Gerät in die Halterung zu seinen Füßen ein und gab dem Mann ein Zeichen.

„Es ist so weit, wir können beginnen …"

Er stellte sich neben Rumpel und ergriff ein großes Skalpell. Den Blick in Richtung Handy gewandt, dozierte er, als spräche er im Hörsaal zu Studenten: „Wir beginnen mit dem Y-Schnitt …" Er deutete den Schnitt mit der Klinge dicht über dem Körper an. „Da es sich um einen lebenden Körper handelt, dessen Blutdruck vom Herzen aufrechterhalten wird, ist mit erheblichen Blutungen zu rechnen."

Er beugte sich über Rumpels Oberkörper und setzte das Messer auf Höhe des Schlüsselbeins an.

Im gleichen Augenblick explodierte die Szene!

Die Tür flog auf und jemand stürmte mit gezogenem Revolver in den Saal. Heunisch! Eva drängte sich neben ihm vorbei. Lena stolperte hinterher.

„Polizei! Sofort das Messer weg oder ich schieße!", brüllte er und richtete die Waffe auf den Mann am Tisch. Der erstarrte zur Salzsäule, das Skalpell noch immer in der Hand. Heunisch zögerte keine Sekunde. Es bestand höchste Lebensgefahr! Der Schuss peitschte ohrenbetäubend durch den Raum und riss den Mann zur Seite. Das Skalpell flog ihm aus der Hand und landete klappernd auf dem Boden. Er brach zusammen. Eva hatte mittlerweile gerochen, dass der Mensch auf dem Tisch ihr Herrchen war. Als die Frau am Fuß des Obduktionstisches nach vorne stürzte, um nach einem der anderen Messer zu greifen, die zwischen den Füßen Rumpels bereit lagen, interpretierte Eva dies als Angriff auf ihren Menschen, gab ein dumpfes Grollen von sich und sprang der Frau mit dem vollen Gewicht ihrer vierzig Kilo gegen die Seite. Dabei biss sie ihr heftig in den Arm. Der Biss wurde von der Schutzkleidung zwar abgedämpft, der Angriff führte aber dazu, dass beide zu Boden stürzten. Schreiend schlug sie auf die Hündin ein, die dadurch aber noch wütender wurde und sich noch kräftiger verbiss.

„Lassen Sie das", schrie Heunisch sie an, „oder wollen Sie, dass sie Ihnen an die Kehle geht? – Eva, aus!", befahl er und die Hündin folgte, als hätte sie die Polizeihundeprüfung mit Bravour bestanden. Wachsam blieb sie neben der Frau stehen und beobachtete knurrend jede ihrer Bewegungen. Heunisch schob seinen Revolver ins Holster, dann bog er ihr mit einem Polizeigriff einen Arm nach oben auf den Rücken. Er tastete die schreiende und sich heftig sträubende Frau mit einer Hand ab, dabei riss er ihr die dünne Plastikschutzkleidung vom Leib und die Haube vom Kopf.

„Anja Herold …!", entfuhr es ihm. Verdammt, sein Misstrauen gegenüber dieser sogenannten Journalistin war also berechtigt gewesen. Es war jetzt nicht der Moment, herauszufinden, wer der Auftraggeber dieser Killerin war, das würde später erfolgen. Auch jetzt war die Ähnlichkeit mit Lena deutlich.

Schnell fand er in ihrem Gürtel eine Pistole. Er nahm sie ihr ab und warf sie in eine Ecke des Raumes, wo Lena noch immer wie gelähmt stand. Diese ganze Szene ging ihr über den Verstand. Langsam bewegte sie sich ein Stück in Richtung Tisch. Sie hatte Angst vor dem, was sie dort sehen würde. Der nackte Mensch dort lag wie leblos auf dem Edelstahl. Der Mann in Schutzkleidung bewegte sich ebenfalls nicht.

Heunisch suchte mittlerweile nach einer Möglichkeit, seiner Gegnerin die Arme zu fesseln. Er konnte sie schließlich nicht ewig so halten. Es war ihr anzumerken, dass sie noch nicht aufgegeben hatte. An einem Haken an der Wand hingen mehrere Venenstaubänder. Sie verfolgte seinen Blick. Als er nach einem der Bänder griff, riss sie sich mit einem Schrei los und schmetterte Heunisch ihren Ellbogen gegen den Kopf. Benommen taumelte er zur Seite gegen den Obduktionstisch. Seine Kopfverletzung machte sich plötzlich bemerkbar und verlangsamte seine Reaktionen. Ein schneller Griff und sie hielt seinen Revolver in der Hand! Mit einem irren Lachen fuhr sie herum und richtete die Waffe auf Rumpel. Sie wollte das Werk vollenden, wofür sie bezahlt worden war. Die restlichen Patronen würden für die Angreifer reichen. Allerdings hatte sie die Rechnung erneut ohne die Hündin gemacht. Mit einem Grollen, das jeder Löwin zur Ehre gereicht hätte, sprang Eva wie von der Sehne geschnellt los und biss erneut zu, diesmal in die ungeschützte Waffenhand der Frau. Mit einem wütenden, schmerzerfüllten Schrei ließ sie den Revolver los und griff mit der unverletzten Hand nach einem Metallhocker, der am unteren Ende des Obduktionstisches stand. Es war offensichtlich, dass sie ihn Eva auf den Schädel schmettern wollte. Heunisch war zwischenzeitlich aber wieder so weit bei Verstand, dass er sich nach seinem Revolver bücken konnte. Kniend richtete er ohne Zögern den Lauf auf die Frau und schoss. Die Wucht des Projektils schleuderte sie gegen die Wand. Eva ließ los. Mit übermenschlicher Zähigkeit riss die Getroffene sich zusammen und hastete auf die offene Tür zu.

„Stehen bleiben!", brüllte Heunisch, da war sie aber auch schon draußen. Noch immer beeinträchtigt, eilte er ihr nach, aber sie war trotz ihrer Verletzung schneller und gewann an Vorsprung. Insgeheim wunderte er sich schon über die Zähigkeit dieser Frau, die doch schwer getroffen sein musste. Er hetzte ihr bis zur nächsten Flurtür hinterher, die sie aber zuschlug und von außen abschloss. Ende der Verfolgung!

„Verdammt!", fluchte Heunisch, dann griff er zum Mobiltelefon und alarmierte die Einsatzzentrale der Polizei, gleichzeitig forderte er einen Notarzt und Rettungskräfte an. Als die Zentrale hörte, wo der Einsatzort lag, setzte sie gleich mehrere Streifen in Bewegung und verständigte den Nachtdienst der Kriminalpolizei.

Lena erreichte den Obduktionstisch. Mit weit aufgerissenen Augen sah sie auf Rumpel, der noch immer unbeweglich dalag. Für einen Moment dachte sie, er wäre tot. Dann sah sie jedoch die Bewegungen seiner Augen und fühlte den Puls an der Halsschlagader. Mit einem Ruck riss sie das Klebeband von seinem Mund und beseitigte die Fixierungen an seinen Händen. Rumpel öffnete die Lippen und tat einen tiefen Atemzug. Das durch seinen Körper jagende Adrenalin begann die Betäubung etwas zu neutralisieren. Zumindest war er in der Lage, einige Worte zu stammeln.

„… Spritze … bin gelähmt …" Plötzlich begann er unkontrolliert zu zittern und zu hyperventilieren.

„Mein Gott, er kollabiert!", schrie Lena. „Wenn ich nur wüsste, was sie ihm gespritzt haben!" Sie beugte sich hinab und sah nach dem Mann, der regungslos neben dem Obduktionstisch lag. Er musste es wissen! Sie zerrte ihm die Haube und die OP-Maske vom blutigen Kopf.

„Mein Gott, Rügamer!" Niemals hätte sie sich vorstellen können, dass der stets so zurückhaltende Obduktionsassistent zu solch einer Tat fähig sein könnte. Sie musste sich überwinden, ihm die Finger an die Halsschlagader zu legen, um seine Vitalzeichen zu überprüfen. Sosehr sie auch tastete, da war nichts! Das Projektil aus Heunischs Revolver war seitlich in den Hals eingedrungen und hatte die Wirbelsäule zerstört. Es war nichts zu machen. Sie erhob sich, eilte zum Kleiderhaken, zerrte die dort hängenden Arztkittel herunter und warf sie über Rumpels nackten Körper, der, noch immer unkontrolliert zitternd, hörbar mit den Zähnen klapperte. Gleichzeitig legte sie sich halb über ihn, um ihn mit ihrem Körper zu wärmen.

In diesem Moment kam Stefan Heunisch wieder herein. Sie blickte ihn fragend an. Er zuckte nur mit den Schultern.

„Sie ist entkommen!", erklärte er niedergeschlagen. „Ich habe den Rettungsdienst und die Polizei alarmiert. Sie werden jeden Moment da sein." Er warf einen Blick auf Rumpel. „Wie geht es ihm? Ist er zu retten?"

„Kann ich noch nicht sagen", gab Lena zurück. „Keine Ahnung, was sie ihm gespritzt haben. Ich habe Angst vor einem Organversagen! Die Lage ist wirklich kritisch!"

Eva hatte sich auf die Hinterläufe aufgerichtet und ihre Vorderpfoten neben Rumpels Kopf gesetzt. Hingebungsvoll leckte sie ihrem Menschen das Gesicht ab. Sie konnte aber nicht verhindern, dass er erneut in eine tiefe Ohnmacht fiel. Er musste dringend in ärztliche Behandlung! Sein Zustand war lebensgefährlich.

Achtundvierzig

Die Frau, deren gefälschter Presseausweis auf den Namen Anja Herold lautete, konnte sich nur noch mit Mühe auf den Beinen halten. Sie schleppte sich über die Zufahrt der Rechtsmedizin.

Der Mann in dem neutralen anthrazitfarbenen Transporter sah sie aus dem Gebäude heraustaumeln und sich in seine Richtung bewegen. Eigentlich war er hier, um einen Toten abzutransportieren. Er sollte ihn nach seiner „Behandlung" in der Rechtsmedizin ins Beerdigungsinstitut bringen und dort in einen Sarg zu einer anderen Leiche stecken, die noch am gleichen Tag im Krematorium zur Einäscherung anstand. Ein sauberer Plan, der keine Spuren hinterließ. Was er aber jetzt vor sich sah, passte überhaupt nicht in das festgelegte Vorhaben. Während er noch überlegte, hatte sie ihn erreicht. Sie riss die Beifahrertür auf und fiel regelrecht auf den Sitz.

„Sie sind ja verletzt! Sie müssen zu einem Arzt!", keuchte er.

Sie stieß ein hässliches Lachen aus. „Los, fahr! Da ist alles schiefgelaufen! Wir müssen sofort weg! Wahrscheinlich sind jeden Moment die Bullen hier! Hopp, hopp!"

Er startete und preschte los. Eine kurze Strecke hinter der Rechtsmedizin hörten sie die Kakophonie zahlreicher Sirenen, gleich darauf kamen ihnen mehrere Fahrzeuge der Polizei und des Rettungsdienstes mit blauen Blinklichtern entgegen.

„Wohin …?" Er war extrem nervös. Eigentlich hatte er bei dieser Geschichte nur mitgemacht, weil ihm eine große Summe Geldes versprochen worden war, die er benötigte, um weiterhin im Untergrund leben zu können.

„Mein Wohnmobil steht auf einem Parkplatz am Rande von

Gramschatz", ächzte sie. Es verlangte ihre ganze Energie, bei Bewusstsein zu bleiben. „Dort kann ich mich verarzten."

Er wendete an einer geeigneten Stelle und fuhr durch Versbach in Richtung Rimpar. Eine sehr kurvenreiche Strecke, aber von hier aus der kürzeste Weg. Bei jeder Kurve stöhnte sie laut auf. Fünfundzwanzig Minuten später rollte der Transporter auf einem Wanderparkplatz im Wald neben einem kompakten Wohnmobil aus.

„Hilf mir", stöhnte sie mit zusammengebissenen Zähnen. Der Blutverlust machte sich bemerkbar. Die Bekleidung ihres Oberkörpers war blutgetränkt. Der Mann sprang aus dem Transporter, kam auf die Beifahrerseite herüber und stützte sie, so gut es ging, auf dem Weg zum Camper. Sie schloss ihn auf. „Du musst mich verbinden, dann kannst du verschwinden", stieß sie hervor. „Dort unter dem Sitz ist ein Koffer, hol ihn raus." Mit zusammengebissenen Zähnen ließ sie sich auf einer Bank nieder. Mit Handzeichen forderte sie ihn auf den Koffer zu öffnen. „Zuerst das Etui." Er öffnete die Lasche. „Die Spritze auf der linken Seite." Nachdem er den Schutz der Kanüle entfernt hatte, nahm sie ihm die Spritze ab, stieß sie sich durch die Kleidung in den Arm und drückte den Kolben herunter. Das Morphium wirkte schnell und betäubte ihren Schmerz. „Los, jetzt nimm die Schere und schneide die Kleidung rund um die Wunde weg. Ich sage dir, wie du einen Druckverband anlegst, die Blutung muss gestillt werden!" Als er zögerte, öffnete sie eine Klappe in der Seitenwand der Innenverkleidung, nahm eine Pistole in die linke Hand und richtete sie auf ihn. „Verdammt! Mach jetzt!" Er gehorchte. Ihm war klar, dass sie nicht zögern würde, auf ihn zu schießen. Ihre rechte Hand war durch den Hundebiss kaum zu gebrauchen. Vielleicht war eine Sehne verletzt. Zwanzig Minuten später saß der Verband und die Blutung hörte auf. Danach desinfizierten sie noch die tiefe

Bisswunde, die heftig schmerzte. Nachdem auch diese verbunden war, wies sie zur Tür.

„Du kannst jetzt gehen ..." Er sah ihr in die Augen und er erkannte darin den Tod. Schlagartig wurde ihm klar, dass sie ihn nicht gehen lassen konnte. Er wusste einfach zu viel! Mit einem heftigen Satz hechtete er aus dem Wohnmobil, warf die Schiebetür hinter sich zu und sprang hinter das Lenkrad des Transporters. Verzweifelt drückte er den Startknopf des Motors, der stotternd zum Leben erwachte. Sein Blick fiel durch die Frontscheibe. Die Killerin stand in der Tür des Wohnmobils. Sie hob die Pistole und gab zwei Schüsse ab, die dicht nebeneinander die Frontscheibe durchschlugen und sein Herz trafen. Mit weit aufgerissenen Augen fiel er nach vorne über die Lenksäule. Sofort schallte lautes Hupen durch den Wald.

„Idiot!", fauchte sie, stieg aus, öffnete die Beifahrertür des Transporters und schoss ihm sicherheitshalber noch in den Kopf, dann schaltete sie den Motor ab. Das Hupen verstummte. Wieder in ihrem Fahrzeug setzte sie sich eine weitere Spritze mit einem wirksamen Aufputschmittel, dann quälte sie sich hinter das Steuer und gab Gas. Sie musste bis Hammelburg durchhalten. Sie kannte dort einen ehemaligen Militärarzt, der ihr gegen entsprechende Bezahlung sicher helfen würde.

Neunundvierzig

Im Institut für Rechtsmedizin in Würzburg war die Hölle los. Überall wimmelte es von Kriminalpolizei. Der Bericht, den die Beteiligten den Ermittlern erstatteten, klang so verworren, dass sie Mühe hatten, ihnen zu glauben. Der Zustand Rumpels und der Tod des Assistenten sprachen aber eine eindeutige Sprache. Nach Rumpels Abtransport machten sie sich daran, alles aufzunehmen. Die Kriminaltechnik bekam viel zu tun.

Heunisch musste seinen Revolver abgeben, damit die sichergestellten Projektile damit verglichen werden konnten. Nachdem er ihn ja legal besaß, würde er ihn wieder zurückbekommen. Außerdem wurde er gebeten, am nächsten Tag, dem Montag, die Mordkommission zwecks einer Aussage aufzusuchen. Da es sich nach der Schilderung von Lena und Stefan Heunisch aber um Notwehr handelte, hatte Heunisch wahrscheinlich nichts zu befürchten. Allerdings würde die Staatsanwaltschaft die Sache auf jeden Fall gründlich durchleuchten, damit nichts an ihm hängen blieb.

Zwei Beamte der Mordkommission suchten am nächsten Morgen Franziska Guttendorf in ihrer Wohnung auf. Sie hatten vom Landgericht erfahren, dass die Beamtin nicht zum Dienst erschienen war. Als sie ihr die Nachricht vom Tod ihres Bruders überbrachten, brach sie völlig zusammen. Sie luden sie zu einer Vernehmung ins Präsidium ein, da das Umfeld ihres Bruders durchleuchtet werden musste, wozu auch sie gehörte.

Lena forderte die Mitarbeiter der Spurensicherung auf, ihren Job in der Kühlanlage möglichst zügig zu erledigen, damit die Temperatur wieder abgesenkt werden konnte. Die verbliebenen Bewohner der Kühlfächer begannen bereits leicht zu riechen.

Die App hatte gute Dienste geleistet, denn sie hatte auf Lenas Handy Alarm ausgelöst, nachdem die Temperatur wegen der von den Verbrechern im Eifer des Gefechts offen gelassenen Kühleinheit in riskante Höhen gestiegen war.

Auch Lena wurde um ihren Besuch bei der Kripo gebeten.

Der Notarzt ließ Rumpel ins Krankenhaus bringen, da er einen weiteren Zusammenbruch befürchtete. Er war im Moment nicht vernehmungsfähig. Dort wurde er für eine Nacht auf die Intensivstation verlegt, um seine Körperfunktionen zu überwachen. Da er aber über eine robuste Gesundheit verfügte, erwartete man im Nachhinein keine physischen Probleme. Die psychischen Schäden, die er durch die Todesangst erlitten hatte, waren noch nicht abzusehen. Vier Tage später wurde er entlassen. Lena, Stefan Heunisch und Eva holten Rumpel ab. Da sich dessen Figur nicht gravierend von der Heunischs unterschied, nahm er Wäsche und Klamotten von sich mit ins Krankenhaus. Schließlich hatte Rumpel alles, was er trug, bis auf die nackte Haut verloren. Den lila Jogginganzug konnte Rumpel ja noch einigermaßen akzeptieren, aber die Unterwäsche musste er strikt ablehnen. Kein Mensch konnte von ihm verlangen, dass er Boxershorts mit Hühnermotiven anzog. Vom Krankenhaus bis nach Hause würde es auch einmal ohne die „Unaussprechlichen" gehen. Lena gestattete sich die Bemerkung, dass er sich durchaus auch unbekleidet sehen lassen könne. Rumpel vertiefte das nicht, da er hierfür absolut keinen Sinn hatte. Für Eva war es ein denkwürdiger Moment, als ihr Herrchen bei der Abholung plötzlich vor Heunischs Auto stand, in dem sie auf der Rückbank saß. Lena und Stefan ließen die Hündin herausspringen, damit sie ihre Freude draußen austoben konnte. Heunisch hatte Sorge, sie würde ihm sonst die Polsterung ruinieren. Es dauerte geraume Zeit, ehe sie sich wieder beruhigte.

Epilog

Fünfzig

Am folgenden Dienstag betrat eine Gruppe sogenannter Stockenten, die Damen-Nordic-Walking-Gruppe *Atemlos,* den Wanderparkplatz in der Nähe von Gramschatz. Im Vorübergehen sahen sie einen Transporter, an dessen Lenkrad ein Mann saß, der nach vorne zusammengesunken war. Weil sie die Situation seltsam fanden, näherten sie sich. Vielleicht brauchte er ja Hilfe. Bei näherem Hinsehen sahen sie die schreckliche Kopfwunde. Die weit aufgerissenen Augen und der leblose Blick belehrten sie: Der Mann war tot. Nachdem ihnen der Schock zunächst einmal die Sprache verschlagen hatte, riefen sie die Polizei. Die Kripo fand sehr schnell heraus, dass es sich um das Fahrzeug eines Beerdigungsinstituts aus Opferbaum handelte, welches den Wagen schon als verlustig gegangen gemeldet hatte. Im Laderaum befand sich ein leerer Holzsarg. Bei dem Toten handelte es sich um den Hilfsarbeiter Dieter Most, dessen Papiere, wie sich bei einer näheren Überprüfung herausstellte, allerdings gefälscht waren. Anhand der Fingerabdrücke fand man heraus, dass es sich um Norman Dresbach, einen flüchtigen Straftäter, handelte, der schon seit geraumer Zeit per Haftbefehl zur Festnahme ausgeschrieben war. Wie die Forensiker herausfanden, befand sich an seinen Händen und seiner Kleidung Blut, das nicht von ihm stammte.

Als Lena von dem Leichenfund hörte, war sie zunächst sehr überrascht, dann fühlte sie Erleichterung und Genugtuung: Norman Dresbach war es, der sie damals niederstach und dabei ihr Kind tötete. Eine schlimme Last war ihr von den Schultern genommen. Ein schlimmes Kapitel ihres Lebens konnte geschlossen werden. Aus den Gesamtumständen des Fundes schloss sie, dass dieser Tote mit den Ereignissen in der Rechtsmedizin zusammenhängen musste. Sie verglich dieses Blut mit dem in der Rechtsmedizin sichergestellten Proben. Es war eindeutig identisch mit dem Blut der Killerin. Das ließ nur den Schluss zu, dass Dresbach Anja Herold bei der Flucht geholfen hatte und dann von ihr erschossen worden war. Man fand auch Reifenspuren, vermutlich eines Wohnmobils, in der Nähe des Transporters. Anhand der Reifenprofile konnte man den Typ eingrenzen und schrieb diese Wagenklassen zur Fahndung aus. Allerdings ohne große Hoffnung auf Erfolg, denn der Wohnmobilmarkt war äußerst vielseitig.

Anja Herold erreichte Hammelburg in der Nacht. Der von ihr ins Auge gefasste Militärarzt war wegen der illegalen Vergabe von Aufputschmitteln an Soldaten vor Jahren unehrenhaft aus der Bundeswehr entlassen worden und hatte seine Lizenz verloren. Herold rief ihn an. Die Nummer war ihr bekannt. In ihren Kreisen und bei ihrer Profession war es wichtig, immer Ärzte in der Hinterhand zu haben, die gegen ein entsprechendes Honorar bereit waren zu helfen. Noch in der Nacht suchte sie den alleinstehenden Mann auf, der sie, ohne Fragen zu stellen, in einen Behandlungsraum im Keller führte. Sie zahlte ihm zehntausend Euro im Voraus. Als er ihr eine Narkose geben wollte, lehnte sie ab. Es musste mit einer örtlichen Betäubung gehen. Es dauerte fast eine Stunde, ehe die Schuss- und die Bisswunde so weit versorgt waren, dass sie weiterfahren konnte. Er gab ihr noch eine Packung starke Schmerz- und Antibiotikatabletten und eine Spritze gegen Tetanus. Als er fertig war, empfahl er ihr, Morphium nur im Notfall zu nehmen, da es sie sonst zu stark beeinträchtigen würde. Sie bedankte sich, dann zog sie die Pistole und schoss dem Mann in den Kopf. Sie wollte nicht riskieren, dass er sie identifizieren konnte. Da sie den Schuss im Keller abgab, wurde er außerhalb des Hauses nicht gehört. Sie griff sich einen Kanister medizinischen Alkohols, der in der Ecke stand, und verteilte ihn über der Leiche, den Verbandsstoffen und der Einrichtung. Mit einem letzten Blick vergewisserte sie sich, dass sie keine Spuren hinterlassen hatte, die das Feuer nicht vernichten würde. Sie brannte einen Papierschnipsel an und warf ihn in den Raum, dann eilte sie die Treppe hoch und nahm die Geldscheine wieder an sich. Hinter sich hörte sie das Brausen der Flammen. Einen Moment später war der Camper wieder auf der Autobahn in Richtung Norden. Auf einem Rastplatz bei Hannover färbte sie sich mühsam mit einer Hand ihre Haare schwarz und trug eine Bräunungscreme auf, womit sie ihren Typ völlig veränderte. Damit passte sie jetzt zu den neuen Papieren auf den Namen Dolores Diaz, die sie im Camper versteckt gehabt hatte. Auf einem Autohof verkaufte sie den Camper an einen etwas windigen Autohändler, der in erster Linie nach Südafrika exportierte. Bei ihm erstand sie einen unauffälligen gebrauchten VW-Bus, den der Händler sofort auf ihren Namen zuließ. Er freute sich über die günstigen Konditionen und sah ihr nach, wie sie vom Hof fuhr. Er war es gewohnt, bei seinen Geschäften keine Fragen zu stellten.

Es vergingen zehn Tage, in denen die Kripo herauszufinden versuchte, welche Verbindung diese Killerin im Obduktionssaal hergestellt hatte, damit irgendwelche unbekannten Personen irgendwo auf der Welt die bestialische Ermordung Rumpels live miterleben konnten. Aus dem verwendeten Handy konnten sie nur ermitteln, dass es eine vielfach verschlüsselte Verbindung zum Darknet gegeben hatte. Handelte es sich um einen dieser perversen Abo-Kanäle, die ihren Kunden gegen Geld jeden Mord und jede Schweinerei anboten? Oder hatte man es mit einer privaten Racheaktion zu tun? Nachdem alle über die Machenschaften informierten Beteiligten tot waren und die „Regisseurin" dieser Perversion verschwunden war, konnte diese Frage nicht aufgeklärt werden.

Franziska Guttendorf, die durch ihren Anruf bei Heunisch zur Rettung von Rumpel beigetragen hatte, erlitt aufgrund des Todes ihres Bruders einen schweren Zusammenbruch und musste in das Nervenkrankenhaus Schloss Werneck eingewiesen werden. Sie war auf lange Zeit nicht vernehmungsfähig und dämmerte nur vor sich hin. Eines Morgens fand sie ein Pfleger tot in ihrem Bett. Sie hatte sich mit der Überdosis eines Schlafmittels, das sie über Wochen aufgespart hatte, das Leben genommen. Sie wäre vielleicht die Einzige gewesen, die etwas Licht in das mörderische Komplott und die Beteiligung ihres Bruders hätte bringen können. Alle Ermittlungsverfahren in diese Richtung mussten daher eingestellt werden.

Es vergingen zwei Wochen, in denen sich Rumpel und Lena nicht sahen. Heunisch und Rumpel, deren Freundschaft durch die vergangenen Ereignisse enger geworden war, trainierten häufig mit Eva. Rumpel war enorm stolz auf seine Hündin, die ihn auf unerwartete Weise verteidigt hatte. Rumpel besuchte das BULLEN-PUB nur sporadisch und sein Alkoholkonsum hielt sich in dieser Zeit sehr in Grenzen. Der Polizeipräsident hatte natürlich von den Ereignissen erfahren und war erschüttert über die Gefahr, der sein Mitarbeiter ausgesetzt gewesen war. Er verlangte von Rumpel ultimativ, dass er endlich etwas für seine Sicherheit tun sollte. Insbesondere, weil die Hintergründe dieser Tat nicht vollständig aufgeklärt werden konnten. Spuren führten ins Darknet, verloren sich aber dort. Doch niemand wusste, ob die Gefahr endgültig beseitigt war.

Eines frühen Morgens betrat Rumpel sein Büro und schickte Eva in ihr Körbchen, dann bat er seine beiden Mitarbeiter, auf Eva aufzupassen, weil er im Haus noch etwas zu erledigen habe. Veronika Siebenlist und Christian Schubert waren in den ersten Tagen, nachdem sie einige grobe Informationen von dem Überfall auf ihren Chef erhielten, ihm gegenüber sehr aufmerksam und rücksichtsvoll gewesen. Rumpel selbst schwieg sich weitgehend aus. Seine Rolle in dieser Sache war ja nicht gerade rühmlich gewesen. Er begab sich ins Parterre des Präsidiums, überquerte einen längeren Flur und stieg an dessen Ende über eine Treppe in den Keller hinunter. Es hatte lange gedauert, ehe er sich zu diesem Gang entschieden hatte. Schon nach wenigen Metern hörte er das gedämpfte Rumsen von Schüssen. Rumpel blieb stehen und holte tief Luft, dann öffnete er eine dicke, schwere Stahltür. Sofort wurden die Schüsse laut. Die Standaufsicht des hausinternen Schießstands, ein bejahrter Polizeihauptmeister, hob den Kopf. Er sicherte eine Pistole, mit der er gerade geschossen hatte, entfernte das Magazin und legte sie vor sich auf einen Tisch, den Lauf in Richtung Kugelfang. Dann nahm er den Gehörschutz vom Kopf und hängte ihn über eine durchsichtige Zwischenwand, die zwei Schießstände voneinander trennte.

„Ah, servus Rumpel, ich habe dich schon erwartet. Du willst wieder mal ein paar Schüsse abgeben?"

„Na ja … wollen …"

„Du kannst gleich diese Pistole hier haben. Sie ist überprüft und technisch einwandfrei. Schießt wie Gift!" Er lachte.

Rumpel verzog das Gesicht. Er hatte gleich erkannt, dass es sich um eine Pistole Kaliber 9 mm Parabellum handelte, die er während seiner Zeit als SEK-Mann getragen hatte.

„Dort kannst du dir eine Micky Maus nehmen!" Er deutete auf verschiedene Gehörschutz-Modelle, die wegen ihrer speziellen halbrunden Form von den Polizisten so genannt wurden. „Munition leg ich dir dazu. Wir sind heute alleine, du kannst dich also austoben. Feuer frei!"

Rumpel setzte einen Gehörschutz und eine Schutzbrille auf, dann stellte er sich hinter den Tisch. Vor ihm erstreckten sich fünfundzwanzig Meter Schießbahn, an deren Ende mehrere Zielscheiben mit den Konturen eines Menschen an Zugdrähten aufgehängt waren. Der Schießwart verschwand in einem kleinen Kabuff, von wo aus er durch eine Scheibe das Geschehen beobachten konnte.

Rumpel ergriff das Magazin mit feuchter Hand und lud fünf Patronen hinein, dann steckte er es in den Magazinschacht der Pistole, zog den Schlitten zurück und lud eine Patrone in den Lauf. Er hob die Waffe in vorgeschriebener Haltung mit zwei Händen und visierte über den Lauf. Plötzlich begann die Mannscheibe dort draußen zu schwimmen. Rumpel presste die Augen zu und drückte ab. Der Knall klang trotz des Gehörschutzes laut und scharf, die Waffe in seiner Hand bockte und war dank des Automatismus wieder schussbereit.

„Lass dir Zeit", kam die Stimme des Kollegen aus der Kammer.

Rumpel atmete tief durch. Er war früher einer der besten Schützen seiner Einheit gewesen. Das musste doch zu schaffen sein! Er biss die Zähne zusammen und hob die Waffe. Mit offenen Augen zielte er und drückte viermal ab. Dann entfernte er das Magazin und legte die Pistole vor sich hin.

Der Aufsichtshabende trat hinter ihn und versuchte es spaßhaft. „Also, ich denke, ein Scheunentor hättest du sicher getroffen. – Nachladen, weitermachen!"

Rumpel nahm die Micky Maus vom Kopf und reichte sie seinem Kollegen.

„Kollege, sei mir nicht böse, aber das ist für heute erst mal genug. ... Es ist doch schon mal ein Erfolg, dass ich niemanden erschossen habe ..." Er grinste verkrampft.

Lena hatte von Heunisch erfahren, dass diese gekaufte Mörderin, die sie ihm als Journalistin gegenübergetreten war, bei ihm zuerst Irritationen ausgelöst hatte, weil sie ihr so ähnlich sah. Sie konnte sich das zwar nicht vorstellen, aber es gab ja Fälle, in denen Menschen, die, obwohl sie nicht miteinander verwandt waren, große Ähnlichkeiten aufwiesen. Während des Kampfgeschehens in der Rechtsmedizin war ihr das nicht aufgefallen. Aber da war sie ja auch abgelenkt. Sie grübelte trotzdem lange darüber nach. Sie erinnerte sich, dass ihre Adoptiveltern um ihre Adoption immer ein großes Geheimnis gemacht hatten. Es hatte lange gedauert, bis sie ihr Näheres darüber erzählt hatten, und das auch nur in kleinen Dosen. Und sehr wahrscheinlich nicht umfassend.

Zunächst erklärte sie sich für verrückt! Ihre Idee war doch völlig an den Haaren herbeigezogen! Aber es ließ ihr keine Ruhe. Sie dachte einen Tag darüber nach, dann holte sie sich den Revolver, mit dem die Killerin Rumpel während des Kampfes hatte töten wollen, aus den Asservaten. Ihrer Erinnerung nach klebte an dem Revolver Blut der Frau. Als sie schießen wollte, wurde sie von Eva in die Waffenhand gebissen. Lena sicherte eine Probe dieses Blutes, dann pikste sie sich in den Finger und zog ihren Blutstropfen auf einen Glasträger. Beide Proben übergab sie einer Laborantin im Labor der Rechtsmedizin. Dort wurden auch Gentests durchgeführt. Sie machte die Sache dringend und bat um vorrangige Untersuchung. Die Laborantin versprach ihr, das Ergebnis zuerst nur ihr selbst bekanntzugeben. Drei Tage war sie nervös und unkonzentriert. Am Morgen des vierten Tages erhielt sie das Ergebnis in einem Umschlag, der in ihrem dienstlichen Postfach gelandet war. Wie hypnotisiert starrte sie auf das Kuvert. Schließlich zog sie das Gutachten heraus. Die einzelnen wissenschaftlichen Positionen überflog sie und kam zur Zusammenfassung auf der letzten Seite. Dort stand: „… Soweit in einer ersten Untersuchung festgestellt werden kann, handelte es sich bei den eingereichten Proben um das Blut eineiiger Zwillinge. Für tiefergehende Differenzierungen werden weitere Untersuchungen empfohlen."

Sie saß wie betäubt an ihrem Schreibtisch. Wie konnte das sein? Wenn das zutraf, hatte sie eine Zwillingsschwester! Eine Schwester, die als Killerin Menschen tötete!

Lena hatte keine Ahnung, was das für ihre Zukunft bedeuten konnte. Sie beschloss, diese Erkenntnis zunächst tief in ihrem Herzen zu vergraben.

Der nächste Schock ließ nicht lange auf sich warten: Sie war sieben Wochen über der Zeit! Ein Umstand, der bei ihr eigentlich normal war. Ihre Periode kam seit ihrer Verletzung in völlig unregelmäßigen Abständen. Diese Verspätung allerdings unterschied sich von den anderen dadurch, dass ihr auf einmal morgens schlecht wurde und ihre Brüste spannten!

Lena erklärte sich für verrückt, schob diese Unregelmäßigkeit auf den Stress der vergangenen Ereignisse und verdrängte die Zeichen. Irgendwann hielt sie es dann doch nicht mehr aus und kaufte sich in der Apotheke einen zuverlässigen Test. Sie hätte diesen Test auch im Labor der Rechtsmedizin veranlassen können, aber dann hätte sie für die Laborantin irgendeine Ausrede erfinden müssen, da für gewöhnlich Leichen keine Schwangerschaftstests unterzogen wurden.

Am nächsten Morgen tat sie voller innerer Anspannung, was laut Beschreibung zu tun war. Die fünf Minuten Wartezeit, die der Test für die Reaktionszeit benötigte, machten sie fast wahnsinnig! Sie verließ das Bad und tigerte nervös durch ihre

Wohnung. Als sie dann das positive Ergebnis ablas, stand sie in ihrem Bad wie versteinert. Das konnte doch gar nicht sein! Die Ärzte hatten ihr nach den Verletzungen ihres Unterleibs und den anschließend erforderlichen Operationen gesagt, dass sie keine Kinder mehr bekommen könne. Und jetzt das! Das war wie ein Wunder!

Am nächsten Morgen wiederholte sie die Prozedur mit einem anderen Test. Das Ergebnis war wieder positiv. Sie war tatsächlich schwanger! Wie erschlagen saß sie auf dem Deckel der Toilette. Es konnte nur die wilde Nacht mit Rumpel gewesen sein, bei der nur die Triebe ihr Tun bestimmten. Sie hatte keine Erinnerung daran, wie häufig sie …

Weder Rumpel noch sie dachten in dieser Nacht an irgendetwas … geschweige denn an Schutz – und schon gar nicht an Verhütung … was aus gynäkologischer Sicht ja eigentlich auch kein Thema war!

Sie hatte sonst keine anderen sexuellen Kontakte gehabt.

Rumpel, der Vater ihres Kindes …!

DAS WAR DER PURE WAHNSINN!!!

*

In Texas nahm Roland Michael McCallum das Scheitern seiner Rache zur Kenntnis … das *vorläufige* Scheitern … Am späten Nachmittag dieses Tages stand er dann auf dem kleinen Friedhof der Ranch seiner Eltern und betrachtete mit ernster Miene den wuchtigen, ihm bis zu den Schultern reichenden monolithischen Felsen, der das Grab von Anna-Luise Michel-McCallum bewachte. Er war kein Mann, der so schnell aufgab.

**

Bibliografische Information der Deutschen Nationalbibliothek

Die Deutsche Nationalbibliothek verzeichnet diese Publikation in der Deutschen Nationalbibliografie; detaillierte bibliografische Daten sind im Internet über ‹http://dnb.d-nb.de› abrufbar.

1. Auflage 2023
© 2023 Echter Verlag GmbH, Würzburg
www.echter.de

Umschlag: wunderlichundweigand.de
Innengestaltung: Crossmediabureau, Gerolzhofen
Druck und Bindung: Friedrich Pustet, Regensburg

ISBN
978-3-429-05840-1
978-3-429-05242-3 (PDF)
978-3-429-06592-8 (ePub)